安西晋二
Anzai Shinji

反復／変形の諸相

澁澤龍彦と近現代小説

翰林書房

反復／変形の諸相——澁澤龍彥と近現代小説——◎目次

序　章　反復／変形――翻案・引用、方法としてのパロディ――

1　翻案と引用と

文学作品が何らかの典拠を用いて創作されるというのは、決して特別なことではない。作品は、さまざまな過去の蓄積や影響関係から成り立つ。文学研究の領域では周知の事実であろう。本来、影響関係の多寡やその陰影の濃淡は、特定の文学作品の価値とは無関係である。翻案や引用といった、概念あるいは文面において先行テクストとの共同性が高い形態であろうとも、それに変わりはない。典拠との間には、言表行為における思索の痕跡として、一致と差異とが存在している。特に差異は、典拠が、読み換えられ、そして書き換えられていった結果の産物であろう。だからこそ、差異は、典拠の運用から新たなテクストが生成された方法を問い直す鍵となるはずである。

明確な典拠の使用を前提とする文学形態としては、まず翻案が挙げられる。たとえば、『近代日本文学大事典』で「翻案」の項目は、「一口に翻訳と創作との中間に位する文芸作品が翻案だと言ってはどうであろう」と書き起こされ、新村出『辞苑』（博文館、昭和10・2）の定義（「外国の小説、戯曲などを、筋や事件は原作のままとして人事、風俗、地名、人名等のみを自国のものに改作すること」）を「標準とする」とされながら、「しかし厳密にいえば外国の作品に限らず、自国の作品を改作している例もある」[*1]とされている。少なくとも『近代日本文学大事典』では、「筋や事件は原作のまま」という、内容面における「原作」の踏襲が、「翻案」の基準となっているのである。一方、司法では次のように定義される。

翻案とは、原著作物に盛り込まれている原著作者の表現上の思想感情に、改変者自身の表現上の思想感情を合体させ、かつ、そのようにして原著作物を改変したことが客観的に認識可能な作品を創作することをいうものと定義することができる。すなわち、翻案は、①改変者自身の表現上の思想感情の合体、②原著作物特定可能性、という二つの要素から構成されている概念である。*2

①と②とが欠けた際、法律上では剽窃や権利侵害となるのだろう。もちろん、個人の利益、言語表現のプライオリティは保持されなければならない。しかし、文学においては、「原著作物特定可能性」が客観的に不明瞭な場合もあろう。古典等を題材に用いれば、特定の典拠の存在が、作者ではなく批評家や研究者によって後から指摘されることもありうる。原理的には文学的にも法的にも「翻案」の枠組みを逸脱していようとも、個人の利益に還元できない典拠であれば、不問に付される。にもかかわらず、「原作」（「原著作物」）を中心化した発想はなかなか払拭されていかないのである。

「筋や事件」、「表現上の思想感情」といった「原作」（「原著作物」）の創作者個人の、想像的な独創性が重視されてきた以上、翻案そのものの方法が軽視されてきた感は否めない。あらためて典拠を利用する文学形態の価値が再認識されるべきである。*3 リンダ・ハッチオンは、「古典時代の模倣と同様に、アダプテーションも、独創性のない複写などではなく、もととなる素材を自分自身のものにするプロセスである。どちらの場合も、元テクストに手を加えたところに新しさが存在する」*4 と述べ、翻案自体の創造的な価値を評価した。アダプテーションを、「原作」の二次的創作と貶める見識から解放しようとする姿勢は、典拠を用いて創作された文学作品を再評価する観点につながる。翻案の「新しさ」が、「もととなる素材を自分自身のものにするプロセス」に求められるべきであるとすれば、そこにこそ典拠との差異が看取されよう。特定の文学作品における典拠の同定や、テクスト間の影響関係の捜索に研究者が充足するだけではなく、「もととなる素材を自分自身のものにするプロセス」、すなわち、先行テクストが書き換えられていったプロセスを、主体的に検討する必然性が生じているのである。
近代小説において典拠がどのように運用されているかを考察するに際しては、翻案とともに、引用も見落とすことはできない。他の文章を直接的ないしは間接的に、部分的にあるいは全体的に引用したものもある。出典、引用符の有無も含め、引用形態は多彩であるが、引用者の創造的な営為については、アントワーヌ・コンパニョンが次のように説いている。

引用とは、反復される文面であり、なおかつ、反復する言表行為である。すなわち、文面としての引用には、ある〈意味〉が、その第一の出現（S1におけるt）においてそれが表現する〈観念〉がある。一方、反復される文面としての引用には、同じように、ある〈意味〉が、その第二の出現（S2におけるt）においてそれが表現する〈観念〉がある。これら二つの意味が同じであることを確証するものは何もない。それどころか、これら二つの意味は異なるということ、第二の意味には少なくとも〈内的促し〉の刻印があり、フォンタニエが言ったようなある「反復の観念」があるということが想定される。なぜなら、この反復は、第一の文面に付加された変形に他ならないからであり、この変形は〈意味〉をなすからである。[*5]

抜粋にせよ、引用者の解釈に基づき開示されるのだから、引用されたテクストは、引用元と異なる意味内容に改変され、新たな価値体系へと再編される。「S1におけるt」と「S2におけるt」とに差異が生じているならば、翻案と引用との境界は溶解していよう。翻訳も同義である。すべての言語活動は引用に属するとの見方もあろう。[*6]だが、まず文学作品における翻案および引用の典拠利用に限れば、いずれも書き換える（読み換える）反復という点において一致するといえる。換言すれば、コンパニョンが「この反復は、第一の文面に付加された変形に他ならない」と述べているように、翻案と引用とは、ともにテクストにおける反復／変形の帰結である。反復は、概念的あるいは文面的な変形を現象として、典拠との差異を生み出す。つまり、本書が射程とする典拠の運用とは、反復／変形というプロセスの追究にほかならない。コンパニョンの言葉を借りれば、「S^2」を精査し、読者に対し新たな意味や価値を喚起する「〈内的促し〉の刻印」を析出する試みである。

翻案にしても引用にしても、異なるテクスト間における、テクストの一部（ないしは全体）の複製や移動とは捉えられない。それは、独創的かつ恣意的な行為である。たとえば中村三春は、太宰治の引用のメカニズムについて、「女人訓戒」（「作品倶楽部」昭和15・1）の分析から、「先行する権威的な価値を失墜させる（decay）腐食化（decadence）の原理、それをひとまず太宰的引用・パロディの函数一般として仮設しよう」[*7]と指摘した。典拠に対する批判的な意識が前景化すれば、反復／変形は、典拠の「権威的な価値を失墜させる」結果が目的となるだろう。翻案・引用といった方法で表されるのは、典拠への批判だけでなく、賛美となる場合もあろうが、中村の言及は、広く反復／変形の志向性にも合致する。引用された文章が表面上は共通していようとも、文脈上で異なる意味を表出しているのだから、「S^2における t」という操作に基づく行為の独創的な価値は証明されよう。

「太宰的引用・パロディの函数一般」と中村が並列させているように、パロディも引用や翻案の方法に通じる。本質的には、引用とパロディとの間に境界はないともいえるだろう。だが、反復／変形をより包括的に検討するうえで有効に働くのが、文学におけるパロディ研究の観点だと考えられるのである。

2 方法としてのパロディ

パロディは、主に諷刺や笑いを目的とする際に用いられる手法であろう。日本の古典文学でも、『伊勢物語』の本文を逐語的にもじり、高貴で雅びやかな物語世界を、みごとに卑俗な内容へと書き換えた『似勢物語』がある。特定の文学作品の特徴の誇張的な、あるいは戯画的な書き換えというのが、一般的なパロディに対する理解ではないだろうか。誰もが知っている作品だからこそその落差、すなわち、先行する作品と、それをパロディ化したものとの差異は、典拠が有名であればあるほど読者に強い印象を与える。パロディは、一方を読むだけでなく、異なるテクスト間の距離を測定する読書行為を求めることにもなるのである。

パロディの研究は、しばしばその語源から始められる。[*8] あらためてここで繰り返しはしないが、リンダ・ハッチオンは語源を参照しつつ、パロディについて次のように説いた。

> ギリシア語のパラには「〜の傍に」という意味もある。だから対照だけでなく、協調や親和を暗示してもいるのだ。〔中略〕しかし、パロディの形式的構造を論ずるさい、語源の二重性〔引用者注：「para」がもつ「〜(反)に対して」と「〜の傍に」との二つの意味〕は、対立や反対ではない中立的な観点の必要性を示唆している。例えばバーレスクの語源である冗談を意味するブルラという語には嘲笑の概念がもともと含まれているが、パロディアという語にはそのような必然性はない。だからパロディとは、皮肉な「文脈横断」と転倒を用いた、差異を持った反復なのである。[*9]

パロディの特徴を、「類似よりも差異を際立たせる批評的距離を置いた反復」「様々な約束事との皮肉な戯れ、批評的距離を置いた拡張的反復」[*10]であるとも解釈するハッチオンの指摘は明快であろう。諷刺や笑いにのみ限定するのではなく、元となったテクストに対する批評性へと、ハッチオンはパロディの視野を広げた。「批評的距離」の尺度もさまざまとなろうが、諷刺や皮肉、滑稽味を帯びた戯画化であれ、テクストの反復は変形として現象し、パロディとしての差異を明らかにする。

また、ジェラール・ジュネットによれば、「パロディのもっとも厳密な形式、あるいは最小のパロディとは、だから、よく知られたテクストを字句通りに再録してこれに新しい意味を与えることにあ」り、「もっとも経済的であるがゆえにもっとも優雅なパロディとは、もとの意味から、あるいは単にもとの文脈や品位の水準から逸脱させられた引用にほかならない」[*11]。「新しい意味を与えること」という言葉が暗示的であるように、ジュネットにおいては、創作者(引用者)の介入、操作の度合いが重視されているようではある。さらに、「厳密なパロディと戯作はテクストを変形させるのに対し、風刺的パスティシュは(あらゆるパスティシュと同様)文体を模倣するのである」[*12]とするジュネットは、ジャンルの細分化を行い、反復の方法ないしは深度を分類の基準としている。ただし、本書はパロディ自体の定義や考究が目的ではないため、ジュネットの細目に分析を当て嵌めていくわけではない。ともあれ、パロディが、先行するテクストに「新たな意味を与え」たり、「もとの文脈や品位の水準から逸脱させ」たりすることによって成立するのであれば、翻案や引用は、その構造を形成する要件になりうるといえよう。

根本的な志向において、反復/変形は、典拠に新たな意味を付与し、元の文脈からの逸脱や改変を企図する。これは、ハッチオンのいう、「類似よりも差異を際立たせる批評的距離を置いた反復」「様々な約束事との皮肉な戯れ、批評的距離を置いた拡張的反復」にもつながっていく。ゆえに、翻案や引用などにおける反復/変形の構造は、パロディに通じる状態を現前させる。しかし、ツベタナ・クリステワは、パロディと引用との区分を次のように論じている。

> パロディは、二つのテクストの相互関係から成り立っている。その点で、一方的な「引用」とも異なるし、「どのテクストも引用のモザイクである」というJ・クリステヴァによって提議された間テクスト性（intertextuality）論の範囲も超えている。〔中略〕言い換えれば、「引用」は（明示的も、暗示的も同様に）、「内挿法」（interpolation）であるのに対して、パロディによる原典の引用方法は「外挿法」（extrapolation）と呼びうるのだろう。つまり、原点《ママ》をそのまま時空やコードシステムからはずして、異なる時空やコードシステムに〝置き換える〟方法である。それゆえ、パロディの意味作用は、パロディ作品と原典との往復を通して行われているといえる。*13

「パロディは、普通の「引用」とは違って、原典を部分的に引用したものではなく、原典全体の引用（反復）である」と述べ、「二つのテクストの相互関係」を優先し、「一方的な「引用」」とパロディとを区別するクリステワは、「パロディ作品と原典の関係は、確信的ではなく、論争的である。その「論争」の過程は、片方的でもなければ、一回切りの往復でもない。往復の連続なのである」*14ともいう。再びコンパニョンを参照するまでもなく、引用は、典拠を意識的に読み換え（書き換え）ていく操作でもあるのだから、「異なる時空やコードシステムに〝置き換える〟方法」である。そして、「確信的ではなく、論争的」とされる典拠とパロディ作品との関係性は、読者の対応に左右されるものでもあろう。「一方的な「引用」」とパロディというように、仕組みを分類するのではなく、文学作品における反復／変形として、「二つのテクストの相互関係」や「原典との往復」を視野に入れるべきである。

　クリステワは、「原典を部分的に引用したものではなく、原典全体の引用（反復）である」ともしているが、この指摘は必ずしもパロディの成立条件になりえないのではないか。典拠において最も特徴的な部分を、あるいは特定の箇所を、局所的にパロディ化する創作もあろう。芥川龍之介の「羅生門」（『帝国文学』大正4・11）にしても、『今昔物語集』中の「羅城門登上層見死人盗人語第一八」と「太刀帯陣売魚姫語第三一」とを部分的に書き換え、「新たな意味を与え」たり、「もとの文脈や品位の水準から逸脱させ」たりして、独創的な物語世界を現出させている。当然、『今昔物語集』との差異を読み取ることは可能であり、典拠に対する批評性も感得できるだろう。「羅生門」をパロディと呼ぶ者はあまりいないだろうが、その方法においては共通しているのである。

運用の対象となる典拠は、近世以前よりも近代、さらにいえば、明治よりも大正、大正よりも昭和、昭和よりも平成と、時代を経るにしたがって、数も種類も機会も格段に増加したはずだ。しかも現代では、作者も読者も、参照可能な典拠に接触するインターフェイスが拡張されている。分析の対象となる典拠は、歴史や同時代の社会的状況、流行など多岐にわたり、文学作品だけに留まらない。パロディとしての批評性が、テクスト内になかば偶発的に内包され、後から読み取られ評価される場合もあろう。なかでも、時代状況との連動性は、創作物の必然性でもあると同時に結果的産物でもあろうが、時間の経過にともない、パロディの効果は読者に対し朧化してしまう。したがって、何らかの典拠が反復／変形され、その内部に摂取されている過程を読解するためには、読者の積極的な介入が要求されるのである。

翻案も引用も、部分ないしは全体の改変であり、典拠の文脈からの逸脱にほかならない。このような反復／変形の構造をより鮮明化する方法として、パロディ研究の蓄積は示唆に富む。方法としてのパロディという観点に立ち、反復／変形のプロセスを解明する試みは、典拠が、異なる創作において、いかにして新たな意味や価値を与えられているのかを探究するための緒になる。典拠を反復／変形する回路は複雑な様相を呈す。それを読み開き、読者に何が訴えられてくるのかを明るみにしたいのである。

3　反復／変形のプロセス――澁澤龍彦「犬狼都市」を例として――

本節では、澁澤龍彦の小説「犬狼都市（キュノポリス）」[*15]（以下、「犬狼都市」）を例に、反復／変形の方法の検討を具体的に試みてみたい。「犬狼都市」は、A・P・ド・マンディアルグの「ダイヤモンド」および「子羊の血」[*16]を典拠としており、それらとの相同性がたびたび指摘されてきた作品である。澁澤自身、『澁澤龍彦集成』第五巻（桃源社、昭和45・6）に「犬狼都市」が再録されるにあたり、「あとがき」で「ピエール・ド・マンディアルグのモティーフを借りたもの」と典拠について仄めかすような書き方をしている。

だが、「犬狼都市」は、「ダイヤモンド」「子羊の血」との内容面における密着度の高さゆえに、オリジナリティが疑問視されもした。たとえば、「犬狼都市」について出口裕弘は、「これが、アンドレ・ピエール・ド・マンディアルグの短編「ダイヤモンド」と「小羊《ママ》の血」を下敷きにしていて、いっそいさぎよく翻案といってしまったほうがいい作品であることは、少なくともフランス文学の研究者たちのあいだでは広く知れわたっている」[*17]と述べている。山下武は、「犬狼都市」を、「種本が日本人作家の物」であったならば「剽窃か盗作」[*18]であると糾弾する。彼らの見解では、「①改変者自身の表現上の思想感情の合体、②原著作物特定可能性」といった法的規制がバイアスとなり、かつ「改変者自身の表現上の思想感情」は内容面（特にストーリー）の固有性に求められているのだろう。ともあれ、出口も山下も、反復／変形のプロセスを構造的に把握したうえで、「犬狼都市」を評価しようとはしていない。典拠に対する下位的・二次的なものとして「犬狼都市」を位置付けるようなヒエラルキーが、彼らの認識には潜在していよう。

もちろん「犬狼都市」は、常に「ダイヤモンド」の二次的産物や、「剽窃か盗作」と語られてきたばかりではない。[*19]とはいえ、本節の目的は、作家・澁澤龍彦への肉迫ではなく、反復／変形のプロセスを明らかにし、方法としてのパロディという観点の有用性の提示にある。典拠運用の方法論でもあるこの点については、「犬狼都市」と「ダイヤモンド」とを、本文に即して対比した跡上史郎の指摘が参考になる。

それは、利用とは言っても、マンディアルグの作品を自分の中にいったん取り込んで、自分なりに咀嚼し、糸を紡ぎ、また新たに自分のテクストとして織り上げるという作業ではないようである。澁澤は、面白い、使える、と思った図像は、まるでその形を損なわないようにしているかのように、そのまま使っている。これは、テクストの比喩をそのまま押し進めていくならば、一種の〝パッチワーク〟のような作業である。[*20]

「犬狼都市」における典拠運用は、澁澤の嗜好に合致する部分を「ダイヤモンド」からそのままの形で取り出した、「一種の〝パッチワーク〟のような作業」だと跡上はいう。いわばコラージュの方法を看取した卓見ではあるものの、これを跡上は、「新たに自分のテクストとして織り上げるという作業ではないようである」とも説いている。しかし、マンディアルグの作品の要素を、あたかも図像を切り貼りするかのように摂取・縫合していようと、浮かび上がる物語には、典拠を書き換えた（読み換えた）痕跡が差異として表出しているはずだ。

「犬狼都市」は、一八歳の娘・麗子を主人公とし、彼女は、動物学者である父の朝倉朝彦を介して「アメリカ狼コヨーテ」を手に入れ、「ファキイル（断食僧）」と名付け、ペットにしている。また、彼女は、珠男という婚約者から三カラットほどのダイヤモンドの婚約指輪を贈られ、左手の薬指に嵌めていた。物語の後半、婚約指輪のダイヤモンド内に麗子は閉じ込められてしまう。極めて幻想的なこの場面が、マンディアルグの「ダイヤモンド」を典拠にしている。「ダイヤモンド」は、宝石商の娘・サラが大きなダイヤモンドを鑑定しているときに、そのなかに入り込んでしまうという作品である。ダイヤモンドの内部に少女が閉じ込められるといった、物語の核心に位置する特徴的な筋立て（あるいはアイデア）を、「犬狼都市」はマンディアルグの「ダイヤモンド」に拠っているのである。では、反復／変形はどのように行われているのだろうか。特に、「ダイヤモンド」との相似が指摘される、少女がダイヤモンドに入り込んでしまう場面を読み比べてみたい。

フェルトでできた小さな立方体の上に彼女はその大きなダイヤを置いた。つぎに角製の縁にはめこんだ、イエナのもっとも有名な工場で作られた三重拡大鏡を取り上げたが、それは宝石を吟味し、念入りに調べるときにいつも使用する道具だった。［中略］そして裸の娘とかくも珍しい宝石とのあいだで行われるこの早朝の対面では、どちらが見られるほうで、どちらが鑑定人もしくは証人なのか、しまいにはわからなくなるのだった。そのあと、なにが起きたのだろう？　たぶん彼女は平衡を失ったのだろう。嵌木細工の床の上で足がすべり、テーブルに頭をぶつけた。そして拡大鏡が目に飛び込んだような気がして、彼女は意識を失ってしまった（らしい）。

すぐに、彼女は意識を回復した。気がついてみると彼女は、正多面体の形に造られている、壁の透きとおった小部屋のようなものの中に閉じ込められているのだった。

「ダイヤモンド」

ファキイルは石のなかにいた！

麗子の目に涙が湧いた。愛の神聖に対して、夢のなかで、われにもあらず何か取り返しのつかぬことをしてしまったという悔恨が、麗子の胸を締めつけた。何か淫靡な狂躁的な密儀にわれしらずふけってしまったような悔恨。涙はソフトフォーカスのように、石のなかの微細なファキイルの像をぼやけさせた。それはレンズの作用をなした。涙があふれる寸前、小さなダイヤはみるみる容積を増し、ファキイルもそれにつれて、少しずつそのかたちを拡大してゆくかに見えた。

「ファキイル……」

ふと、麗子は目のなかにある衝撃を受けた。微細な狼が敏捷な身のこなしで、自分の目のなかに飛びこんできたように感じたのである。しかし彼女の瞬間的な印象の通り、はたして石の内部を脱け出した狼が、麗子の瞳孔のなかに飛びこんできたのか、それとも麗子のほうが無意識に、ふくれあがった透明な石のなかへ身を躍らせたのか、その辺は、麗子自身にも定かでない。狼と麗子、二つの個体をへだてる雰囲気の密度の差は、いずれにせよ、このときすでになかったのである。

で、気がついてみると麗子は、多面体の透明な宝石のなかに、狼とともに封じこめられているわが身を発見した。

「犬狼都市」

「ダイヤモンド」のサラは、宝石の鑑定に際し「いつも素っ裸で、裸足になって行く習慣」があり、「裸の娘とかくも珍しい宝石とのあいだで行われるこの早朝の対面」は、「三重拡大鏡」を用いて行われた。そのときにサラは、「平衡を失ったのだろう」、「テーブルに頭をぶつけ」て「拡大鏡が目に飛び込んだような気がして、彼女は意識を失ってしま」う。一方、「犬狼都市」の麗子は、深夜の入浴中に左手の指輪に気付き、「自分が一糸まとわぬ裸身でいることも、深夜の浴室にひとり膝をついて坐っていることも、すべて忘れて」、ダイヤを見詰める。すると、ダイヤの内部にファキイルの姿を見つけ、「目のなかにある衝撃を受け」、「微細な狼が敏捷な身のこなしで、自分の目のなかに飛びこんできたように感じ」る。目への衝撃から宝石内に入り込む展開はほとんど同じである。

跡上論でも、「基本的な筋立てをそっくりそのまま「ダイヤモンド」から借りつつ、翻案のようにして出来上がっている」[21]と述べられている。確かに「犬狼都市」のモチーフはほとんど「ダイヤモンド」の引き写しと読める。しかし、書き換えられつつ対応している、一糸纏わぬ裸身の両者、拡大鏡と涙とは、反復／変形のプロセス自体をもはっきりと表していよう。宝石商の娘が全裸でダイヤを鑑定するさまを、麗子の物語へと直接移植するとすれば、不自然に過ぎるとしかいえまい。だが、「犬狼都市」では、悪夢から覚めた麗子に対し、語り手は、「麗子が人一倍潔癖な性癖であることは、ここで取り立てて強調しなくとも、今まで述べてきたところから容易に察せられよう」と、深夜に入浴する必然性を語る。そして、入浴中に左手の指輪が「彼女の柔らかな膚にじかにふれ」て意識され、内部のファキイルに気付き、さらに涙が拡大鏡の役割を果たす。「ダイヤモンド」との対応関係は、全裸の必然性と拡大鏡の代替物とによって、特殊な状況が、麗子の物語において可能な限り自然な展開へと書き換えられているのを示していよう。

「ダイヤモンド」では、「なにが起きたのだろう?」「意識を失ってしまった（らしい）」と、語り手は宝石内部への侵入を認識できずにいる。対して「犬狼都市」は、「ファキイルは石のなかにいた!」と、語り手は、麗子とともに最初から宝石内部の変化を発見し、「麗子自身にも定かでない」「二つの個体をへだてる雰囲気の密度の差は、いずれにせよ、このときすでになかったのである」とダイヤモンドに入り込んでいく過程も、彼女の知覚以上の知見をもって断定的に語る。読者は、「ダイヤモンド」が「犬狼都市」の典拠であること、繰り返しそれが批評・批判されていることを知り、両作の間にあるこのような差異を認知できるようになる。テクスト間の往還は、不意の事故的現象として語る「ダイヤモンド」の語り手と、ファキイルの存在を明らかにし、ダイヤモンドの内部に閉じ込められる意味を侵入の直前から暗示的に語り、その過程をも断定的に見定めていく「犬狼都市」の語り手との差異を浮上させよう。「ダイヤモンド」は、出来事をあくまでも幻想性に溶かし込んでいき、「犬狼都市」は、少女が宝石の内部に入り込む理由と必然性とを語り出していく。すなわち、因果関係を構築する、あるいは論理的整合性を求める語り手の態度において、典拠との間に「批評的距離」が生じているといえよう。反復／変形のプロセスからは、典拠の文脈を逸脱・解体する批評的な差異が読み取れるのである。

4　反復／変形を読み解く視座

「犬狼都市」には、「ダイヤモンド」の翻案に類する部分が確かに認められる。しかし、そこにあるのは従属的な関係性ではなく、反復／変形による創造的な営為である。ユダヤ人とされている「ダイヤモンド」のサラが相対する現実と、それを一切受け継いでいない「犬狼都市」における現実との相違から、中丸宣明は、両作品は「出来事と現実の世界との関係は大きく変えられている」「現実とのスタンスの違いを表すといってよい」とし、澁澤は「「犬狼都市」を別ものに仕立てた」[*22]と評価した。「ダイヤモンド」の文脈が解体され、「犬狼都市」では新たな構図が描き出された点を、独創的な価値と見なしている指摘である。物語が背負う歴史的政治的背景の捨象は、宝石のなかに少女が小さくなって閉じ込められるというイメージの抽出を意味する。幻想的な非現実性を、論理的にかつ自然に書き換え（読み換え）ていた「犬狼都市」は、結果、「人一倍潔癖な性癖」、左手の指輪が触れる「柔らかな膚」、拡大鏡の代替物となる「涙」と、麗子の身体性を強調している。また、宝石内に閉じ込められた少女は、「ダイヤモンド」では犬頭人と、「犬狼都市」ではファキイルと性交に及ぶ。どちらも非現実的であり、犬というつながりをもつとはいえ、幻想性に一貫させていく「ダイヤモンド」と、身体性を際立たせていく「犬狼都市」とでは、宝石内に閉じ込められた後の少女に対する印象も相違してこよう。論理的に語りつつ、身体性に焦点を当て、より官能的に少女を描く「犬狼都市」は、観念的な「ダイヤモンド」の物語世界をパロディ化している。両作の価値は、根本的に異なるものとして評価されるべきである。

ただし、典拠との間に生じるのは断絶ではない。典拠と「別もの」とはいえ、書き換えという行為に言及する先行研究の存在自体が、テクスト間のつながりを証明している。つまり、反復／変形のプロセスによる差異は、往還可能な距離である。反復／変形のテクストは、典拠との間に差異というつながり（距離）を保ちながら、その構造や文脈を積極的に解体し、あるいは逸脱させて独創性を獲得している。典拠を基準と位置付け、それに従属するのではない。反復／変形によって典拠との間に生み出された「批評的距離」は、読み、かつ批評することで開かれていくのである。

以上が、本書の前提となる。これに基づき、個別的な考察を行うため、全三部となる本書の構成に触れておきたい。まず、本書第一部「澁澤龍彥の方法」では、澁澤龍彥の小説における典拠の運用方法を析出する。澁澤の創作の多くは、複数の典拠が複合的に用いられている。それらの検討は、本書のコンセプトとなる、基本的な反復／変形の構造を提示する役割を果たすだろう。第1章「パロディとしての自意識——「撲滅の賦」における反復／変形の構造——」で取り上げる、澁澤の処女小説「撲滅の賦」は、埴谷雄高の小説「意識」の一部が典拠に用いられている。典拠の運用は、作家活動の初期から実践されており、「犬狼都市」へとその命脈はつながれていく。よって第1章は、反復／変形が澁澤の創作を研究する重要な観点となることの証左にもなろう。

続く第2・3章では、昭和三六年から始まった猥褻文書裁判であるサド裁判に注目する。昭和三五年に『悪徳の栄え（続）ジュリエットの遍歴』を上梓した澁澤は、翌年に猥褻文書販売同所持で起訴され、サド裁判が始まる。裁判では猥褻か否かが争点となったのだが、澁澤は、法廷の内外で独自の〈猥褻〉観を主張した。澁澤と同じく猥褻文書裁判（四畳半襖の下張裁判）の被告となった野坂昭如も、法的な定義とは異なる〈猥褻〉観をたびたび語っていた。第2章「〈猥褻〉をめぐる闘争——サド裁判と四畳半襖の下張裁判と——」では、澁澤と野坂との言説を対比的に勘案し、彼らがどのようにして自らの創作へと〈猥褻〉を組み入れていったのかを論じたい。野坂との対置は、澁澤の態度の特徴を捉え直す契機となるだろう。また、澁澤は、係争中にメディアなどで「反体制のアジテーター」というイメージを喧伝されていた。「反体制のアジテーター」は、必ずしも彼の意図するところではなく、サド裁判の渦中に発表された短編小説「哲学小説　エロティック革命　二十一世紀の架空日記」では、そのように語られた〈被告・澁澤龍彥〉像が反復／変形され、パロディ化されているといえる。第3章「澁澤龍彥の見たサド裁判――自己戯画というパロディ――」では、第2章を踏襲しながら、自らをパロディ化し、批評の俎上に載せようとする、澁澤の姿勢と方法とを再検討する。

第4章「『唐草物語』の方法――作家・澁澤龍彥の〈私〉――」では、長く創作から離れていた澁澤が、約一七年ぶりに発表した連作短編小説『唐草物語』について考察する。『唐草物語』の各編は内容に共通性はないが、全編に一貫して語り手「私」が用いられている。これは、澁澤のエッセイにおける語り手〈私〉を、自覚的に応用したものと考えられる。作家活動の後期に入り、澁澤が、過去のエッセイ等の自作を、巧妙に典拠として運用していく方法が、『唐草物語』の諸編からは明らかになるだろう。

第5章「反復／変形される〈史実〉――「ねむり姫」の虚構性――」は、引用形態の相違を中心に、典拠の運用に迫る。澁澤の小説「ねむり姫」は、典拠のコラージュとも呼ぶべき手法によって登場人物が造形されている。なかでも、藤原定家の『明月記』の一節と『古今著聞集』の一節とを反復／変形し、接合した箇所は極めて特徴的である。そこでは、物語の主要な登場人物のひとりであるつむじ丸について語られており、元の文脈を書き換える〈読み換える〉反復／変形のプロセスが、小説の構造を形成している。その構造を分析することにより、典拠の有する歴史的な信憑性に基づくリアリティの担保と、「ねむり姫」における虚構性とが接続されていくメカニズムを看取できるだろう。典拠とは、作家の創作を手助けするための発想の源泉となるばかりではない。澁澤の方法においては、さまざまな典拠を利用するということそのものが、物語世界の形成につながっているのである。

本書第二部「典拠の利用とその諸相」は、第一部を踏まえて、芥川龍之介、中村真一郎、太宰治、石川淳、三島由紀夫、川上弘美の作品を対象に、反復／変形の構造を紐解きつつ、方法としてのパロディについて論究する。芥川龍之介の「六の宮の姫君」は、典拠と物語内容上の密着度が高かったため、当初は独創性に欠けると評された。現在では「六の宮の姫君」の独創的価値は揺るぎないだろうが、第6章「反復／変形の戦略性――芥川龍之介「六の宮の姫君」の方法から――」では、先行研究において作品の自立性がいかに批判され、あるいは証明されようとしたかを検証したうえで、「六の宮の姫君」の文体について論じる。「六の宮の姫君」は、典拠と内容面での類似が印象的であろうと、語る行為においてそれとの「批評的距離」が明示されている。「六の宮の姫君」の語りは、物語内容をも反復／変形させる戦略的な典拠運用といえるだろう。

第7章「習作期の中村真一郎――「和泉橋にて」の創作意識――」は、中村真一郎が、旧制第一高等学校在学中に付けていた日記と、当時彼が創作していた小説とに着目する。日記によれば、中村は、周知淳之介の筆名で柳亭種彦を題材とした「和泉橋にて」という小説を、「向陵時報」に発表した。日記には、近世文学や種彦近辺の書誌等に関する資料が列挙され、構想の痕跡が残されている。日記から垣間見える中村の創作意識は、古典と現代との回路が、習作期の彼のなかでいかに開かれようとしていたかを探る手がかりになろう。

第8・9章は、太宰治「女の決闘」に論及する。ヘルベルト・オイレンベルグ作／森鷗外訳「女の決闘」を全文引用し、それに語り手「私」が批評を施し加筆も行う本作は、反復／変形の方法が駆使されたテクストである。したがって、太宰治「女の決闘」の構造、方法、パロディとしての射程を分析していく第8章「パロディ化される文学史――太宰治「女の決闘」の起点――」は、第一部の澁澤龍彥論と同様に、本書の中心的な課題の探究となる。テクスト自体の構造が複雑なメタフィクションである太宰の「女の決闘」は、多くの先行研究で「十九世紀的リアリズムの否定」と論じられてきた。ただし、太宰の「女の決闘」が、日本の近代文学史における森鷗外の存在、彼によって代表される近代小説の日本語表現、さらには「描写」を主とする自然主義的リアリズムや、その言表行為主体〈私〉への批評を内に孕んでいる点を見逃してはならない。本章では、典拠である森鷗外訳「女の決闘」を反復／変形することで、日本の近代文学史を視野に入れつつ自らの方法を小説化した、太宰治「女の決闘」の批評性を浮き彫りにしたい。続く第9章「文学史叙述の可能性——太宰治「女の決闘」研究史を読み直す——」では、第8章を受け継ぎながらも「女の決闘」の研究史へと視点を変え、「十九世紀的リアリズムの否定」という文学史的なフレームを紡いできた先行研究自体を読み直す。文学研究というメタ言説が生産／消費してきた、文学テクストの反復／変形に関する考察は、文学史叙述の可能性に言及する試みでもある。

第10・11・12章は、主に石川淳を対象とする。昭和一〇年前後には、しばしば「饒舌」な「説話」という批評言説が見られ、石川淳「普賢」の文体も、そのように評された。しかし、「饒舌」と「説話」とは、使用者ごとに意味が揺らいでおり、当時は語るという行為を指す程度の曖昧な術語であったといわざるをえない。第10章「「饒舌」と「説話」——昭和一〇年代における〈私〉の一側面——」では、二つの言葉の意味を峻別し、方法としての「饒舌」「説話」の価値と必要性とを説いた、高見順の発言を補助線として、「しやべることば」と小説内で規定される、「普賢」の語りを読み解きたい。

次の第11章「〈歴史〉を語る方法論——石川淳「諸國畸人傳」への視角——」でも、前章と同じく昭和一〇年代を出発点とする。当時、石川淳は歴史小説や歴史文学に対する批判を繰り返していた。歴史をすでにあるものと定位する志向を批判し、いかに語るかという語る主体のあり方を模索する石川の方法論は、戦後以降も一貫しており、昭和三〇年一二月から「別冊文藝春秋」で連載が開始される「諸國畸人傳」で実践されたといえる。「普賢」では〈現実〉をいかに語るかに注目したが、「諸國畸人傳」では対象が歴史（個人史）となる。二つの作品は、先行テクストを反復／変形し、新たな意味や価値を与えるプロセスと、語りの方法とにおいて通底するだろう。

続く第12章「石川淳「修羅」を統べる〈ヒメ〉――〈歴史〉を改変するための力学――」では、石川淳における反復／変形の方法を総合的に考察する。「修羅」は、応仁の乱前後の京都を舞台とし、史実を踏まえながらリアリティを仮構しつつ、馬娘婚姻譚を典拠とする怪異性により造形された胡摩を中心人物に据えている。歴史小説を厳しく批判した石川が、過渡期の時代背景を物語世界に設定するという歴史小説的な作品を創作したのも、やはり胡摩の存在と無関係ではない。胡摩の言動からは、固定化された歴史の否定とでも呼ぶべき思惟が読み取れる。胡摩の存在および「修羅」で語り出されていく〈歴史〉は、周知の歴史を反復／変形し、物語の「批評的距離」を浮上させている。「修羅」の根底に流れる力学は、石川淳による、歴史文学批判や歴史を語る方法論に迫る視座ともなるだろう。

第13章「パロディを要請する志向――三島由紀夫「橋づくし」のエピグラフ――」では、近松門左衛門「心中天網島」の一節を用いた、三島由紀夫「橋づくし」のエピグラフに着目する。「橋づくし」は、そのエピグラフにより、すでに「心中天網島」のパロディになっていると指摘されてきた。だが、反復／変形の作用、それによって生み出される「心中天網島」との差異を物語の舞台とともに精査し、あらためてパロディとしての構造を問い直したい。

第14章「「わたし」をめぐる物語の変容――川上弘美「神様」と「神様　2011」――」では、古典や歴史を題材とした反復／変形ではなく、セルフパロディともいえる小説の方法が論述の対象となる。川上は、東日本大震災の直後に、処女作「神様」を、「神様　2011」と書き換えた。「神様　2011」は、震災と放射能汚染という外圧に触発された作品であり、発表された雑誌には「神様」「あとがき」も掲載されている。元となったテクストとの表面的な差異はわかりやすいが、語り手「わたし」を中心に両作を対比していくと、「神様」と「神様　2011」との相関的な批評が喚起されてくる。「神様」および「神様　2011」を通して、書き換えという行為による批評性を掘り下げ、第二部のまとめとする。
第三部「変奏される〈音楽〉」は、音楽を題材にした作品を取り上げる。音楽が言語化され、文学テクストとして反復／変形されていくプロセスを解明する試みは、これまでとは異なる角度から、本研究を補完する役割を果たすだろう。永井荷風「新帰朝者日記」では、語り手「私」が、ショパンの「ノクターン」などを演奏する場面がある。日記体である本作では、そのような「私」の記述は、ピアノの旋律を言語化していくような言説にもなろう。第15章「書き記された〈音楽〉――永井荷風「新帰朝者日記」と洋楽受容――」では、日本における明治四〇年代の洋楽受容とともに、記述される〈音楽〉の批評性を明らかにしたい。第16章「〈内部〉と交響する主題――福永武彦「私の内なる音楽」の批評性――」では、福永武彦による、シベリウスの「レンミンカイネン組曲」評価を整理し、彼のなかで音楽と文学とがどのように接続されていくかを探る。福永の「私の内なる音楽」は、聴くという行為に付随する恣意的な心性が批評する（語る）行為を創出し、音楽が言語化されていく過程を示唆している。音楽と文学との交響する様態が、ここからは感得できるだろう。最後に、第17章「吉田秀和と永井荷風との交差」では、吉田秀和の永井荷風論に言及する。両者の立場には明白な差異もあるが、日本の洋楽受容に対する問題意識、および音楽を語る行為の根幹は通底している。荷風について語りながら、そこに自らを交差させていく吉田の批評を通して、彼らが目指した「本質的模倣」と、その過程で言語化されていく〈音楽〉とについて検討したい。

特定の文学作品において、典拠がいかに運用されているかという反復／変形の方法を探る本書は、翻案・引用を端緒に、そこで形成されるパロディとしての構造の把捉を目指す。本書全体を通じ、反復／変形のプロセスを読み解くという、読者の主体性が要諦であると証明されるはずだ。が、問題は、反復／変形の追究から、何をどのように読み取るかである。そのためには、典拠が、読み換えられ、書き換えられていった複雑な経路を丹念に往還していく必要があろう。

注

＊1　木村毅「翻案」（『近代日本文学大事典』第四巻　講談社、昭和52・11）

＊2　渋谷達紀「翻案の概念」（『民商法雑誌』平成19・10）

＊3　「国語と国文学」（平成22・5）では「近代小説における典拠」という特集が組まれている。典拠を用いて創作された近代小説を評価する意図をもった特集であり、本書の動機としても参考になっている。

＊4　リンダ・ハッチオン著／片渕悦久・鴨川啓信・武田雅史訳『アダプテーションの理論』（晃洋書房、平成24・4）また、ハッチオンは次のようにも翻案テクストを評価していることを合わせて確認しておきたい。

アダプテーションは反復であるが、複製をしない反復だ。そして翻案行為の背後には、明らかに多くの異なった意図がありうる。たとえば、模倣で敬意を払おうとする欲求と同様に、使い尽くして元テクストの記憶を消したい、あるいは元テクストに異論を唱えたいという衝動もありうる。

＊5　アントワーヌ・コンパニョン著／今井勉訳『第二の手、または引用の作業』（水声社、平成22・2）

＊6　中村三春「太宰治の引用とパロディ」（『係争中の主体　漱石・太宰・賢治』翰林書房、平成18・2）では、豊崎光一「翻訳と／あるいは引用」（『他者と［しての］忘却』筑摩書房、昭和61・11）における「あらゆる翻訳が一個の引用であるばかりではありません。およそあらゆる言語活動は一個の翻訳ないしは引用と見做すこともできます。すべての語が結局は他者の用いた語であるからには」との主張が引かれ、「引用・パロディ・翻訳は、言語使用者が言語活動を行う限り、否応なく現れる現象にほかならないとも言える」とされつつも、「しかし他方では、むしろ引用を適切に認知する受容者側の操作こそ、引用現象のまったく新たな段階を生み出す契機であると言わなければならない」と指

摘されている。「受容者」＝読者の介入に重きを置いた中村論は、引用およびパロディを検討するうえで非常に示唆的な研究である。

＊7　＊6に同じ。

＊8　たとえば、ツベタナ・クリステワ「果たして「パロディ」とは？」（ツベタナ・クリステワ編『パロディと日本文化』笠間書院、平成26・12）では、パロディの語源について次のように記されている。

よく知られているように、日本語を含めて、世界のあらゆる言語において共通の言葉になっている「パロディ」は、古代ギリシャ語のπαρωδια（parodia）にさかのぼる。直訳すると「反歌」なのだが、paraは、対立というよりも並立や対比を意味しており、協調や親和すら暗示するものである。

パロディの語源に関する同様の解説は、『パロディと日本文化』所収の複数の論攷に見られる。

＊9　リンダ・ハッチオン著／辻麻子訳『パロディの理論』（未來社、平成3・3）

＊10　＊9に同じ。

＊11　ジェラール・ジュネット著／和泉涼一訳『パランプセスト』（水声社、平成7・8）

＊12　＊11に同じ。なお、ジュネットは、パロディを次のように分類している。

最小の変形を伴ったテクストの逸脱を、パロディ *Parodie* と（再）命名することを提案する。同じく『戯作ウェルギリウス』のタイプに属する、品位を低下させる機能をもった文体上の変形を、戯作 *travestissement* と命名する。また風刺的パスティシュ、つまり『……の流儀で』をその規範的な例とし、英雄滑稽詩風のパスティシュがその一変種にすぎないようなものを、風刺 *charge*（もはや以前のようにパロディではない）と命名する。そして、『ルモワーヌ事件』の少なくともあるページによって例証される、風刺的機能を欠いた文体の模倣を、単にパスティシュ *pastiche* と命名する。締めくくりとして、最初の二つのジャンルはとりわけイポテクストに課された歪曲の度合いの点で異なっているが、これら二つのジャンルを包摂するものとして変形 *transformation* という一般的用語を採用することにしよう。さらに、最後の二つのジャンルの相違というと、それらの機能および文体上の誇張度しかないのだが、これらを包摂するものとして模倣 *imitation* という用語を採用することにする。こうして得られた新たな分類は、もはや機能的なものではなく構造的なものである。なぜならこの分類では、イペルテクストとイポテクストとの間に結ばれる関係のタイプ（変形か模倣か）を基準として、ジャンルの分離と接近をはかっているからだ。

＊13　ツベタナ・クリステワ「パロディの理論と日本文学」（「アジア文化研究別冊」平成19・3）

＊14　＊13に同じ。

＊15　初出は「聲」昭和三五年四月であり、この時のタイトルは「キュノポリス（犬狼都市）」。単行本『犬狼都市（キュノポリス）』（桃源社、昭和37・4）収録時に現在の表記に改題される。なお、本章での引用は、河出書房新社版『澁澤龍彦全集』第三巻（平成5・8）に拠る。

＊16　「ダイヤモンド」（*Le Diamant*）は『燠火』（*Feu de Braise* 1960）、「子羊の血」（*Le Sang de l'agneau*）は『黒い美術館』（*Le Musee noir* 1945）所収。「ダイヤモンド」は生田耕作訳『燠火』（白水社、平成1・7）、「子羊の血」は生田耕作訳『新しい世界の短編4　黒い美術館』（白水社、昭和43・1）を参照した。なお本章における「ダイヤモンド」の引用は、生田耕作訳『燠火』所収本文に拠る。

＊17　出口裕弘『澁澤龍彦の手紙』（朝日新聞社、平成9・7）

＊18　山下武「ドッペルゲンガー文学考——澁澤龍彦」（「幻想文学」平成8・10）

＊19　「ダイヤモンド」との比較とは異なる観点を提示したものとしては、宗左近「『犬狼都市』」（「図書新聞」昭和37・4）や吉崎祐子「澁澤龍彦《ママ》論（Ⅱ）——空虚をめぐる諸観念・『犬狼都市』を中心に——」（「群馬県立女子大学国文学

研究」平成3・3）などがある。

＊20　跡上史郎「澁澤龍彥とA・P・ド・マンディアルグ――「ダイヤモンド」から「犬狼都市（キュノポリス）」へ――」（「比較文学」平成11・3）

＊21　＊20に同じ。

＊22　中丸宣明「「犬狼都市」・澁澤龍彥――反恋愛小説？非恋愛小説？――」（「國文學」平成3・1）

第一部　澁澤龍彦の方法

第1章　パロディとしての自意識——「撲滅の賦」における反復／変形の構造——

1　「金魚鉢のなかの金魚」

昭和二九年八月に初めての訳著である、ジャン・コクトー『大胯びらき』（白水社）を上梓し、澁澤龍彦は翻訳家としての活動を開始した。その翌年、澁澤は、同人雑誌「ジャンル」を創刊（昭和30年7月20日発行）し、小説「撲滅の賦」を発表する。「ジャンル」は、「岩田宏（小笠原豊樹）、澤道子（澁澤道子）、澁澤龍彥、津島裕（出口裕弘）、阿部義夫（野澤協）の五人を同人として、一号だけ刊行された[*1]」雑誌である。作家活動の最初期であり、かつ仲間内で作った一号のみの同人雑誌に載せた作品でもあるため、「撲滅の賦」は澁澤の習作といった印象が拭いがたい。発表後も、澁澤の死後、昭和六二年一〇月号の「海燕」に再掲載されるまで長年にわたりほとんど顧みられることがなかった。だが、「撲滅の賦」は、複数の典拠を複合的に運用して創作されているという点において、そのほかの澁澤作品と同根を有しているといえる。

巖谷國士は、「撲滅の賦」からさまざまな影響関係を摘出し、次のように述べている。

冒頭の一行のリズム感からして、またたとえば「仕儀」といった一語のやや唐突な使いかたからして、石川淳の影響はあからさまだ。「比較は愛情のわるい伝導体です」などの格言口調は、コクトーその他モダニズム作家とのつながりを思わせもする。では金魚や金魚鉢についてはどうだろうか。これもモダニズム文学のモティーフではあって、プルーストやスーポーやルーセルやかの子あたりを思いうかべてみてもいい。だがこの場合の出自ははっきりしているように思われる。埴谷雄高の短篇小説「意識」（『虚空』所収）がそれであろう。[*2]

特に、埴谷雄高「意識」（「文藝」昭和23・11）について巖谷は、「金魚と金魚鉢の眼のよびおこす「撲滅の賦」の「私」の「不安」は、澁澤龍彦が二十歳のときに読んだというこの「意識」（「文藝」一九四八年十一月号）の延長上にある」[*3]と続け、創作上での重要な典拠と位置付けた。吉崎祐子も巖谷と同様の観点から、埴谷の「意識」には「澁澤の興味をひくオブジェとそれを透かして見える観念」があり、「オブジェに託された観念は明晰に、かつ図式的に具象化され作品中に展開されていることが、彼の特徴として指摘できる」[*4]としている。

澁澤自身は、後年、「金魚鉢のなかの金魚」と題するエッセイで「意識」に言及したが、直接的には「撲滅の賦」に触れていない。このエッセイで澁澤は、「おしなべて意識の実験あるいは思考の実験と称してもよいような埴谷氏の小説作品」において、「意識」が「最もよくまとまっているものではないか」と評価し、その成功は、「主人公の「眼球についての実験」に関する長いモノローグとともに、あたかもそのモノローグを象徴的に現実に転位したかのような、淫売窟における金魚鉢のなかの金魚のイメージの卓抜さ」[*5]にあると述べている。さらに、「金魚鉢のなかの金魚というイメージに、なにか深淵に吸いこまれてゆくような感銘をおぼえた」とする澁澤は、埴谷の「意識」で「ヘッケルの系統樹」が語り手「私」に金魚とともに思い起こされているのを受け、「金魚鉢のなかの金魚という美しい具体的なイメージをもってきて、この進化論の幻想を補強しているところが何より秀逸であり」、「若年の私が魅せられたのは、疑いもなく、この点であったと思われる」[*6]ともいう。巖谷や吉崎の見解の根拠を予感させる発言であろう。

これらを見る限り、「撲滅の賦」と埴谷の「意識」とが重なり合う部分は明白であるようだ。だが、検討の対象となるのは、類似よりも差異、リンダ・ハッチオンがいうところの「類似よりも差異を際立たせる批評的距離を置いた反復[*7]」である。「撲滅の賦」における反復／変形のプロセスは、典拠との間に生起した差異の内実を探ることによって明らかとなろう。そこで本章では、重要な典拠と目されてきた埴谷雄高の「意識」を手がかりに、「撲滅の賦」における反復／変形の構造を検討したい。

2 〈眼〉と〈目〉

「撲滅の賦」は、次のように始まる。

雨あがりの初夏の弱い日差が窓から差し込んで、その光の帯のなかで熱帯魚が時折きらりと全身をひらめかすと、硝子鉢はそのまま一つの大きな白々しい眼になって、同じ室内でほしいままな情事をしている私たちを睨むような仕儀になるのでした。この眼だけはカーテンで締め出すことができなかったというわけ。それで私たちは稍もするとこの眼を意識してひどくおびえたり、大胆にも却って技巧的になったり、またある時は、気勢をそがれたなり退屈の蜘蛛の糸にぐるぐる巻きにされてしまったりしたものでした。けれども情事がおわるや、私たちは逸早く金魚鉢の存在を忘れてしまうので、これを室外に出してしまおうという考えは一ぺんも私たちの頭に去来したためしがない。もちろん口に出したこともない。

ここでは、「私たち」と主体は複数形になっているが、「撲滅の賦」は、語り手「私」と恋人である美奈子との物語である。巖谷國士のいう「金魚と金魚鉢の眼」とは、熱帯魚がおよぐ硝子鉢が「そのまま一つの大きな白々しい眼」になったものを指しているのだろう。「私たち」は、その「白々しい眼」の「睨むような仕儀」を意識して、「ひどくおびえたり」「却って技巧的になったり」「気勢をそがれたり」している。「却って技巧的になったり」とあるように、冒頭において「白々しい眼」は、「私」の「不安」を呼び起こすだけの存在ではない。そして、「情事がおわるや、私たちは逸早く金魚鉢の存在を忘れてしまう」とあるのだから、「白々しい眼」は情事との関連性が濃厚でもある。

巖谷國士は、「撲滅の賦」を「情事の物語であると同時に、魚あるいはその小宇宙的な棲処としての硝子鉢と、「私」とのあいだの格闘の物語でもあるらしい」*8とも指摘した。確かに、冒頭部を見るとそのような印象を強く受ける。ただし、それとともに、魚の入った硝子鉢は、冒頭から〈眼〉と喩えられているのである。しかも、物語内では、〈眼〉に関わる記述が随所に表れる。たとえば、場面を新たにすると、今度は美奈子が「一心に硝子鉢のなかの小魚」を睨み、「目のいろ」を変えて絵を描き、「私」は、彼女の頭上に「蠅がぶんぶん飛び廻っているのも」「目に見えない筆が墨で盲めっぽう宙に書きなぐったいびつの線」であるかに捉え、「これはふしぎ！　何たる主客転倒の妙！」と、驚きを隠せずにいる。ほかにも、美奈子が「お魚は目ばたきしないから、目ぶたのある必要がないの」と「小理窟を弄し」たりする場面や、「私」が「眼に見えないイグドラジィルという大樹」について語る箇所など、〈眼〉だけでなく、〈目〉という言葉も繰り返し用いられているのである。

また、語り手「私」は、美奈子に「お魚さん」と渾名を付けられており、「彼女の眼底にぴったり一致して一つの像を結んでいたはずの金魚と私のイメージ」に愛情を確信していた。しかし、「あなたお魚に似てると思ったら、それほどじゃないわ、金魚の方がよっぽどお魚に似てる」と美奈子にいわれたのをきっかけに、彼女と「金魚との密通」を直感し、「私」は、「金魚と私のイメージ」の一致に揺らぎを抱く。そこから金魚の撲滅が企てられるのだが、首尾よく計画が遂行された後、「私」は、「今度は主の居ない金魚鉢」が「空虚を充実せしめ、前よりももっと大きな、もっと白々しい不気味な眼」と化したのを意識する。結果、「ついに金魚鉢を床に叩きつけて割ってしまうよりほか、この眼、この遍在する眼から逃れる手だてはないのであろうか」と、「遍在する眼」に苛まれる「私」は、「(実はこのお話は此処から始まってもよいわけなのですが、どうやら幾ら書いても切りがなさそうなので)、いま私は筆を擱いたところです」と宣言し、物語を閉じるのである。

美奈子の恋人であり、金魚の撲滅を行う語り手「私」は、小説(「お話」)を書く「私」でもあった。「このお話は此処から始まってもよいわけ」で、「幾ら書いても切りがなさそう」との理由で擱筆される以上、「白々しい眼」に始まり「もっと白々しい不気味な眼」で終わる「撲滅の賦」は、「遍在する眼」に対する意識の連続を基調とする物語であるといえよう。しかも、〈目〉は、作中で「目のいろが変わっている」や「目くるめく」「目ぶた」「目の玉」等、成句表現や生物の器官を指す際に使用され、〈眼〉は、「硝子鉢はそのまま一つの大きな白々しい眼になって」や「眼に見えないイグドラジィル」のように、抽象的観念的な表現とともに用いられている。巖谷が述べるように、「金魚と金魚鉢の眼のよびおこす「撲滅の賦」の「私」の「不安」」が、埴谷の「意識」に基づくのだとしても、「撲滅の賦」における〈眼〉および〈目〉の機能は、物語内容とともにあらためて検討する必要があろう。

魚に「目ぶたがないという一事が圧倒的な重みをもって私のセンチメントを揺り動かすのだ」という「私」は、「彼等が断じて目ばたきをしないのは、外界の気圧と霊魂の気圧と」が「ぴったり合っているということの何よりの証拠」であり、「金魚の目玉と金魚鉢とは同じ包容力を持った一つのコスモスでしかない」と語っている。これは、先にも挙げた、美奈子の「小理窟」や彼女と「金魚との密通」を予感させた発言に対応した、金魚の「目ばたき」「目ぶた」に関する「私」の思考(分析)である。生物学的な理解とは異なる独自の想像が展開されていよう。また、作中で「私」が夢を見る場面では、「目の玉と薄い翅ばかり」のトンボが現れる。「金魚の目玉」「目ぶた」「目ばたき」「目の玉と薄い翅ばかり」のトンボと、〈目〉の表記を含むものは、生物の器官、あるいは個別的な物体として物語中でたびたび登場し、語り手「私」の関心を誘導している。

金魚の撲滅をザリガニによる捕食で達成する場面は、「目くるめく惨劇」「目もあやな万華鏡的セレナーデ」「美しくも凄惨非情目をおおわしむる光景だったが、私も美奈子もついぞ目をおおいはしなかった」と、成句の連続となっている。ここでは、〈目〉を用いた言葉と見ることへの意識とが、言葉遊び的に絡み合っていよう。〈目〉にまつわる成句によって、語り手「私」の見るという行為が強調されているとも捉えられる。〈目〉の表記が用いられる際、「私」は見る側に定位される場合が多いようだ。器官としての〈目〉が観察対象となり、成句表現の〈目〉が見る行為を表す言語のヴァリエーションであるとすれば、それらは、「私」の視覚と視線とを表出する指標となろう。したがって、〈目〉の登場は、見る行為の前景化を促しているとも考えられるのである。

一方、〈眼〉と表記されるものは、作中に頻出するわけではない。「彼女の眼底」「眼に見えないイグドラジィル」「放心した眼」「主の死んだ硝子鉢はうつろな眼で」といった表現と、金魚鉢を「白々しい眼」と比喩する箇所である。このうち、「白々しい眼」が現れるのは、「撲滅の賦」の冒頭と結末とに限定される。むしろ、だからこそ「白々しい眼」は物語に支配的な影響力を及ぼす。物語の最初と最後とは、語り手「私」と美奈子との情事の場面でもある。情事とは、主に閉鎖的かつ私的な空間内で交わされる行為であろう。「撲滅の賦」でも、当事者のほかは誰もそこに介在していない。にもかかわらず、その空間内に自らを「睨むような」視線を、「私」は意識するのである。

「私たち」が「白々しい眼」に睨まれているような感覚は、「雨あがりの初夏の弱い日差が窓から差し込んで、その光の帯のなかで熱帯魚が時折きらりと全身をひらめかすと」と、冒頭部では特定の条件下で起こる一回的な出来事であるかのごとく語られていた。しかし、「またある時」や「一ぺんも私たちの頭に去来したためしがない」ともあるため、「白々しい眼」はたびたび出現しているとわかる。同時に、「情事がおわるや、私たちは逸早く金魚鉢の存在を忘れてしまう」ともあった。とすれば、「白々しい眼」とは、情事が引き金となっている可能性もあろうが、結末部分では、情事の最中に「白々しい眼」に睨まれる感覚は意識されていない。金魚を撲滅せしめた「私」は、「窓から差し込む雨あがりの初夏の弱い日差しのなかで」美奈子との情事にいたるも、「もはや主の死んだ硝子鉢はうつろな眼で、一向に私たちを睨むような仕儀には立到るべくもない」と語っている。それから一週間後に、今度は「金魚鉢そのもの」が「空虚を充実せしめ」て「前よりももっと大きな、もっと白々しい不気味な眼」となり、再び「私たちをじろじろ睨みはじめた」というのである。

「もっと白々しい不気味な眼」は、情事とは無関係に発現し、金魚を撲滅してもなお「私」に意識された。状況や物象が「白々しい眼」を生み出す直接的な原因となっているわけではない。「白々しい眼」はあたかも第三者の視線であるかに見立てられてはいるが、むしろ、語り手「私」自身の見られているという意識の前景化というべきではないか。金魚鉢から転じた〈眼〉に、「私」が見られていることを意識して初めて生み出されるものが、「白々しい眼」であろう。言葉を換えれば、金魚鉢に仮託された、語り手「私」を見る「私」自身の視線である。語り手「私」の視覚と「白々しい眼」とは分かちがたい関係にあったのだ。

「撲滅の賦」では、〈目〉は見ることと、〈眼〉は見られることと親和性が高いようにも読める。だが、見ることと見られることとは表裏一体の関係であり、同一の身体に根ざす認識である。容易く分化できる概念ではない。メルロ＝ポンティによれば、それは、「混在やナルシシズムによって、つまり〈見るもの〉の〈見られるもの〉への、〈触わるもの〉の〈触られるもの〉への、〈感ずるもの〉の〈感じられるもの〉への内属によってひとつなので」[*9]ある。「白々しい眼」とは、「私」の身体の延長に位置し、見られる「私」を意識する自己にほかならない。すなわち、自分自身の存在を意識する、「私」の強烈な自意識が、「白々しい眼」を生成しているのである。物語の結末にいたり、より強大な〈眼〉が現れるのは、このような見る／見られる自意識の拡大を意味していよう。そして、「このお話」の書き手でもある「私」は、「幾ら書いても切りがなさそう」との理由から擱筆する。つまり、「撲滅の賦」は、見ること／見られることへの自意識の円環構造が、物語の根幹を形成しているのである。〈目〉と〈眼〉、二つの言葉に注視すると、語り手「私」の肥大化していく自意識の物語が浮かび上がってくる。このような自意識の物語を発動させているのが、「金魚」「硝子鉢」「眼」等であり、これらは、埴谷の「意識」から澁澤が読み取った「金魚鉢のなかの金魚という美しい具体的なイメージ」と重なり合っている。そこで次に、埴谷の「意識」と「撲滅の賦」とを対比し、一致よりも差異の浮上を試み、反復／変形のプロセスを明らかにしたい。

3　埴谷雄高「意識」

巖谷國士や吉崎裕子が、「撲滅の賦」と埴谷雄高の「意識」との一致する点を求めた背景には、典拠を多用する澁澤の創作方法を、作家活動の最初期から確認し、検討しようという意図があったのだろう。確かに、「意識」には、「眼球」や「瞼」、「金魚の目」などの言葉が散見される。しかし、同じような言葉や、澁澤のいう〈金魚鉢のなかの金魚〉というイメージが共通していようと、「意識」と「撲滅の賦」とには、さまざまな面において差異がある。もちろん、物語内容上の相違も甚だしいため、両作品を安易に同一線上にならべることはできない。

埴谷雄高の「意識」[*10]は、大きく前半（「1」）と後半（「2」）とに分けられている。前半は、語り手「私」による「自分の眼球についての実験」が主となる。それは、「眼球の片端をぐいと指先で押してみると、ものの像がぐらりと揺れ動き、斜めへぐつと膨らみもりあがつてくる」というようなものであり、「疼痛」や「暗い視界のなかからまぎれもなく自発してくる光」を介する身体的な感覚が鮮明な内容となっている。後半は、「私」が淫売窟へと行く場面であるが、ここで〈金魚鉢のなかの金魚〉が描かれる。

窓に近い隅の卓の上にかなり上質な透明な硝子の魚鉢が置いてあるのに気づいた。大型の円い魚鉢だつた。繊毛状の触手を拡げたような青い藻の上から覗きこむと、一匹の金魚がその膨らんだ背を真直ぐに立てて凝つと身動きもせずに沈んでいた。その金魚が私の意識の隅に浮いていた。私は軀をまわして硝子の魚鉢を眺めてみたかつた。

「意識」の語り手「私」は、馴染みの淫売窟の「見慣れた部屋」で金魚と金魚鉢とに気付く。「硝子の魚鉢を眺めてみたかつた」と語られているように、金魚鉢は見られる対象としての物体にすぎない。この後、語り手「私」は、「硝子の魚鉢」のなかで「微動もせず沈んでいた」金魚に目を移す。「金魚は眠つている。そうだ。眼を開いたまま眠つている」と「私は胸のなかで呟」き、「金魚の眼を私は確かめたかつたが、身動きができなかつた」という。そして、「私は眼を閉じ」て「自分の堅い眼球を瞼の上から強く圧しつけ」、「暗い視界の隅に現れはじめる」「私がその内部にもつている唯一の光、私がそこにしがみつく唯一の光」が眺められていくのである。「意識」では、「硝子の魚鉢」〈金魚鉢〉から金魚へ、「金魚の眼」、自らの「眼球」「瞼」と、「眼」を媒介としたつながりが作られている。「硝子の魚鉢」や金魚は、「眼」を結ぶ連想が展開していくきっかけの位置にある。埴谷の「意識」では、語り手「私」の思考を刺激する物象として、「硝子の魚鉢」や金魚が語られているというべきであろう。

あらためて「撲滅の賦」の冒頭部を引用するまでもなく、埴谷の「意識」が典拠のひとつとなっているのは首肯できよう。だが、澁澤は自ら述べていたように、〈金魚鉢のなかの金魚〉というイメージで捉えていた。「硝子の魚鉢」と金魚と、それぞれが個別的な物体として分けられているではない。吉崎裕子が、「澁澤の興味をひくオブジェとそれを透かして見える観念」と指摘したのも、このような把握のあり方に起因していよう。〈金魚鉢のなかの金魚〉というイメージによる把捉は、読み換えにも類する「意識」との差異をもたらしている。「撲滅の賦」の冒頭部では、「熱帯魚が時折きらりと全身をひらめかすと、硝子鉢はそのまま一つの大きな白々しい眼になって」と語られていた。なかで泳ぐ魚を瞳に、水の入った鉢が眼球全体と見なされているのだろうが、「意識」においては、「眼球」「瞼」などと身体の部位が分化されて語られている。これに基づけば、「撲滅の賦」において典拠の記述は、〈金魚鉢のなかの金魚〉と一体化され、「白々しい眼」という総体へと転換されたと考えられよう。「撲滅の賦」は、埴谷の「意識」から、「金魚の眼」「眼球」「瞼」などの〈眼〉に纏わる物象を摂取しているが、それらは、創作の過程において、独自の咀嚼を経て統合され、新たな意味を与えられているのである。

巖谷國士は、「撲滅の賦」の「私」が抱く「不安」についても、「意識」の延長上にあるとしていた。埴谷の「意識」では、「肩の肩胛骨から肋骨を一つ一つ数えて心臓の上へ掌をあててみると、時々結滞する。どきんと敲つた鼓動がそのまま停つて、奇妙な不安が私の首筋のあたりをおさえてくる」「私の不整な脈搏はつねにこうした不安な事態を繰り返している」「私はふと不安になつた。抑えられた瞼の裏が一つの空洞になつてたるみ、眼底の何かが潰れるような疼痛が起つてくると思われた」などのように、「不安」は身体と密接に結び付いている。また、「二週間も同じ生活をつづけていると、そんな自分がどうにも持ちきれなくなつてくる」と語り始められる「意識」は、他者との関係性ではなく、「私」の「実験」や自己を見詰め続ける果てに湧き上がってくる「不安」といえよう。

対して、「撲滅の賦」における「私」の「不安」は、「金魚に対して感じた言おうようもない劣等感」と一応は説明されている。恋人・美奈子に「お魚さん」と渾名を付けられ、彼女の「幻視において私と魚とは同一であ」るという「私」は、「美奈子の愛人として、彼女の制作のいわば間接的モデル、イメージの源泉として」「奔放不羈な女流画家の幻覚がつくり出す奇天烈途方もないタブロオの世界でまさに寧日なき有様」であった。しかし、「恋人の絵筆の動きを一心に見つめている私の心」に「不安」が生じる。直後、「あなた、お魚に似てると思ったら、それほどじゃないわ、金魚の方がよっぽどお魚に似てる」と美奈子にいわれ、「私と魚とは同一であ」るという図式が崩壊してしまう。美奈子の言葉は、「不貞、金魚との密通」として「私」の心を激しく揺り動かした。彼女の創作を介して形成された自己像が、瓦解し始める。これが、「撲滅の賦」の「私」が感じていた「不安」なのである。アイデンティティーの危機といっても大過あるまい。

「金魚の目」「硝子の魚鉢」「眼球」などの物象は、「撲滅の賦」へと反復／変形され、組み込まれている。〈眼〉の媒介する「不安」とすれば、巖谷の指摘通りであろうが、同時に、その発生原因や用いられ方には差異がある。「意識」から「撲滅の賦」へとモチーフが取り入れられていった過程は、模倣や複製というよりも改変に等しいだろう。序章で触れた、跡上史郎のいう「一種の〝パッチワーク〟のような作業[*11]」を想起すると、「撲滅の賦」は、典拠の言説を独自に図像化して切り貼りした状態にあると解せよう。

埴谷の「意識」との対比は、「白々しい眼」に仮託された観念の創造と、語り手「私」のアイデンティティーの危機に基づく「不安」とを浮き彫りにする。前節で論じたように、「白々しい眼」は、語り手「私」の自意識から生み出された視線であった。アイデンティティーの危機も、自意識に由来していよう。したがって、埴谷の小説「意識」において、〈眼〉を介して描かれようとしていた意識の実験、意識の探求は、「撲滅の賦」では、語り手「私」の自意識を表出させる視線へと置換されたといえるのではないだろうか。

4　反復／変形としての自意識

「撲滅の賦」における自意識を検討するうえでは、「白々しい眼」のメタファーはもちろんだが、語り手「私」のアイデンティティー自体が意味をもつ。そもそも、美奈子の恋人兼絵画制作の「間接的モデル、イメージの源泉」という立場にあった「私」は、彼女の「鞭ならぬ絵筆の一閃でたちまち魚族に変身する何とも情けない（それ故に幸福な）オディセウスのようなもの」であり、そのような観念的な変身によって魚と同一視される点に自己像を見出だしていた。しかし、「金魚の方がよっぽどお魚に似てる」と美奈子にいわれたのをきっかけに、「私と彼女とをつなぎとめているものは唯お魚さんという空虚な呼び名ばかり」になってしまったと実感し、失われた、「私の恋人として、詩人として、また魚としての存在理由」の回復を目指す。「恋人として、詩人として、また魚としての存在理由」は、物語の結末部でも「一度失った私の恋人として、魚として、詩人としての主権は果して如何様に回復され得たか」と繰り返されている。この主権の回復は、「私」のアイデンティティーを保持していくために必須であり、そのための方法として、作中では金魚の撲滅と美奈子との情事とが求められたのである。

「私」が回復を目論む主権のうち、「恋人」と「魚」とは、これまでに引用した「美奈子の愛人」「私と魚とは同一」といった言説に明示されよう。だが、「私」が、「詩人」としての自己を「恋人」「魚」に併置してまで挙げている背景には、何があるのだろうか。たとえば、「私」は、「此処一年来美奈子の愛人として、彼女の制作のいわば間接的モデル、イメージの源泉として」「腔腸動物とセラトーダスの合の子になったり、手足の生えたタツノオトシゴになったり、あるいはまた一足跳びにアンモン貝の耳を持った抒情詩人に昇格したり」すると語っている。端的にいえば、「詩人」も、「魚」のように美奈子によって付与されたイメージと整理できよう。吉崎祐子は、美奈子について「現実の女だが主人公にとっての時間空間を司どる女、すなわち幻想（奇跡）へと彼を誘う道標的存在」[*12]と指摘した。吉崎の見解において美奈子は、「私」に対して極めて主導的な立場にあると理解されているのだろう。しかしながら、物語の結末である金魚の撲滅後は、「私」が彼女をベッドルームに連れて行く。「一度失った私の恋人として、魚として、詩人としての主権」の回復が、情事によって確認されようとするのである。

必ずしも「幻想（奇跡）へと彼を誘う道標的存在」に美奈子は定位され続けているわけではない。金魚が撲滅されていく様子を見ていた美奈子は、「あたしの金魚。あたしの金魚」と声を漏らしていた。その後に展開される

「私」との情事の際、彼女は「「あたしの金魚。あたしのお魚……」となおも言いつづけ」た。「私」は、「けれどもそれは明らかに私に向かってささやかれた言葉、たまゆらの愛の告白でありました」と解釈し、自らの主権を回復させようとする。「なおも言いつづけ」たとあることから、「あたしの金魚。あたしの金魚。あたしのお魚」という美奈子の言葉は、撲滅されていく金魚に対し向けられた「あたしの金魚」「あたしのお魚」とつながる文脈と解すのが妥当であろう。しかし、語り手「私」は、「けれどもそれは明らかに」と逆接の接続詞を用い、これを自分自身への「愛の告白」と了解していくのである。順接ではなく逆接を用いなければ、語り手である「私」であろうと、美奈子の言葉を自らへの「愛の告白」と位置付けることはできないのだ。「私」は、「一度失った私の恋人として、魚として、詩人としての主権」を回復するため、美奈子を、彼女の言葉を、自己の内に強引に取り込んだのである。

「恋人」「魚」「詩人」は、「私」を構成するアイデンティティーと化し、主観的な判断で奪還されている。それを付与した美奈子が認めることによって保証されるのではなく、自己充足的な、「私」自身の解釈が「私」の「主権」の回復を達成させた。ただし結果的には、「一週間経ってみると、今度は主の居ない金魚鉢が、あの金魚鉢そのものが」「前よりもっと大きな、もっと白々しい不気味な眼となって、又しても私たちをじろじろ睨みはじめた」のである。金魚の撲滅と、その動機となった「主権」の回復とは、拡大していく自意識を生み出したといえよう。もとより、アイデンティティーの危機および奪還自体が、自意識の発露でもあろうが、「もっと白々しい不気味な眼」の登場により、「私」の「不安」が払拭され、「恋人」「魚」「詩人」という主権が回復されたのかはわからなくなる。「私」の「不安の正体」は、「今まで彼女の眼底に、ぴったり一致して一つの像を結んでいたはずの金魚と私のイメージ」のずれにあったはずだ。金魚を撲滅し、イメージの一元化を図ったにもかかわらず、「もっと白々しい不気味な眼」に苛まれるのは、「不安の正体」が異なっていたか、もしくは新たな「不安」の生起かであろう。

先に、見る／見られるという自意識の円環構造が、物語の根幹にあると論じた。よって、「私」の自意識は、次々と「白々しい眼」を生み出さざるをえない。「不安の正体」を突き止め、撲滅したところで、また新たな「不安」が生じる。「このお話は此処から始まってもよいわけ」で、「幾ら書いても切りがなさそう」との理由から「いま私は筆を擱いたところです」と語られ、物語が閉じられるゆえんである。ここで注目しなければならないのは、「私」が、語り手兼書き手としての自己を、物語の最期で暴露している点であろう。「私」は、「この遍在する眼から逃れる手だてはないのであろうか……とこう諸君に語らねばならないのを非常に心苦しく思いつつ」と、自らが書いている文章を読んでいる「諸君」へと直接的に語り掛けている。「お話」(=小説)の書き手(作者)としての自我が意識されているとともに、どのように読まれているか(見られているか)という自意識が、「私」と美奈子をめぐる物語の外側にいる「諸君」(読者)にまで働いているのである。つまり、美奈子の「恋人」としての、彼女の創作におけるイメージの源泉となる「魚」としての自己は、「お話」によって局外の他者に証明されようとしていたのだ。書き手である自己像の暴露は、「詩人」としての主権の顕示となろう。物語の結末において、書くという行為にまでも「私」の自意識が拡大していくのを読み取ることができるのである。

「私」の自意識は、揺らぐがゆえに拡大していた。「撲滅の賦」は、〈眼〉と〈目〉に内在する視線に焦点を当て、そこから語り手兼書き手「私」の見る／見られるという自意識を描出した物語である。その自意識を導く〈眼〉と〈目〉は、埴谷雄高の「意識」に基づくイメージであろう。〈眼〉と〈目〉のイメージの反復は、意識から自意識という観念の変形を現象させ、典拠との差異を作り出している。徹底した自己との対話である埴谷の「意識」と、他者との関係性から自意識を拡大させていく「撲滅の賦」との差異は、〈眼〉と〈目〉の運用にこそ顕著なのである。

以上のような検討から作家・澁澤龍彦の出発にあえて付言するならば、「詩人」としての自意識に、それを見出だせるだろう。

注

＊1　出口裕弘「［エピクロスの肋骨］」（『澁澤龍彥全集』第一巻「解題」　河出書房新社、平成5・5）

＊2　巖谷國士「「旅」のはじまり」（巖谷國士『澁澤龍彥考』河出書房新社、平成2・2　なお初出時のタイトルは「澁澤龍彥の『出発』」「海燕」昭和63・6）

＊3　＊2に同じ。

＊4　吉崎祐子「澁澤龍彦《ママ》（Ⅰ）――初期小説における『空虚』の問題を中心に――」（「群馬県立女子大学国文学研究」平成2・3）

＊5　澁澤龍彥「金魚鉢のなかの金魚」（『埴谷雄高作品集』第一二巻　河出書房新社、昭和54・11）

＊6　＊5に同じ。

＊7　リンダ・ハッチオン著／辻麻子訳『パロディの理論』（未來社、平成3・3）

＊8　＊2に同じ。

＊9　メルロ＝ポンティ著／木田元訳「眼と精神」（木田元編『メルロ＝ポンティ・コレクション4　間接的言語と沈黙の声』みすず書房、平成14・10）

＊10　埴谷雄高「意識」の引用は、すべて講談社版『埴谷雄高全集』第一巻（平成10・4）に拠る。

＊11　跡上史郎「澁澤龍彥とA・P・ド・マンディアルグ――「ダイアモンド」から「犬狼都市（キュノポリス）」へ――」（「比較文学」第四一巻、平成11・3）

＊12　＊4に同じ。

※本章における澁澤龍彥作品の引用は、すべて河出書房新社版『澁澤龍彥全集』全二二巻別巻二（平成・5〜7・6）に拠る。

第2章 〈猥褻〉をめぐる闘争——サド裁判と四畳半襖の下張裁判と——

1 猥褻文書裁判の争点

猥褻文書裁判には明確な被害者が存在しない。結果、当該の文書が法の定める「猥褻」に抵触するか否かを争う。代表的な戦後の猥褻文書裁判であるチャタレイ裁判[*1]は、芸術作品であるため「猥褻」には当たらないと被告側によって主張されるも、最高裁判決は芸術であっても「猥褻」として有罪を確定した。いわゆる「芸術かワイセツか」の二元論で裁判が進められ、「芸術かつワイセツ」と両立論で判決が下されたのである。[*2]「猥褻」であろうとなかろうと、結審されるということは、文学作品の価値判断を裁判所（法権力）に委ねるのと同義であろう。チャタレイ裁判に続き衆目を集めた、サド裁判の被告・澁澤龍彥と四畳半襖の下張裁判の被告・野坂昭如とは、これを回避するかのように、法的枠組みから逸脱する闘争を目論んでいた。

サド裁判は、マルキ・ド・サド作／澁澤龍彥訳『悪徳の栄え（続）ジュリエットの遍歴』（現代思潮社、昭和34・12 以下、『悪徳の栄え』）が、昭和三五年四月七日に発禁処分を受け、翌昭和三六年一月二〇日には、訳者である澁澤と現代思潮社社主の石井恭二とが猥褻文書販売同所持で起訴、同年八月一〇日に第一回公判が行われた。昭和三七年一〇月一六日の第一審判決で無罪、昭和三八年一一月二一日の第二審では有罪となり、昭和四四年一〇月一五日の最高裁判決で有罪が確定する。それからおよそ三年後の昭和四七年六月二二日、金阜山人作（伝永井荷風作）「四畳半襖の下張」を掲載した「面白半分」昭和四七年七月号が発禁となり、翌昭和四八年二月二二日に、当時の「面白半分」編集長であった野坂昭如と、株式会社面白半分社長の佐藤嘉尚とが起訴、同年九月一〇日に第一回公判が開かれ、四畳半襖の下張裁判が始まる。こちらは、昭和五一年四月二七日の第一審、昭和五四年三月二〇日の第二審ともに有罪となり、昭和五五年一一月二八日の最高裁判決で有罪が確定した。なお、「四畳半襖の下張」は、昭和二五年に猥褻文書としてすでに発禁になってもいる。[*3]

闘争方針について、サド裁判では、被告と弁護団との相違が指摘されてきた。[*4] なかでも水川敬章は、澁澤のそれを「法権力のおぞましさを可視化させる批評的な営為であると同時に、また自らの作家イメージを法権力によって強化させるバイナリーなものだった」[*5]とし、裁判の勝敗とは離れた作家としての戦略性を析出している。四畳半襖の下張裁判では、特別弁護人であった丸谷才一は「文学者が自由に筆をふるふこと、すなはち言論表現の自由は、一文明の健全な運行のために極めて貴重なものである」「いはば文明のために『四畳半襖の下張』を守らうとしてゐる」[*6]と、言論・表現の自由のための闘いであると標榜したが、後に柘植光彦が、野坂の弁論から、「芸術であるとは一言も主張せず、擬古文で書かれているため難解であり猥褻性が薄いという点を主張」するとともに、「好きで読んでいる読者は「被害者」だとは言えないのだから、これは「犯罪」ではないはずだとして、刑法一七五条そのものの根拠を問うかたちでの議論を展開した」[*7]と説いた。

澁澤や野坂は、正面から「猥褻」ではないと訴えていたというよりも、法権力そのものを批判するような形で裁判に臨んでいたといえるだろう。このような澁澤と野坂との姿勢に関しては、四畳半襖の下張裁判の第一回公判直前に発表された、両者の対談「芸人根性で権力を愚弄しちゃえ」（「週刊朝日」昭和48・5・4）が特に示唆的である。たとえば、「私は無罪。よく無罪になりました。でも、二審が有罪で、最高裁が五対八か、スレスレで有罪。でも、どっちでもいいんですよ」と澁澤が述べると、「ぼくは一審で有罪ならば、じゃ、けっこうですって、はいっちゃってもいいんです」と野坂も答えており、勝敗にはまったく拘泥していない。さらに、「文芸家協会なんかが関係してくると、言論の自由という大義名分になってくるんで、ぼくはそんなものはどっちでもいいわけです」という澁澤に、野坂も、「言論の自由とか、表現のなんとかって、いちいちもっともらしく言う気持もない」と同意する。言論・表現の自由の主張を否定し、勝敗にも執着しない彼らは、もとより法権力に自らの文学的営為の価値判断を委ねてなどいないのである。続けて、「芸人根性で権力を愚弄しちゃえ」では、法の定める「猥褻」とは異なる、独自の〈猥褻〉概念が語られている。それは、澁澤と野坂との基本的な闘争方針をも覆しかねない。しかし、彼らは互いに確かめ合わねばならなかったのだ。にもかかわらず先行研究では、被告の闘争方針に注目が集まる一方で、澁澤と野坂とが語った〈猥褻〉概念はあまり顧みられてこなかったのではないだろうか。*8

発禁、起訴、法廷闘争といった一連の〝事件〟は、被告となった作家にあらためて〈猥褻〉を語る機会を与えた。猥褻文書裁判である以上、争点は本質的に〈猥褻〉概念にある。被告の闘争方針とも無関係ではない。とすれば、猥褻文書裁判が文学にもたらした影響のひとつとして、澁澤龍彦と野坂昭如とにおける〈猥褻〉概念、あるいは〈猥褻〉表現を検討する意義はあろう。サド裁判と四畳半襖の下張裁判とは、どちらも第一審後に、現代思潮社編集部編『サド裁判』上下（現代思潮社、昭和38・8、9）、丸谷才一編『四畳半襖の下張裁判・全記録』上下（朝日新聞社、昭和51・11）と裁判記録が公刊されている。そこで、法廷内での澁澤と野坂との発言はこれを参照し、「芸人根性で権力を愚弄しちゃえ」をはじめ、彼らが係争と平行して発表したエッセイや評論、小説と合わせ、〈猥褻〉をめぐる裁判と創作活動との関連性について論究していきたい。

2　〈猥褻〉概念の差異

まず、刑法一七五条にいう「猥褻」とは、昭和二六年五月一〇日、通称「サンデー娯楽」裁判の有罪判決以来、

「徒らに性欲を興奮又は刺戟せしめ、且つ、普通人の正常な性的羞恥心を害し、善良な性的道義観念に反するものをいう」[*9]と定義されている。猥褻文書裁判では、この曖昧な概念規定によって有罪が生み出されていた。

大野正男は、四畳半襖の下張裁判について、「検察側は「面白半分」を証拠に出した以外なに一つとして立証しませんでしたね。証人を一人も立てませんでした」「反対尋問すらほとんどしなかった。形から言えば弁護側だけがやっているので、裁判の本質である「対決」も「論争」もなかった」とし、〈猥褻〉とは「検察側にとっても得体の知れないことであって、証明など本来できないもんだと。で、永遠の水掛け論のために証人を出すということをやめたんじゃないか」[*10]と指摘する。裁判記録によれば、「立会検事としてあらわれた方は、もっと人格円満な方でございまして、もっぱらチャタレイ裁判の判例のみに寄りかかり」[*11]と澁澤は皮肉混じりに批判し、「検察官と喋りたかった」「もっといろんなことを喋りたいというチャンスを、検察官は黙っていることによって取り上げている」[*12]と野坂は率直に不満を吐露している。チャタレイ裁判、サド裁判、四畳半襖の下張裁判では、定められた「猥褻」要件に従うだけの判例主義が貫かれていたのである。しかし、サド裁判の弁護人を務めた中村稔は、チャタレイ最高裁判決が裁判官全員一致の有罪であったのに対して、サド裁判最高裁判決では、「十二名中五名の裁判官が少数意見として、多数意見に対する反対を表明」し、「これらの少数意見をひきだしたことは、大きな前進であった」[*13]という。判例研究を中心とする法学の領域では、「猥褻」の定義や判断基準の更新は裁判の意義にほかならず、かつその「猥褻」はチャタレイ裁判時に比べればより限定的な概念に改善されたと評価されているのだろう。[*14]

法廷での陳述で澁澤は、「当人がちっとも恥ずかしいとも猥褻だとも思っていないものを見る人が恣意的に、猥褻だと判断する。そういう恣意的な判断をくだすひとの心の中にしか、猥褻というものは存在しない」[*15]と反論した。法律的には客観的に存在するものである「猥褻」を、見る者の感性に委ねられた主観的相対的な概念だと訴えたのである。一方、野坂は、公判に先立ち〈猥褻〉とは何かを自問し、「万人の認める、これについての正しい概念なんてありやしないのだから。刑法百七十五条に、「猥褻な文書図画を所持販売」とあるけれど、では、猥褻とは何かといえば、判例に従うだけ」と述べ、裁判であれば刑法の概念規定を受け入れざるをえないとしながらも、その根拠や基準の追究は「堂々めぐりみたいなことで、あまり論理的ではない」[*16]とした。〈猥褻〉の普遍性を否定する言説は、澁澤の示した概念とほぼ同じだが、法律違反に問われれば「判例に従うだけ」とする野坂は、「永遠の水掛け論」に向かう不毛さをも予感しているようだ。固定的な「猥褻」概念を根本から否定する澁澤と、裁判では「判例に従う」という野坂との温度差は、彼らの法廷闘争の差異として表れている。

「猥褻」の客観的な実在を認め、「現存する法秩序の枠内で無罪をかちとろう」とするのを目的としていた中村稔は、「『悪徳の栄え』（続）の思想的文学的価値を考えれば、そのわいせつ性などというものはとるにたりない、だから無罪であるべきだ」[*17]という主張を出発点に、弁護団の闘争方針は組み立てられていたという。これは、社会のなかで芸術的価値の優位性が絶対視されているとともに、芸術と〈猥褻〉との分化、言葉を換えれば、文学作品と春本とが峻別できるという発想であろう。だが、被告である澁澤は、「袖の下本がワイセツならば、芸術作品もワイセツである。芸術作品がワイセツでないならば、袖の下本もワイセツではない」、「すべては普遍的なエロティシズムの視点から同等にあつかわれる。ポルノグラフィを断罪するために、芸術という神聖犯すべからざる概念を持ち出すのは本末転倒であり、権力主義的な思考である」[*18]と、第一回公判前から文学と春本との区別の不可能性を語っていた。同時に、〈猥褻〉概念を「普遍的なエロティシズムの視点」へと還元し、「権力主義的な思考」の批判によって文学や芸術の特権性をも否定する。澁澤と弁護団との闘争方針の相違は、〈猥褻〉概念の理解から芸術的価値の証明にいたるまで決定的に異なっている。「芸人根性で権力を愚弄しちゃえ」でも「ワイセツとは何か。ワイセツというものは実体はないんじゃないか」と、客観的な「猥褻」の実在を否定した澁澤は、裁判以後も主観的観念的な〈猥褻〉概念の主張を徹底しているのである。

野坂も、「芸人根性で権力を愚弄しちゃえ」において、「芸術性うんぬんについても、あの作品が芸術作品であるとかなんとか言い争う気持もない」と述べており、言論・表現の自由と文学の特権性との否定までは、澁澤との間に径庭はない。ただし、この対談のなかで野坂は、刑法一七五条の定める「猥褻」を認めたうえで、「普通人の正常な性的羞恥心を害し、善良な性的道義観念に反するもの」のうちの「「普通人」とはなんだ、というところから始めようと思うんです」と、自らの闘争方針を明かした。さらに、「普通人」を「日本国民で義務教育をおえたもの」と読み換え、「四畳半襖の下張」が「今の義務教育をおえたものに読めるかどうか」は不明であり、むしろ、「開中」はカイチュウと読めても、なんのことだかわからない。「くじれば」なんてぜんぜん意味がわからないのだから「普通人の性的羞恥心を害し」ようもないため、「猥褻」には当たらないと続ける。野坂は別のところでも、「四畳半襖の下張」は「まず中卒者には理解できないのだから、義務教育だけでは、普通人たり得ないことになる」として、「これは、文部省の国語教育方針に、重大な欠陥があるか、でなければ、猥褻の判定を下す者に、一種の差別意識がある」[*19]といった見解にまで展開しているのである。

野坂の闘争方針では、特に、「開」や「くじる」などの性器および性行為を表す古語は、「普通人」＝義務教育終了者程度には読めないとして重きが置かれた。しかし、「芸人根性で権力を愚弄しちゃえ」では、「「開中」とか「くじる」とか、「すかりすかり」なんていうのは、ワイセツのための言葉なんだろうなあ」とも澁澤が発言しているのである。すると野坂も「ワイセツというのは、けっこうなこと」とそれを受け、「今の社会では、あんまりワイセツなものはない」、だから「それを文化財みたいに残すべきですよ。ワイセツなものを保存しておかなければね」と澁澤が結論付けるのである。両者には、互いの法廷闘争と背理するかのような〈猥褻〉概念が、ここで了解されているといえよう。「開中」や「くじる」を「ワイセツのための言葉」と自覚しているならば、「普通人」批判は、「猥褻」に当たらないことの証明ではなくなる。「ワイセツというものは実体はない」との言葉とも対立しているかに見える。そこで次に、このように〈猥褻〉概念が肯定される根源を、澁澤と野坂との創作を手がかりにして個別的に考察したい。

3 サド裁判と澁澤龍彥

サド裁判の最高裁判決後にインタヴューを受けた澁澤は、「サド裁判での闘争も、一つの反権力闘争と考えていいのでしょうか」と問われ、「ぼく自身はかならずしもそういう意識でやらなかったにせよ、結局、そういう役割りを無意識のうちに演じてしまったんじゃないかと思いますね[*20]」と当時を振り返った。被告として権力と対峙する彼の姿が安保闘争などと時代的に重なり、裁判が「反権力闘争」と目されたのも想像に難くはない。作家も出版社もすでに反権力的な存在として認知されていたために、『悪徳の栄え』は摘発されたという見解もある。[*21]だが、インタヴューを見る限り、サド裁判による反権力的な作家イメージの拡散は非常に根強い印象であったのだろう。

昭和三七年一月八日の「日本読書新聞」第一面に発表された、「哲学小説　エロティック革命　二十一世紀の架空日記[*22]」(以下「エロティック革命」)は、当時の澁澤のイメージや、裁判と創作との関連性を検討するにあたり、重要な意味をもつ。この小説は、掲載頁の中央に澁澤の写真が配され、その下の紹介文には「サド裁判の被告」とあり、裁判と積極的に関連付けた読みが誘発されているのである。

「エロティック革命」は、「三十年にわたるアンドロメダ宇宙調査旅行を終えて、このほど地球に帰還したばかりの一介の技術者にすぎぬ私」によって書かれた日記体小説である。近未来的な内容なのだろうが、「存在主義者」と呼ばれる支配階層によって管理された「高度共産主義社会」という設定になっており、これに対して「所有主義者」と呼ばれる反体制勢力がデモを行うなどの運動をしているということが物語の前半で紹介される。当時の安保闘争のような反体制運動が意識されてもいよう。

物語の結末では、日記の書き手である「私」が「ある文学裁判の傍聴」に行き、その「被告」は「まだ三十そこそこのちんぴらで、「生産にたずさわる人民をして羞恥嫌悪の情を催さしめる」ワイセツ文書を著作出版した廉で、裁かれている」という。そして、「この被告の陳述がまことに振るっているから、御参考までに紹介しておこう」と語られ、法廷の様子が次のように描かれている。


「要するに」と被告が白皙の顔を紅潮させて声を高める。「ワイセツは人間精神の絶対に逃れられない檻とも称すべき、肉体に結びついた崇高な機能であり、これを淘汰することは人間の自由の唯一の証左でありまするが故に、必要かつ不可欠のものと愚考いたします」

傍聴席と陪審員席で、しきりに動揺が起こる。裁判長が木槌で con,con と卓をたたいて、

「被告はなぜワイセツを淘汰することが人間の自由の証左であるなどと、途方もないことを言うのか?」と質問する。

被告がふたたび立って、にやりと笑いながら、

「現在の共産社会の基礎となった経済革命は、欲求の主体を確立することでありました。これに対して将来のエロティック革命は、いわば欲求と裏腹の死の主体を確立することでありまするが故に……」

「危険思想の臭いがするぞ!」

「所有主義者だ!」

たちまち場内騒然、判事も検事も弁護士も入り乱れての乱闘となった。傍聴席の一角に陣どった所有主義かぶれの学生とおぼしき一団は、ベルトをはずし、ズボンを脱ぎ、下半身をあからさまに露出して卑猥な革命歌

を高唱しながら、例によって例のごときデモンストレーションの態勢に入った。

「ワイセツは人間精神の絶対に逃れられない檻とも称すべき、肉体に結びついた崇高な機能であり、これを淘汰することは人間の自由の唯一の証左」であるといった「被告」の言葉が、裁判の崩壊を導く契機となっている。ここには、「ワイセツなものを保存しておかなければね」という澁澤の発言にも通じる、〈猥褻〉概念が表されていよう。また、当時の読者からしても、「ワイセツ文書を著作出版した廉」によって裁かれている「被告」を、同紙で「サド裁判の被告」と紹介されている澁澤に直結するのは容易である。とはいえ、澁澤は、三島由紀夫宛の書簡（昭和36・1・30付）に、サド裁判を「一つのお祭騒ぎとして」「問題をなるべく思想裁判の方向へ引っぱってゆくようにする」と記していた。「死の主体を確立する」「エロティック革命」という抽象的な議論が「危険思想」と呼ばれ、裁判を崩壊させていく結末は、これを彷彿させもしよう。何より、「場内騒然、判事も検事も弁護士も入り乱れての乱闘」になってしまうのだから、最後は体制も反体制もない。「私」の日記に、「お祭騒ぎ」のような騒動の痕跡が残されるのみである。したがって、「エロティック革命」は、サド裁判と同時代の状況、およびその渦中にいる自己像までをも批評対象にしたパロディになっていると考えられるのである。

実際の法廷内で澁澤は、「ワイセツなんぞよりもはるかに危険かつ恐怖すべきもろもろの観念を、いつも自分の著書や文章の中に、ひそかにばらまいておるつもりです」と前置きし、「たとえば、ワイセツよりも絶望の方が、人間にとってははるかに危険です」「またあくなき論理というものも、非常に危険です。論理はあらゆるものを破壊するからです*23」と述べていた。自らの思想の危険性を訴えることで逆説的に法の定める「猥褻」を揶揄したレトリックでもあるが、「エロティック革命」では、「被告」が抽象的な「論理」や「危険思想」によって法廷を破壊する状況を生み出している。つまり、現実の裁判がひとつの作品（「エロティック革命」）を創作する契機となり、それがまた裁判での弁論と呼応しているのである。読み手の主観性を重視する〈猥褻〉概念も含め、創作と法廷とを往還する回路のひとつが、いわば「あくなき論理」の追究であったのだ。澁澤龍彦において、野坂との対談で「文化財みたいに残すべき」とされた〈猥褻〉とは、「あらゆるものを破壊する」論理（抽象的な概念そのもの）として表出しているのである。

4　四畳半襖の下張裁判と野坂昭如

四畳半襖の下張裁判における野坂昭如の闘争方針で最も特徴的であった「普通人」批判は、必ずしも「猥褻」の否定を目指すものではなかった。そこでまずは、裁判と同時期に発表された野坂の評論などと対照させつつ、その志向性を探りたい。

たとえば、「四畳半裁判の被告席」（「別冊小説新潮」昭和48・10）で、発禁という性表現の抑圧を受け、「ポルノは解禁した方がいい」とする野坂は、「一夫一婦制度を支えるための、刺戟として、ポルノは常に弾圧されている必要があるというのは、筋ちがい」であり、「国家の手玉にとられた上で、与えられる刺戟になどたよらず、個人が自分の猥褻を模索し、そこで自由奔放な、個性的な性を楽しむことこそ、多分、国家に拮抗する唯一の手段で」あるという。また、「野坂昭如のオフサイド76（第4回）」（「週刊朝日」昭和51・1・30）では、「四畳半襖の下張」が書かれた大正期の言論状況は「日本共産党こそが、肌身にしみて覚えているはずだ」とされ、次のように論じられている。

共産党が、天皇制の桎梏から、世間を解放し、地主や大資本家のほしいままなる搾取の横行する、その仕組みを、革めよう、つまり、人間が平等に暮らしていける社会、人間として生を享けたことに、しみじみ喜びを感じることのできる時代を目指したのと、「四畳半」の筆者の気持は、まったく相通ずる。
だからこそ、大日本帝国は、両者をともにきびしくとがめ立てした。世間を人間扱いしないことが、その国是だったからだ。

野坂の言説は、「弾圧」「搾取」といった言葉を用いて権力機構を批判し、「四畳半襖の下張」を、「自由」や「平等」の表象へと再編している。「四畳半裁判の被告席」「野坂昭如のオフサイド76（第4回）」では、国家などの抑圧によってそれを剥奪される被差別的な弱者の立場から、権力機構の打開（打倒）が志向されていよう。顧みれば、野坂の闘争方針である「普通人」批判も、「猥褻の判定を下す者に、一種の差別意識がある」といった文言へと収斂していた。柘植光彦は、野坂や弁護団の戦術を「刑法一七五条そのものの根拠を問うかたちでの議論を展開した」[*24]と総括したが、「普通人」批判の文脈には、権力によって生成される差別意識の暴露があったのではないか。法廷でも「仰々しく差別というような言葉を使いたくありませんが」[*25]と、「差別」の一語を強調するかのように、野坂は陳述していた。そのうえ、文部省の国語教育までもが糾弾され、「何もこの文章を、強制的に誰彼かまわず読ませようと、かつての教育勅語の如く強制するわけではありません」[*26]と「四畳半襖の下張」について弁論されている。「天皇制」や「大日本帝国」を例にしながら「四畳半襖の下張」を語った評論と、「猥褻」を批判するだけでなく、文部省や教育勅語を非難する法廷での発言と、野坂の志向性は、実体的な権力による支配体制への反発を内に秘めているといえよう。刑法の文言に差別意識を察知するのも、抑圧を受ける側の極めて敏感な反動と捉えられるのである。

「四畳半襖の下張」を掲載した「面白半分」が発禁になって三箇月後に発表された、「四畳半色の濡衣」（「オール読物」昭和47・9）も、やはり同様の文脈に位置付けられる。擬古文調で男女の性行為が描かれたこの小説は、「序」

に相当する箇所の最後に「雨の振り袖しっぽりと、濡色みするよしなしごと書きつづらんと、珍腐山人しるす」とある。冒頭の段落末尾に、「大地震のてうど一年目に当らむとする日金阜山人あざぶにて識す」とされた「四畳半襖の下張」を明らかに模している。昭和五二年二月に文藝春秋社より刊行された単行本『四畳半色の濡衣』では、表題作を含む全一〇編が擬古文調で性行為を主題とし、タイトルには必ず「四畳半」という言葉が入り、「金阜山人戯作」と著者名が記された「四畳半襖の下張」のように、表紙の署名は「野坂昭如戯作」とされた。「濡衣」は、エロティックなイメージを喚起するとともに、「無実の罪を着せられること」との意味ももつ。吉行淳之介との対談で野坂は、「四畳半色の濡衣」が発表直後に「編集長注意[*27]」になったと明かしているが、作品内容と発表時期とを考慮すれば、当然予想されるべき結果である。したがって、発表のタイミング、内容・文体・題名と、「四畳半色の濡衣」が発禁処分（実体的な権力による抑圧）への速やかな反抗であるのは明白であろう。

ただし、「四畳半裁判の被告席」で野坂は、「猥褻という語感は、なかなかいいと思う、百七十五条で規定されているようなチャチなことではなく、ぼくは人間の中に巣食う性的な業を」「これなしでは人間たり得ないような、すくなくとも人間の性の営みを支える怪物を、ぼくは猥褻と名づけたい」とも述べている。澁澤との対談で共有された「ワイセツというのは、けっこうなこと」との発言に通底するものであろう。反体制を意図して法の定める「猥褻」が批判されていたとき、〈猥褻〉概念そのものの本質が、このように認識されていたのである。第一審で有罪を宣告された後も、『四畳半色の濡衣』所収の諸作品の連載は続き、「編集長注意」にもたじろがず、積極的に性表現を盛り込んだ小説が創作されていた。単行本『四畳半色の濡衣』の「あとがき」に置かれた「猥褻記」（「オール読物」昭和47・10）には、次のような文言がある。

猥褻感は、生きているしるしみたいなものではないか、何かに触発されて、味な気分を起すから、この世は楽しいのである。そしてそれは、クラシック音楽によってひき起される場合もあれば、漫画が刺戟になることもあり、そう杓子定規に、因果関係を設定できるものではない。

すなわち、『四畳半色の濡衣』所収の作品は、「生きているしるしみたいな」〈猥褻〉概念の小説化でもあったのだ。野坂昭如の闘争からは、目前の権力機構に対する抵抗の文脈とともに、「人間の中に巣食う性的な業」「生きているしるしみたいなもの」を題材にする創作意識が読み取れるのである。

5 作家としての闘争

後年、「袖の下本がワイセツならば、芸術作品もワイセツである。芸術作品がワイセツでないならば、袖の下本もワイセツではない」と語った自身の言葉を、「七〇年代がそろそろ終ろうとしている現在では、こうは書かない」と振り返り、その理由を、「ワイセツ概念がすでに空洞化しているから」「「ワイセツ、なぜ悪い」というイデオロギーの行き着く先に見えているのは、福祉国家のイメージだけだから」「要するに「ワイセツ、なぜ悪い」イデオロギーは、いまでは革命的でもなんでもないから」[*28]だと澁澤は記している。時代が進み、社会通念が変化し、〈猥褻〉の肯定にサド裁判時ほどの熱量が失われてしまったというのであろう。だが、ここでも具体的な性表現の現状は問題とならず、「行き着く先に見えている」のはイメージと語り、概念の空洞化やイデオロギーの革命性が関心の対象になっている。澁澤にとっての「文化財みたいに残すべき」〈猥褻〉が、具体的な図画や言葉ではなく、その概念自体であったことに変わりはあるまい。「エロティック革命」も法廷での発言も、〈猥褻〉に関しては概念の本質や原型を求める思索であった。澁澤は、あくまでも概念の本質を追究しようとする抽象思考を基軸としている。

一方、野坂は、実体的な権力機構への抵抗を動力としながら、「編集長注意」も辞さない、具体的な性表現を用いた小説を創作していた。性表現に関して野坂は、四畳半襖の下張裁判の弁護に立った吉行淳之介が、法廷での弁論で「自分も春本を書いてみたいと思う、現代の生きた言葉で、いっさいの美的《マ》節度かな《マ》ぐり捨て、各頁に艶なる情景の展開するそれを、完成させたいと結ばれた」ことを挙げ、「僭越ながら小生にもこの気持はある」[*29]と述べている。そして、裁判の終結から約二〇年後に「現代語訳「四畳半襖の下張」」(「週刊新潮」平成14・5)を発表した。これは、「ワイセツのための言葉」に同定されよう現代の俗語が縦横無尽に散りばめられた、まさに「現代の生きた言葉で、いっさいの美的節度かなぐり捨て」られた「春本」であろう。有罪判決後、長い年月が経とうと、裁判時に目論まれた性表現は、発禁を受けた「四畳半襖の下張」の名を冠し実践されたのだ。

以上のように、〈猥褻〉を、澁澤は法権力を破壊する論理の一端として観念的に描き、野坂は具体的な性表現とともに実体的な権力機構への反動としていったのである。主観的相対的な概念という出発点を同じくしていた〈猥褻〉をめぐる両者の言説には差異が生じている。とはいえ、〈猥褻〉概念の理解は、澁澤も野坂も一致していたのではないか。

澁澤の分身的存在とも読まれるだろう「エロティック革命」の「被告」は、「ワイセツは人間精神の絶対に逃れられない檻とも称すべき、肉体に結びついた崇高な機能であり、これを淘汰することは人間の自由の唯一の証左」であると陳述していた。「被告」の発言からは、「四畳半裁判の被告席」における「人間の中に巣食う性的な業」、「猥褻記」における「猥褻感は生きているしるしみたいなもの」といった、野坂の〈猥褻〉概念が惹起されよう。これらは、〈猥褻〉あるいは性意識という極めて個人的な感性に属する問題、彼らの言葉を敷衍すれば、根源的な人間の自由を宣言するものである。澁澤は、権力の抑圧下で性から個人の自由を訴える革命的な力学を「エロティック革命」に表し、野坂は、その自由の普遍性を『四畳半色の濡衣』所収の諸作品や「現代語訳「四畳半襖の下張」」を通じて発信し続けていたのだ。つまり、両者の言説、裁判の闘争方針に差異があろうと、いずれも個人の性意識という本質的な人間の自由を直視した作家の闘争にほかならないのである。サド裁判、四畳半襖の下張裁判と、被告となった澁澤、野坂の文学的な営為との相関性は、このような〈猥褻〉概念をめぐる言説にこそ、顕在化しているといえよう。

注

＊1　昭和二五年六月二六日、D・H・ロレンス作／伊藤整訳『チャタレイ夫人の恋人』上下巻（小山書店、昭和25・4、5）が発禁処分を受け、発行者である小山久二郎と訳者・伊藤整とが起訴される。翌二六年五月八日から公判が始まり、第一審では伊藤が無罪、小山は罰金二五万円（有罪）とされた。その後、控訴審判決は一審判決を覆し伊藤にも罰金一〇万円を科し、昭和三二年三月一三日、最高裁判決にて伊藤整・小山久二郎両被告の有罪が確定した。

＊2　曾根博義「『チャタレイ夫人の恋人』と『悪徳の栄え』――戦後の翻訳小説」（「國文學」七月臨時増刊号第四七巻九号、平成14・7）によれば、チャタレイ最高裁判決は、「「芸術かワイセツか」という巷間における芸術至上的な二者択一説を斥け、芸術性と猥褻性の両立を認めて「芸術かつワイセツ」という見方を提出した」。

＊3　昭和二五年八月二六日、「四畳半襖の下張」を出版した、松川健一（ほか二名）が、猥褻文書販売同所持で懲役三月（ほか二名は罰金）とされている。

＊4　中村稔「澁澤龍彦氏とサド裁判」（「ユリイカ」六月臨時増刊号第二〇巻七号、昭和63・6）、巖谷國士「サド復活のころ」（澁澤龍彦『サド復活』日本文芸社、平成1・4）、関谷一彦「『サド裁判』――猥褻についての法的立場と文学的立場」（「言語と文化」第九号、平成18・3）、水川敬章「サド裁判論――澁澤龍彦の戦術とその意義をめぐって」（「日本近代文学」第八〇集、平成21・5）などで論及されている。

＊5　水川敬章「サド裁判における澁澤龍彥の闘争――弁護人の言説との比較から」（「名古屋大学国語国文学」第一〇二号、平成21・11）

＊6　丸谷才一「作家の証言　序」（『作家の証言』朝日新聞社、昭和54・10）

＊7　柘植光彦「猥褻なぜ悪い――『四畳半襖の下張』と『愛のコリーダ』裁判」（「國文學」七月臨時増刊号第四七巻九号、平成14・7）

＊8　澁澤と同じくサド裁判の被告であった石井恭二は、地方検察庁で検事が「「これは猥褻というよりグロだ。《ママ》」また「これは危険思想だ」と発言し」たとし、「本事件は刑法に名をかりた、悪質な思想弾圧であり、出版の自由の抑圧であることは明白であります」（「被告人意見陳述」『サド裁判』上　四五頁）と法廷で陳述しており、言論・表現の自由、反思想統制の闘争としていた。

四畳半襖の下張裁判の被告であった佐藤嘉尚は、「猥褻文書の基準はさっぱりわかりません」と刑法の定義の曖昧さを批判し、「これ［引用者注：「四畳半襖の下張」］が芸術作品であるかどうかを議論することには、あまり興味がありません」（「起訴状に対する意見」『四畳半襖の下張裁判・全記録』上　五三―五五頁）と述べ、基本的な主張は澁澤や野坂とほぼ一致している。

＊9　「猥褻文書販売被告事件」（「最高裁判所刑事判例集」第五巻六号、昭和26・7）

なお、「サンデー娯楽」裁判とは、「カストリ新聞『サンデー娯楽』が「好色話の泉」など戯文を掲載したとして、刑法一七五条違反に問われたもの」（読売新聞社会部編『わいせつ裁判考』読売新聞社、昭和54・7）であり、「サンデー娯楽」の編集発行人であった被告・岡崎幸八は懲役五箇月（執行猶予付き）に処された。

＊10　大野正男・大岡昇平「文学裁判」（『フィクションとしての裁判』朝日出版社、昭和59・12）

＊11　澁澤龍彥「被告人最終意見陳述」（『サド裁判』下　三五〇頁）

＊12　野坂昭如「最終陳述要旨」（『四畳半襖の下張裁判・全記録』下　三一二頁）
＊13　＊4中村稔「澁澤龍彦氏とサド裁判」に同じ。
＊14　たとえば、奥平康弘「サド判決とわいせつ概念のゆくえ――「比較衡量」理論をめぐって――」（「ジュリスト」四四〇号、昭和44・12・15）では、サド裁判の反対意見のうちでも「わいせつ性は相対的なものであって、芸術性・学問性などの諸価値との関係で判定されるべきである」という、作品のもつ価値の比較衡量によって〈猥褻〉を判断する考え方を批評し、田中久智「文学裁判と猥褻の概念――「悪徳の栄え」事件の最高裁判決をめぐって――」（「ジュリスト」四四三号、昭和45・2・1）では、中村と同じく、「チャタレー判決のように全員一致の有罪判決でない点が注目される」として多数意見と少数意見との内容を整理しており、角替晃「わいせつ概念の再構築――「四畳半襖の下張」事件」（「憲法判例百選Ⅰ〔第四版〕」別冊ジュリスト一五四号、平成12・9）では、四畳半襖の下張裁判の最高裁判決は「わいせつ性判断の前提要件を具体化することで、原審判決同様、わいせつ規制を端的な春本類、又はそれに近接する文書に限定しようとした」点を評価している。
＊15　澁澤龍彦「被告人意見陳述」（『サド裁判』上　三九頁）
＊16　野坂昭如「かさぶた喰いの弁（第37回）」（「週刊小説」昭和48・9・28）
＊17　＊12に同じ
＊18　澁澤龍彦「ワイセツ妄想について」（「現代詩」昭和36・7）
＊19　野坂昭如「『四畳半襖の下張』は猥褻にあらず」（「中央公論」47・9）
＊20　澁澤龍彦「60年代とサド裁判はパラレルだ！」（「週刊言論」昭和44・11・5）
＊21　宮本陽子「サド裁判と戦後の日本（二）」（「広島女学院大学　人間・社会文化研究」第六号、平成20・3）では、「一九六〇年四月の発禁処分以前に、澁澤はすでにサド研究者として活躍し、反権力的な姿勢を標榜する新進気鋭の評論家」

であったため、「警視庁保安課も摘発するに足る人物として注目した」のであり、「『悪徳の栄え』の出版社が現代思潮社であるということも、摘発し甲斐があったものと思われる」と指摘されている。

＊22　以下、「エロティック革命」の引用は、すべて河出書房新社版『澁澤龍彥全集』第三巻（平成5・8）に拠る。

＊23　澁澤龍彥「被告人最終意見陳述」（『サド裁判』下　三五一頁）

＊24　＊7に同じ

＊25　野坂昭如「起訴状に対する意見」（『四畳半襖の下張裁判・全記録』上　六五頁）

＊26　野坂昭如「起訴状に対する意見」（『四畳半襖の下張裁判・全記録』上　六六頁）

＊27　吉行淳之介・野坂昭如対談「現代とエロチシズム」（『別冊小説新潮』秋号、昭和47・10）で野坂は、「これはとおもえる作品は、担当の係官が読んでみて、警視庁のなかの女の子に見せる。女の子が、いやらしい、といったらバッテンがついて、また担当官が回し読みする。それで民主主義的に多数決の原理できめるわけです。多数決できまると、まず編集長注意」になると述べ、「四畳半色の濡衣」も同様に「編集長注意」になったとしている。

＊28　澁澤龍彥「ワイセツについて」（『太陽』第一九五号、昭和54・7）

＊29　野坂昭如「窮鼠の散歩（第16回）」（『週刊朝日』昭和49・5・3）

※本章は、平成二五年度昭和文学会春季大会「特集〈文学裁判〉という磁場」（平成二五年六月八日、於明治大学）での口頭発表「〈猥褻〉をめぐる断層――澁澤龍彥と野坂昭如の闘争方針――」に基づいている。会場で貴重な御教示をいただいたことに感謝を申し上げたい。

第3章　澁澤龍彥の見たサド裁判——自己戯画というパロディ——

1　被告としての役割

あらためて澁澤龍彥とサド裁判とに焦点を当てたい。特に、「エロティック革命」においてパロディ化された自己像は、反復／変形によって生じる批評性を追究していくうえで軽視できない。典拠に相当するものが彼自身であったのだから、法廷闘争だけでなく、サド裁判に関するメディアの動向も視野に入れるべきであろう。サド裁判時、澁澤はどのように語られていたのだろうか。

チャタレイ裁判と同じく、サド裁判も芸術と猥褻との関係が問われた。とりわけ文学の芸術的価値が裁判所（権力）に委ねられてしまった事態に関する議論[*1]が、司法および文学史上の争点として反響を呼んだのは前節でも論じた通りである。ただその一方で、サド裁判係争時における澁澤本人については、被告という立場ばかりに注目が集まっていた観は否めない。裁判は、被告対検察（権力）という構図を前面に押し出す形で始められたが、しかし、当時の澁澤について巖谷國士は次のようにいう。

　良心的で有能な弁護人たちにとっては、この裁判は「闘争」であった。ところが被告たち、少なくとも訳者・澁澤龍彥にとっては、これもまた「騒動」にすぎなかったのだともいえる。［中略］いや、当の被告たちにとってこの裁判がなお「闘争」でありえたのだとしても、それは、法律なるものとその基盤とに対する「闘争」でなければならなかった。サドの文学の本質はむしろそこにあるのだ。そのために被告たちは、法の枠内での「闘争」をめざす弁護人たちに対しても、うちなる「闘争」をしかけていたということになる。[*2]

巖谷は、裁判の勝敗に帰着するのではない、澁澤の「うちなる「闘争」」を見出だしている。関谷一彦は、これを、弁護側と被告側の間にある「法的立場と文学的立場の深い対立[*3]」として捉え、サド裁判のひとつの核心と評価した。だが、サド裁判時に、このような形で澁澤が語られることはほとんどなかったといってもよい。

澁澤龍彦にとっては、「六〇年代というものとサド裁判というものが、まさにパラレル[*4]」であり、裁判の第一審まではメディアへもたびたび露出し、衆目を惹いていた。その渦中に、「エロティック革命」は「日本読書新聞」に発表されたのである。明らかにサド裁判が意識されたこの作品が、「日本読書新聞」紙上に掲載された意味も大きい。裁判によって固着していくイメージは、澁澤の文学的な活動に多大な影響を及ぼし、さらに、日米安保や学生運動の気運の相乗が、彼にある種の〝役割〟を期待したのである。サド裁判時のメディアに語られた澁澤龍彦像と「エロティック革命」とを合わせた検討は、彼が自らを取り巻く状況を、いかに見据えていたのかを炙り出し、この作品における反復／変形のプロセスをより鮮明にすることができるだろう。

そこでまずは、裁判までの経緯を澁澤の発言を軸に整理しておきたい。澁澤と現代思潮社社主・石井恭二とが、猥褻文書販売同所持で東京地検に起訴されるのが昭和三六年一月二〇日、『悪徳の栄え』が発禁処分を受けたのは昭和三五年四月七日であった。発禁から第一回公判までの間に、「発禁よ、こんにちは」（「新潮」昭和35・7）、「反社会性とは何か」（「日本図書新聞」昭和35・11・26）、「裁判を前にして」（「日本読書新聞」昭和36・7・17）、「ワイセツ妄想について」（「現代詩」昭和36・7）と、澁澤は、裁判や猥褻問題に関するエッセイを矢継ぎ早に発表している。これらで問われている点を要約すれば、「東京地検、高検のエライひとたち」が、『悪徳の栄え』を「ワイセツ文書のみならず、反社会性をおびた危険文書として、起訴することにほぼ話をきめたそうである」（「反社会性について」）となろう。第一回公判の直前、「東京新聞」の特集記事「近づく〝サド裁判〟の焦点」（昭和36・8・7）では、「芸術か反社会的か」という見出しが中心に配され、事件の争点は猥褻問題ではないとまでされた。[*5]そして、昭和三六年四月一日付で澁澤と石井とが関係各方面に連盟で発した「立言」[*6]により、反権力・反思想弾圧の構えが、あらためて言明されたのである。

両者による「立言」以降、多くの出版メディアも反権力・反思想弾圧を重点的に報道していく。この流れに先駆けるかのように、「日本読書新聞」は澁澤龍彦訳で「フランスにおけるサド裁判記録」[*7]を連載する。タイトルの後ろに「資料」と付したこの翻訳は、一九五六年にフランスで行われた裁判の記録の一部であり、ジョルジュ・バタイユやアンドレ・ブルトンの証言、ジャン・コクトーの手紙などの抄訳が、彼らの肖像画とともに掲載され、連載終了の翌週には、澁澤龍彦「サド裁判　フランスから日本へ」と、石井恭二「思想統制と断固闘う　デモクラシーの蒙をひらく」（「日本読書新聞」昭和36・7・17）とが合わせて発表された。そこでは、弁護人の大野正男、証人として出廷することになっていた遠藤周作、大岡昇平、白井健三郎、大江健三郎らの顔写真も載せられ、まさに「フランスにおけるサド裁判記録」を模すかのような体裁を見せながら、日本ではより強硬な姿勢で裁判に臨むと宣言されているのである。法廷闘争と平行しながら、そのほかにも、「週刊読書人」が公判記録を公開したり[*8]、昭和三七年四月の「文藝」が、澁澤を交えた座談会（伊藤整・大岡昇平・奥野健男・澁澤龍彦・白井健三郎・中島健蔵・埴谷雄高・福田恆存「性は有罪か――チャタレイ裁判とサド裁判の意味」）を組むなど、サド裁判に関する議論は、即時的に展開されていた。

一方、文芸家協会は、当初、チャタレイ裁判時のようには全面的にサド裁判へと関わろうとしない消極的な姿勢であった。[*9]対して、基本的に徹底抗戦の構えを崩さない澁澤の態度は、「三十二歳の新進文学者の意気はたいへん戦闘的[*10]」と評され、彼の「戦闘的」な側面がメディア上で注目されるようになる。澁澤自身も、当時は反権力を標榜する「一種のアジテーターとしての役割」*11を担っていたと後に認めているが、メディアによる報道などの彼を取り巻く状況が、その役割を増進させていたという事実を看過すべきではない。昭和三六年一月三〇日付三島由紀夫宛の書簡において、澁澤は、裁判を「一つのお祭騒ぎとして、なるべくおもしろくやろうと考えています」としたためるものの、あくまで内輪向けの態度に留め、メディア向けには戦闘的な姿勢を見せていたのである。澁澤は、権力と対峙する被告という役割に徹しようとしていたとも考えられよう。

事件を取り上げる出版メディアにより、澁澤龍彥の名前は飛躍的に世間へと広まっていった。翻訳が中心であった彼の活動も、サド裁判以降は評論が主となっていく。裁判に関する報道や澁澤自身の発言は、必然的に作家としてのイメージを作り上げたといっても過言ではない。評論などの著述までもが、サド裁判の被告というフィルターを通して眺められるようになってしまったのである。

2　澁澤龍彥をめぐる言説形成

サド裁判関連のメディアの動向に付随するかのように、現代思潮社と桃源社とは、澁澤の翻訳や評論などを次々と出版し、いち早い反応を示した。たとえば現代思潮社は、『悪徳の栄え』正編（昭和34・6）を増刷し、澁澤の裁判関連のエッセイも収載した『神聖受胎』（昭和37・3）や、第一審までの公判記録をまとめた『サド裁判』上下巻（昭和38・8、9）を出版する。さらに、自社初の月刊総合雑誌「白夜評論」（昭和37・5〜11）では、執筆陣にサド裁判関係者を迎え、この時期の被告側が、主張を発信する主要な媒体としていたのである。一方、桃源社は、『マルキ・ド・サド選集』全五巻別巻一（昭和37・12〜39・9）の刊行、『黒魔術の手帖』（昭和36・10）や短編小説集『犬狼都市』（昭和37・4）、ユイスマンス『さかしま』（昭和37・8）の翻訳などを手がけ、澁澤の出版活動の中核をなしつつあった。しかも、『犬狼都市』の広告には、[12]「サドの研究で注目の著者が、その豊饒な西欧異端の思想を基底に陰影と優雅に満ちた頽唐の世界を綴る異色小説集」といった文言が見られ、『さかしま』も「世界異端の文学」シリーズ（澁澤が監修）として再刊（昭和41・8）されるなど、桃源社では、当時の澁澤に「異端」というイメージを重ね合わせていくような出版戦略が取られていたのである。

現代思潮社と桃源社とによる澁澤作品の発表・出版の増加と比例して、それらへの批評も、サド裁判を契機に目立つようになる。なかでも、『黒魔術の手帖』について埴谷雄高は、「一方でマルキ・ド・サドの翻訳によって私達に隠された文学史の暗黒の部分を明らかにしてくれると同時に、また、私達の存在の根元的な暗い志向の領域をここに明らかにしてくれるのはありがたい[13]」と、木々高太郎は、「著者は今、サドの筆禍で司法との間に係争中の人物である」と前置きし、「この著者により、われわれはこの著者なくしては得がたいであろう文献を、それからそれへと掘り出してもらえるものと考えるが、この著が正にその一つの珍品である[14]」と賞賛した。裁判の被告としての知名度が先立っているのもここから看取できよう。昭和三七年三月一七日付「図書新聞」の「近刊ニュース」には、『神聖受胎』が「異色な渋沢《ママ》氏の評論集」と紹介され、「フランス文学者――というより判決間近いサド裁判の被告として有名な渋沢竜彦《ママ》氏」と続けられている。当時の、メディアを通じて浸透した「サド裁判の被告」というフレーズは、澁澤を評するうえでの常套句と化していたといえるだろう。

澁澤をめぐる言説形成が、ひとつの方向性をもちつつあったなかで、特筆すべきは埴谷雄高の評価である。埴谷は、澁澤の作家的な特色を次のように説いた。

> 澁澤龍彦は私達の夜の歴史がもつ豊かな資料を私達に指し示すが、しかし、そのとき、ただ私達に異端に関する豊かな知識を与えるのではなくして、異端のもつ裸かの姿勢をそこに示しつづけることによって、歴史や時

代や場所の枠を取りはずされた人間の壮大な全体図を私達に提示したのであった。*15

埴谷は、『さかしま』についても「埋もれた異端の系譜をつないでゆこうとする澁澤龍彦の訳業*16」と述べ、あるいはまた澁澤を「完璧な異端者*17」と呼ぶ。埴谷によれば、「異端者」とは「昼の生活者に対する夜の思索者、明るい現在に対する暗い根源と窮極への飛翔者、昼の固定した秩序に対する反秩序、反道徳、反権力の触発者*18」である。埴谷は、作家・澁澤龍彦を、一般的な社会通念や倫理観、道徳観に収まらず、権力に従うのでもなく、それらを破壊してしまうかのような言説を駆使する表現者と見なしているのかもしれない。が、ここで注目すべきは、この「異端」という言説が、桃源社の出版戦略と埴谷の批評とにおいて、ほぼ同時期に現れていることである。しかも、これは、サド裁判の開始以降、澁澤が被告として権力による思想弾圧を訴え、「一種のアジテーター」と認知され始めてからなのだ。埴谷によって「反秩序、反道徳、反権力の触発者」と呼ばれる「異端者」とは、現代思潮社を中心とする出版メディアに喧伝され、後に澁澤自身が自覚する、サド裁判係争時の役割（「一種のアジテーター」）と近似し、桃源社の出版活動とも符合する。つまり、一九六〇年代における作家・澁澤龍彦像の生成は、『悪徳の栄え』起訴に端を発する、反権力・反体制のアジテーター＝異端者という評価軸でなされていくのである。「エロティック革命」には、このような事態に対する澁澤の冷静なまなざしが表出している。

3　批評としての「エロティック革命」

「エロティック革命」は、『澁澤龍彦全集』第三巻（河出書房新社、平成5・8）の「解題」（巖谷國士）でも、書誌に触れるのみで内容等に関してはまったく言及されていない。後に、文庫『澁澤龍彦初期小説集』（河出書房新社、平成17・5）に収録されはしたが、その「解説」（佐藤亜紀）にしても「エロティック革命」に対する具体的な批評はない。ここまで等閑視されてきた小品ではあるが、初出である「日本読書新聞」昭和三七年一月八日号の第一面では、記事の中央には澁澤の紹介が顔写真とともに配され、「サド裁判の被告」という言葉も併せて載せられていた。サド裁判の被告・澁澤龍彥と「エロティック革命」との連結が意識されていたのは、注釈すべきところであろう。

第2章と重複する部分もあるが、再度「エロティック革命」の詳細に触れておきたい。「二〇＊＊年　某月某日」と書き出される「私」の日記体である「エロティック革命」は、「国家と独裁者が死滅し、あらゆる経済的不平等が撤廃され、無階級社会がほぼ完全に実現した」「高度共産主義社会」という近未来的な設定である。物語の背景としては、「高度共産主義社会」の中核を担う「存在主義者」と、弾圧の対象となる「思想、つまり、ある無形のものの所有」を訴える「所有主義者」との対立が語られる。現実的には、体制が資本主義であり、学生運動を主とするような反体制的活動の中心が共産主義であった。小説ではそれが逆転し、共産主義であっても体制側に立てば権力となり保守となるという皮肉な設定として描き出されているのだろう。

「三十年にわたるアンドロメダ宇宙調査旅行を終えて、このほど地球に帰還したばかりの一介の技術者」である「私」は、「高層ビルの屋上に大勢の男女のデモ隊がたむろしてい」るのを目撃し、そのデモ隊の若者から「不潔な存在主義者」と罵られる。すると「私」は、「非難されるイデオロギーなんてあるはずもない」とし、「存在主義者」と「所有主義者」との二元論に組み込まれるのを拒否するかのような態度を表す。これは、体制と反体制との二元論の枠外に位置しようとする志向とも換言できよう。

また、「私」は、「こころみに、ある所有主義者のアジ演説の一節をテレヴィジョンによって聞いてみよう」と記している。以下に鍵括弧で括られたそれが続くのだが、「パチン！　と私はここでテレヴィのスイッチを切る」とされ、「ある所有主義者」の演説は、中途で断絶されてしまい、「あの卑猥きわまりない所有主義者どもの裸体と乱交のデモンストレーションは見るに堪えない」と付け加えられる。一見すると日記にそぐわない記述ではあるが、「私」にとって「裸体と乱交のデモンストレーション」は「見るに堪えない」に相違ないとともに、どのような形であれ書き記さねばならないものでもあったといえよう。「聞いてみよう」や「ここでテレヴィのスイッチを」のように、過去の出来事の記述という日記本来の機能から逸脱する、テクスト外への呼びかけと現在時を同時的に書き写そうとする叙述とは、むしろ、物語におけるこの箇所の重要性を喚起している。だからこそ、「三十年ぶり」に社会を眼にする「私」の評言が精査されねばならない。

現在は、「新しい思想闘争の時代に入ったことを身をもって感じている」という「ある所有主義者」は、「思想とは何か。エロティックである」「われわれの前には、人類最後の革命たる偉大なエロティック革命が残されている」と宣言する。その「人類最初にして最後の崇高な『思想』を実践する」ため、「諸君、天使のごとく乱交せよ」と呼び掛けられた聴衆が、服を脱ぎ捨て出したところで、「私」の記述は止まってしまう。この「アジ演説」自体に、「私」は何の感想も漏らしていない。しかし、「卑猥きわまりない所有主義者どもの裸体と乱交のデモンストレーション」に対しては、「早く保安隊がきて、不逞な暴徒どもを追っぱらい、首都の道徳的秩序を回復してくれぬものか」と記している。次に続く「某月某日」では、「保健衛生試験場の人工子宮（妊娠用貯蔵瓶）百台が、ことごとく暴徒の手によって破壊された」事件について、「何のための破壊であろうか。私には分からない」という。さらに、若者の間で「グリセリンを調剤した精液のカンヅメを薬屋から買ってきて、面白半分に飲む遊びが流行っているらしい」ことにも、「計画出産省の役人どもは何をしているのか。早急に善処を望みたい」と事態の解決を願い、「所有主義者どもの裸体と乱交のデモンストレーション」へと同様の不快感を示す「私」は、破壊活動や公共的道徳観念の欠如を嫌悪し、倫理的な価値観を表している。ただし、「私」の言説に注視すると、「所有主義者ども」という嫌悪と批判とを込めた表現は、「計画出産省の役人ども」と、体制側の象徴的存在に対しても用いられているのである。ここで、「所有主義者」と「計画出産省の役人」とは、同列に扱われているといっても過言ではないだろう。「私」は、体制側と反体制側との枠外に、立ち位置を保っているのである。とはいえ、「所有主義者」の言動ばかりが日記に綴られていくのだから、彼らの思想が、「エロティック革命」の主調低音であるかのようにも読める。そして、このようなレトリックが、次に続く「ある文学裁判」における「被告の陳述」へと連接されていくのである。

この裁判の「被告」は、「まだ三十そこそこのちんぴらで「生産にたずさわる人民をして羞恥嫌悪の情を催さしめる」ワイセツ文書を著作出版した廉で、裁かれている」という。「私」は、「被告の陳述」を「まことに振るっているから、御参考までに紹介しておこう」と述べて記している。「被告」の主張は、「ワイセツであるとか、ワイセツでないとかいう議論は、それが一つの体制的現実のなかで論議されるかぎり、何の意味もありません」と裁判自体を否定しながら、「ワイセツ」を「淘汰することは人間の自由の唯一の証左でありまするが故に、必要かつ不可欠のものと愚考いたします」と展開していく。前章でも引用した箇所だが、「なぜワイセツを淘汰することが人間の自由の証左であるなどと、途方もないことを言うのか?」という裁判長の質問に対する「被告」の答弁を、再びここに挙げたい。


被告がふたたび立って、にやりと笑いながら、

「現在の共産社会の基礎となった経済革命は、欲求の主体を確立することでありました。これに対して将来のエロティック革命は、いわば欲求と裏腹の死の主体を確立することでありまするが故に……」

「危険思想の臭いがするぞ!」

「所有主義者だ!」

たちまち場内騒然、判事も検事も弁護士も入り乱れての乱闘となった。

「私」は、「いやはや、これは末世の徴だ。そのうち世界が崩壊するかもしれぬ」と続け、秩序の崩壊に遺憾の情を示す。次の「某月某日」では、「被告に飛びかかって行った五六名の女子学生」が、「被告の手脚をばらばらに切断して殺してしまった」という結果のみが記され終わっているのである。

この答弁の内容が「所有主義者」の思想である以上、「ある文学裁判」も、それ以前の「某月某日」と同様のレトリックと位置付けられる。「場内騒然、判事も検事も弁護士も入り乱れての乱闘」という場面も破壊活動や公共的道徳観念の欠如への批判と一脈通じる、いわば体制的秩序の不能であろう。しかも、それは「所有主義者」の思想とともに、「エロティック革命」においてたびたび語られていた。「所有主義者」の思想と体制的秩序の不能とは、記述内容の大半を占めている。したがって、そこに批判的な言説が加わるか否かが問題なのではなく、「エロティック革命」の目論み自体が、この二点にあるといえよう。法廷での乱闘場面は、体制的な価値観に左右される裁判の終結は意味をなさないという示唆も孕んでいる。すなわち、勝訴か敗訴かという決定などは無意味とされているのだ。「私」が、裁判に何らの言及もせず、結果のみを記しているのもその証左であろう。

猥褻問題から思想統制へと議論が移し替えられていく、小説内に描かれた裁判の過程は、『悪徳の栄え』発禁以後の被告側の論理と同調している。そのため、「所有主義者」の主張は、作者である澁澤の見解とも受け取られかねない。顧みるまでもなく、「ある文学裁判」と「三十そこそこのちんぴら」作家とは、サド裁判と澁澤とに容易に結び付けられるだろう。発表媒体が、それを暗示していたとはいえ、両者を安易に一元化すべきではあるまい。しかし、「エロティック革命」を、サド裁判および同時代の社会的状況と接合する文脈から読むとすれば、自由に思想を語ることのできない社会（「高度共産主義社会」）と、『悪徳の栄え』販売・所持の不可に代表される、権力の社会的規制とは自然と重なり合う。つまり、このような権力による統制の渦中に引き出され、体制的秩序のなかで闘わなければならなかった澁澤龍彦自身が、ここではパロディ化されているのである。

4 自己戯画の方法

「ある文学裁判」を、「所有主義者のアジ演説」や「保健衛生試験場の人工子宮（妊娠用貯蔵瓶）百台が、ことごとく暴徒の手によって破壊された」事件と同列に並べられたものと位置付けるならば、「エロティック革命」は、先に引用した巖谷國士の指摘である「騒動」としてサド裁判を戯画化した小説と読むことができる。「エロティック革命」の「私」の批評や筆致は、生起した出来事の並列的な記述であった。そもそも日記自体が事象を並列化した形態であろう。「私」の視線には、「所有主義者」らが起こす事件から「ある文学裁判」と「被告」、その結末までをも相対化する力学が内在しているのである。

判決とは、たとえ勝訴であれ敗訴であれ、権力が芸術的価値を左右する以上、文学の敗北にほかならない。それを承知のうえで闘わざるをえないというねじれた構造を、澁澤は自覚していたのだろう。三島由紀夫宛の書簡でも「勝敗は問題にせず」と記していた。勝訴／敗訴という価値観に帰着するのではない、現実的に文学的な価値が担保される可能性を示す、唯一ともいうべき方法が、サドやエロティシズムについて語りながら、裁判を「一つのお祭騒ぎ」にすることであったといえよう。

しかし、傍聴者の溢れる法廷でサドの思想を語るのは、たとえどのような意図を込めた陳述だとしても、同時代の状況下においては反権力・反体制のアジテーションになってしまう。裁判に関する報道から明らかなように、あくまで反権力・反体制を謳う被告の姿が浮上するだけである。「エロティック革命」が、事態を一種のカーニヴァル的状況によって打破するという、権力に文学の価値判断を委ねるのではない結末を描いているのは、裁判のなかで固定化していく、澁澤自身のイメージを解体するためであったからではないだろうか。自らを客観視しながら、それを小説の素材へと変換し、批評の俎上へと載せていく。つまり、「エロティック革命」は、同時代のアクチュアルな事象に組み込まれ利用されていく自己像までをも反復／変形し、パロディ化した作品なのだ。だからこそ、記述の主体である「私」は、すべてを並列化・相対化し、かつ揶揄するかのような言説までをも露わにしているのである。「エロティック革命」に表された現実との批評的な差異は、裁判の「騒動」化や「うちなる「闘争」」のみには留まらない。「ある文学裁判」の結末には、自己像の解体に孕まれる痛みと破滅とが、アイロニカルに描かれているのである。「一種のアジテーターとしての役割」を担いながらも、そこに定位し続けようとするのではない澁澤龍彦の姿が、「エロティック革命」からは立ち上がってこよう。

注

＊1　柘植光彦「わいせつ文書裁判への新しい論点」（「専修国文」昭和58・9）、および曾根博義「『チャタレイ夫人の恋人』と『悪徳の栄え』――戦後の翻訳小説」（「國文學」七月臨時増刊号　平成14・7）では、猥褻か芸術かという問いがそもそも不毛であることと、公権力による文学作品の芸術的価値の決定への批判とが表出したことに、サド裁判を含む猥褻文書裁判の意義が見出されている。

＊2　巖谷國士「サド復活のころ」（澁澤龍彦『サド復活』日本文芸社、平成1・4　所収）

＊3　関谷一彦「『サド裁判』――猥褻についての法的立場と文学的立場――」（「言語と文化」平成18・3）によれば、文学的立場は「『エロティシズムを生み出すものとは何なのか?』という普遍的な問い」を発するのに対し、法的立場は、「性的刺激は性行為の記述があるから掻き立てられるというようなオートマティックなものではない」にもかか

わらず、「読者の視点を考慮しない」。関谷は、そこに「法的立場と文学的立場の深い対立の核心がある」と述べている。

＊4　澁澤龍彦「60年代とサド裁判はパラレルだ！」（「週刊言論」昭和44・11・5）

＊5　この特集では、白井健三郎が「サドに対する有罪判決は、思想・表現の自由の権力的弾圧を端的にあらわすものとなろう」と、奥野健男が「こんどの問題は多分に検察側の意識的な挑戦と考えられ、革命的、反秩序的ないしは破壊的（？）な思想に対する弾圧のテスト・ケースとうけ取るべきではないか」と述べ、また、澁澤も「ワイセツか芸術かというたい文句はもう沢山だ。反社会的なものかどうかという点を中心に論議をつくすつもりだ」「こんどの場合は、いってみれば民主主義が追いつめられるかどうかの瀬戸際だ。ともかく思想統制のたくらみには断固闘う」と極めて戦闘的な姿勢を見せてる。

＊6　「図書新聞」（昭和36・4・1）、「週刊読書人」（昭和36・4・3）、「日本読書新聞」（昭和36・4・3）に掲載された他、「新潮」（昭和36・5）に発表された、森本和夫「サドとチャタレー」にも全文紹介されている。以下、「立言」本文を全文引用する。

立言

——サド作『悪徳の栄え』の発禁・起訴処分をうけて——

被告　澁澤龍彦
被告　現代思潮社　編集長　石井恭二

サド裁判をめぐって、教誨師然とした、文化擁護を口にする、良識者流の見解があります。

それ等の多くは、サドによって書かれた作品の本質的価値に関しては、これを認めつつ、しかもその思想の強靱さ、十八世紀において著作されながら、なお現代を震撼させずにおかぬ、権力と人間性への苛烈な肉薄の巨大な貫徹性の故に、その出版に対する国家権力の迫害に関しては、これを拒否するみずからの明白な確認を避けております。

われわれは、これ等の態度、及び、見解が、「節度在る良識」とよばれるものであり、これこそが、近代社会において歴史的に認められた〝出版〟〝思想〟〝表現〟の自由をすら蹂躙する現代日本の、腐敗した支配階級・国家独占のブルジョアジーと、その利害に荷担する官僚どもの、支配イデオロギーの欺瞞的表現であり、階級的征服者のモラルへの追随であることを指摘せざるを得ません。

何故ならば、われわれが、サドの諸著作物を、今日、翻訳・出版する意図及び、この裁判を闘う理由が、まさに、これ等への抗議、破壊を指向するものにほかならないからであります。

このことを、立言するものです。

一九六一年四月一日

＊7　澁澤龍彦訳「フランスにおけるサド裁判記録（1）～（11）」（「日本読書新聞」昭和36・5・1～7・10）

＊8　「サドは有罪か　サド裁判・公判記録」と題し、昭和三七年に計一六回にわたり連載。第一～七回が二月一二日号～三月二六日号、第八～一〇回が四月九日号～四月二三日号、第一一～一六回が五月二一日号～六月二五日号に掲載された。

＊9　文芸家協会が正式な声明を発表するのは、第一回公判開始以後であり、伊藤整起草による声明文は「日本読書新聞」（昭和36・10・9）などに発表された。そこでは、文芸家協会の言論表現問題委員長であった阿部知二の見解（「今後はフランス文学研究者によってサドの再評価を行い、場合によっては特別弁護人を協会から送る意向である」）も紹介されている。

＊10　「産経新聞」（昭和36・2・7）

＊11　澁澤龍彦「エロス・象徴・反政治――サド裁判と六〇年代思想」（「日本読書新聞」昭和44・11・3）

＊12 『犬狼都市』と『黒魔術の手帖』との広告は、「日本読書新聞」（昭和37・4・9）などに見られる。また、「世界異端の文学」シリーズの広告とともに、引用文を含むものは八木昇「六〇年代を共に歩んで――桃源社版澁澤本出版顛末記」（「別冊幻想文学　澁澤龍彥スペシャルⅠ」昭和63・11）にも掲載されている。
＊13 埴谷雄高「『黒魔術の手帖』」（「日本読書新聞」昭和36・10・23）引用は『澁澤龍彥をめぐるエッセイ集成Ⅰ』（河出書房新社、平成10・4）に拠る。
＊14 木々高太郎「『黒魔術の手帖』」（「週刊朝日」昭和36・11・3）引用は『澁澤龍彥をめぐるエッセイ集成Ⅰ』に拠る。
＊15 埴谷雄高「『神聖受胎』『犬狼都市』」（「図書新聞」昭和37・4・21）引用は『澁澤龍彥をめぐるエッセイ集成Ⅰ』に拠る。
＊16 埴谷雄高「『さかしま』」（「週刊読書人」昭和37・10・8）引用は『澁澤龍彥をめぐるエッセイ集成Ⅰ』に拠る。
＊17 埴谷雄高「澁澤龍彥について」（「週刊読書人」昭和37・12・17）引用は『澁澤龍彥をめぐるエッセイ集成Ⅰ』に拠る。
＊18 ＊17に同じ。
※本章における澁澤龍彥作品の引用は、すべて河出書房新社版『澁澤龍彥全集』全二二巻別巻二（河出書房新社、平成5・5〜7・6）に拠る。

第4章　『唐草物語』の方法——作家・澁澤龍彦の〈私〉——

1　「小説と評論の合いの子」

澁澤龍彦の作家活動は、単行本『犬狼都市』（昭和37・4、桃源社）の上梓以降、エッセイや評論が中心であった。が、昭和五四年に澁澤は、『犬狼都市』から約一七年ぶりの連作短編小説『唐草物語』[*1]を雑誌「文藝」に連載し、これを契機に彼の活動は創作が主となっていく。この『唐草物語』は、澁澤の作家活動の過渡期に位置するものであり、文体や方法においては、エッセイとも小説ともつかない様相を呈している。

澁澤自身は、『唐草物語』について次のように述べた。

小説と評論の合いの子みたいな、ちょっとひねったものがどうしもやりたくなってこういうスタイルになったんです。つまり何を書いてもいいというのが小説だとすれば、ちょっと考証めいたものからはじめて、だんだん自分勝手なことを書いて考証が嘘になっていく。考証というのは古典の中から真実を探る作業ですけれど、その作業の中から今度は嘘を真実にしちまえといったふうになってきたんですよ。そういう、何を書いてもいいという精神の運動が、おのずから嘘を真実にしてしまう方向へさまよい出たというかたちが今度の『唐草物語』なんです。[*2]

澁澤の意図するところは、「小説と評論の合いの子」というスタイルにあった。また、彼の発言を見る限り、評論＝「考証」となっており、「考証」とは「古典の中から真実を探る作業」とされ、「真実」と対応している。ここでいう「真実」とは、古典を出発点とするのだから、典拠に基づく実証的な言説と解せるだろう。一方、「小説」は、文脈上「嘘」という言葉に置き換えられている。澁澤は、「考証めいたものからはじめて、だんだん自分勝手なことを書いて考証が嘘になってい」き、「今度は嘘を真実にしちまえといったふうになってきた」という。「考証」＝「真実」／「小説」＝「嘘」といった構図が設けられ、「真実」と「嘘」とが融合させられていくならば、典拠は、反復／変形の操作によって虚構の文脈に書き換えられるといえよう。澁澤の述懐は、『唐草物語』諸編の特異な構造を読み開くうえで有効な手がかりになる。高山宏も、『唐草物語』の特徴について澁澤の発言と同様の指摘をした。

貝殻、海胆、珠、紋章、繡帳・・・・・・澁澤「エッセー」が博物誌的にその偏愛ぶりを披瀝し続けた数々のオブジェが「小説」作品中にもそっくり顔を出し、澁澤が話のテンポを落としながらオブジェ博物学に紙幅をとる時、既にそれは「小説」ではなく、云ってみれば綺譚と博物誌がほどけず絡み合った独特の（非）ジャンルである。[*3]

澁澤の述べた「考証」と「小説」とを、高山は「博物誌」「綺譚」と捉え返す。ともあれ、『唐草物語』の構造を把握するためには、このような二種の言説が、「ほどけず絡み合った」形態を解きほぐしていかなければなるまい。そこから、『唐草物語』が典拠に対して表す批評的な差異も析出されてくるだろう。

『唐草物語』は全部で一二の短編からなり、連作ではあるが各編の内容にはっきりとした関連性は見られない。ただし、全一二編とも、語り手は「私」という一人称を基調としている。そして各編は、語り手＝主人公という一人称過去回想体のタイプと、作品内に一人称と三人称との叙述を内包するタイプと、大きく二つに分けられる。前者には、現代を物語の舞台とした「金色堂異聞」「遠隔操作」の二編のみが、後者には、他の一〇編が相当する。本章では、主に後者のタイプを中心に『唐草物語』の特徴を検討したい。

2 『唐草物語』の構造

まずは、『唐草物語』の第一編「鳥と少女」を取り上げ、澁澤のいう「考証」と「小説」とに類する言説が、どのように構成されているかを見ていきたい。「鳥と少女」は、実在したイタリア人画家パオロ・ウッチェロに関する伝記的な記述から始まる。「鳥と少女」の記述主体である「私」は、パオロの性格に纏わるエピソードを紹介しながら、それに対する自説を展開していく。「私」は、その文章が「ヴァザーリの伝記とともに、シュウォッブの『架空の伝記』からも想を得ている」と明かすと、そこに登場するセルヴァッジャという少女について言及し、次のように語り出す。

シュウオッブは『架空の伝記』のなかに、彼がつくり出したとおぼしいセルヴァッジャという少女を登場させている。セルヴァッジャとはイタリア語で、野蛮人あるいは野生児をあらわす語の女性形であろう。私の思うのに、これはヴァザーリがウッチェロを「野蛮人のように孤独な暮らしをしていた画家」と書いたことにヒントを得たのではないだろうか。しかしまあ、そんな詮索はどうでもよい。私は、この私の物語のなかにも、セルヴァッジャをぜひ登場させたいと思うのである。登場させることにしよう。

パオロが初めてセルヴァッジャと出遭ったのは、フィレンツェの郊外の、草に埋もれた古代建築の礎石が点々とならんでいる牧場であった。彼はここで、牧場にあそぶ羊や牛や馬、それに鳥や昆虫などを丹念にデッサンしていたのである。すなわち、これらの血肉をもった大小さまざまな動物の姿態から、例によって一つの形を引き出そうとこころみていたのだった。

この引用部は、「パオロが初めて」以下、「私の物語」となるため、「登場させることにしよう」までと、「パオロが初めて」以降とでは、叙述の位相が異なっていよう。便宜上、「私の物語」に類する叙述を澁澤のいう「小説」とし、それ以外の箇所を「考証」と位置付け、論じることとしたい。

引用部で語り手である「私」は、「私の物語」にセルヴァッジャを登場させると宣言したうえで、「考証」から「小説」へとテクストを移行させている。よって、「私」は、「考証」の担い手であり、「私の物語」(＝「小説」)の作者でもある。冒頭から叙述されてきた「考証」部分は、物語世界を支える歴史的な事実(「真実」)とされ、「小説」の枠組みを形成する。「しかしまあ、そんな詮索はどうでもよい」と見せ消ちを用いつつ、セルヴァッジャの出自や、彼女と「ウッチェロ」との類縁的な関係性を示していく「考証」部は、「私の物語」内容に見合う形に典拠を反復/変形されているといってもよいだろう。少なくとも、セルヴァッジャという存在の証明として典拠は利用される。そして、その内部に位置する「小説」(「嘘」)内のセルヴァッジャは、外枠である「考証」(「真実」)において、典拠の紹介とともに語られた当人へと接続させられていくのである。

また、「例によって一つの形を引き出そうとこころみていた」という箇所は、「考証」部分で提示された、パオロの性癖に関する「私」の自説と関わる。「考証」部分では、「パオロは事物から引き出された形の美しさをもっぱら愛していたのであって、事物そのものにはてんで関心がなかったのだ」と「私」に推察されている。事の正否はともかく、これは、パオロの「真実」として「私の物語」に引き継がれており、「ちょっと考証めいたものからはじめて、だんだん自分勝手なことを書いて考証が嘘になっていく」という、澁澤の言説にも重なるだろう「小説と評論の合いの子」とは、このような入れ子型の構造を基本型とし、概ね各編に共通している。しかし、各編の構成までもが一致しているわけではない。「鳥と少女」と同じく、「私の物語」（「小説」）の開始が告げられるものもあれば、「考証」と「小説」とがアステリスクを介して切り替えられる場合もある。あるいは、冒頭から「小説」を主としつつ、登場人物・物語世界の時代的な背景などに関する「考証」が、そこに挿入されていくタイプもあり、『唐草物語』各編の構成は一様ではない。しかも、「考証」と「小説」との連結は、必ずしも法則的ではないのである。

先にも述べたように、『唐草物語』全編は、「私」という語り手で一貫している。「考証」の記述主体となる「私」の言葉は、ストーリーの展開に関わらず、自由に叙述されていく。多様な形態を生成する契機になっているのは、やはり、この「私」である。「私」による「小説」への意図的な介入は、常套的な手段として各編で繰り返し用いられており、「六道の辻」では、「考証」と「小説」との明らかな越境行為にまで及ぶ。「六道の辻」では、「小説」の登場人物である景海について、「作者の代理人」「さもなければ読者の代理人だと考えてもいい」などと説明された後に、「いっそ思いきって、山伏の景海などという、持ってまわった三人称を使うのはやめにして、景海はすなわち私だということにしてしまったらどうだろうか」「以下、景海のかわりに私という一人称代名詞を使って話をすすめてゆく」と語られ、「私」は作者の立場から景海に同化し、一人称の語り手となる。「考証」に属する言説と、「私」による「小説」に属する言説との位相差が、「六道の辻」ではひとつに融け合わされているのだ。『唐草物語』の語り手「私」は、「考証」と「小説」と、位相の異なる言説の間を行き来しながら、物語を生成しているのである。

3　語り手「私」と〈作家・澁澤龍彥〉

筒井康隆によれば、『唐草物語』の「私」は「もちろん、物語の中でしばしば登場する作者自身[*4]」、つまり澁澤龍彥ということになる。これは、筒井のみの特権的な読み方ではないだろう。『唐草物語』の読者の多くは、このような印象を受けるのではないか。先に引用した高山宏の言葉にも、「澁澤が話のテンポを落としながらオブジェ博物学に紙幅をとる時」とある。高山や筒井の指摘に基づけば、「私」とは、「考証」の記述主体であり、「小説」の作者兼語り手でもある、『唐草物語』の著者・澁澤龍彥となろう。もっとも、筒井や高山の見解は、『唐草物語』の読者にとって自明の、一般化した読みとして処理すべきではなく、その根拠を明確にする必要はある。

たとえば、一人称過去回想体形式の「金色堂異聞」は、「昭和五四年五月、私は思い立って奥州の平泉にあそんだ」と書き出されている。「澁澤龍彥年譜」によれば、昭和五四年の「五月八日―一一日、厳美渓に泊まって平泉中尊寺へ。会津若松にも一泊[*5]」とあり、「金色堂異聞」の記述と澁澤の実生活との照応に気付く。「鳥と少女」では、イタリアへ旅行したという「私」の体験談が語られているのだが、同様に、澁澤の実体験との連動を確認できる[*6]。しかし、澁澤の実生活と一致しているからといって、ただちに『唐草物語』の「私」と彼自身とが直結されるわけではない。両者を結ぶ鍵となるのは、やはり、『唐草物語』の文体と方法とであろう。

「私」を主語、もしくは、主体とする言説は、基本的には「考証」に関する叙述と位置付けられる。そこでは、「私の文章が三分の一しか書かれていない現在では読者としても判定のしようがなく」（「鳥と少女」）と、書くという行為が意識され、現在時から読者へ向かって言葉が綴られる。読者に言葉が向けられる言説が、作中の作者兼書き手兼語り手である「私」と、『唐草物語』の実作者である澁澤との距離を近付けているとも推測されよう。さらに、

『唐草物語』各編の「考証」部分に着目すると、ペダントリーに富む文章であるという特徴が挙げられる。「鳥と少女」冒頭部では、「地にはもぐら、水には魚、火には火蜥蜴、風にはカメレオン」と、地水火風の「四元素の象徴動物」を描くことを依頼されたパオロが、結局、カメレオンと駱駝（カメオ）とを間違えたというエピソードが語られ、「私」は、パオロの画家としての性質を考察していく。これを「考証」部分の本筋とすれば、ここに挿入されている「四元素の象徴動物」についての知識を、「ダンテの先生として知られるブルネット・ラティーニの、当時ひろく読まれていたとおぼしい『小宝典』」からの引用とともに紹介する箇所は、極めて衒学的である。このペダントリーにより、中世イタリアを舞台とした「鳥と少女」の物語世界は肉付けを豊かにし、読者を作品内へと引き込む。しかも、ペダントリーの多くは、ブッキッシュな情報であり、しばしば引用をともなう。それが、「鳥と少女」以外の各編にも散りばめられているのである。

澁澤は、『ドラコニア綺譚集』の「新編ビブリオテカのためのあとがき」[*7]で、「ペダントリーは私の宿痾のようなもので、これがなければ私のエッセーは一向に進展しないであろう。宿痾というよりも活力源であるかもしれない」と述べた。ペダントリーは、澁澤作品に常套的な手法ともいえる。『唐草物語』においては、「私」の言葉がペダントリーに向かうとき、概して読者との知識やイメージの共有が求められている。先に挙げた「鳥と少女」は好例となろう。読者に対してペダントリーは、語るべき対象を取り囲む世界観の拡大を促す。『唐草物語』の読者は、「私」が開示する知識の数々によって、「小説」を形作る世界のイメージを、「私」自身が抱くであろうそれへと近付けていく。「私」による知識やイメージは、典拠の提示や引用に支えられ、学術的な信憑性を保持してもいる。直接引用にせよ、部分要約にせよ、出典明記とともに反復／変形される文献の数々は、「小説」の起点となる外枠として読み換えられ、「私」による物語が、荒唐無稽な幻想譚ではなく、学術的な言説に裏打ちされた、信憑性をともなうものであることを読者に示唆するのである。「考証」内に召喚され、反復／変形されている典拠の多様性によって、各編ごとの「小説」部では、歴史的、伝承的、文化的といった各種のコードに基づいた枠組みが形成されているとも換言できよう。

「火山に死す」には、「或る男というのは、例の『博物誌』の著者カイウス・プリニウス・セクンドゥスである」という記述がある。ここで「私」は、「例の」という言葉を用いて、プリニウスへの親近感を、すでに読者と共有しているものであるかのように表す。しかし、『博物誌』の著者であるプリニウスは、「火山に死す」中、これ以前に名前が出てきた箇所もなければ、共通認識として大多数の読者に受け容れられるほど有名な歴史的人物でもない。にもかかわらず、「私」は「例の」という言葉で、プリニウスに対する読者との共感を煽っている。『唐草物語』執筆以前にも、プリニウスに対する澁澤の言及は残されており、『博物誌』の紹介や引用も少なくない。*8 澁澤作品の継続的な読者にとって、「例の」プリニウスは、当然「『博物誌』の著者カイウス・プリニウス・セクンドゥス」にほかならないのである。したがって、「私」の言葉は、澁澤作品の継続的な読者と、「私」とともにプリニウスへの親近感を共有できる読者とを想定している。つまり、『唐草物語』の「私」とは、これまでの澁澤のエッセイや評論からの連続体として生成された存在だということができよう。

「彼は当代きってのダンディーで、風流俊雅の才子で、〔中略〕あらゆる技芸に妙を得ていた」（「空飛ぶ大納言」）や、「いんちき方士たちが、さながら腐肉にむらがる蠅のごとく、わっとばかりにあつまってきて」（「蜃気楼」）などの、紋切型の集合体のような文章は、「成句や紋切型の表現が多」く、「そのパターンを彼は熟知しているし、さらにその種のパターンをアンソロジーすること自体が、彼の作家としての自我と関係している」*9 と巖谷國士が指摘した、澁澤の文体を連想させもする。澁澤の常套的な手段であったのならば、『唐草物語』の文体にその特徴が見られるのも、当然である。しかし、言葉を換えれば、『唐草物語』では、記述主体である「私」が、類似した文体と方法とを用いているために、澁澤自身を読者に喚起させるのであろう。

『唐草物語』では、記述主体である「私」と、〈作家・澁澤龍彥〉像とが重なり合うように目論まれている。ただし、読者に想起されるのは、実在の澁澤龍彥ではない。『唐草物語』の「私」とは、澁澤自身の手によって巧みに、もしくは経験的な読者によって作り上げられていった、イメージとしての〈作家・澁澤龍彥〉である。「例の」という言葉も、「火山に死す」以前の（『唐草物語』以前の）時間的な広がりを表し、これまでの澁澤作品との連続性を惹起する。それが、『唐草物語』の「私」と〈作家・澁澤龍彥〉像との結び付きを暗示するのである。このような「私」の導入により、澁澤は、エッセイなどに用いた文体と方法とを、「小説と評論の合いの子」という『唐草物語』へ継承させたのだ。

4　メタテクスト性

『唐草物語』各編には何らかの典拠があり、一編にひとつとは限らない。ときには、何を下敷きとしているのかを明かし、テクストへの自己言及を加えながら、語り手「私」は「小説」を生成する。「私」によるメタレベルの言説は、「私は先人の解釈にとらわれず、自分流の勝手な解釈によって、この一五世紀のフィレンツェの画家の肖像を自分流に描き出そうと努めてはいる」（「鳥と少女」）や、「私にとって不必要と思われる箇所はばっさり切り捨てて、或る場面から先は、原文とはまったく離れたおもむきのものにしようという気がある」（「女体消滅」）、「なんとかして自分流に換骨奪胎してみたいものだと以前から考えていた」（「避雷針屋」）などのように、殊更に「自分流」の、典拠とは異なる「小説」の創出を企てようという宣言が多い。

「女体消滅」では、主人公である紀長谷雄が、双六で鬼に勝利し、絶世の美女を手に入れる。その美女に百日間手を触れなければ、完全に長谷雄のものになると鬼はいう。だが結局、八〇日目の夜に長谷雄は美女と肉体的に接触してしまい、女性は水となって姿を消してしまう。ここで「女体消滅」は終わっている。筋だけを見れば典拠である『長谷雄草紙』[*10]とほとんど相違はない。差異は、「美女」をめぐる長谷雄の描写に顕著となる。『長谷雄草紙』では、美女が死体の各部分をつなぎ合わせて造られていたこと、再び鬼と出会った長谷雄が「南無天満自在天神」と祈り、鬼を退散させたことが語られている。一方、「女体消滅」では、後日談が「ばっさり切り捨て」られ、美女をもらい受けてから八〇日目までの、長谷雄の懊悩に紙幅が割かれる。典拠が、北野天神の力によって鬼を懲らしめて終わるのに対し、「女体消滅」は、煩悶を繰り返すうえに、百日目を前に手を触れてしまったために、美女が水と変じ、びしょぬれになった長谷雄の描写で終わる。『長谷雄草紙』は紀長谷雄の活躍を描いているが、「女体消滅」の紀長谷雄は、美女に心を浮き立たせ、寝ている彼女のもとに忍び込んだり、自らの陰部を露出して見つめたりと非常に滑稽な姿なのだ。「女体消滅」の「小説」部分は、『長谷雄草紙』とプロット上の差異がほとんどないにもかかわらず、まったく異なる印象の創作へと変貌を遂げているのである。これは、書き手「私」の述べる「原文とはまったく離れたおもむき」という意図の実践と解せるとともに、「考証」部分における紀長谷雄の造型と大きく関わっている。

「女体消滅」の「考証」部分で「私」は、紀長谷雄の「ハセヲ」という音が、「男根を連想させる」という。「私」は、「ちょっとエロティックな味わいがあって、いかにも『はせを』を名のる人物にふさわしいように思われる出色のエピソードは、美しい絵巻物として知られる『長谷雄草紙』のそれであろう」と、「ハセヲ」から男根の連想、エロティックなイメージへと、「小説」の内容に直結する枠組みを、「考証」内で周到に作り上げていく。作者としての「私」は、自らが設けた枠組みに則り、「小説」を創作する。そこでは、紀長谷雄の英雄譚とでも呼ぶべき典拠の価値は書き換えられている。「考証」と「小説」との相互作用が、典拠の内容を新たな「自分流」へと昇華させているのである。

「私」による「小説」の特性に平行して、書きつつある現在から、自己言及的に言葉を費やす文体にも注意すべきであろう。原稿用紙に向かっている制作過程自体を表現の対象にするという行為は、「考証」と「小説」との位相の差異と、作品の重層性とを鮮明にする。『唐草物語』の「私」は、「小説」の作者でもあり、「考証」の書き手でもあるという立場で作品内に君臨し、これから叙述する「小説」についてまで語っていた。「小説」が始まってしまえば、本来的には制作過程を語りなどしない。とはいえ、「六道の辻」のように、「小説」の中途で「私」が登場人物のひとりになり変わってしまうという例外的な一編もある。「六道の辻」の場合は、制作過程における「私」の突発的な提案という体裁を取っており、しかも、「べつに悪い趣向ではあるまい」、「私が珍皇寺の庫裡で大黒さんの催眠術にかかって夢を見たとすれば、その夢の光景が以下に叙述されるのだと考えてもよいだろう」と、読者が自由にそこにいたる経緯を解釈する余地が示されてもいる。書きつつある現在の状況を明らかにするというよりも、むしろ、その過程で思いついたアイデアを、読者に断りながら実践するといった方が適切な様態でもあろう。

「小説」の開始を前もって告げる「私」の語りは、読者に対し叙述のレベルの変化を知らせる信号である。だが、「考証」に属する言説は、「小説」中に随時挿入されている。制作過程への言及とは異なるものの、どちらも「私」を主体とする言葉である。「私」は、「考証」と「小説」との二元化を明示する言葉を発すと同時に、互いの領域を侵し続けているのだ。先にも引用したが、澁澤は、「考証めいたものからはじめて、だんだん自分勝手なことを書いて考証が嘘にな」り、「そういう、何を書いてもいいという精神の運動が、おのずから嘘を真実にしてしまう方向へさまよい出た」のが『唐草物語』だとしていた。「考証」と「小説」とを、「私」の語りが往還することで成立する虚構世界の創出、いわば、現実（＝真実）と虚構（＝嘘）との境界を不分明にする、幻想的な空間が生成されているのである。

「考証」と「小説」との位相の差異を深化させるかのような「私」の言葉は、積極的に読者へ向けて語りかけられている。それは、「私」が読者との接近を求めようとする意識の表れであろう。『唐草物語』の「私」は、「考証」と「小説」との位相、自作と典拠との距離を自在に操作しながら、読者を言葉巧みに幻惑していくのである。

5 『唐草物語』の方法

澁澤は、自らの方法や文体について次のように語った。

私個人の好みということを言うならば、私はもともとスタイル偏重主義者で、いわゆる作者の体質から自然ににじみ出てくるような、無自覚な、自然発生的な、なまくらな文体は大嫌いなのである。とくに幻想的な物語のリアリティーを保証するのは、極度に人工的なスタイル以外にはないとさえ考えている。スタイルさえ面白ければ、その他の欠点は大目に見てよいのである。[*11]

澁澤が「スタイル偏重主義者」だというのは、紋切型を好む彼の性格や入れ子型を重視している点などから首肯できよう。幻想的な物語においては、その世界を形成する背景や文章が真に迫っているほど、幻想性も鮮やかに際立つ。『唐草物語』では、書き手という位置からの叙述である「考証」部分が、ペダントリーを交えながら「小説」の背景を造型していた。さらに、「考証」は、博物学的知識や文献的裏付けを有し、「小説」の物語内容に学術的な信憑性を付与する。『唐草物語』は、このような入れ子型の構造によって、「極度に人工的なスタイル」を獲得したのである。

「小説と評論の合いの子」という『唐草物語』の形態は、「小説」の幻想性を支える基盤の確立を求め、試みられた方法であったのではないだろうか。「考証」で探り出されてきた「真実」を「小説」（「嘘」）の内に溶かし込んでしまうかのようなスタイルは、『唐草物語』全一二編に共通する「私」＝〈作家・澁澤龍彥〉という主体の導入が要諦となっていた。『唐草物語』の「私」とは、澁澤の長年にわたる作家活動において培われた、文体・方法・スタイルから浮かび上がるイメージとしての〈作家・澁澤龍彥〉という存在である。とすれば、『唐草物語』は、エッセイや評論において様式化した澁澤の方法が、記述主体「私」に積極的に当て嵌められているというべきであろう。この方法により、『唐草物語』では、読者と物語を共有する独自の道が開かれたのである。ペダントリーの駆使、既存の澁澤作品との照応は、読者に〈作家・澁澤龍彥〉像を喚起させる、記述主体「私」の志向性、あるいは『唐草物語』の方法にほかなるまい。だからこそ、『唐草物語』における反復／変形のプロセスには、出典の明記された典拠のみならず、澁澤自身のさまざまな言表行為までもが内包されるのである。

「遠近法・静物画・鏡――トロンプ・ルイユについて」で澁澤は、パオロ・ウッチェロや彼と同じ理念を抱いていた芸術家にとって、「遠近法はあたかも錬金術のように、絶対の探求のための一つの象徴的な手段となったかのごとくであった」[*12]と語っている。「鳥と少女」にも、「パオロの遠近法も、この錬金術に近い手法だといえるかもしれない」、「この世のありとあらゆる事物を純粋な形に還元することを可能ならしめるのがほかならぬパオロの遠近法だった」と、「遠近法・静物画・鏡――トロンプ・ルイユについて」を予感させる記述がある。このエッセイの本文や図版化されたパオロの絵を見れば、読者は、『唐草物語』のパオロがセルヴァッジャより写し取ろうとしていたものを、より具体的なイメージで思い描けるであろう。パオロに身体の各部を写し取られていく、遺体となったセルヴァッジャの造型も、「社会的にも性的にも無知であり、無垢であり、小鳥や犬のように、主体的には語り出さない純粋客体、玩弄物的な存在をシンボライズ」している「完全なファンム・オブジェ（客体としての女）」[*13]という澁澤の嗜好に合致していよう。

『唐草物語』は、他の澁澤作品を追うことで、読者に新たな発見を促していく。つまり、『唐草物語』は、〈作家・澁澤龍彥〉および彼の作品史、受容史との緊密な関係を保つ、歴史的なパースペクティブからのアプローチを、自発的に要求しているのである。物語内容や登場人物の造型に関連する、エッセイや評論で展開された澁澤の自説については、『唐草物語』生成の発端にあったと考えるべきであろう。それが、「小説」へと開花された『唐草物語』からは、澁澤龍彥の作家活動を担ってきた、記述主体〈私〉の姿までもが読み開かれてこよう。

注

＊1 「文藝」に発表された各編の初出は以下の通りとなる。「鳥と少女」（昭和54・1）、「空飛ぶ大納言」（昭和54・3）、「火山に死す」（昭和54・4）、「女体消滅」（昭和54・5）、「三つの髑髏」（昭和54・6）、「金色堂異聞」（昭和54・7）、「六道の辻」（昭和54・8）、「盤上遊戯」（昭和54・9）、「閹人あるいは無実のあかし」（昭和54・10）、「蜃気楼」（昭和54・11）、「遠隔操作」（昭和54・12）、「避雷針屋」（昭和55・1）なお、単行本『唐草物語』（河出書房新社、昭和56・7）の目次・掲載順もこれと同じである。

＊2 澁澤龍彥「作家訪問」（「新刊ニュース」昭和57・1）

＊3 高山宏「綺譚またオブジェならむ」（『澁澤龍彥綺譚集』第一巻「月報」平成3・12、日本文芸社）

＊4 筒井康隆「澁澤文学私観」（「國文學」昭和62・7）

＊5 「澁澤龍彥年譜」（「臨時増刊ユリイカ」昭和63・6）

＊6 「鳥と少女」には、「もう五年ばかり前のことになるが、私は二ヵ月におよぶイタリア滞在中、あるとき、車でサレルノ湾に沿ってソレント半島を一周し、［中略］イスキア半島へ渡ったことがあった」という一節がある。「澁澤龍彥年譜」によれば、「鳥と少女」発表の約五年前の昭和四九年に、澁澤はイタリアへ旅行している。しかし、これは一

箇月程度の滞在である。澁澤は、昭和四五年に、約二箇月間、ヨーロッパに滞在しており、「鳥と少女」の記述は、この二つの旅行に基づくものではないかと推測される。また、澁澤龍彥「ペトラとフローラ」（「文芸展望」昭和50・1）からは、南イタリア旅行の行程を垣間見ることもできる。

＊7 『ドラコニア綺譚集』は単行本化（青土社、昭和57・12）の後、『新編ビブリオテカ澁澤龍彥』（白水社、昭和62・6）に収録された。「新編ビブリオテカのためのあとがき」は、この収録に際し、新たに執筆されたものである。

＊8 たとえば、エッセイ集『幻想博物誌』（角川書店、昭和53・12 なお初出は、「野生時代」昭和50・1〜52・12）の各編では、繰り返しプリニウスの名が登場し、『博物誌』の内容が紹介されている。

＊9 巖谷國士「アンソロジーとしての自我」（「幻想文学」平成9・7）

＊10 『長谷雄草紙』の内容に関して本章では、小松茂美編『日本絵巻大成11 長谷雄草紙・絵師草紙』（中央公論社、昭和52・10）を参照した。

＊11 澁澤龍彥「編輯後記」（『暗黒のメルヘン』立風書房、昭和46・5）

＊12 澁澤龍彥「遠近法・静物画・鏡――トロンプ・ルイユについて」（「みづゑ」昭和47・4）

＊13 澁澤龍彥「少女コレクション序説」（「芸術生活」昭和47・4）

※本章における澁澤龍彥作品の引用は、すべて河出書房新社版『澁澤龍彥全集』全二二巻別巻二（平成5・5〜7・6）に拠る。

第5章　反復／変形される〈史実〉――「ねむり姫」の虚構性――

1　錯綜する典拠

　これまで論じてきたように、作中で資料等を用い、物語の背景や登場人物に対し注釈を施すのは、澁澤龍彦の常套的な手法である。ときには創作の内幕に関わる典拠が作品の内部で明かされもする。典拠を反復／変形していくプロセスの考究は、澁澤作品を読解するうえでの有効なアプローチとなるのは確かであろう。

　平安期を舞台とした小説「ねむり姫」（「文藝」昭和57・5）も、そのような作品のひとつにほかならない。時代は「後白河法皇の院政のころ」、「京に住むなにがしの中納言の娘」である珠名姫は、自邸内の阿弥陀堂に掛けられていた、「雲にのった阿弥陀と諸菩薩の飛んでくるすがたの描かれた、一幅の来迎図」を眺め、幻聴らしきものを耳にした後、原因不明の眠りに陥る。そして、この眠り続ける姫と、彼女の異母兄妹とされるつむじ丸とを中心に、幻想的な物語が織り成されていく。

　登場人物の由来から始まり、それに物語を展開させる契機が続く「ねむり姫」の語りの構造を、関井光男は、「説話の語りを踏襲し」たものとして、「ここには現代小説のリアリズムの語りは排除されている」「その主題は現代小説の物語にたいする痛烈なイロニーを含んでいる」「つまり原初の物語への回帰と救済」だと指摘した。[*1] また中条省平は、澁澤の小説にたびたび用いられるモチーフやイメージを整理し、彼を「反＝近代文学の大立者」[*2] と呼んだ。〝反近代的〟と目される澁澤作品において、早くから関井が着目したような語りの構造は、特に示唆的であるとともに、それがいかにして形成されているかという分析を導きもする。「ねむり姫」における小説の方法は、注釈する語り手、引用される資料等と合わせ、より詳密に追究されるべきであろう。

たとえば、「ねむり姫」の完成までには、数多くの参考資料や典拠が用いられたことが知られている。

〝創作メモ〟に見られる書名・著者名を、できるだけ「ねむり姫」の進行の順序にしたがって、記されたままに抽き出すと、つぎのごとくである――

(1)J・ロラン、(2)「浄土教絵画」、(3)「墳墓」、(4)「平安時代」、(5)「大語園」、(6)村山修一、(7)「絵巻物と民俗」、(8)「小説平家」、(9)「北条九代記」、(10)「明月記」、(11)「無縁・公界・楽」、(12)「連環記」、(13)「ことばの栞」、(14)トーマス・マン、(15)「広文庫」、(16)「東方綺譚」、(17)露伴、(18)古語辞典、(19)今昔、(20)岩波古典文庫《ママ》サク引。

右は、参照した文献の一班を示すのみであって、完成までに博捜した書物は百点に達したのではないかと思う。[*3]

松山俊太郎によって明らかにされた、澁澤自身によるこの「〝創作メモ〟」の一端は、「ねむり姫」の数ある典拠を同定するための一次資料として重要な価値をもつ。しかし、松山の調査は「文献の一班」を列挙するに留まり、物語自体と資料との有機的な関係性を、小説の構造から検討してはいない。「ねむり姫」には、書名や作者が、作中で明示される参考資料もあれば、一方で、記述内容がほぼ踏襲されているにもかかわらず、出典が伏せられたままのものもある。なかでも、藤原定家の『明月記』の引用は、物語の構造に関わる。

物語の中盤、つむじ丸は天竺冠者と改名する。そこで『明月記』が作者名・作品名ともに明かされ、本文の引用が行われる。引用した際に、語り手は、「こうして彼は天竺冠者という名で、歴史の表面に浮かびあがらねばならなくなるのである」と補足する。『明月記』は、ここにおいて「歴史の表面」と意味付けられた。『明月記』の記述は〈史実〉として、虚構体であるつむじ丸を「歴史」に接続する役割を与えられていよう。「ねむり姫」の語り手は、注釈や解説を適宜挿入していくため、物語るという行為にのみ終始しない存在と化している。その語り手が、『明月記』を用いてつむじ丸を「歴史の表面」という地点に浮上させているのである。ここから、「ねむり姫」における資料の運用と虚構性との関連性に肉迫することができよう。そこで、つむじ丸や珠名姫が、いかに語られているかを精査しつつ、複数の典拠の巧妙なコラージュや、参考資料を用いた注釈・解説の挿入といった手法が、読者に何を問い掛けていくのかを明らかにしたいのである。

2　コラージュとしての珠名姫

松山俊太郎は、「ねむり姫」の創作の源泉を、シャルル・ペローの「眠れる森の美女」だとし、このモチーフの利用を次のように評した。

「眠れる森の美女」にいたっては、〈ねむり姫・紡錘・姫の運命を左右する男〉という、三題噺の種を提供したにすぎず、澁澤がもくろんだのは、「眠れる森の美女」と似ても似つかぬ物語をでっち上げることであったに相違ない。[*4]

「ねむり姫」では、原因不明の昏睡に陥り、再三の祈祷の甲斐なく眠り続ける珠名姫を、つむじ丸が「伊予の大長島」に連れ去った結果、彼女の物語は大きな動きを見せる。さらにつむじ丸は、物語の結末で、一本の紡錘により命を落とす。「ねむり姫」が、松山の述べるモチーフに則っているのはわかりやすい。同時に、「ねむり姫」が「眠れる森の美女」と内容上「似ても似つかぬ物語」であるのも一目瞭然である。しかし、だからといって「眠れる森の美女」は「三題噺の種の提供にすぎ」ないとは限らない。

「眠れる森の美女」のような童話は、心理学では少女の性的な文脈から読まれてきた。マドンナ・コルベンシュラーグは、「眠れる森の美女」を、心理学では「思春期のはじまりと性との直面をわかりやすく語ったたとえ話として扱われる」とし、「「眠り」は、思春期（糸巻棒に触れたあとの出血に象徴されるように）のさまざまな不安に対するナルシズム的後退とみなされ、「他者」と積極的な関係がもてなければ、社会的に死んだも同然の昏睡状態に陥ってしまうこと」[*5]を暗示しているという。これは、王女を眠りに陥らせる糸巻棒（紡錘）が男性器の象徴、それによる出血が処女の性的経験へと接続される発想でもある。松山の挙げた「三題噺の種」は、コルベンシュラーグの指摘する要素とも合致する。したがって、「眠れる森の美女」から「ねむり姫」へと抽出されたモチーフは、表層的な道具立てというだけでなく、少女の性的なイメージが付随させられているとも考えられよう。性的なイメージは、「三題噺の種」以外にも、珠名姫を語る言説からしばしば想像させられる。

「十四歳の年」で眠りに陥るまでの珠名姫にとって、「気に入りのあそびは貝覆い」であった。「もっぱらひとりで二つの貝桶から、地貝と出貝を一つずつ取り出しては、でたらめに床にならべて楽し」んだが、むしろ、「貝桶に貝をおさめるときのほうが好ましかった」とされている。その際には、貝を「貝桶のなかに螺旋を描くようなかたちに重ねて収蔵」し、「貝桶のなかに美しい螺旋ができあがると、ゆくりもなくも彼女はつむじ丸のあたまを思い出」した。一四歳の少女による貝覆い（貝合わせ）というひとり遊びは、自慰的なメタファーとも解釈できよう。螺旋状の形成から「つむじ丸の頭」（旋毛）への連想は、物語の最後で語り手により旋毛＝紡錘というイメージの接合がなされるため、コルベンシュラーグの述べる「糸巻棒」（紡錘）および「他者」性を想起させもする。

眠りに陥った珠名姫は、目覚めの儀式として行われた加持祈祷や霊場巡礼、つむじ丸による拉致などを経た後、「長岡の竹林のなかで」、左右ともに「なにものかに食いちぎられたように、手首から先がもぎ取られてい」る状態で発見される。この両手首の喪失に対しては、「あれほど彼女の気に入りだった貝覆いの貝を、いまでは彼女は、その手でならべて楽しむわけにはいかない」「たとえ目ざめることがあったにせよ、彼女は今後、その手で貝桶のなかに貝を重ねて、きれいな螺旋をつくることは二度とできない」と語られているのである。昏睡後、成長や腐食等は見られず、外見は一四歳当時のままとされる珠名姫ではあるが、両手首喪失によるひとり遊びの不可能を説かれているのは、自慰的な性のイメージの剥奪ないしは脱却の暗示ともなろう。

両手首を失った状態で発見された場面には、「なまなましい血が、白銀の糸で縁どりした唐衣の袖口を淋凛と濡らし」、「おびただしい量の血が流されたにもかかわらず、姫はそれによって絶え入りはしなかった」ともある。さらに、「宇治川のほとりの中納言家の菩提寺に、姫の横たわる新しい柩」が安置されると、そこの「若い侍者」が「眠っている姫の顔をおがんだその晩には、きっと彼の夢のなかにみだらな女体の幻影がちらついた」。多量の出血を、初潮や処女性の喪失といったいかなる文脈で解そうと、ここにあるのは珠名姫の変化でもある。彼女の姿は、「若い侍者」に淫らな夢を見させるのだから、あくまでも自己へと向かっていた珠名姫の性的文脈が、他者への拡がりをもち始めてもいよう。珠名姫は、昏睡後決して目覚めず、物語内において自発的な行為はほとんど語られない。だが、彼女に与えられる性的なイメージは、物語の展開に応じて変化していく。つむじ丸という男性の手を経ることによって、性的な文脈は変貌したとも換言できよう。「ねむり」や「紡錘」に表象される、「眠れる森の美女」のような物語が有する性的なメタファーを基軸としながら、他のさまざまな性的イメージをも随所に配置し、珠名姫は造形されているのである。

松山俊太郎のいうように、「ねむり姫」のモチーフが「眠れる森の美女」にあるのは確かであろう。しかし、典拠としての「眠れる森の美女」は、「三題噺の提供」だけに留まらず、物語に内在する性的なイメージも抽出されている。その集約ともいうべき珠名姫の造形は、「眠れる森の美女」等の物語に組み込まれた、性的な文脈の解体と再構成、すなわち、反復／変形によって生成されたものだといえよう。いわば、性的なメタファーのコラージュである。注視すべきは、典拠と物語内容との直接的な言葉の照応ではない。このような諸要素の反復／変形からなる図像の形成である。

語り手の解説的・注釈的な言説も、やはり複数の資料を参照し、構成されている。よって、それらが、読者に対しいかなるイメージや知識を植え付けようとしているのか、あるいはどのように語り直されているかが問われねばならない。これは、つむじ丸の造形にも当て嵌まる。

3 「歴史の表面」という引用

あらためて物語の背景を整理したい。後白河法皇の院政期間は一一五八年から一一九二年までである。作品内に引用される『明月記』の記述は、「承元元年四月二十八日の条」と「同二十九日の条」、すなわち一二〇七年であり、すでに後白河法皇の院政期は終わっている。作中では、珠名姫が一四歳で原因不明の昏睡に陥ってから、「五年近い年月がたっている」と語られた後に『明月記』の引用がなされるため、物語の冒頭にある姫の出生時期は、「後白河法皇の院政のころ」のほぼ末期にあたる一一八八年頃と推定されよう。

また、珠名姫の母は、「瀬戸内海の大三島を本拠として繁栄した古い伊予の豪族、越智氏の血をひいていた」人物であり、「父の中納言が国司として伊予にあるあいだに想いを懸けられ、四年の任期が果てるとともに都に伴われて、いわゆる権の北の方に迎えられ」、「それだけの厚遇にあたいする容色と、気位の高い門閥意識の持主であった」。物語の冒頭で紹介される珠名姫の母の出自である、この越智氏とは、『新編姓氏家系辞書』にも「越智氏　伊豫【物部氏族】越智直の族及裔である[*6]」と見られる家柄である。松山俊太郎が挙げた「文献の一班」に、氏族に関する書名はなく、作中で家柄が詳細に語られもしないが、「越智氏」の使用は、決して無根拠に行われたのではあるまい。

一方、つむじ丸は、「やはり伊予の国から来たらしく、どうやら世間の噂では、これも色ごのみの中納言が国司のころ土地の別の女に生ませた子どもではないかと疑われた」という人物であり、物語の中盤で天竺冠者と改名する。この天竺冠者は、作中でも明かされるように、藤原定家の『明月記』に名前が登場し、神通力を用いたとされる、一種の山師でもあった。伊予の越智氏は、『新訂寛政重修諸家譜』において「河野　小千御子の諱によりて姓を小千といふ。玉澄がとき越智にあらたむ。河野の稱は玉澄が父玉興がときにはじめてみえたり[*7]」とも記される氏族である。『予章記』には、この河野玉興と役行者との関連が記されているため、これに注目した千本英史は、「ねむり姫」のつむじ丸＝天竺冠者の背景について、「澁澤がどこまで意識していたかは別として、天竺冠者の内なる河野氏の系譜の存在という図式は、この時代の状況をかなりな程度まで正確に反映している[*8]」と指摘した。だが、『予章記』には、「源平合戦以前の記述が信憑性に欠く」「〝ありそうにない〟話が多」く、その一例に「勅勘を蒙った役行者と玉興の流浪譚[*9]」が挙げられるという見解もあり、つむじ丸の出自に対して時代状況の正確な反映を読み取れるとは、一概には断言できないだろう。したがってここでは、「ねむり姫」が、伝承等を視野に入れつつ、歴史的な背景を意識していた可能性を示唆するに留めざるをえない。ただし、珠名姫の母の出自にしても、ストーリーの進行だけでなく、伊予という土地および豪族との整合性が意図されている。登場人物の背景には、物語の外枠からの、歴史的な信憑性の獲得が目論まれているといえるだろう。だからこそ、作中で語られる「歴史の表面」

という言葉と、それによって証明されようとする天竺冠者の実在性とが問題になる。

珠名姫が「十四歳の年」に原因不明の眠りに陥った後、放蕩の限りを尽くしていたつむじ丸は、「近江の横田山で、いまでは盗賊団のかしらにな」り、「伊吹童子や酒呑童子にあやかるつもりだったのか」「その名をみずから天竺童子と称していた」と語られている。天竺冠者の名称を引き出す伏線でもあろう。語り手は、つむじ丸の「つむじコンプレックス」と童子のする「かぶろの髪型」についてや、「天竺とは、なんの意味だったろうか」といった推論を続けている。内容は、物語のキーワードである「つむじ」の強調と、「天竺」という言葉が用いられる必然的な理由の説明とである。注釈的な記述は、つむじ丸の変化と、旋毛や傀儡子・輪鼓などとの関連性を表していよう。天竺冠者の登場は、天竺童子という名称の使用を伏線にしながら、旋毛・輪鼓といった言葉と、そのイメージとをそこに織り込んでいることにも留意すべきである。「つむじ」と「天竺」との親和性と整合性とが、注釈的な記述によって周到に作り上げられているのだ。

天竺冠者への改名は、眠りに落ちた珠名姫を、つむじ丸らが拉致し、「瀬戸内海の芸予諸島のひとつ」である、「伊予の大長島」へと連れ去った後に行われた。天竺童子ことつむじ丸は、この地で迎講を催し、「昏睡におちいってからすでに五年近い年月がたっている」にもかかわらず、「十四歳当時の顔のまま」の珠名姫を、「弥陀仏をねんじたるたまもの」という奇蹟の一例として、民衆の前に現し、詐欺の道具に利用する。この迎講の成功により、つむじ丸は教祖と化し、天竺冠者と名乗るようになるのである。結果、「こうして彼は天竺冠者という名で、歴史の表面に浮かびあがらねばならなくなるのである」と語られ、藤原定家の『明月記』が次のように引用される。

定家の『明月記』承元元年四月二十八日の条に次のごとき記述がある。

「人云う、伊予国、天竺冠者と称する狂者をからめ取る。明日、上洛すべし。御覧あるべしと云々。月来、かの国において、神通自在の由を称し、種々の横謀をいたすと云々。」

同二十九日の条には次のごとし。

「天竺冠者、すでに入洛遅々たり。神泉に参ずべき由仰せらる。国司召しすすめらる。出でおわしますの後、書き出しおわんぬ。手箱に封を付けて退出す。日入るの後、天竺丸参入し、召し問わる。言うにたらざるの間、さんざん凌礫し給う。信久の下部、相具し其家に向う。見るもの堵のごとし。後に聞く、すなわち禁獄と。」

『明月記』中で天竺冠者に関する言及はこの二日のみである。これをもって「ねむり姫」の語り手は、つむじ丸＝天竺冠者が、「歴史の表面に浮かびあがらねばならなくなる」と説いた。確かに定家は、つむじ丸＝天竺冠者が活動した場所と同じ「伊予国」で捕らえられた、「天竺冠者と称する狂者」について書き記している。『明月記』に残されている、「狂者」「神通自在」「種々の横謀」といった天竺冠者の姿は、「性質はしぶとく強情で、うっかり怒らせると箸にも棒にもかから」ず、一五歳にはすでに「放蕩濫行目にあまるもの」となり、ついには「横田山に立てこもった盗賊のかしら」から教祖化にいたるつむじ丸にも通じよう。珠名姫が一四歳で眠りに落ちてから経過した、「五年近い年月」の推移と、『明月記』の承元元年（一二〇七年）の記述とにも整合性がある。「ねむり姫」が、「後白河法皇の院政のころ」より始められていることも、珠名姫の母やつむじ丸が、伊予の出身であることも、『明月記』の記述や年代に集約されていくともいえるだろう。

「ねむり姫」本文では、この引用に続き、「伊予の大長島で、一味徒党八十余人とともに一網打尽に捕縛された天竺冠者は、後鳥羽院の命で都へ護送された」と、『明月記』の記述通りにつむじ丸一党は捕まってしまう。物語内における捕縛への経緯は省かれ、『明月記』の天竺冠者という地点へと、引用を経て、つむじ丸＝天竺冠者は一息に押し上げられていく。「ねむり姫」の登場人物であるつむじ丸は、藤原定家の日記に記述されていた人物に直結された。つまり、天竺冠者が歴史上に存在したとの確証を示す『明月記』の引用は、つむじ丸までもが実在したかのように見せかけるレトリックとなっているのである。

『明月記』は、「ねむり姫」において〈史実〉として引用された。「こうして彼は天竺冠者という名で、歴史の表面に浮かびあがらねばならなくなる」という一節が表すように、〈史実〉と一体化させる文脈の提示によって、つむじ丸の物語は歴史の文脈につながれようとする。つむじ丸＝天竺冠者の物語が、『明月記』という〈史実〉によって生成される歴史（像）の一端と化されるのである。年代や伊予の国との一致と合わせれば、『明月記』が、物語の骨子であるとともに、外枠を形成する起点にもなっているのが肯えよう。「歴史の表面」と語られ、引用される『明月記』を中軸とする構造は、作品の全体像における、資料をともなう歴史的整合性ないしは信憑性を担保しているのである。

このような出典の明記および引用による注釈的な言説には、物語に史的信憑性を呼び込み、歴史の文脈を貫かせる力が働いている。『明月記』の引用が、「ねむり姫」の時代性を作る物語構造の支点といっても過言ではない。しかし一方で、同じく天竺冠者に関する記述でありながら、「ねむり姫」でその内容がほぼ踏襲されているにもかかわらず、出典の明記と直接的な引用とにいたらない典拠も存在しているのである。

4　書き換えられるテクスト

「ねむり姫」には、「一説によると、天竺冠者はみずから親王と称していた」との一節がある。もちろん、「一説」であるため、これが何に拠っているのか、そもそも特定の原典を有しているのかすら、作中では明かされていない。だが、『古今著聞集』巻第一二「博奕第十八　後鳥羽院の御時、伊予国の博奕者天竺の冠者が事」に、「後鳥羽院の御時、伊予の国をふてらの島といふ所に、天竺の冠者といふ者ありけり。件の島に山あり。［中略］冠者みづから、「我は親王なり」と称して、鳥居をたてて、額を親王宮と書きてうちたりけり」と、「ねむり姫」中の「一説」と同じ内容を表した記述がある。[*10]

さらに、「ねむり姫」では、捕縛後に取り調べを受ける天竺冠者が、後鳥羽院から「おまえには神変不可思議な神通力があって、空を飛んだり水のおもてをはしったりすることができるそうだが、それならひとつ、この池の上をはしってみよ」といわれて「やみくもに池の上をはしり出したが、たちまち水に沈んで、あっぷあっぷする羽目に」なり、あるいは、「おまえはたいそうな力自慢だと聞いたが、これなる加茂の神主能久と、いちばん相撲をとってみよ」といわれ、能久に池の中へ投げ飛ばされたところを「おもしろ半分に鏑矢で射かけるやつがいる。ぽかぽかと拳固でなぐるやつもいれば、足で蹴とばすやつもいる」などといったことが語られている。捕縛後の天竺冠者について語られたエピソードであるが、これも、『古今著聞集』と内容上の一致が確認できる。

神泉に御幸なりて、件の冠者をめしすゑて、「汝、神通のものにて、空をとび水の面を走るなるに、この池の面走るべし」とて、池につけられたりけるに、あへてその儀なし。「馬によく乗りて山の峰より走りくだりすなるに」とて、あがり馬に乗せられたるに、一たまりもせざりけり。「大力の聞えあり」とて加茂の神主能久と相撲をとらせられけるに、能久とりて池の面へ七八尺ばかり投げすてたりければ、水におぼれて浮きあがりけるを、おほ引目にて射させられけり。二位の法印、またかなこぼしにてうたれなどせられけり。

以上を通覧すれば、「一説」と捕縛後の天竺冠者のエピソードとの典拠は明白であろう。とはいえ、物語内において「天竺冠者はみずから親王と称していた」というのはあくまでも「一説」であり、定家の『明月記』のように作品名が明かされもしなければ、直接的な引用という形にもなっていない。しかも語り手は、「『明月記』に出てくる凌礫ということばは、足で踏みにじることだ。寄ってたかってなぶりものにされ、さんざんな目にあわされたわけだ」と、典拠不明のエピソードを、『明月記』内の言葉を説明する補足としても利用しつつ、「さんざんな目にあわされたわけだ」と断言し、物語内の事実へと接続する。非常に重要な位置を占める情報であるにもかかわらず、『明月記』とは異なり、書名を隠蔽され、引用という形態にもならない典拠が存在しているのである。

『明月記』の使用は、天竺冠者が「歴史の表面に浮かびあが」った根拠であり、天竺冠者と「歴史の表面」との関係を注釈する役割を担っていた。一方、『古今著聞集』は、物語内においては「一説」、および補足となるエピソードの下敷きであり、「さんざんな目にあわされたわけだ」と、語り手によって「ねむり姫」の天竺冠者における事実にもされている。『古今著聞集』巻第一二「博奕第十八　後鳥羽院の御時、伊予国の博奕者天竺の冠者が事」は、『明月記』の引用のように、天竺冠者が何者かを示す注釈の類いではない。「池につけられたりけるに、あへてその儀なし」が、「やみくもに池の上をはしり出したが、たちまち水に沈んで、あっぷあっぷする羽目に」とされるのは、「おほ引目にて射させられけり」「かなこぼしにてうたれなどせられけり」に合わせて、天竺冠者の姿が滑稽に語り直されたためであろう。歴史的な情報としてではなく、捕縛後の天竺冠者＝つむじ丸の顛末を語るひとつのエピソードとして、『古今著聞集』の一節は、反復／変形されていると考えられるのである。

資料は、用途を使い分けながらテクストに溶解させられている。『明月記』と『古今著聞集』とはともに、天竺冠者に関する情報であるにもかかわらず、『明月記』のみが「歴史の表面」と呼ばれ、書名の開示と本文の引用とがなされた。ひとつのテクスト内において、同じように捕縛された天竺冠者を語りながらも、二つの典拠には明らかな位相差が設けられている。藤原定家の日記である『明月記』は、〈史実〉に位置付けられ、つむじ丸の物語を歴史の文脈に直結させている。出典の提示にともなう歴史的整合性は、構成の緊密さを提示しながら読者の知的欲求を促しもしよう。その意味においても『明月記』は、「ねむり姫」内で、歴史上権威的な価値をもった、〈史実〉を証明するための典拠という役割を果たしている。『明月記』と『古今著聞集』との間にある、このような反復／変形のプロセスの差異は、「ねむり姫」におけるコラージュの仕組みに迫る緒になるのではないだろうか。

5　反復／変形の方法

巖谷國士は、切り貼りのような引用の組み合わせを主とする澁澤作品の特徴を、「アンソロジー的自我。アンソロジー＝さまざまな作品の集合体としての自我」[*11]と指摘し、一定の評価を与えている。その一方で、典拠があるにもかかわらず、出典を明記せずにあたかも自らの主張・創作であるかのように書き表す状態があるのを、剽窃と批判される場合もある。[*12]しかし書かれたものの所有権に囚われるだけでなく、それをアントワーヌ・コンパニョンのいう「血肉化」[*13]のように引用形態の一類と見なせば、翻案や要約などを内包する多彩なコラージュの仕組みを検討する観点となろう。また、石堂藍は、澁澤の作品に見られる引用の状態（形態）を、「ハイパーテキスト的」[*14]だと述べている。引用により構成されるテクストが、相関的に参照項を拡大／拡散していく通過点と解釈されているのだ。教科書的かつ目録的な、読書の可能性を広げるひとつの契機としても評価する石堂の見解は、澁澤作品の特徴について総体的なイメージを提出していよう。ただし、個別具体的な方法への論及にいたるためには、反復／変形が示す役割が問われ、かつそれを含む言表行為の射程が考慮されなければなるまい。

「ねむり姫」においては、『明月記』以外にも、『論語』『平家物語』の一節が直接話法的に引用され、『少将滋幹の母』『撰集抄』が書名の開示と、その一部内容の間接話法的な紹介とがなされている。これらは、語り手が所有している知識（ないしは書物）による注釈といった体裁といえるだろう。引用の分量や物語内容への直接的な反映という点からすれば、『明月記』の扱いは突出している。特に、「歴史の表面」という言葉は、知識の披瀝、衒学的な装飾性を超え、物語内に歴史の文脈を呼び込む。そこで、この引用を含む叙述が、『明月記』をいかなるものとして示そうとしているのか、そこから天竺冠者をどのように語り出していくのかをあらためて省察したい。

『明月記』の引用直前は、「まるで酸素の不足した水中で息苦しくなった魚が、水面に浮かびあがって口をぱくぱくさせているようなものであろう」と天竺冠者が比喩され、「老練な釣師が、すかさずこの魚を釣りあげる」と、「天竺冠者を釣りあげて歴史の表面にひっぱり出した」人物として、藤原定家の名が挙げられている。語り手による比喩からすれば、天竺冠者は、物語内のこの時点において進退窮まったかのような、ある行き詰まった局面に達した状態にあったと読める。定家は、「歴史の表面にひっぱり出した」「老練な釣師」であるのだから、『明月記』の記述は、天竺冠者を歴史に組み込もうとする行為として捉えられているということになろう。『明月記』は、藤原定家の日記であった。したがって、後世からすれば、天竺冠者に関する記述は記録に残されたひとつの事件でしかなく、承元元年四月二八、二九日の『明月記』の記録も、その事柄のみに終始しているわけではない。『明月記』において天竺冠者は、ある一日に起きた数ある出来事のひとつとして記録されているのである。しかし、「ねむり姫」の語り手は、定家の記述のなかから天竺冠者を引き出し、歴史叙述に類する積極的な行為であるかのように読み換えている。すなわち、『明月記』の引用は、歴史の形成を意図された言表行為に基づく〈史実〉として、「ねむり姫」内に再編されているのである。

一方、『古今著聞集』と「ねむり姫」との関連性は、『明月記』に代表される引用の仕組みとは、まったく異なっていた。古典を書き換えた（要約した）ものが、間接話法的に文章内に組み込まれた形態であろう。「ねむり姫」においていて、書名の開示、直接的な引用が行われる際、その目的は、言葉や歴史的背景に対する注釈・解説にあった。『古今著聞集』の場合は、ひとつのエピソードの形成に焦点が当てられているのは、「一説」として紹介されているのは、

「天竺冠者はみずから親王と称していたというが」といった叙述であり、これを受けて「定家が狂者と呼んだのも無理からぬことと思われてくる」いう語り手の推測が加えられる。以下、「本人はどういうつもりだったか知らないが、定家が彼を天竺丸と呼んでいることにも注意しよう」と、『明月記』における天竺冠者の呼称に関する解説が続く。そして、「都へ連れてこられた天竺冠者は、『明月記』にあるように神和苑に召し据えられ、後鳥羽院じきじきの取りしらべを受けることになった」とされ、その取り調べ内容が語られるのだが、それが再び『古今著聞集』を元とした叙述になる。神通力を標榜していた天竺冠者は、「池の上を走ってみよ」と命じられ、結局「水に沈んであっぷあっぷする羽目になった」。『古今著聞集』の内容を元にした記述であるが、しかし、ここで語り手は、「彼は瀬戸内海の島にうまれたけれども、幼時から京で暮らしていたので、泳ぎというものをまったく知らなかったのだ」と、この顛末とつむじ丸の履歴とを接続するのである。

澁澤作品の構成は、切り貼りや「アンソロジー的」と指摘されてきた。ひとつの引用があらたな引用を引き出し、引用で構成される全体像というのが澁澤作品の評価であろう。だが、引用と切り結ぶ語り手の言葉に着目すれば、物語内容の細部が、その語りによって構造的に補足されつつ、展開するさまが透視されてくる。「天竺丸」という言葉に対する注釈にしても、次のように語られ、「つむじ丸」につなげられているのである。

丸というのは、牛若丸や石童丸のように幼名にも用いられるし、多襄丸や調伏丸のように盗賊の名にも用いられる。アウトローの特権的な立場にいるという意味で、両者は明らかに共通した性格をもつものと見られているのだ。もしつむじ丸が『明月記』のこの部分を読んだら、どんな顔をしたであろうか。

「幼名」「盗賊」「アウトローの特権的な立場」といった言葉を用いながら、天竺冠者ではなく「もしつむじ丸が」

というように、これまでの物語内容との接合が図られていく。『明月記』の引用を始点として、「一説」の紹介とつむじ丸の履歴とは、語り手の注釈によって一貫させられたのだ。『明月記』や『古今著聞集』等、典拠に基づくあらゆる言説は、語り手の注釈的な言説により、珠名姫・つむじ丸の物語として「血肉化」されていよう。資料や情報、知識を提示する語り手の言葉は、テクスト外との「ハイパーテキスト的」な回路を開くだけではない。典拠を反復／変形し、物語化していく語りの様態が、ここに明らかとなっているのである。

6 「ねむり姫」の虚構性

捕縛から五〇年ほど後、天竺冠者ことつむじ丸は、老いた行者となり、二人の護法童子を従え、水想観を行おうとしていた。童子のひとりが汲んできた水を、戸障子を閉め切った草庵に撒き散らし、観想の念をおこす。すると、いつの間にか草庵は水で満たされ、行者自身の体も水と一体になる。「彼自身が水で、しかも同時に水を見ている意識」という状態と化した行者は、そこで苦痛を感じたとされる。その原因は、「紡錘のようなかたちのもの」という、珠名姫を乗せ宇治川に流された小さな舟である。次いで、行者が宇治川の水を使って水想観を行ったと明かされ、「紡錘のようなかたちのもの」である小さな舟によって絶命するという彼の最期が語られる。

水想観が行われた翌日、二人の護法童子が草庵を訪ねると、行者は命を落とし、側には「一本の紡錘がころがっていた」とされている。珠名姫を乗せた小さな舟は、形状の類似から「一本の紡錘」と変化した。語り手は、「行者はなぜ死んだのか。これについては容易に原因らしきものを見つけ出すことができる」として、『撰集抄』のエピソードを紹介する。恵心僧都が水想観中に、内記入道保胤がその水の中へ枕を投げ込むと、恵心が体に痛みを覚えるようになったというものである。語り手は、「たった一本の紡錘でも老いさらばえた行者の身には、それが命とりになる」と説いている。引用された資料は、検証を必要とするものではなく、それ自体がひとつの論証であり、かつ根拠となりえる事実として運用されているのである。これが、天竺冠者の死因を解き明かす原因であるかのように、物語における事実や信憑性を保証する言説となされているのだから、読者には、語り手と同じく典拠への信頼に身を委ねることが求められていよう。

『明月記』や、「一説」と語られた『古今著聞集』なども、参照資料自体の正否やジャンルは問われていない。しかも、典拠に基づく叙述は、語り手によって、独自の文脈に反復／変形（物語化）されていた。それにより読者は、たとえば藤原定家を、つむじ丸を歴史的な地平へと引き上げた主体（「老練の釣師」という役割を上書きされた存在）として語り手とともに共有していく。つまり、典拠（引用元）が、本来的に有していた価値や目的に束縛されず、語り手の文脈に即して虚構化されたテクストを、読者は読み進めているのである。『明月記』の引用であれば、引用元の文脈が解体／再構成され、歴史化を目論む言説への反復／変形として、信憑性（あるいは志向性）を読者に享受させせようとしているのだ。特に、語り手の恣意に基づき、典拠を反復／変形するプロセスは、『撰集抄』『少将滋幹の母』のような、部分的な内容を独自に要約した紹介や、『古今著聞集』の方がむしろ鮮明であろう。

「ねむり姫」において、創作の源泉にあるさまざまなプレテクストを語り直すという行為は、新たな意味や価値、および物語を生み出している。「眠れる森の美女」や性的なイメージをコラージュされた珠名姫と、史的資料等で歴史的文脈への再編を目論まれたつむじ丸とからは、典拠となるテクストを反復／変形し、戯画的にイメージを造形する、パロディとしての批評的な差異も看取できよう。典拠を複雑に錯綜させながら、珠名姫とつむじ丸とを中心に物語世界は形成されている。複数の典拠が巧妙にコラージュされた「ねむり姫」は、諸要素の有機的な結び付きを作り上げる語りと、物語の構造自体とを読むことが、求められるテクストでもあるといえるだろう。

注

＊1 関井光男「『ねむり姫』のナラトロジー」（「國文學」昭和62・7）

＊2 中条省平「澁澤龍彥――観念から物質へ」（『反＝近代文学史』文藝春秋、平成14・9）

＊3 松山俊太郎「解題」（『澁澤龍彥全集』第一九巻 河出書房新社、平成6・12）

＊4 ＊3に同じ。

＊5 マドンナ・コルベンシュラーグ／野口啓子・野田隆・橋本美和子訳『眠れる森の美女にさよならのキスを――メルヘンと女性の社会神話――』（柏書房、平成8・11）

＊6 太田亮著／丹羽基二編『新編姓氏家系辞書』（秋田書店、昭和49・12）

＊7 『新訂寛政重修諸家譜』（続群書類従完成会、昭和40、4）

＊8 千本英史「天竺冠者のゆくえ」（「叙説」平成9・3）

＊9 山内譲「解題」（『予章記・水里玄義』愛媛県教科図書株式会社、昭和57・8）

＊10 西尾光一・小林保治校注『新潮日本古典集成（第七六回） 古今著聞集 下』（新潮社、昭和61・12）以下、『古今著聞集』からの引用はすべて『新潮日本古典集成』に拠る。

＊11 巖谷國士「アンソロジーとしての自我」（「幻想文学」平成9・7）

＊12 たとえば山下武「ドッペルゲンガー文学考――澁澤龍彥」（「幻想文学」平成8・10）は、澁澤龍彥「鏡と影について」には「ジョヴァンニ・パピーニ（一八八一～一九五六）の小説にこれと寸分ちがわぬ話がある」とし、「何から何までそっくり同じなのである。早い話が、剽窃なのだ。これほど情況証拠が揃った剽窃も珍しい」と指摘している。

＊13 コンパニョンは、モンテーニュが『エセー』においてセネカの文章を引用・剽窃していることを指摘し、「エクリチュールの真実に最も近いところに残るのは血肉化である。これは、ある文を剽窃するもの、ある主体の仮面を取る

もの、主体を客体として嘲笑するものである。これは私のものではなく、これは私ではない。私は誰の名において語っているのでもない。それは私の症候であり、症候とは常に他者のディスクールであり、現実的なものである。〔中略〕各人が解釈者としての地位を残し、各人が、自分の名においてではなく、誰の名においてでもなく、語り、他者のディスクールを別様に語ること。各人は自身で自らに許可を与えること。これが血肉化のエンブレムである」（アントワーヌ・コンパニョン著／今井勉訳『第二の手、または引用の作業』水声社、平成22・2）と述べている。

＊14　石堂藍「ハイパーテキスト概説」（「幻想文学」平成9・7）

※本章における澁澤龍彦「ねむり姫」の引用は、すべて河出書房新社版『澁澤龍彦全集』第一九巻（平成6・12）に拠る。

また、本章は、平成二二年度國學院大學國文學會秋季大会（平成二二年一一月二一日、於國學院大學）での口頭発表「〝史実〟を生成していく言葉――澁澤龍彦「ねむり姫」の虚構性――」に基づいている。会場で貴重な御教示をいただいたことに感謝を申し上げたい。

第二部　典拠の利用とその諸相

第6章　反復／変形の戦略性——芥川龍之介「六の宮の姫君」の方法から——

1　物語の自立性とは

「六の宮の姫君」（「表現」大正11・8）は、芥川龍之介の最後の王朝物として知られている。この作品は、典拠である『今昔物語集』巻第一九「六宮姫君夫出家語第五」と物語内容上の密着ゆえに、独創性に欠けると評価された。典拠との相似が作品の自立性を左右するのであれば、翻案の評価は、それの内容から飛躍する独自の問題意識や方法によって決定されることになる。「六の宮の姫君」に対する、独創性欠如の批判は過去の見解であり、現在では、作品の自立性に揺るぎない価値が見出だされている。その経緯もすでに多くの先行論で触れられてはいるが、問題の所在と本章のねらいとを明らかにするため、あらためて「六の宮の姫君」の自立性をめぐる議論の要所を整理しておきたい。

作品の独自性に対し、まず疑問符を付けたのは吉田精一である。吉田は、「素材は今昔物語巻十九の第五話に出てゐるのを、殆どそつくり忠実に辿つて居り、たゞ最後に潤色を施して彼のモラルを寓した」と典拠との近似を指摘し、「この題材を捉へたのはさすがに彼の眼光の鋭さを語るものであらう。たゞ原話がすぐれてゐるだけに、彼の手柄はそれだけ少ない」[*1]と述べた。これに反論する進藤純孝は、「筋が殆ど同じでも、宿命のせんなさに脅かされながらも「懶い安らかさの中に、はかない満足を見出し」て生きて行く姫君の、「唯静かに老い朽ちたい」といった気持ちは、今昔にも描かれてゐるとは言ひがたい」[*2]とし、独創性を保証した。両者は相対する評価を下しつつつも、「「極楽も地獄も知らぬ、腑甲斐ない女」のはかない一生を、憐れとは思ひつつも、敢へてさげすまうとしたのが、彼〔引用者註：芥川龍之介〕の心境だつた」[*3]（吉田）、「芥川は、六の宮の姫君の心に、自身の心と共通するもの、「唯静かに老い朽ちたい」といふ気持ちをとらへ」[*4]ている（進藤）と、ともに、姫君の心理に作家の心情を重ねる解釈に帰着している。

一方、典拠との綿密な対比を行った長野甞一は、進藤純孝が指摘する姫君の心理を、「物語の叙述から十分推察しうる」「平安朝の上流女性、ことにうだつの上がらぬ上流の女性たちは、十中の八、九こんな考えを持っていたであろうことは、歴史がすでに説明する事柄である」[*5]と、それが『今昔物語集』にも読み取れるものだと断じた。そのうえで長野は、吉田精一の主張を肯定的に受け止めながらも、「姫君がたんに王朝女性の一典型であるのみならず、経済力生活力を持たぬものの習いとして、何者かに依存しなければ生きてゆけぬ女の悲劇を象徴的に語るものとすれば、より普遍的な感動をそそるに違いない」[*6]とし、「六の宮の姫君」を最大限に評価する。だが、長野論では、古典から現代を貫く普遍性に重きが置かれ、「六の宮の姫君」自体の独創性は過小評価されているといえる。

そして、海老井英次は、「六の宮の姫君」における姫君の心情描写および死のあり方と、「六」章（後日譚）の付加とを、典拠との相違点に挙げ、そこから自立性の浮上を試みた。特に、姫君の最後を「地獄（火の燃える車）と極楽（金色の蓮華）をかいまみせながら結局中有の闇に沈んでいく姿」と捉えた海老井は、芥川が、「感動の中にも浄化しきらない残余未練の存在を姫君の中に見透かしていることが、姫君の臨終を中有の姿に敷衍した主因であったと思われる」[*7]として、それを次のように作品の独創性に接続する。

> 姫君の生き方を「腑甲斐ない」とし、「中有」に迷うが如き「罪人よりも卑しい」それとみ得るとすれば、そこには芥川によって、創造されたとは言えないまでも、新たに解釈された姫君像があるのであって、「死んだ

って死にきれぬ」との心理的共鳴をモチーフとした、原典とは別の作品的世界をもつ「六の宮の姫君」がそれ独自の自立性をもっていると結論される。*8

「新たに解釈された姫君像」の提出こそ「独自の自立性」へとつながるとした点は、作者の独創による筋の分量ばかりを重視した議論を確実に前進させていよう。「やはり大幅な創作性の存在を認めることが出来る」とする勝倉寿一は、「六の宮の姫君」では原典における「出家機縁説話としての夫の出家談の部分」が切り捨てられたのにも注目し、これを踏まえたうえでの、姫君と内記の上人との形象の考察から「作者の現実生活の苦悩を表白した作品」*9と結論付けた。何が書き加えられたのかと同様に、何が削除されたのかも重要な意味をもつ。むしろ、物語の様相は、それにより一変する場合もあろう。

以上のように、おおまかではあるが議論の展開を通覧すると、独創性＝典拠をもたない創作部分の分量という発想が支配的であったのがわかる。作品の自立性は、主に作家の心情との共鳴に直結されていた。「新たに解釈された姫君像」が作家の独創を表象するとした海老井英次が、独自構想の量的換算から「六の宮の姫君」の自立性を解放して以降、この議論はほぼ終結した。

日本語における現代語訳や翻訳であろうとも、古語や外国語から現代の誰でも読める言葉へと変換されるだけに留まらない、訳者の思想（解釈）が介在している。同じく翻案も、たとえ内容上の密着が甚だしく見えようと、典拠から新たな物語を生成しようとする意識は、言葉や構造のうえに表れる。創作の独自性とは、そこにも求められるべきであろう。ただし、海老井論や勝倉論にせよ、自立・独創といった言葉の運用に吉田や進藤等との径庭はなく、物語内容と作者との心理的な重なりという作家論的な地平で思考されていた。しかし、翻案の検討とは、作家の心理や個性にばかり回収されるものではなかろう。典拠の利用にともなう言葉の変換や物語の構造を端緒にして、反復／変形のプロセスを究明する必要がある。

「六の宮の姫君」については、小説の独自性についての議論が主に物語内容と作者自身との関係性に集中しており、文体・構造に関する論及が少ない。「六の宮の姫君」は典拠との対応が明白だからこそ、それとの差異を生み出す文体や構造についての分析は、翻案文学研究にもつながると考えられるのである。

2 姫君という主体

典拠である『今昔物語集』巻第一九「六宮姫君夫出家語第五」を併置しながら、まずは姫君の造形を検討したい。「六宮姫君夫出家語第五」は、文字通り出家する男（夫）の物語である。そのため姫君は、この男が出家にいたらざるをえない原因と結果とであり、同時に、彼女の造形も出家譚を導引する要素にほかならない。対して「六の宮の姫君」は、あくまでも姫君の物語であり、「六宮姫君夫出家語第五」とは主体が異なる。主体の差は、姫君を語るに際し同じような言葉を用いていようと、語りのベクトルに違いを生む。

「六宮姫君夫出家語第五」においてひとつひとつの事象は、常に男との相関関係を切り結ぶ。たとえば、姫君の父・「兵部大輔」の人柄は「旧メカシ」（「古風」）とされている。「旧メカシク思ヒ静メテゾ有ケル」からこそ、父は娘を進んで入内させないのであり、ゆえに、男は姫君と契る機会を得られる。したがって、父の人柄と姫君の形象との間には何らの回路も開かれず、すべてが男の存在に回収されていくといえよう。

「六の宮の姫君」では、「時勢にも遅れ勝ちな、昔気質の人だつたから、官も兵部大輔より登らなかつた」というように、父の「昔気質」である性格と出世に縁がないこととが因果関係で結ばれ、さらに「姫君はさう云ふ父母と一しよに、六の宮のほとりにある、木高い屋形に住まつてゐた」と、この事情が姫君個人の生活へと接続されている。「父母の教へ通り、つつましい朝夕を送つてゐた」とされる姫君は、父母の死後も「やはり昔と少しも変らず、琴を引いたり歌を詠んだり、単調な遊びを繰返してゐた」。これが、一貫した姫君の日常であり、「父母の教へ」でもあったのだろう。「昔気質」「昔風」とされる父の性格は、結果的に男を屋形へ引き込む遠因になろうとも、姫君を象る言葉に変質している。物語の冒頭で「悲しみも知らないと同時に、喜びも知らない生涯」「世間見ず」などと規定される姫君の性質は、父母との生活環境によって形成されているのである。「昔気質」「昔風」が意味する父の性格が、姫君に継承されているという点において、すでに「六宮姫君夫出家語第五」との差異は生み出されているのだ。少し先取っていえば、「三」章で乳母から二人目の婚姻をもちかけられることや、「六」章で姫君の死後が語られていることなど、姫君の物語に徹している点に鑑みれば、典拠とは逆に、男の存在は、主体である姫君の生涯を形作る要因のひとつになっていると解せよう。問題は、語りのベクトルと姫君を象る言葉とにある。

そこで、姫君の日常が繰り返し「やはり昔と少しも変わらず」と語られているのに注視すると、「昔気質」「昔風」といった言葉との親和性、あるいは「昔」と変わらない生活の強調に気付く。「何時の間にか、大人寂びた美しさを具へ出した」と、姫君は身体的な成育を見せはするが、生活レベルでは、「単調な遊びを繰返」す、「昔」と同じく変化のない、無時間的な空間が求められていた。これは、父母の死後、「姫君は悲しいと云ふよりも、途方に暮れずにはゐられなかつた」と語られていることにも関連していよう。外界との接触を遮断された父母による庇護を、「完璧な防壁」とする酒井英行は、「他者を愛する喜び、他者に傷つけられる悲しみを知る機縁を奪われていた姫君は、防壁の内部で、自己愛を肥大化させていった」「自己完結したナルシシズム」のもち主であると述べ、「悲しいと云ふよりも、途方に暮れ」るという表現は「完璧な防壁を失った戸惑い」[*10]だと指摘する。父母の死に対する表現を見れば、戸惑いが悲しみを越えているのは確かであろう。姫君に、積極的な父母への愛情を予感させる叙述（「「父母さへ達者でゐてくれれば好い。」——姫君はさう思つてゐた」）もある。しかし、「悲しいと云ふよりも、途方に暮れ」る姫君にとって、父母は、愛情を注ぐ対象である以上に、自らの生活を維持するためのシステムとしての比重が高かったのではないか。この認識を「自己完結したナルシシズム」と呼べばその通りなのかもしれない。ともあれ、姫君が次いで「たよるもの」は乳母であり、父母が亡くなろうと暮らし向きが低下しようと、「やはり昔と変わらず」に「単調な遊びを繰返」すだけであったのは無視できない。

乳母から「丹波の前司なにがしの殿」という男と会うのを薦められた際には、「忍び音に泣き初めた」「不如意な暮しを扶ける為に、体を売るも同様だつた」「悲しさは又格別だつた」と、姫君の心の内が明かされている。「悲しさは又格別だつた」とあるように、ここでは、「たよるもの」を失い、「途方に暮れ」た父母の死以上の衝撃を受けているかに見える。男は今後「たよるもの」になりうる存在であり、それは、父母が健在であった頃の暮らし向きの回復を意味していよう。「勿論それも世の中には、多いと云ふ事は承知してゐた」と語られているのだから、平安期における貴族階級の女性が背負う「体を売る」ような行為に無知であったわけでもない。にもかかわらず、悲嘆を募らす姫君にとっては、「不如意な暮しを扶ける為に、体を売るも同様」であるのが障害となっている。そこには、生活維持のために「体を売る」行為と、姫君の空間に対する外界からの他者による介入とへの拒否が底流していよう。酒井が述べるように「完璧な防壁」内で育まれる「自己完結したナルシシズム」を重視するのならば、身体／空間に対する他者の干渉は何よりも忌避されるはずだ。「一」章に見られる姫君の造形を追っていくと、とにかく「昔と変わらず」にあることに力点が置かれている。変化を厭い、無菌的無時間的な空間内で遊技に耽る、現実性の一切感じられない日常こそが、姫君の実生活なのである。

よって、「たよるもの」にほかならなかった乳母の提案が、姫君に混乱をもたらすのも無理はない。「体を売るも同様」の行為と乳母との関係性に着目した松本常彦は、「乳母が内在化した主体の編棒として機能する点が問題*11」だとして次のようにいう。

「藪の中」の「女」が抹殺せんと願ったのは何よりも夫の眼であった。近さや不可分性は、悲しみや屈辱の解像力を強め、そのことで眼の残酷は、いっそう強まることになるからだ。「やさしい心」を持つ男、「時には頼もしいと思ふ」夫との逢瀬を重ねた姫君が、「むつびあふ時にも、嬉しいとは一夜も思はなかつた」のは当然である。夜毎の逢瀬を差配する乳母は、抹殺不可能の内在化した編棒として、「体を売る」主体を編成・現象させてしまうのだから。姫君には自我がないのではない。むしろ自我や主体に苦しんでいる。主体の編成と不可分な内在化した目撃者が性と生の間に楔を打ち、調停不能に苦しむ主体を生み出している。乳母というsubject（従者・主権）によって編成されたsubject（主体）、それが姫君である。[*12]

乳母の存在から姫君の悲嘆の解像度は高められていき、さらにその乳母によって引き起こされる行為と自我との亀裂への絶えざる照射が、姫君の主体を編成するという松本の見解は示唆に富む。このような老婆への視線は、反響ともいうべき作用をもって、主体である姫君に潜在する葛藤を鮮やかに照らし出す。老婆の言動により、行為と思想とを引き裂かざるをえない姫君像が、明瞭な輪郭をもち出すのである。

やはり問題は、吉田精一以来繰り返し議論されてきた、ほとんど変わらない筋ではない。物語の主体である姫君がどのように語られたかである。『今昔物語集』巻第一九「六宮姫君夫出家語第五」は、主体の変更と編成、またそれを語る言葉と志向性とによって反復／変形されたのだ。「六の宮の姫君」は、典拠からの飛躍を成功させている。主体化された姫君は、「父母の教へ」を引き継ぎ、「昔と少しも変らず、琴を引いたり歌を詠んだり、単調な遊びを繰返」す存在であった。何よりも自己（の世界内）に外側の現実が流入する事態ともいうべき、身体と空間とに対する他者の干渉を回避しようとしていた。すなわち、自らが育んできた無菌的無時間的な空間内で、少女から「大人寂びた美しさを具へ出」そうとも、無垢であり続けようとする意志が、姫君の性質においては重要なのだといえよう。「六の宮の姫君」の「一」章は、物語の始点として、典拠とは異なる姫君の造形を理解するための情報を充分に供給しているのである。

3 姫君の行為

姫君の意志や性質とは裏腹に、物語は彼女に対してさまざまな変化を要請する。そのような事態に、姫君は、受動的な客体としてのみ存在しているわけではない。「二」章で姫君が「何時の間にか、夜毎に男と会ふやうにな」ると、「黒棚や簾も新しくなり、召使ひの数も増え」、屋形内は父母の存命時に匹敵する経済的物質的状態を回復していく。しかし姫君は、「男と二人むつびあふ時にも、嬉しいとは一夜も思はなかつた」とある。他者の干渉を厭う姫君の造形からすれば、当然の心境であろう。このような姫君の生活状況に続き、「丹波の国にあつたと云ふ、気味の悪い話」が、男によって「酒を酌みながら」姫君に話されるという形で挿入されている。すると姫君は、「宿命のせんなさに脅された。その女の子に比べれば、この男を頼みに暮してゐるのは、まだしも仕合せに違ひなかつた」と語られ、「なりゆきに任せる外はない」との結論にいたり、「そう思ひながらも、顔だけはあでやかにほほ笑んでゐた」のである。

「気味の悪い話」以降、姫君の生活は、「昼は昔のやうに、琴を引いたり双六を打つたり」し、「夜は男と一つ褥に、水鳥の池に下りる音を聞」き、「悲しみも少ないと同時に、喜びも少ない朝夕」を送り、「相不変、この懶い安らかさの中に、はかない満足を見出してゐた」と語られている。生活状況は昼と夜とで異なる二分化した状態となり、物語の冒頭（「悲しみも知らないと同時に、喜びも知らない」）と比べ、姫君の心理にもわずかな変化が見られる。そして、男との別れは、「たとひ恋しいとは思はぬまでも、頼みにした男と別れるのは、言葉に尽せない悲しさだつた」とされるのである。酒井英行は、「気味の悪い話」を聞いた姫君の反応について、「男を受け入れても同化しない意志、全てを許さないことで精神の核を守ろうとする意志が、「顔だけはあでやかにほほ笑んでゐた」という身体表現で示されている」とし、さらに「昔のやう」な昼の生活を「屈辱的な結婚をしている現実の自己を〈元の自己〉に塗り替えようとする虚構の美学、ナルシシズムの世界に閉じ籠もろうとする意志の身体表現である」[*13]と指摘している。姫君の行為や姿勢の語られ方を繙くにあたり、酒井の見解はひとつの基準となる。

そもそも姫君は、男の話を聞いても「気味の悪い」といった思いなど起こさなかった。自らの境遇とその内容とを照らし合わせた結果、「宿命のせんなさに脅かされ」、「なりゆきに任せる外はない」と結論付け、「顔だけはあでやかにほほ笑んでゐた」だけである。意見を主張するでもなく、愛想笑いに等しいような身体表現で男に調子を合わせる姫君の姿は、確かに「男を受け入れても同化しない意志」の表れと捉えられるだろう。挿話前後の姫君の心情（「嬉しいとは一夜も思はなかつた」「恋しいとは思はぬ」等）からも、それは首肯できる。ただし、「顔だけはあでやかにほほ笑」むという行為（反応）は、身体と精神との意図的な乖離、外面と内面とがねじれた現象を示しているといえるのではないか。昼は「昔」ながらの自己の世界に耽溺する生活、夜は男が介在する意に反した生活を送るという状況は、身体／精神の分化およびねじれを極めて象徴的に表していよう。姫君は、心の内を男に悟られないようにしている。一日を分断し、意に反したねじれを起こしてでも維持される生活の継続にこそ、姫君の意志は色濃く反映されていよう。

また、男との別れに際しては、「恋しい」と思うことと、「頼みにした」こととの間に大きな隔たりがあった。だが、姫君は「言葉に尽せない悲しさ」を感じ、「泣き伏して」しまう。男は「慰めたり励ましたり」するが、姫君の涙に感化され「二言目には、涙に声を曇らせ」、乳母は「何も知らない」とされているのである。図らずも、泣き伏すという行為（身体表現）は、姫君の真意を覆い隠している。内奥に秘められた、外部の理解と屈折している姫君の感情は、誰にも伝わらない（伝えられない）まま、語りによって読者にのみ明かされているのだ。このような姫君の造形は、「三」章のみに確認できるものではない。

「三」章で乳母は、「あなた様も殿の事は、お忘れになつては如何でございませう」と、「或典薬之助」との婚姻を提案する。「するとその年の秋の月夜、乳母は姫君の前へ出ると、考へ考へこんな事を云つた」と語り出されるこの一節は、「二」章末部で「丹波の前司なにがしの殿」である男を紹介する際の老婆を語る、「すると或秋の夕ぐれ、乳母は姫君の前へ出ると、考へ考へこんな事を云つた」という一文と、時間が「夕ぐれ」から「月夜」へと変更された程度で、ほぼ同一の文章を踏襲している。秋の「夕ぐれ」と「月夜」とは、零落していく姫君の姿に重ねられてもいるのだろう。ともあれ、繰り返された提案を姫君は、「白い月を眺めたなり、懶げにやつれた顔を振つた」と二度目は拒否する。その理由は、「「唯静かに老い朽ちたい。」……その外は何も考へなかつた」からであるが、姫君のこの願望は、いわゆる心内語であり、読者にのみ明かされ、老婆には伝わっていない。「懶げにやつれた顔を振」る否定の行為に続く、「わたしはもう何もいらぬ。生きようとも死なうとも一つ事ぢや」との言葉は、老婆への発話であったとしても、表面的には生死を等価に扱う言説として届くであろう。しかし、姫君の行為と言葉との背後には、「唯静かに老い朽ちたい」という死への渇望が秘められている。「顔を振」り「何もいらぬ」と提案を拒否する行為は、その裏側に「唯静かに老い朽ちたい」という真意を隠した身体表現と化しているのである。

「五」章での、「たまくらのすきまの風もさむかりき、身はならはしのものにざりける」と詠まれた和歌も、「男はこの声を聞いた時、思はず姫君の名前を呼んだ」と続き、その内容は黙殺されてしまう。姫君の心情が発信されても、物語内の他者には、和歌の意味や意図は理解されようとすらしない。読者がいかにそれを解釈するかという読みの可能性が開かれる一方で、姫君の内面は男や乳母には伝達されていかないのである。

篠崎美生子は、「この歌には、自己を対象化する力を持った女の見えすぎるが故の寂しさがあふれているのではあるまいか」[*14]と指摘した。この見解は、冷静に現在の自己を分析的に捉える姫君像へも、あるいは「身はならはしのもの」と化した自らに対する憐憫にも結び付く。ただし、和歌を詠んだ直後に男から名を呼ばれたとき、「姫君はさすがに枕を起こした」とある。典拠では、「寄テ抱ケバ」と男が姫君を抱き起こしたのだが、「六の宮の姫君」で「さすがに枕を起こした」とあるのは、姫君自身にそうならざるをえない力が働いたためであろう。ここには、「たまくら」を振り解き、自発的に男を受け入れようとするかのごとき姿も浮かび上がる。姫君は、「身はならはしのもの」のまま、臨終を迎えようとするのではない。死の直前には、冷静さや憐憫を越える意志の力が、瞬間的な光彩を放っているのだ。「もう何もいらぬ」と述べた自己のあり方が揺らいでいる。しかし、姫君は「男を見るが早いか、何かかすかに叫んだきり、又筵の上に俯伏してしま」い、「尼は、――あの忠実な乳母は」と、乳母へと語りの視点が移り、姫君の心情は再び隠蔽されてしまうのである。

「何かかすかに叫んだ」という姫君の声も、意味を結んだ言葉にならず、内実は誰にも伝わっていない。「女ヲ見合セテ、「早ウ遠ク行ニシ人也ケリ」ト思フニ、難堪クヤ有ケム、則チ絶入テ失ニケリ」とされる典拠では、何らの言葉も漏れはしないが、「難堪クヤ」という姫君の心情が示されている。「六の宮の姫君」では、姫君が叫びとして声を発するにもかかわらず、読者にさえ、姫君の真意は明かされていない。「たまくらの」の和歌から続く文脈において、姫君の生を自由に解釈する余白が生成され、読者の視線が、彼女の深奥を推し量るように誘導されているともいえるだろう。

姫君の行為は、思考と感情とを覆う、屈曲した身体表現として現出している。「六の宮の姫君」では、「一」章から提示され続けてきた姫君の造形が、身体／精神の分化とねじれとを表徴する行為（身体表現）を創出し、隠蔽されていく深層が、他者との距離を拡大していくのである。それは、姫君の孤立や孤独の増幅にもつながる。「六の宮の姫君」の構造を把握するためには、物語の中心となる姫君が、他者と連関するコンテクストを、さらに読み直していかなければならないだろう。

4　中心としての姫君

乳母は、新たに経済的な援助が可能な男との婚姻を、姫君に薦めた。「いくら泣いても、泣き足りない程悲しかつた。が、今は体も心も余りにそれには疲れてゐた」という姿や、「唯静かに老い朽ちたい」「わたしはもう何も入らぬ。生きようとも死なうとも一つ事ぢや」との心境は、姫君の造形だけでなく、物語の構造を把握するうえでも看過できない。

「わたしはもう何も入らぬ。生きようとも死なうとも一つ事ぢや」という一節の後「＊」を挟み、物語の舞台は都から「遠い常陸の国の屋形」へと変わり、「新しい妻と酒を斟んでゐた」男に焦点が移る。ここは、男が不思議な音を耳にし、それが姫君に直結する、典拠にはないくだりとなっている。音を聞き、「男の胸には、はつきり姫君の姿が浮んでゐた」とき、「常陸の妻」は銚子の酒を「ふつつか」にさす。地方に住まう「ふつつか」な者と対比される、京にいる姫君の存在は、男にとってより明度を増していよう。典拠では、常陸の国にいる間も、姫君に対する男の思いが克明に語られている。しかし、「六の宮の姫君」では、音から姫君の姿を想起するエピソードが中心化され、男への過剰な言及は抑止されているようだ。「＊」によって場面が分断されようとも、主体である姫君の存在は、物語上から抹消されるのではなく、直接語られるのと同等の存在感を残響させているのである。

「四」章での、「何処か見覚えのある老尼」と男とのやり取りも同様の構造をもつ。典拠では、「尼モ糸寒気ナルニ、男着タル衣ヲ一ツ脱テ与フレバ」とあり、「尼手ヲ迷シテ、「此ハ何ナル人ノ此ク八給フニカ」ト云ヘバ」と続き、「汝ハ忘ニケルカ。我レハ更ニ不忘ズ」と男が述べたのを受け、尼が姫君の消息不明について話し出す。このように典拠は、「糸寒気」にしている尼を気遣い、かつ警戒を解くこと、さらに姫君への愛情（執着）が募っていることというように、あくまでも男の人物像の証明に終始している。「六の宮の姫君」ではそれが、「何処か見覚えのある」と尼に対する男の記憶は曖昧であり、尼からも「御見忘れでございませうが」との言葉が掛けられている。男が「下の衣を一枚脱いで渡した」のも、尼が姫君に関する情報を語った後である。そのため、「下の衣」の譲渡は姫君の情報を語った尼への見返りと同義となり、男の造形を演出するための意図は剥奪され、姿の見えない「おいたはし」い姫君像が中心に語られていく。男を視点人物として物語が展開していこうとも、常に主体化されるよう姫君は配置されている。「唯静かに老い朽ちたい」「もう何も入らぬ。生きようとも死なうとも一つ事」と表白された意志は、そのまま姫君の死に直結するわけではない。「何も入らぬ」どころか、物語内では、姫君の存在によって他者が動かされ、彼女を求める。すなわち、姫君は、主体として物語内に召還され続けているのである。

実体を描かなくとも姫君を中心化させる構造は、「四」章以上に、死後のエピソードとなる「六」章に顕著であろう。が、物語のクライマックスであるとともに、「六」章の導因ともなる「五」章の構造を先に検討したい。姫君臨終の場面で、乳母は、「臨終の姫君の為に、何なりとも経を読んでくれ」と、居合わせた一人の法師に頼んでいる。すると法師は、「往生は人手に出来るものではござらぬ。唯御自身怠らずに、阿弥陀仏の御名をお唱へなされ」と姫君に促す。「細ぼそと仏名を唱へ出した」姫君は、「火の燃える車」や「金色の蓮華」を幻視するが、すぐに念仏を中止し、「蓮華はもう見えませぬ。跡には唯暗い中に、風ばかり吹いて居ります」と述べ、「一心に仏名を御唱へなされ」と法師から叱責される。結局、姫君は、「何も、――何も見えませぬ。暗い中に風ばかり、――冷たい風ばかり吹いて参りまする」と「同じ事を繰り返すばかり」であり、男、乳母、法師の念仏に送られ、「さう云ふ声の雨の交る中」で最期を迎えた。

一見すると、男・乳母・法師の念仏に囲まれ、「声の雨の交る中」で迎える姫君の臨終は、騒然とした状況でもある。しかし、姫君が語る「唯暗い中に、風ばかり吹いて居りまする」「何も見えませぬ。暗い中に風ばかり、――冷たい風ばかり吹いて参りまする」という荒涼としたイメージは、静的な雰囲気を湛える状景とも読み取れるだろう。「無気味な程痩せ枯れてゐる」姫君を、このイメージに重ね合わせれば、「唯静かに老い朽ちたい」との願望は成就されたともいえよう。したがって、念仏の拒否は、自らの意志を貫くための選択でもある。佐々木雅發は、「男の出家によって一切が、男自身の孤独ばかりか姫君の孤独もが癒されたと考えるには、近代の読者、仏教的共同体に生きていない近代の読者はあまりに懐疑的であるといわざるをえない。いや誰よりも芥川が懐疑的でなかったか」[*15]と、出家譚である典拠と「近代の読者」（あるいは芥川）との距離を指摘した。佐々木の見解を敷衍すれば、姫君臨終の場面は、仏教的価値観の解体に力点があり、必然的に姫君自体の内部へと読みが牽引されていよう。その結果浮上するのは、個の物語にほかならない。先にも述べたように、姫君の行為（外面）は、心情（内面）と屈折した関係にあり、物語内の他者に対し、真意を隠蔽する傾向にあった。ここでもやはり、個としての姫君の深奥を読者に読み取らせようとする志向性が、構造によって示されているのである。

「六」章は、このような死と、仏教的価値観の解体とを引き受け、姫君の残像を中心化していく。姫君の死後「何日か後の月夜」に、「朱雀門の前の曲殿に、破れ衣の膝を抱へてゐた」法師のもとへ、一人の侍が、「この頃この朱雀門のほとりに、女の泣き声がするさうではないか？」といってやって来るところから、「六」章は始まる。法師が、「お聞きなされ」と返すと、「突然何処からか女の声が、細そぼそと歎き送つて来た」。「あれは極楽も地獄も知らぬ、腑甲斐ない女の魂でござる。御仏を念じておやりなされ」と言葉を続けた法師に、「内記の上人ではございませんか？　どうして又このやうな所に」と侍が返し、姫君に念仏をした「乞食法師」が、「在俗の名は慶滋の保胤、世に内記の上人と云ふのは、空也上人の弟子の中にも、やん事ない高徳の沙門だつた」と明かされて物語は終わる。この「六」章の位置付けについては、篠崎美生子の論及が示唆的である。

「六」章の「極楽も地獄も知らぬ女《ママ》」という言葉は、「内記の上人」による姫君の死にざまに対する〈解釈〉であったと言える。語り手が「やん事ない高徳の沙門」として彼を紹介し、如何に彼の言葉を権威づけようとしても、それが、一人物の〈解釈〉であることに、少なくとも、人の死後の世界を極楽から地獄に到るベクトルによって捉えるような、仏教的価値観で統合された共同体内でのみ通用する〈解釈〉であることに変わりはない。換言すれば、「六」で描かれた姫君の亡霊の泣き声も、姫君のような死を遂げた人物は往生するはずがないとする、共同体の〈解釈〉が生み出した幻想であり、語りであるのではないだろうか。[*16]

篠崎は、法師の言葉は仏教的共同体内でのみ通用する「〈解釈〉」にすぎず、語りの志向性は別なところにあると見ている。「あれは極楽も地獄も知らぬ、腑甲斐ない女の魂でござる。御仏を念じておやりなされ」という法師の言葉を、「おそらくその言葉は、誰よりも法師自身に向けられていたのではないか。自らの信仰（信心）をかけて説いた念仏。しかしその念仏は一人の女をもまったく救うことが出来なかったのである」と解し、法師は「他の誰よりも、自らの身の〈腑甲斐な〉さを託さなければならなかったにちがいない[*17]」と信仰心の無力を説く佐々木雅發の見解と合わせ見れば、「六」章が、仏教的価値観の解体を射程に据えている可能性は充分に想像できよう。

また「六」章では、「何処からか女の声」が聞こえるだけであり、姫君の「歎き」とは語られていない。姫君との呼称が用いられていない以上、貴族階級から「女」への一般化、履歴と個性との剥奪でもあろう。だが、「女の声」を、法師も読者も姫君と同定する文脈を共有している。前章との連関と「女の声」＝「歎き」とによって、姫君＝「歎き」を送るものとの解釈が適用されているのだ。この構図は、父母の死、男との関係など、自らを取り巻く状況が変化するたびに見せた姫君の姿にも結び付く。仮に、細々とした悲しげな音を、語り手が「歎き」と解釈したにすぎないのだとしても、姫君の存在は、あたかも余韻のように響いてくる。姿や形、言葉がなかろうと、解釈によって物語の主体である姫君が顕在化するように仕組まれているのである。

しかも、「腑甲斐ない女の魂」という評価が法師の解釈にすぎず、物語がその解体へと向かって語られてきたのだとすれば、最後の一文は、「高徳の沙門」という仏教の世界における権威の無化でもある。「高徳の沙門」であれ、法師は、乳母や男と同じく姫君の内面を触知できない。仏教的な価値観に支配された思想（『今昔物語集』を読むのと同等の理解）では、決して姫君を推し量れないことが暗示されているのである。仏教的価値観への一元化を徹底的に忌避する物語は、姫君に対するより多用な解釈の可能性を開いてもいよう。物語内で主体化された姫君は、行為と思惟との乖離やねじれによって、深奥が包み隠されながら語られ続けてきた。死してなお真意を理解できない法師を、そこへ拘束する力をも有していた。典拠の話形は解体され、周囲にさまざまな影響を及ぼす姫君が、常に物語の中心に配置されている。この中心点と周縁との距離や差異を測りながら読み進めていった先にこそ、姫君の生涯の物語は立ち上がるのである。

姫君がいかに語られているかとは、小説の言葉への追究を孕む。姫君の死へと向かう結末は、読者の期待に添った話形であったともいえるだろうが、言葉や文体へと視線を向けると、必ずしも直線的に進められるのではない、独自の形態が顕現してくるのである。

5 姫君をめぐる逆接

「六の宮の姫君」には、逆接の接続詞が目立つ。菅聡子は、「この作品で使用された接続詞の総数は四十六例だが、そのうち姫を語る文脈の中で用いられた接続詞数は十三例ある。この十三例のうち、十二例において逆接の接続詞が用いられており、その多くは「が」である」とし、「前項と後項の因果関係に何らかの矛盾が存在することを示唆する「が」「しかし」に出会うことによって」、読者には「文と文との連接の背後にある何物かの反転が示され」、「姫君の〈内面〉は、言葉に現われた描写のみならず、姫君を語る文脈のなかで語り手によって多用される「が」「しかし」等の逆接の語によってその存在が示されていたのである」[*18]と指摘している。この見解を参照しつつ、作品全体に見られる逆接の接続詞の特性、および姫君をめぐる言葉を再検討したい。

「六の宮の姫君」全体で逆接の接続詞の使用は、「が」二一例、「しかし」一〇例である。これに次ぐのが順接の接続詞「すると」の七例であるのと比べても、逆接の使用頻度は群を抜いていよう。しかも、「六の宮の姫君」では、接続助詞の「が」は一切見られず、必ず一文を完結させたうえで逆接の接続詞が用いられる。

萱が言及しているように、姫君に対する逆接の頻度は高く、それらが反転した空隙に「姫君の〈内面〉」を封じているのは確かであろう。しかし、全体で三一例と多用される逆接の接続詞をともなう文脈において、「姫君の〈内面〉」を想起させる箇所は限られているともいえる。とすれば、逆接の多用という作品の全体像を鳥瞰した際、「姫君の〈内面〉」を読者に想像させるのも、文体が示す特徴の一部であろう。「六の宮の姫君」の文脈は、なぜ「文と文との連接の背後にある何物かの反転」を繰り返しているのだろうか。

まずは「六の宮の姫君」冒頭部を見てみたい。

六の宮の姫君の父は、古い宮腹の生れだつた。が、時勢にも遅れ勝ちな、昔気質の人だつたから、官も兵部大輔より昇らなかつた。姫君はさう云ふ父母と一しよに、六の宮のほとりにある、木高い屋形に住まつてゐた。六の宮の姫君と云ふのは、その土地の名前に拠つたのだつた。

父母は姫君を寵愛した。しかしやはり昔風に、進んで誰にもめあはせなかつた。

父の出自は「古い宮腹」とあるが、典拠では「旧キ宮原」と表記され、「世間からも忘れられたような宮方の子」を意味し、「「原」は複数を表したり、「宮腹」の「腹」の当て字であったり」[*19]もするという。もちろん、『今昔物語集』には逆接の接続詞などはなく、「旧キ宮原ノ子ニ、兵部ノ大輔□ト云フ人有ケリ」と続く。よって、「六の宮の姫君の父は、古い宮腹の生れだつた」の直後にある接続詞「が」は、古いながらも宮方の出自であるにもかかわらず、官位が昇らない父を語るにあたり、逆接を用いてそこに因果関係を構築しているのであろう。

「父母は姫君を寵愛した」の後の「しかし」は、次に続く「やはり」にも注意を要する。「やはり」は、一般的に予想や想像と一致した際に用いられる副詞であるのだから、「しかしやはり昔風に」は、逆接による反転が予想通りであることを表す。この文脈は、「しかし」による反転のベクトルが、語り手の推測に則っているという方向性を明示していよう。古典的世界の常識を踏まえれば、寵愛の背後には官位の高い男性との婚姻に対する願望があるため、本来ならば父母は姫君を進んで「誰かにめあはせ」るはずだ。語り手は、「寵愛」と「誰にもめあはせなかつた」との矛盾する連関に、「しかし」を設けて因果関係を作り、しかも「昔風」の性格であれば当然そうなるという文脈を生成している。これは、接続詞を用いない古典作品において、不鮮明な意味のつながりをわかりやすい文脈に再構築していく、一般的な現代語訳化の方法ともいえるだろう。ただしここには、「しかし」と「やはり」とによって「昔風」の性格を意識させ、読みのベクトルを操作する語り手の存在がある。

また菅聡子は、「一二」章冒頭の「しかし」に、より特別な意図を看取している。

> この一章と二章の間には語られない姫君の〈内面〉の葛藤が暗示されている。少なくとも読者は「しかし」の語によってそのように導かれるであろう。またこの「しかし」は二章の冒頭で使われているため、単純に前項と後項を連接するのみならず、一章全体で語られてきた六の宮の姫君の高貴な血とそれを証明するかのような

どこか超然とした姫の生のあり方、それらすべてを含めた上での姫の〈内面〉における反転をも示唆するのである。*20

「二」章は、「しかし何時の間にか、夜毎に男と会ふやうになつた」と始められるのだから、「一」章全体で象られた姫君の造形を、逆接によって接続される後項（「二」章）が、反転しているように読める。とはいえ、そのような変化を受けつつも、同一段落末文は、「が、蝶鳥の几帳を立てた陰に、燈台の光を眩しがりながら、男と二人むつびあふ時にも、嬉しいとは一夜も思はなかつた」と、男の介入を歓迎していない姫君像が語られてもいる。すでに前節までで論じたように、姫君には「昔と少しも変らず」「昔のやう」な生活を送ろうとする、一貫性をもった性質があった。反転される「〈内面〉」があるとともに、状況が変化しても揺らがない「〈内面〉」までもが、即座に逆接の効果によって強調されているのである。次段落の末文、「しかし姫君はさう云ふ変化も、寂しさうに見てゐるばかりであつた」という、変化（「〈内面〉における反転」）を厭う姿と合わせたときにこそ、「姫君の〈内面〉の葛藤」は鮮やかに際立つといえよう。

続けて、「三」章にある「しかし姫君は昔の通り、琴や歌に気を晴らしながら、ぢつと男を待ち続けてゐた」との一文にも着目したい。この前文は、「乳母は焚き物に事を欠けば、立ち腐れになつた寝殿へ、板を剝ぎに出かける位だつた」である。廃れていく生活状況を乳母の行動で表した文章と、「昔の通り」にふるまう姫君とが、逆接で結び付けられている。これまでも姫君の生活は、「やはり昔風に」「やはり昔と少しも変らず」と、繰り返し父母存命時の「昔」と連結されていた。この箇所は、乳母と姫君との対照関係を作り出し、「やはり」ではなく、あえて「しかし姫君は昔の通り」と逆接で語られる。ここで「昔の通り」とされる姫君の日常は、「気を晴らし」す意味を含んでおり、姫君の心理には微細な変化が生じている。反転する行間から想像される「姫君の〈内面〉」を読み取ろうとすれば、困窮する生活状況や乳母の行動に対し、何もできない（しない）自己の葛藤が潜在するとでもいうべきであろう。しかも文脈上は、「ぢつと男を待ち続け」るという行為と、そこから透視される姫君の心的変容とまでもが、逆接によって照射されていく。「しかし」が反転する乳母の行為との対照は表面的なものであり、姫君の心的変化を暗示する因果関係の構築にすらなりえていない。言葉を換えれば、「しかし」が接続する前項と後項と、後接で強調される内容とが、有機的な関係を結んでいないのである。「しかし」の使用に、文脈上の適切な効果を発揮していない箇所があるとすれば、「六の宮の姫君」では、このような逆接の使用自体が目的にされていると考えられるのではないか。

姫君以外に用いられる逆接の文脈も視野に入れるべきであろう。たとえば、男が姫君を発見する場面（「五」章）では、「しかし」「が」の連続が見られる。

女は夕ぐれの薄明りにも、無気味な程痩せ枯れてゐるらしかつた。しかしその姫君に違ひない事は、一目見ただけでも十分だつた。男は声をかけようとした。が、浅ましい姫君の姿を見ると、なぜかその声が出せなかつた。

「女は」で始まる一文は、それが姫君と確定できないゆえの呼称であり、「夕ぐれの薄明り」による視界の不明瞭が「痩せ枯れてゐるらしかつた」と体型の推量を導き、「しかし」で続けられる叙述が、男と語り手との視点（視線）の同化（ないしは近接）を表していよう。前段落には、「男は殆ど何の気なしに、ちらりと窓を覗いて見た」とあり、そこから段落をあらため、「窓の中には尼が一人」と続く。男の認識とともに、語り手および読者が、姫君を発見していく叙述形態であろう直接話法的な文脈のなかで「しかし」が用いられ、「無気味な程痩せ枯れ」た体格が推測できる程度の視界であるのに、「姫君に違ひない事は、一目見ただけでも十分」という確信が、反転によって強調される構文である。

次の「男は」の一文では、語り手が男を対象化し、一定の距離を保っている。「が」で接続される内容は、「浅ましい姫君の姿を見ると、なぜかその声が出せなかつた」である。直接的な文体で語られてはいるが、前文の「男は」からの文脈であるため、語り手と男との距離は持続していよう。反転される内容では、「浅ましい姫君の姿」と、男自身にも「声が出せなかつた」理由が「なぜか」と曖昧であることとに力点が置かれているようだ。語り手は、そのような男の心情を直接的に語れないのである。「窓の中には尼が一人」から「十分だつた」までとは異なる叙述のスタイルが自然に連結されている。

連続して使用される「しかし」「が」とともに、前後の文脈において逆接が効果的に機能しているといえるだろう。「無気味な程」と形容されたものが、追い求めた姫君へと反転される文脈の形成は、姫君発見の感動を表す。だが、再び逆接が用いられ、「浅ましい」との言葉を冠せられた姫君は、負のイメージの同調により、先の「無気味な程」と形容された地点へと引き戻されてしまう。逆接の連続は、姫君を発見した感動の持続を切断し、そのねじれた接点が、読書行為における期待の地平をも即座にはぐらかしていく。結果、逆接を連続させたこの文脈は、美しさを失った姫君の姿を前景化しているのである。

典拠において男が姫君を発見する場面は、「一人ハ若キ女ノ、極テ痩セ枯テ色青ミ影ノ様ナル」を「「和纔ガニ此ク賤シ乍ラ□ナル者ヨ」ト見ユ。怪シク思レバ、近ク寄テ吉ク臨ケバ、此ノ失ヒタル人ニ見成シツ」となっている。男は、女を見ても一目では姫君とわからず、「和纔ガニ此ク賤シ乍ラ□ナル者ヨ」と思い、室内を注意深く覗き、初めてそれが姫君であると気付くが、「目モ暗レ心モ騒テ守リ居タル」ばかりとなり、声をかけようとする素振りすら見せない。このように、典拠の文脈は、逆接で行間を補う必然性に乏しく、ほぼ順接で構成できる内容である。だが、「六の宮の姫君」では逆接が要求される物語内容へと再編されている。反転される文脈は作為的に生成されていよう。「六の宮の姫君」には、順接可能な典拠の文脈や物語内容をあえて逆接化して、再構築し直す力学が働いている。逆接による文脈の反転は、ねじれた接点によって期待の地平をはぐらかしながら後接を強調する。これは、典拠と対比すれば、その話形の解体に等しい。同時に、後接で強調される姫君へと、読者の意識を誘導していく語りとしても機能している。つまり、「六の宮の姫君」では、逆接の多用が叙述の起伏を作り出し、主体となる姫君の明度を鮮明に保ち、そこへと読みを導いていく文脈が生成されているのである。

逆接の接続詞は、因果関係の構築とともに、想像される物語に対し期待の反転を繰り返す文脈を形成していた。それは、読者が参照する準拠の構造の混乱と解体とをもたらしている。換言すれば、反転というねじれた文脈によって作られる話形が、典拠からの飛躍を示す物語構造上の独創にほかならない。特に、出家譚・往生譚に代表される、宗教的価値観が展開や結末を決定してしまうような、物語内容への制約（抑圧）が明確な話形との差異化が、「六の宮の姫君」では図られている。貴種流離、嫁入り、婿取り等の類型化された、読み手に内在する物語の話形〈女〉のお伽噺）も、解体の対象に含まれるだろう。反復／変形のプロセスは、逆接の接続詞の多用が生み出す、ねじれた文脈と構造とを生成し、典拠に象徴される話形の解体と再構築とを目論みつつ、限定的な共同体や読書行為に回収されるのではない物語を創出していたのである。

6　姫君の系譜

芥川の「六の宮の姫君」以後、その影響を受けたと推測される作品が、二つ発表された。堀辰雄「曠野」（「改造」昭和16・12）と、菊池寛「六宮姫君」（「苦楽」昭和21・11）とである。[*21]「六宮姫君」と異なり、「曠野」は、「六宮姫君夫出家語第五」を典拠にしているのが明らかなわけではないが[*22]、「六の宮の姫君」との対比は、すでに町田栄や菅聡子の研究に詳しい。[*23] 同一の材料を用いた別種の作品を比較し、差異や影響関係などを読み取ろうとする分析は、それぞれが有する特徴を焙り出すのに効果的であろう。三作の相違に着目すれば、「六の宮の姫君」の特質に異なる角度から光を当てることもできる。

堀辰雄の「曠野」は、姫君に相当する「女」が、父母の死や男との婚姻関係と別れを経て零落していくというように、物語の前半は「六宮姫君夫出家語第五」と同様の筋立てである。ただし、生活が荒廃していく渦中、別れた男が一度「女」を探しに来た際、「女には自分が見るかげもなく痩せさらばへて、あさましいやうな姿になつてゐるのがそのとき初めて気がついたやうに見えた」「自分のさういふみじめな姿が、そんなになつてまだ自分の待つてゐた男に見られることが急に空怖ろしくなつた」と語られている。その後、「近江の国」の「或郡司の息子」に見初められた「女」は、それとともに「近江に下つてい」くが、そこには「郡司の息子」の正妻がいるため、「おもてむき婢として伴れ戻られなければなら」ず、そのような境涯は、語り手によって「此処に、女は、まつたく不為合せなものとなつた」との烙印を押されてしまう。物語の終局において、「誰にも気づかれずに婢としてはかなく埋もれてゐた方がどんなに益しか知れなかつた」という心情を見せる「女」は、男と再会すると、「何やらかすかに叫んで、男の腕からのがれようとした。力のかぎりのがれようとした」。そして、「この女にこそこの世で自分のめぐりあふことの出来た唯一の為合せであることをはじめて悟つた」男に対し、「しかし女は苦しさうに男に抱かれたまま、一度だけ目を大きく見ひらいて男の顔をいぶかしさうに見つめたぎり、だんだん死顔に変りだしてゐ」く。

「女」の心情と行動とに、この叫びの内実は表されていよう。「女」は、「あさましいやうな姿」「まつたく不為合せなものとなつた」という自らの姿を、愛した男に見られたくなかったのかもしれないし、あるいは、再び目の前にその男が現れた現実を受け入れられなかったのかもしれない。そのような「女」の強い感情は、「一度だけ目を大きく見ひらいて男の顔をいぶかしさうに見つめた」表情にも刻み込まれている。「曠野」は、「女」の心情、境遇を具体的に設定し、「叫び」の内実や、「唯一の為合せ」と逆接の「しかし」で対置される「女」の情念を描いた小説だといえる。

一方、「六宮姫君夫出家語第五」の内容とほぼ同じ筋立てでありながら、そこに語り手による注釈や自己言及が織り込まれ、典拠では曖昧であった行間の意味が随時規定されていく菊池寛の「六宮姫君」において、姫君臨終の場面は次のようにされている。

　彼は、連子を、はねのけると、いきなり飛び込んで、その女を掻き抱いた。女は驚いて、男の顔を見て、骨ばかりになつた両手で、男の首にすがりついたが、その激情の発作には、その痛み疲れた身体は堪へなかつたのであらう。喜びのすすり泣きと思はれた声が、だんだん病苦のうめき声に変り、男が気がついて介抱し始めたときは、もう肩で呼吸をしてゐた。

「六宮姫君」では、「六の宮の姫君」や「曠野」にあるような姫君（「女」）の叫びはなく、「六宮姫君夫出家語第五」で「難堪クヤ有ケム」と推測された心情も「喜びのすすり泣きと思はれた声」へと書き換えられている。男と再会した姫君の「激情の発作」とともに、「曠野」とは対極的とでもいうべき姿が描かれた「六宮姫君」には、姫君に対するある種の救いを認めることもできよう。ともあれ、「六宮姫君」も、「六宮姫君夫出家語第五」とは異なり、姫君の生涯を焦点にした作品にほかならない。

三作に見られる姫君（「曠野」では「女」）の臨終場面を対比すると、姫君の生をいかに読み取ったかという解釈の相違は明白であろう。「六の宮の姫君」は、姫君の叫びや表情に、男と再会した不幸や苦しみを積極的に表してはいない。だからといって、「六宮姫君」のように「男の首にすがりつ」く「激情の発作」や「喜びのすすり泣きと思はれた声」が発せられるわけでもない。「六の宮の姫君」では、視点を男に固定したまま、姫君の和歌、「何かかすかに叫んだ」声、死に向かうさまが淡々と語られていく。そこには、「曠野」「六宮姫君」以上に、姫君の生に多用な解釈を呼び込む余白が残されているのである。

「六の宮の姫君」は、典拠とは大きく異なり、読みの可能性を拡大した。主体化された姫君の造形とそれを志向する語り、逆接の多用というねじれた文体による古典的話形の解体と再構築とは、出家譚・往生譚という仏教的価値観に支配されている典拠の抑圧的な読みのベクトルを無化している。内容・叙述の両面において、プレテクストを準拠枠とする読者は、読書行為にともなう期待の地平を裏切られながら、姫君の物語へと誘われていく。「六の宮の姫君」では、古典作品において支配的である、類型的話形の解釈共同体のなかに埋没してしまいがちな個人の生が、掬い上げられているのである。

このような「六の宮の姫君」における反復／変形のプロセスは、プレテクストに対する批評性を生み出していよう。つまり、「六の宮の姫君」は、出家譚・往生譚、あるいは『今昔物語集』に表されるような古典的な話形と対置される、個の浮上を射程に収めたパロディでもあるのだ。[*24] だからこそ、姫君へ向かう視線の誘導や、限定的な解釈に帰着させる話形および読者の準拠枠の解体が徹底されているのである。末尾に付された「やん事ない高徳の沙門だつた」との、殊更に仏教的価値観へ読者を導くかのような注釈的言説は、「六の宮の姫君」が有するパロディとしての深度を最大限に示している。典拠への批評性を内在させ、読者へと新たな物語を開いていく「六の宮の姫君」は、古典と近代、ないしは共同体と個との、批評的な距離を示すパロディへと翻案の方法を昇華させていよう。

「六の宮の姫君」は個の問題に焦点が当てられている。「六の宮の姫君」が提示して見せたこれは、堀辰雄の「曠野」と菊池寛の「六宮姫君」にも継承されたはずだ。「曠野」「六宮姫君」とはともに、「六の宮の姫君」同様、ひとりの女性の生涯を語ることに終始している。「曠野」と「六宮姫君」とは、「六の宮の姫君」において、読者の自由な解釈を喚起するかのように語られる、姫君の生が逢着する領域と、話形の解体とを、独自の観点から物語化した。ひとりの女性の生涯をめぐる解釈の多様性を投げ掛けた「六の宮の姫君」は、新たな物語の登場を誘発する、プレテクストの役割をも果たしたのである。

注

＊1　吉田精一『芥川龍之介』（三省堂、昭和17・12）
＊2　進藤純孝『芥川龍之介』（河出書房新社、昭和39・11）
＊3　＊1に同じ。
＊4　＊2に同じ。
＊5　長野甞一『古典と近代作家——芥川龍之介』（有朋堂、昭和42・4）
＊6　＊5に同じ。
＊7　海老井英次「『六の宮の姫君』の自立性」（「語文研究」昭和42・10）
＊8　＊7に同じ。
＊9　勝倉寿一「「六の宮の姫君」——疲労と倦怠——」（『芥川龍之介の歴史小説』教育出版センター、昭和58・6）
＊10　酒井英行「『お富の貞操』、『六の宮の姫君』について」（『芥川龍之介　作品の迷路』有精堂、平成5・7）
＊11　松本常彦「『六の宮の姫君』——「体を売る」姫君——」（「解釈と鑑賞」平成11・11）
＊12　＊11に同じ。
＊13　＊10に同じ。

＊14　篠崎美生子「『六の宮の姫君』――その自立性――」（「繍」平成2・3）なお、姫君の和歌について篠崎は、「「たまくらのすきま風」を寒いと感じていた昔の自分と、もう寒いとも感じられなくなった今の自分を、姫君自身が見ている」とも述べており、また、松村香代子「『六の宮の姫君』論――〈たのむ〉位相の内実――」（「日本女子大学大学院文学研究科紀要」平成14・3）でも、和歌前後の文脈を原典と対比し、「原典の和歌が、男と暮らした昔と、独り身となった今の生活を較べているのに対し、小説の和歌は、零落する前の生活と、零落し乞食女となった今の生活を比較している」とされ、その変化に「姫君の心象風景を新たに創作したこと」が見られている。両者の見解に共通する、「自己を対象化する」視点という解釈は、姫君の造形を検討するうえで非常に興味深い。

＊15　佐々木雅發「「六の宮の姫君」説話――物語の終わりをめぐって――」（「国文学研究」平成2・10）

＊16　篠崎美生子「「六の宮の姫君」論――〈内面〉の「物語」の躓き――」（「文学」平成8・冬）

＊17　＊15に同じ。

＊18　菅聡子「『六の宮の姫君』小論」（「女子聖学院短期大学紀要」平成7・3）

＊19　稲垣泰一「六宮姫君夫出家語第五」頭注（馬淵和夫・国東文麿・稲垣泰一編『新編　日本古典文学全集37　今昔物語集②』小学館、平成12・5）

＊20　＊18に同じ。

＊21　以下、堀辰雄「曠野」の引用は、『堀辰雄全集』第二巻（筑摩書房、平成8・8）に、菊池寛「六宮姫君」の引用は、『菊池寛全集』第四巻（文藝春秋、平成6・2）に拠る。

＊22　『堀辰雄小品集・作品集』第六巻（角川書店、昭和23・4）の「「堀辰雄作品集第六・花を持てる女」あとがき」において堀辰雄は、「曠野」について「おもに今昔物語の巻三十にある「中務大輔娘成近江郡司婢語」に拠つたが、これと同じやうな話が伊勢物語にもあり、ともどもに私の心を惹いてゐた」と述べ、「六宮姫君夫出家語第五」には触れ

ていない。ただし、芥川龍之介「六の宮の姫君」と「六宮姫君夫出家語第五」とを、「曠野」の「副原典」と位置付ける竹内清己の指摘（「高校通信東書国語」昭和61・2）や、＊23に挙げた町田栄・菅聡子の論攷など、「六宮姫君夫出家語第五」を「曠野」の典拠と見なす先行研究は少なくない。本章も、これらの先行研究と見解を同じくするものである。

＊23 町田栄「瀧井孝作の王朝小説——「中務大輔の娘」の牽引した「六の宮の姫君」物語の系譜——」（「跡見学園女子大学国文学科報」昭和59・3）、菅聡子は＊19に同じ。

＊24 リンダ・ハッチオン著／辻麻子訳『パロディの理論』（未來社、平成3・3）における「類似よりも差異を際立たせる批評的距離を置いた反復」「様々な約束事との皮肉な戯れ、批評的距離を置いた拡張的反復」に基づく。

※本章における「六の宮の姫君」の引用は、すべて岩波書店版『芥川龍之介全集』第九巻（平成8・7）に、また「六宮姫君夫出家語第五」の引用は、すべて馬淵和夫・国東文麿・稲垣泰一編『新編 日本古典文学全集37 今昔物語集②』（小学館、平成12・5）に拠る。なお、引用に際し、漢字は旧字体を新字体にあらため、ルビは省略した。

第7章　習作期の中村真一郎――「和泉橋にて」の創作意識――

1　日記に残された意志

一七歳の若き中村真一郎は、小説家にならんとする意志を激しく叫んだ。「今の文壇に息をふきこんでやるのは、俺だけだ。あと十年だ。日本の文壇が一せいに目を見張るのは」と、全六冊のノートを収録した『中村真一郎青春日記』（水声社、平成24・4）第二冊（以下、『日記』）の昭和九年一二月九日には残されている。「文学は実業以上の価値があるだろうか？　感激を持たない文学はそれ自体無意味だ」と始められるこの日の記述は、「父の死は俺の前途を決定したのだ。父の死を無駄にするな。勉強せよ。勉強せよ。〔中略〕先ずは一高に入れ」と綴られ、右記のような文学に対する情熱へとつながる。このときの中村にとって、父の死、旧制第一高等学校進学、そして小説家としての将来とは同一線上に並ぶものであった。

第二冊は、三頁目が白紙、四頁目が一〇月一一日となるが、二頁目には「一九三四・十二・一」と日付されており、父の死と小説家への思いとを予感させる、次のような文章が記されている。

仕事に一大飛躍をなさんとして此のノートを準備した父は僅か一二頁をよごしたのみで病気になり忽焉として鬼籍に入つてしまつた。

そして此のノートは不幸な鬼子の手に多くのブランクを持つた儘残された。

鬼子は父の望まなかつたミューズの世界を一頁一頁に築き上げやうとして努力してゐる。

——一九三四・十二・一

小川和佑は、昭和一〇年に中村が、「旧制第一高等学校と岩倉鉄道学校の二校を受験」し、この併願は、父の死にともなう「経済的な困難だけ」が原因ではなく、「自己の意志するものと全く反対の方向へ、自分自身も説明のつけようもない衝迫に駆られ」[*1]た結果だと述べている。実務的な学校も受験したのだろうが、しかし、ノートに残された言葉を見る限りは、一高進学と小説家への決意は堅かったようだ。

『日記』は、日常の記録ばかりではなく、小説の構想や文学観、詩など、その記述内容は多岐にわたる。若さゆえもあるのだろうが、野心的に創作の方法を模索していたともいえ、芸術に対する中村の強い志は汲み取りやすい。なかでも、『日記』の最初の日付となる昭和九年一〇月二一日は、「種彦と英斉の「資料」——戯曲」とあり、主に柳亭種彦に関する記述となっている。柳亭種彦への関心は一高入学後も続き、昭和一〇年四月一日には、「三月末、入学試験終了後より化政文芸（種彦を中心として）のまとめに急がしい。勿論昨秋から企図せる小説のためにだ」と記され、さらに、創作に必要な参考資料までもが列挙される。綿密な計画を立てつつ、創作の準備が進められていたのだろう。柳亭種彦を題材としたこの創作は、〈周智淳之介〉の筆名で「和泉橋にて」と題され、昭和一〇年五月一八日の「向陵時報」に発表されたのである。

一高の三年時である昭和一二年に文芸部委員となった中村は、〈藤江殞治〉というペンネームで小説や詩を、「向陵時報」と「校友会雑誌」とに投稿していたことが知られている。[*2] 習作期でもある一高在学三年間において、中村とこれらの雑誌との結び付きは、非常に大きかったはずだ。特に、小説家への決意を固め、一高入学後最初に創作された「和泉橋にて」は、作家・中村真一郎の原点を探る契機ともなろう。また、この作品が投稿された「向陵時報」の存在も無視はできない。中村真一郎は、一高入学から小説家を目指すにあたり、何を志向し、どのように表現しようとしたのか。本章は、彼の『日記』および「向陵時報」を手がかりとしつつ、それを追究するものである。同時に、『日記』に残された柳亭種彦に関する記述は、典拠をめぐる方法を考察する材料にもなるだろう。

2　中村真一郎と「向陵時報」

一高時代に中村真一郎が用いた筆名である〈藤江飱治〉の名前は、昭和一一年三月二九日～同年七月二七日まで書かれた、『中村真一郎青春日記』第六冊の一頁目上部欄外に、「Sonji Foujie《ママ》」とアルファベットで書き記されている。いつ頃から漢字が当てられたのかは不明だが、昭和一一年の三月末には、〈藤江飱治〉というペンネームの原型は完成していた。なお、長谷川泉「一高文芸」によれば、〈藤江飱治〉の名前が「校友会雑誌」に初めて現れるのは、昭和一一年の第三五七号に掲載された短編小説「我が少年の歌」においてである。*3 ここで長谷川は、「文芸作品発表の場としては別に『向陵時報』があり、短文収載とニュース性を重んじた」「本格的作品は『校友会雑誌』へという風潮があった」*4 と述べている。とすれば、「和泉橋にて」の「向陵時報」投稿は、一高入学直後の腕試しのような意味合いをもっていたのかもしれない。ともあれ、昭和一一年以降の中村は、〈藤江飱治〉として「向陵時報」に小品を発表していく。

まず、管見の限り、「向陵時報」に掲載された〈藤江飱治〉の作品を発表順に整理すると次のようになる。

・「舞姫」　第八六号、昭和一一年九月一七日
・「茶話」　第八八号、昭和一一年一〇月三一日

・「黄昏」　　第八九号、昭和一一年一一月一四日
・「蟻地獄」　第九二号、昭和一二年二月一日
・「逝く水」　第九六号、昭和一二年六月一四日
・「風立ちぬ」　第九八号、昭和一二年九月一七日
・「夕べの想ひ」　第一〇〇号、昭和一二年一〇月二六日
・「四行詩篇」　第一〇一号、昭和一二年一一月一一日

在学二年時の初秋から三年時の晩秋までのほぼ一年間に活動は集約されている。このうち、「蟻地獄」と「逝く水」とが小説であり、ほかは詩（主に散文詩）に相当する。

「蟻地獄」と「逝く水」とは、柳亭種彦を題材した「和泉橋にて」とは、だいぶ趣を異にしている。「蟻地獄」は、男尊女卑の観念が強い夫に不満や苛立ちをつのらせる妻の内面を描いた作品である。この妻は、小説を執筆し、二人の娘に文学等の学問を学ばせるなど、当時の男性社会に対立する文脈を秘めていた。一方、「逝く水」は、三人の子供たちを中心に、うち一人の死や夜逃げといった、別れを主題にしている。友人との別れとともに、死や貧困という過酷な現実を理解できない少年を主人公として描き、その沈鬱な印象を作り上げた小品ともいえるだろう。「蟻地獄」「逝く水」とはどちらも三人称小説ではあるが、焦点化された主人公の一人称的自己による内部省察を語りの基軸とした構造をもつ。「和泉橋にて」の詳細は後述するが、このような手法を、小説を書くうえでの問題意識として、中村は抱いていたようだ。

長谷川泉の回顧によれば、文芸部委員が編集に携わっていたのは「校友会雑誌」のみであり、そのため、この雑誌は文芸部の発表媒体という性格にもなりがちであった。[*5] 編集委員の異なる「向陵時報」に、約一年間に八作品を

発表している中村は、ほぼ常連といってよく、かつ一高内において一定の評価も得ていたのだろう。たとえば、「蟻地獄」掲載号の「編輯後記」では、「「少年の歌」で一寸あぢを見せた藤江君の「蟻地獄」の素材はこの作者の目には可成り無理なものであるのを思はせる。この人は当分「少《マ》年《マ》の歌の世界に安住すべきであるのかもしれない」（澤木譲次）と批判も受けているが、「校友会雑誌」掲載の「我が少年の歌」が引き合いに出され、好評価されてもいる。小品とはいえ、「向陵時報」に投稿しながら、「校友会雑誌」向けの創作もしていたのだから、〈藤江殖治〉としての活動は非常に精力的であったといえよう。

昭和一〇年四月二六日、中村真一郎は『日記』に、「小説家を志すもの意外に多きは驚くばかり」と記している。さらに、同月三〇日には、「予習はピシ〳〵と上げ、その上、自分の志す学問をしなければならない。ガッツケ。ガッツケ。今日の仏語の試験の成績は何事だ。西鶴だけでも上げて見せろ」と綴る。一高に入学し、柳亭種彦を題材に取った小説を書き始めていた中村は、先輩から井原西鶴の研究書を借りるなど、この時期は近世文学の勉強を進めていた。一方で、同級生がロシア語、ドイツ語、フランス語のみならず、国文学の勉強に励む姿を見て[*6]、中村は自らを鼓舞している。周りに、「小説家を志すもの意外に多き」ことも拍車をかけ、彼の創作意欲が高まっていったと想像するのも難しくはない。一高三年時の、旺盛な創作態度に先駆け、中村は、入学直後から小説の方法に悩み、あるいは周囲の学友に競争意識を抱きつつ、作品の完成を目指していたのである。

3　一高入学直後の創作意識

『日記』の昭和九年一二月三一日には、小説を書き続けたこと、一高入学への思い、福永武彦らの友情に対する感謝の念など、一年を振り返り、父の死以外にもさまざまな事柄が記されている。昭和九年末から一〇年にかけてのこの時期、中村は、化政文芸への関心が高く、それに基づく小説の構想が詳細に練られている。とりわけ、「一月四日」と日付された『日記』の記述は、そのときに試みられていた創作の意図を色濃く表していよう。

> 江戸文化文政時代の諷刺文学及び文学者を研究し、（牧野先生の家にその本はある）、当時の小説家が如何なる経路によつて諷刺への道をたどつたかを見きはめ、そしてその間の転向、心理的変化、社界的動揺を画くことにより現代社界の諷刺文学要望を叫ぶ小説をかけ

諷刺を描く作家の心理が、当時の中村の関心事項だったのだろう。また、古典的世界に現在を重ねようという手法が意識されていたのは、当時の中村が、芥川龍之介および彼の作品に強いあこがれをもっていた[*7]こととも、無関係ではないかもしれない。あるいは、中村の王朝物への萌芽とも考えられよう。特に「心理的変化」は、作家・中村真一郎の創作において極めて重要な位置を占めている。その片鱗が、すでに昭和九年から一〇年にかけて意識されていたとも読めるのである。

『日記』の昭和一〇年四月一日は、一高合格の喜びから、「三月末、入学試験終了後より化政文芸（種彦を中心として）の材料まとめに急がしい。勿論昨秋から企図せる小説のためにだ」「一高入学紀念《ママ》に是非十日までに脱稿したい」という柳亭種彦に材を取った創作への決意につながり、進学と小説家、二つの道がみごとに交差している。この作品が、四月一〇日までに脱稿できたかは定かでないが、昭和一〇年五月一三日の『日記』には、「向陵時報委員加藤武雄より我が作（和泉橋にて）に注意あり。曰くもっと精細に書いてほしい。文のテムポが速すぎて心理転換に不自然性が多い。又その叙景が観念的すぎる」とある。前日の一二日には、「種彦の若き心理。社会に認められざる恨みを、文壇に出ると文学を書くとは別だと云ふ事をテーマとして解決の道を見出した小説を書く。向陵時報

へ出すためだ」とあり、これらから、半年以上前よりあたためられ、四月一日に創作の宣言をされた、柳亭種彦を中心とする作品が、「和泉橋にて」と題されたものだとわかる。もっとも、同日の記述は、「しかし載りさうもない。稿を改め、想を練り直すこと数回にわたりいつまでも満足がいかない」と続いており、自信作とはいかなかったようだ。

彼の不満とは裏腹に、「和泉橋にて」は、〈周智淳之介〉の筆名で昭和一〇年五月一八日の「向陵時報」に掲載された。四〇〇字詰め原稿用紙にして六枚程度の小品である本作については、「向陵時報」同号の「編輯後記」で、次のように評されている。

時報の文芸は、十五枚内外と言ふ枚数の制限のため、誰の投稿原稿も損をして居ます。言ひたくても言ひ切れない、作者の歯がゆさが感じられます。周智君の「和泉橋にて」及び田中君の「彼の轉機」ではつく〴〵それが見られます。折角掴んだ材料が、言出されつくされぬ恨があります。以後は、若し少しの余裕で諸君の真に自信のある作が出来るなら、二十枚乃至二十五枚迄は結構だと思ひます。

「編輯後記」は、『日記』中にも名前が挙がっている加藤武雄によって書かれており、中村にはおそらく直接伝えたのであろう意見とほぼ同様の感想が、執筆者に配慮ある言葉で、比較的穏当に述べられている。五月一三日の段階で加藤の言葉を記録していることから、中村にもこの批評は誠実に受け止められたのであろう。批判の対象になってしまってはいるが、しかし、「和泉橋にて」が、「心理的変化」を明確に打ち出そうとしていたのは、加藤の言葉からも予感される。

「和泉橋にて」発表の八日後、五月二六日の『日記』には、「本日「おかしいな。」を書く。向陵時報原稿用紙十四枚だ」とあり、中村は、旺盛な創作意欲を見せている。結局、「おかしいな。」は不掲載に終わるが、『日記』の五月二六日には、この作品のあらすじなどが細かく記されており、内容や創作の意図は大筋で確認できる。[*8] 昭和一〇年は、これ以降、創作の内幕を明かすような記述はほとんどなくなってしまう。だが、中村が抱いていた小説への意欲が低下したわけではない。この年の大晦日には、一年を振り返り、思ったような作品発表のできなかったふがいなさを、悔いるような発言も現れている。[*9] 文芸部委員としての活動も活発になる、一高二年時の後半から三年時にかけて、中村は、精力的に作品を発表していた。そこで、あらためて当時の中村の創作意識に迫るために、最初に一高での発表にいたった作品である「和泉橋にて」を読み進めてみたい。

4　周智淳之介「和泉橋にて」

「和泉橋にて」は、「文化七年の早春の或る夜」、「御徒町和泉町通り」の橋の上の描写から始められる。そして、「一人此の夜更けの橋の上で果てしない思ひに耽つてゐる」とされているのが、「化政文壇の巨将《ママ》柳亭種彦の若い姿」である。以下、丸括弧で括った「俺」（＝柳亭種彦）を主語とする一人称語りが、大半を占める構成となっている。「俺」は、「馬喰町の書肆西村屋与八の許」に「本朝長恨歌」の原稿をもって行くも、「全編の統一がまるでない。未熟からくる破綻の跡が露はである。等と色々に難癖をつけ何如にしても出版を肯んじない」と、不満の所在となる状況を、まずは語っている。版元である西村屋のこのような態度に対し、「俺」は、「あゝいふ出版業者にとつては芸術も文学もない。たゞ売れさえすればよい。俗受けがすればよい。それだけなのだ」と「堪らない不快な気持」を吐き出す。さらに、「此処二三年行き違つてばつかり居」た「浮世絵師国貞」と再会した「俺」は、「文化五年式亭三馬の作品吃の又平の挿絵を画いて一躍画壇の寵児」となった彼に、「高屋さん等とわざとらしく人の本姓」を呼ばれ、他人行儀に振る舞われたことへの不快感を顕わにする。国貞との再会をきっかけにして、「俺は一体才能がないか」「俺が小説家として踏み出した人生の道は正当だつたらうか」と、自らの能力や将来に懊悩する「俺」は、「小説とは何であるか。小説を書くといふことは如何なる価値があるのか」という本質的な問い掛けにいたる。この苦悩を孕んだ思索は、「小説は芸術。金銭によつて価値の形状出来ないものだ。その価値は絶対的なものだ」と結論付けられ、「創作に対してのみ悩むべきだ。芸術のためにのみ苦しむべきだ」「芸術のために。芸術のために」という、大衆に迎合するのではない、芸術としての創作を志そうとする「俺」の宣言で、作品は閉じられる。

文化七年、種彦に刊行物はない。この年の上旬、『鱸包丁青砥切味』『勢田橋龍女本地』の執筆が始められ、いずれも翌八年に西村屋与八を版元にして出版された。[*10]「和泉橋にて」の作中には、「俺は前作浅間嶽面影草紙がかなり世間受けがして西村屋も少なからず懐を肥やした」との記述があるが、しかし、『浅間嶽面影草紙』の版元は山崎平八である。「和泉橋にて」において、西村屋与八は大衆的通俗的な商業主義者で、種彦個人には非協力的であるかのように位置付けられている。対する種彦は、それに反抗する芸術家として描かれる。つまり、種彦の刊行物の谷間であった文化七年に焦点を当て、商業と芸術との対立構造のなかで苦悩し、超克していく、ひとりの作家の心理を創作したのが、「和泉橋にて」だといえよう。

本多朱里によれば、「『青砥切味』以降、種彦が生涯に出した合巻は、全部で百三十四作確認されて」おり、うち西村屋与八が版元のものは五〇を数える。[*11]西村屋と種彦との関係は、決して対立的ではないだろう。『日記』の一〇月一一日には、「文化八年馬喰町二丁目西村屋与八から「鱸鉋丁青砥切味」六冊を出版　好評を博す」「初作は「勢田橋龍女本地」国貞の挿絵　大衆よりノック・アウトさる」と記されている。四月一日に列挙される参考文献中にも書名が挙げられている、鈴木暢幸『江戸時代小説史』（教育研究会、昭和7・1）や山口剛『江戸文學研究』（東京堂、昭和8・10）にも、『勢田橋龍女本地』については、中村のメモと同様の記述がある。[*12] おそらく、これらの先行研究から『勢田橋龍女本地』の失敗や、「和泉橋にて」に表されたような西村屋と種彦との関係がイメージされていったのだろう。種彦には「本朝長恨歌」という作品はない。事実関係を整理しつつも、虚構化された柳亭種彦像が創作されているのである。

『日記』に残されている「和泉橋にて」に関連するであろう記述を再度整理すると、一〇月一一日、四月一日、五月一二日、五月一三日が、物語内容、創作方法に直結するものとして挙げられる。特に、四月一日から五月一二日までは、「和泉橋にて」の執筆が進んでいくためか、『日記』も小説の内容・方法を具体的に書き記すようになっていく。

> 種彦に対する批評。元禄大阪期に対する憧憬。馬琴攻撃。文壇腐敗痛罵。出版業者の横暴。弾圧険閲《ママ》。無名作家の悲哀と、ひがみ。純文学と大衆文学との問題。歌舞伎、遊廓と民衆　此等を江戸の世紀末的な空気の中に織り入れて画かうといふ俺の抱負は大きい。（四月一日）

「和泉橋にて」の内容のほとんどが並べられているといってもよい。綿密な構想を立てていたことを示す証左ともなろう。だが、これらすべての要素が、「和泉橋にて」に網羅されたわけではない。「いつまでも満足がいかない」（五月一二日）と自ら述べていたように、わずかな紙幅に収まるものではなかった。五月一二日には、「種彦の若き心理。社会に認められざる恨みを、文壇に出ると文学を書くとは別だと云ふ事をテーマとして解決の道を見出した小説を書く」とされている点に鑑みれば、一箇月ほどの間にテーマが絞られ、内容が洗練されていったともいえるだろう。

同じく四月一日には、「どうも戯曲にするより「ヹルテル体」がよさそうだ」と文体に関する思案が記されてもいる。「俺」を主体とし、丸括弧を用いた一人称独白体が、中村のいう「ヹルテル体」に相当しているのだろうか。戯曲案もあったというのは、中村が、三人称によって心理を描くよりも、個人に内面を吐露させるような形態を、当初から企図していたことを示唆していよう。その独白は、確かに「無名作家の悲哀と、ひがみ。純文学と大衆文学との問題」とを語っているが、将来への不安と向き合っているようにも読める。一月四日の『日記』にあったように、近世における文学の商業化、大衆文芸の流行を、昭和一〇年代になぞらえ諷刺に利用しようとする中村の試みが、目論み通りの結果を収めているとはいえないだろう。むしろ、極めて個人的な内省から目指すべき自己像の描出へと向かう物語と化していよう。いわば、その文脈を形成する「心理的変化」というタームが、重視されたとも考えられるのである。

それを証明するように、五月一二日には、いかに心理を描くかという方法について、「短篇小説の一つの行き方たる、背景と内容との一致を使つて、背景に用ひた風の動きによつて心が動く。と云ふ形式により、全篇十七枚ことごとく種彦の心理的告白　風が荒れると種彦の心にも嵐がまき起こる」と記されている。「和泉橋にて」は、大半が「俺」の一人称独白体ではあるが、括弧で括られた独白の合間には、数行の情景描写が挟まれている。たとえば、国貞との再会から侮蔑の念を感じ取った述懐と、自らの才能に疑義を抱きながら「俺が小説家として踏み出した人生の道は正当だつたらうか」と惑う場面との間には、「川面を掻き立てる風は段々激しくなつて月の光を右に左に押し潰し始めた。柳は寒さうにさざめき始めた」と叙述される。「一体小説家とは何であるか」と小説の価値について、「俺」が思索し自説を述べる直前では、「光は激しい風に吹かれて川面に飛び散り水底に消え去る。柳はごう〳〵と云ふ音を吹き出して枝は千切れんばかりに川べりを打つ」と語られているのである。これらが、「風が荒れると種彦の心にも嵐がまき起こる」という試みを体現している箇所であろう。心理転換と情景描写との、わかりやすい二重写しである。

昭和一〇年一月四日に意図されていた「心理的変化」は、一人称独白体と、「背景と内容との一致」という叙述とによって表されようとしていた。編集委員であった加藤武雄の批評の通り、この試み自体の効果および巧拙には難があるのかもしれない。しかし、小説家を目指し、一高に入学した直後の若き中村真一郎は、内容だけでなく小説の方法にも自覚的であり、かつ実践的であったのだ。作家・中村真一郎としての萌芽は、叙述に対するこのような意識にも顕著であるといえるだろう。

5　作家としての決意

「和泉橋にて」構想当初の目的は、「現代社界の諷刺文学要望を叫ぶ小説をかけ」(「一月四日」)であった。異なる時代の様相を現代に重ね、諷刺とするのは、常套的な手法である。版元の商業主義的方針や大衆受けへの批判は、芸術の特権的な価値を主張するうえでは、いつの時代や社会においても諷刺の言説となりやすいだろう。中村が、一高に入学し、「和泉橋にて」を書いた昭和一〇年は、芥川賞・直木賞が創設された年でもある。文学の有する、権威的な価値や商品的な価値がひとつの出版社、あるいは特定の作家(選評者)によって決定付けられる風潮ができあがっていくなかで、中村は、作中の柳亭種彦に「芸術のために。芸術のために」と叫ばせた。ここに諷刺的な文脈を読み取ることも不可能ではない。前節で論じた、柳亭種彦の創作活動と、「和泉橋にて」との差異は、独自に虚構化された種彦像(=「俺」)の提示であった。とすれば、典拠(柳亭種彦の伝記的事実)は、同時代への批評性を内在させた物語へと、反復／変形されているとも読めよう。

とはいえ、結果的には、発表媒体の紙幅、現代社会に対する作者の問題意識、いずれを見ても不足は否めなかった。しかし、そうであるがゆえに「和泉橋にて」は、一高入学前後の野心に満ちあふれた中村真一郎の内部を、鮮やかに噴出させた形になったのではないか。「和泉橋にて」の独白内容は、概ね「俺」の苦悩であり、そこから小説の芸術的価値が高らかに宣言されていた。「創作に対してのみ悩むべきだ。芸術のためにのみ苦しむべきだ」と、「俺」は、自らにいい聞かせている。これは、昭和一〇年当時の文学をめぐる状況への諷刺というよりも、小説の芸術的価値や小説家を目指すという将来を、中村真一郎自身が再確認しているかのようですらある。当時は、父の死から一高進学、小説家というように、中村自身が目指した道が、まさに現実味を帯び始めつつあった。『日記』の文言からは、将来の自己像をより確かなものにしようとする、あるいはそこにいたる不安を振り払おうとする中村の姿が浮かび上がる。小説に描かれた「俺」＝柳亭種彦は、一高入学当時の中村真一郎の似姿であるかにも見えよう。はからずも、典拠は、自らの内奥と響き合う言表行為主体へと、反復／変形されたのかもしれない。苦悩と不安とを経て宣言される、「芸術のために。芸術のために」という言葉は、作家・中村真一郎の誕生を、自己の内部から後押しするかのような叫びでもあったはずであろう。

昭和一〇年の九月になると、中村は、『ユリシーズ』を読み始め、この小説に強い感銘を示す。「《Ulysees》第三話／意識の流れの驚くべき表現。頭の中を動きまはつてゐる意識を、ぐんぐん追掛けて、精妙に描写してゐる」（『中村真一郎青春日記』第三冊九月二八日）「《Ulysees》第四話／読み終わる。うまい。うまい。うまい。〔中略〕かくまで正確な心理描写を見たことがない」（『中村真一郎青春日記』第三冊一〇月一日）と述べる中村にとって、人間の心理をいかに描くかは重要な課題であった。「和泉橋にて」の方法、および創作過程を見れば、それも容易に想像できよう。発表された作品に対する友人らの批評は辛辣であったが、しかし、旧制第一高等学校というエリートが集う空間において、また、「向陵時報」という学校内に流布される媒体において、小説の方法を洗練させるべく、若き中村真一郎は思索を深め続けていたのである。

注

＊1　小川和佑『中村真一郎とその時代』（林道舎、昭和58・11）

＊2　小久保実編「中村真一郎年譜」（「解釈と鑑賞」昭和52・5）の「昭和十二年（一九三七）十九歳」の項目に「文芸部委員になる。藤江殞治の筆名で、「向陵時報」や「校友会雑誌」に、詩・小説を書く」とある。

＊3　長谷川泉「一高文芸部」（「向陵誌」駒場篇　昭和59・12）には、昭和一一年度の「校友会雑誌」第三五七号に関する記述のなかに、「藤江殞治（中村真一郎）「我が少年の歌」」とある。これが、昭和一〇年度から一五年度にかけて、長谷川が記録した「校友会雑誌」掲載作における〈藤江殞治〉の初登場となる。

＊4　＊3「一高文芸部」に同じ。

＊5　長谷川泉「一高文芸部」には、「『校友会雑誌』の内容の大部分は、論説・評論・随想・小説・戯曲・詩歌・翻訳などの文芸作品をもって占められ、名目とは別に、内容は文芸部の機関誌として存在した」とある。

＊6　『日記』の四月三〇日には、次のように記されている。

本日、柳川と銀座に出損ひ、吉田と散歩した。彼は相変らず、張り切つてゐる。ロシア語を上げ、ドイツ語に手を出し、フランス語をマスターせんと力み、更に国文学には古代・現代を通じてジードにも通じている彼。俺は徒らに懐疑に沈んでゐてはいけない。

＊7　たとえば、『日記』の昭和九年一〇月一五日には、「芥川龍之介は読めば読む程僕の心に喰入る作家である」「彼はちやんと慶長時代に注目し、支那の伝説に目を伸ばした。そして谷崎的に書いたりした」とある。

＊8　『日記』の五月二六日には、次のように記されている。

本日「おかしいな。」を書く。向陵時報原稿用紙十四枚だ。テーマはモーパスサンの短篇からサゼスチヨンを得た。性慾と食慾との倒置だ。読む者は読んで行く内に原つぱの真中で誰も他に人が居ない。一人の若い男が、一人の若い女に向つて貪爛《マ》陰蕩《マ》な眼つきをしてゐる。つひに飛びかゝる。恐らくここで読者は興奮するだろう。胸をときめかして先を追ふだらう。あははは。その男はその女に用はなかつたのだ。その女の持つてゐるサンドヰツチや菓子に用があつたのだ。皆、ペテンにかゝつたやうな珍妙な気持になるだらう。しかもその文の終結はその女の「おかしいな」なる独語で結んである。

＊9　『中村真一郎青春日記』第四冊、昭和一〇年一二月三一日の記述に、「創作の筆は今年も進まなかつた。〔中略〕出来たものと云へば、種彦を書いた和泉橋にてと、Maupassant 式なおかしいなだけである。共に向陵時報へ投じて、一つはのり、一つは没」とある。

＊10　本多朱里『柳亭種彦――読本の魅力』（臨川書店、平成18・5）所収「柳亭種彦略年表」では、種彦の日記に基づき、文化七年の項に「●正月～三月『鱸包丁青砥切味』執筆。」「●三月～『勢田橋竜女本地』執筆。」とある。

＊11　本多朱里「転換期の種彦」（前掲『柳亭種彦――読本の魅力』に同じ）

＊12　鈴木暢幸『江戸時代小説史』には、「殊に「勢田橋龍女本地」の如きは、丸本と讀本とを折衷した苦心の作であつたにも拘らず、世評は餘り香ばしくなかつたらしい」とあり、山口剛『江戸文學研究』では、「「勢田橋龍女本地」の如きは、浄瑠璃風に書いた讀本として、作者得意のものであつたらうが、散々の不評にをはつて、豫告された後編も闇から闇に葬られてしまつた」とされている。

※本章における中村真一郎「和泉橋にて」の引用は、すべて初出誌である「向陵時報」（昭和10・5・18）に拠る。なお、引用に際し、漢字は旧字体を新字体にあらためた。

第8章　パロディ化される文学史——太宰治「女の決闘」の起点——

1　「十九世紀的リアリズムの否定」

太宰治「女の決闘」（「月刊文章」昭和15・1〜6）をめぐる文学史叙述は、近代小説におけるリアリズムの問題と密接に関連しながら形成されてきた。その先行研究を繙くと、概ね「十九世紀的リアリズムの否定」[*1]という枠組みへと収斂していくように見える。

ヘルベルト・オイレンベルグ作／森鷗外訳「女の決闘」（以下、〈原作〉）を全文引用した太宰治「女の決闘」は、そこに語り手「私（DAZAI）」が批評を施しながら、独自の創作を書き加えていく過程をも小説化している。関井光男は、「女の決闘」の構造を「自意識のメタフィクション」と述べ、「この方法が二十世紀の芸術に顕著になるのは、フィクションと現実との関係が不確定になり、自己照射と小説の形式が攪乱を惹き起こしてからである」[*2]とした。一九世紀的な小説の方法に対する二〇世紀的な方法としてのメタフィクションという文学史的な位置付けは、「十九世紀的リアリズムの否定」言説の根幹を、小説の構造からわかりやすく図式化している。「私（DAZAI）」が、自らの創作を書き加えた改変版「女の決闘」を〈原作〉に対して「廿世紀の写実」と呼んだのも、この評価を導く引き金になりやすかっただろう。そのため、作中で語られる「廿世紀の写実」が、いかなる方法論に根ざしたものであるのかを追究した先行論[*3]も少なくない。

これらの評価では、〈原作〉が「十九世紀的リアリズム」の小説と目されてきた。「HERBERT EULENBERG は、十九世紀後半のドイツの作家、あまり有名でない」(「第二」)と、「私(DAZAI)」が語っていたのもそれを後押ししていよう。作中では「ドイツの作家」であるオイレンベルグがクローズアップされているが、一方で、「十九世紀的リアリズム」という言説を、より日本の近代文学史に近付けた検討[*4]もあり、なかには森鷗外の翻訳文体に着目したものもある。[*5]特に、曾根博義は、鷗外訳に用いられている知覚動詞の機能に言及し、明治以来の近代小説が培ったリアリズムの文体に対する「私(DAZAI)」の批評を浮き彫りにした。[*6]本文の引用と書き加えとによって改変/解体されていくのは鷗外の翻訳文であるのだから、曾根の指摘は極めて示唆的である。

研究史を通覧する限り、「十九世紀的リアリズムの否定」が「女の決闘」評価の大枠を担ってきたのは、メタフィクションという小説の構造や「廿世紀の写実」等の言葉によるところが確かに大きい。また、ここに鷗外の翻訳文体という観点を併置すれば、「十九世紀的リアリズムの否定」文脈には、近代小説においてリアリズムを構築してきた文体ないしは日本語表現への批評の姿勢も浮上してくる。先行研究では、一九世紀と二〇世紀とを象徴する、近代小説の方法的な差異が読まれ、かつそれにともなう文学史が形成されてきたといえる。中村三春は、「「女の決闘」は単なるパロディではない。パロディを行っているプロセスそのものを語りに組み入れた、いわばメタパロディである[*7]」と指摘した。とすれば、やはり問題となるのは、何が、どのようにパロディ化されているかである。よって、先行研究で語られてきた文学史との接点は、「女の決闘」の構造に肉迫する観点となろう。小説の方法の史的変遷とともに批評される、太宰治「女の決闘」の特異な性質についての追究が、本章の目的である。そこでまずは、「私(DAZAI)」による〈原作〉の描写批判と、作中における森鷗外の存在とから、「十九世紀的リアリズムの否定」評価を読み直したい。

2 描写批判の淵源

〈原作〉は、コンスタンチエが、夫の愛人である女学生に決闘を申し込み、その女学生を射殺した後に警察に出頭、自らも檻房内で自死（餓死）し、残された彼女の手紙（遺書）で閉じられるという内容である。「第一」から「第六」までの全六回の連載で、これを七つに分けて引用する太宰治「女の決闘」では、「私（DAZAI）」が〈原作〉を批評しながら独自の加筆を施していく。基本的にはコンスタンチエに焦点化した三人称小説である〈原作〉に対し、「第二」で「私（DAZAI）」は、「この小説の描写の、どこかしら異様なものに、気づいたことと思ひます。一口で言へば、「冷淡さ」であります。失敬なくらゐの、「そつけなさ」であります」「あまりにも的確な描写は、読むものにとつては、かへつて、いやなものであります」と、描写の的確過ぎることを批判する。そして、「原作者は、女のうしろに立つてちやんと見てゐた」「すなはち、この小説は、徹底的に事実そのままの資料に拠つたもので、しかも原作者はその事実発生したスキヤンダルに決して他人ではなかつた、といふ興味ある仮説」によって、「私（DAZAI）」は、原作者・オイレンベルグ＝〈女房と女学生の決闘を目撃していた夫〉＝一人称視点の言表行為主体「私」という構造を〈原作〉に与え、描写の「冷淡さ」「失敬なくらゐの、「そつけなさ」」を、解消しようとするのである。

前節でも触れたように、「仮説」の発端となる描写批判について曾根博義は、鷗外訳の文体に見られる「受動的な知覚動詞の使用は、曖昧な主体に作中人物と同じ知覚機能をあたえることによって場面の内部に繋ぎ止めて置くための効果的な方法」であったかもしれないが、同時に「描写の背後にその主体を実体として想定し、それを作者と同一視して、その冷酷、非情に対する不信や疑惑の念を生む手がかりにもなってしまった」[*8]と指摘した。問題となる「第二」の〈原作〉引用部は、「この辺りの家の窓は、ごみで茶色に染まつてゐて、その奥には人影が見えぬのに」「ふと気が付いて見れば、中庭の奥が」「定木で引いた線のやうな軌道が〔中略〕一つになつて見える」「黄いろみ掛かつた畑を隔てて村が見える」「二人の百姓は、町へ出て物を売つた帰りと見えて」と、コンスタンチエが射撃の訓練をする場面から彼女と女学生とが決闘に向かう道筋まで、「見える」という知覚動詞の使用が目立つ。「仮説」を挙げた以前と以後とでは、同じ「見える」であっても、引用元である、オイレンベルグ作／森鷗外訳「女の決闘」と同一の認識下には読めないだろう。「仮説」を経た結果、読者は、軌道が「一つに見える」「村が見える」と、見ている人物＝原作者・オイレンベルグを想像しながら読むことになる。知覚動詞の使用にともなう明確な主体の欠落が、かえって「私（DAZAI）」の「仮説」と加筆との相乗効果を生み出しているのだ。したがって、曾根が示唆するように、太宰治「女の決闘」の成立において鷗外の翻訳文体が果たした役割は極めて大きい。「十九世紀後半のドイツの作家」と語られるオイレンベルグの小説というよりも、むしろ鷗外訳の文体こそが、「十九世紀的リアリズム」を体現する〈原作〉として措定されるべきであろう。

同じく鷗外の翻訳文体に触れた安藤宏は、〈原作〉の文章に対して「私（DAZAI）」が示す違和は「表現機構をめぐる彼我の根本的な相違に基づいて」おり、「日本の言文一致体小説においては、場面に実際に立ち会っている当事者の視線が〝本当らしさ〟を演出する上で、やはりどうしても必要になる」[*9]と説いた。ここでいわれる鷗外訳のような文体が装う本当らしさについて安藤は、「客観的な描写をよそおいつつ、なおかつ場面に内在する視点をいかに〝さりげなく〟すべりこませていくかに、近代小説における「写実」の成否がかけられていた」[*10]としている。このような安藤の論及に、知覚動詞の使用に着眼した曾根の見解を併せて敷衍すれば、「女の決闘」には、近代小説におけるリアリズムの史的変遷が、鷗外の翻訳文体を通して問題化されているということになろう。「私（DAZAI）」の描写批判の淵源に読まれた、鷗外訳の文体が果たしている意義はやはり軽視できない。そもそも「女の決闘」は、「一回十五枚づつで、六回だけ、私がやつてみることにします。こんなのはどうだらうかと思つてゐる。たとへば、ここに、鷗外の全集があります」と、鷗外への注目から始められていた。「鷗外は、ちつとも、むずかしいことは無い。いつでも、やさしく書いて在る」と、鷗外を読むことが指示されもする。「仮説」のなかや言葉のうえでは、「十九世紀後半のドイツの作家」の名前が用いられつつも、出発点は森鷗外の存在にあったのだ。だからこそ、鷗外の存在を視野に入れた読みが意味をもつ。

翻訳の文体と異なる観点としては、「メタフィクション性ということでも、その生成に至る内実は異なるにせよ、鷗外と太宰の作品は類縁性をもつのではなかろうか」と述べた古郡康人が、「澀江抽斎」（「大阪毎日新聞」「東京日日新聞」5・1・13〜5・17）の「わたくし」と「私（DAZAI）」との関連性を挙げている。[*11] これは、「私小説への挑戦」であった「女の決闘」の「小説美学」が、「森鷗外の歴史小説ないしは史伝につながる」[*12] とした、「十九世紀的リアリズムの否定」評価の嚆矢である荻久保泰幸や、「鷗外史伝の方法は、厳密な史実追求と相俟って、「わたくし」という形であらわれる作家主体の自己表白によって支えられて」おり、「太宰も亦、中期パロディ傑作群の創造を通じ、このような「わたくし」の意味、その根底に横たわる近代日本文学史における芸術と実生活の二律背反という先験的与件克服のために、ちみどろな闘いを彼なりの方法で遂行した」[*13] という小泉浩一郎と、視座を共有していよう。三者の見解では、メタレベルの言説を形成する言表行為主体の〈私〉のあり方にも、鷗外の存在が読み取られようとしているのである。

鷗外の役割は、「十九世紀的リアリズム」の小説である〈原作〉の文体と、その「否定」となる言表行為主体〈私〉の生成と、相反する両面にわたって検討されている。とはいえ、メタフィクションが、「十九世紀的リアリズム」の文体を解体して見せた形態であったのだから、メタレベルの言表行為主体〈私〉を導く解釈も、曾根や安藤の指摘と評価の方向性では軌を一にしていよう。鷗外の存在は、「十九世紀的リアリズムの否定」言説の核心を担うかのように、太宰治「女の決闘」をめぐる文学史叙述のなかで、近代小説におけるリアリズム文体の方法を表面化させていたのである。

3　楔としての森鷗外

「女の決闘」が発表された昭和一五年当時は、鷗外を参照する行為自体に「十九世紀的リアリズムの否定」との関連があったという見方もある。石川淳『森鷗外』（三笠書房、昭和16・12）について、「なぜ鷗外論が主体的なモチーフ」として論じられたかは「戦争下における鷗外研究、あるいは鷗外の読まれ方に係わる」とした竹盛天雄は、次のように続けている。

昭和十一年六月から昭和十五年十月にかけて、岩波書店が鷗外全集著作篇二十二巻、翻訳篇十三巻の刊行をなして、鷗外への関心を推進する力となったことがまず考えられねばならない。しかしその背景には、自然主義的な平板なリアリズムをいかにして克服するかという、当代のアポリアが横たわっていた。東洋、あるいは日本文化の意味を西洋とのかかわりにおいて見定める覚悟が改めて問われてきた。〔中略〕「女の決闘」（昭一五）という鷗外の翻訳作品のパロディを書いた太宰治が、エッセイや手紙などでも鷗外文学になみなみならぬ傾倒親炙ぶりを見せていたことや佐藤春夫が『陣中の竪琴』（昭一四）というタイトルで『うた日記』論を書き、蓮田善明が「小説について――森鷗外の方法――」（『鷗外の方法』収　昭一四）を残していることも想起されていい。*14

岩波書店版『鷗外全集』の刊行による鷗外への関心増幅の背景に、「自然主義的な平板なリアリズムをいかにして克服するかという、当代のアポリア」があったと述べられ、「女の決闘」もその延長線上に位置付けられている。鷗外の引用／召喚が、同時代のコンテクストとしての「自然主義的な平板なリアリズム」の克服と太宰治「女の決闘」とを接続したのである。

蓮田善明『鷗外の方法』（子文書房、昭和14・11）や唐木順三『鷗外の精神』（筑摩書房、昭和18・9）は、それぞれ「キタ・セクスアリス」（「スバル」明治42・7）への言及を第一章に置き、鷗外と自然主義との関わりから説き起こした。あるいは成瀬正勝『森鷗外覚書』（萬里閣、昭和15・4）は、「鷗外に於けるレアリスム」を、「東洋的諦念の及ぶ範囲に於いて、最も親しく捕へ得る現実、——すなはち、武士道の世界」を写した歴史小説に見て、「高雅と明哲との調和的なる協力」「己を知るにとどまる自制的な意図」と称するその姿勢を、やはり自然主義と対置して論じていた。これらの鷗外論に見られる反自然主義的評価の文脈は、確かに竹盛の指摘を肯うものともなろう。松本和也は、昭和一〇年代に語られる鷗外の「含意《コノテーション》」として、「昭和十年代において、緊要とされた日本回帰／西欧近代の超克、あるいは小林の用語でいうなら伝統性／近代性といった東洋／西洋をめぐる矛盾が表面化し、そうした局面において〈森鷗外〉は浮上してきた」[*15]と析出している。竹盛の見解もこの一貫と捉えられようが、昭和一〇年代に鷗外を語る行為は、「十九世紀的リアリズムの否定」言説と高い親和性を有する文学的なトピックであったと、ひとまずはいえるだろう。

また、松本和也は、「直接には昭和一五、一六年、さらに対米英戦開戦後の昭和一七年を指示する」昭和一〇年代後半の私小説言説と歴史小説言説とは、「双方とも〝私〟を基（起）点とする作家としての態度を重視するという点で、思いの外近接し」ており、「現実世界と切り結ぶ〝私〟に照準をあわせる点では台座を共有し、言説としては（結果的に）共犯関係にあった」[*16]と指摘している。ここで松本のいう「〝私〟を基（起）点とする作家としての態度」を鷗外に求めれば、彼の数ある歴史文学のなかでも、「「わたくし」という形であらわれる作家主体の自己表白」（小泉浩一郎）という小説の機能へといたるだろう。石川淳が、『森鷗外』において「「抽斎」第一」と宣言し、「未知のものに肉薄しようとする努力は、心がうごき、眼がうごき、手足がはたらいて行くに応じて、もはやペンに於てしか発現できない態である」と賞賛したのも、「澀江抽斎」の語り手「わたくし」による「作家主体の自己表白」を、その「努力」の営為と評価したゆえだと考えられる。「女の決闘」との関連においては、鷗外の史伝物から立ち上がる、このような〈私〉のあり方にも着目すべきであろう。

「女の決闘」の「私（DAZAI）」（および「仮説」に基づき仮構される原作者・オイレンベルグ＝一人称視点の言表行為主体「私」）も、「作家としての態度」を表明している。たとえば「私（DAZAI）」による、「廿世紀の写実」（「第三」）や、「自身の体験としての感懐も、あらはにそれと読者に気づかれ無いやうに、こつそり物語の奥底に流し込んで置いた」（「第六」）という物語の外側にいる〈私〉を予感させる語り、〈原作〉は「単に素材をはふり出したといふ感じで、私の考へてゐる「小説」といふものとは、甚だ遠い」「素材は、小説でありません。素材は、空想を支へてくれるだけでありまます」（「第六」）といった小説論などはその好例となろう。メタレベルの自己言及が創作・執筆の過程に及び、かつ作品冒頭から鷗外の名が登場するからこそ、「澀江抽斎」の「わたくし」のような言表行為主体が惹起されるのである。鷗外を媒介とすることで、松本のいう昭和一〇年代後半の私小説言説と歴史小説言説に共有する〈私〉像と、「女の決闘」の方法との類縁性も鮮明になってこよう。「女の決闘」には、いわば鷗外を鍵として、作品の外側にある文学状況（もしくは文学史的な事象）への回路が開かれているのである。*17

鷗外訳「女の決闘」が収載された、岩波書店版『鷗外全集』翻訳篇第一〇巻は昭和一四年三月の刊行であった。「女の決闘」の作中、参照している鷗外訳は「翻訳篇、第十六巻」*18所収のものとされている。ただし、太宰が「岩波書店版『鷗外全集翻訳篇第十巻』も参照した可能性はある」*19ようだ。もちろん「参照した可能性」は推測の域を出ない。だが、岩波書店版『鷗外全集』の刊行と、それにともなう鷗外への関心の高まりとは、「女の決闘」の発表と時代的に重なり合っているのである。「ここに鷗外の全集があります」（「第一」）と三度繰り返される言葉は、鷗外の存在を強調し、岩波書店版『鷗外全集』の刊行や鷗外をめぐる同時代の言説といった、創作の外部にある文学状況を読書行為に呼び込む契機となろう。そして、そこには、「十九世紀的リアリズム」をいかにして超克すべきかという問い掛けが内包されていたのである。

「女の決闘」は、鷗外の翻訳文体を批評し、近代小説のリアリズム文体が有する陥穽を暴き出していた。同時に、鷗外について語る行為が背負う、反自然主義的な主体の想起とも「女の決闘」は連接している。つまり、鷗外は、近代小説のリアリズムと、反自然主義的な言表行為主体〈私〉とを批評するための、昭和一五年当時に最適な「素材」だったのだ。「十九世紀的リアリズムの否定」評価には、鷗外の引用／召喚という観点が不可欠である。「女の決闘」には、鷗外を楔として、近代小説におけるリアリズムの史的変遷、同時代の〈私〉像をめぐる文学的状況と連動する構造が読み取れよう。

4 「月刊文章」との連動

創作の外部との関連性という点では、森鷗外のほかに、発表媒体である「月刊文章」の影響も見落とせない。これについては、「女の決闘」は「『月刊文章』の特質及びその読者層の〈期待の地平〉（ヤウス）に即応して」おり、「媒体との相互交渉によって、太宰に新たな創作方法・小説の生成を促した幸福な邂逅の産物」[*20]だとした松本和也や、「『月刊文章』に掲載される創作指南の評論などに依拠する（あるいはそのパロディの）形式」[*21]という大國眞希など、「月刊文章」の紙面構成や性質が意識されながら「女の決闘」は創作されたという読みが導かれている。「諸君は、いま私と一緒に、鷗外の全集を読むのである」（「第一」）と、ともに〈原作〉を読み進めることを促し、しかもその文章を注釈しながら、ときに「いま諸君に、僭越ながら教へなければなりません」（「第五」）と教授の姿勢を表す「私（DAZAI）」の言説が、発表媒体の性格との交響を読み手に想像させるのだろう。

主に文章に関する事項や作文等の指南を中心とした「月刊文章」には、「わが文学修業」「自作を語る」「小説作法」など、作家が自らの小説の書き方を語ったり、作家としてデビューするまでを説いたりした批評・随筆等も目立つ。編集部と読者間でも、「新文章相談」などで、作家になるためにはどのようにすればよいかなどの質疑応答がなされていた。[*22]「月刊文章」は、広い意味では文章の書き方に焦点を当てた雑誌であろうが、より限定的に捉えれば、読者に対して小説の書き方を示す、あるいは文壇に登場するための指南をするという性格をもっていたといえる。そのため、「女の決闘」連載前後の「月刊文章」を通覧すると、小説で語られている内容に近接した批評[*23]を見つけ出すのも容易い。ここから「読者層の〈期待の地平〉（ヤウス）に即応して」いると判断するか否かは、見解の分かれるところだろう。[*24]だが、問題は、発表媒体と「女の決闘」との関連性をどこに見るかである。記述内容の具体的な一対一対応だけではなく、読者との間に形成される磁場を看過してはなるまい。

「「文章世界」、「文章倶楽部」に連なる、作家の「伝承」を生成していくメディアとしては戦前にあって最後の系譜にあたる」「月刊文章」は、「創刊当初の昭和十年、十一年頃の誌面とは違い、小説家の楽屋話的な記事は急速にその姿をへらしつつあり、この時期を分水嶺に、「作者」の伝承を生成していく動きは目に見えて減っていく[*25]」と、安藤宏は、雑誌の性格について解説している。ただし、昭和一五年前後にも、「文壇ニュース展望」のような文壇の近況を題材にした記事は残っており、また「わが文学修業」や「自作を語る」などの企画は、しばしば作家自身の「楽屋裏」を明かすような内容になってもいた。減少傾向にあったとはいえ、必ずしも「作家の「伝承」」に期待する読者の欲望がなくなったわけではなく、「壁新聞」という投稿欄にはその痕跡[*26]が残ってもいる。

松本和也によれば、「太宰治という名は早くからゴシップや作品評の形で『月刊文章』に散見され[*27]」ており、創刊当初より注目の新人作家として太宰は雑誌に掲載されていた。特にゴシップという意味では、「文壇百人一首」（「月刊文章」昭和11・1）に、「芥川賞詮衡法に異議なぞをいひしばかりにあらはれ渡る（太宰治）」という作品を寄せ、自らその文脈形成に一役買っている。「月刊文章」の創刊当初ではあるが、「伝承」される自己像を意識し、太宰は、ゴシップであろうと自己演出に利用している。四年の月日を経たとはいえ、同誌に掲載された小説のなかで、太宰は、語り手に「私（DAZAI）」と名乗らせているのである。「（DAZAI）」という言葉には、読者が想像するであろう〈作家・太宰治像〉が意図されていよう。さらに、読者に対し指南を示す語り口、紙面構成との照応は、「女の決闘」内で「月刊文章」との連動をより意識させる。先行研究の評価は、それを証明していよう。「（DAZAI）」の名は、作品と読者との間で共有される作家イメージという磁場を形成している。したがって、前節で鷗外との関連性から論及した、同時代の私小説言説と近接する言表行為主体の〈私〉像は、発表媒体である「月刊文章」の影響により、実体的な作家イメージをともなうものになっているといえるだろう。「女の決闘」では、発表媒体に掲載された創作指南や評論とともに、このような作者が背負うイメージも、戦略的に運用されている。とすれば、「女の決闘」の「第二」で宣言された、一人称の言表行為主体＝作家自身という構図は、〈原作〉の改変のみに適応される「仮説」に留まらず、小説全体の構造を暗示する方法論にもなるはずである。

5　パロディ化される文学史

「女の決闘」の「第三」では、冒頭から〈原作〉にはない女学生の内面が、彼女の一人称語りで自在に活写されている。決闘に向かう過程を描いた〈原作〉の引用部を挟むと、「二人の女の影のやうに、いつのまにか、白樺の幹の蔭にうずくまつてゐる、れいの下等の芸術家」と、オイレンベルグがそれを目撃している姿までもが加筆される。これは、〈原作〉の描写への違和を解消するものであるが、「私（DAZAI）」は、「全く別な廿世紀の生々しさが出るのではないかと思ひ、実に大まかな通俗の言葉ばかり大胆に採用して、書いてみた」「廿世紀の写実とは、あるひは概念の肉化にあるのかも知れませんし、一概に、甘い大げさな形容詞を排斥するのも当たるまいと思います」と自らの創作の意図を明かす際に、「人は世俗の借金で自殺することもあれば、また概念の無形の恐怖から自殺することだつてあるのです」と、改変・加筆の発想にいたる原因を語っている。

女学生の内面を「私」という一人称に吐露させる形態は、具体的かつ実体的な〈私〉による語りであり、「仮説」に基き、「第三」の〈原作〉引用部の末尾に加筆された一文も、同じく具体的かつ実体的な視点人物＝〈私〉の創造である。ここで「私（DAZAI）」は、原作者・オイレンベルグという作家を代入し、一人称の言表行為主体＝作家自身という構図を作り上げ、「概念の無形」を有形化した。すなわち、「私（DAZAI）」が「恐怖」と述べ忌避する「概念の無形」とは、〈原作〉の文体に内在する実体のない話者の視点、換言すれば、曾根博義や安藤宏の指摘していた、近代小説におけるリアリズム文体の機構となろう。「概念の無形」を解消するために、読者との間で共有可能な作家像を背負う〈私〉が、選択されたのである。「仮説」に表された方法論は、「私（DAZAI）」へも移行できる。同時代の言説編成、および発表媒体と連動する言表行為主体〈私〉の生成は、近代小説におけるリアリズムの史的変遷に対する批評とともに、「仮説」で明言されていたのである。

同様に、「女の決闘」の「第六」で、自殺したコンスタンチエが残した手紙を書き写した「芸術家」が女性作家を批判する次のような語りも、この小説の〈私〉をめぐる構造として枢要な叙述であろう。

もともと女であるのに、その姿態と声を捨て、わざわざ男の粗暴の動作を学び、その太い声音、文章を「勉強」いたし、さてそれから、男の「女音」の真似をして、「わたくしは女でございます。」とわざと嗄れた声を作つて言ひ出すのだから、実に、どうにも浅間しく複雑で、何が何だか、わからなくなるのである。

〈原作〉にもある手紙の引用後、「ここまで書いて来て、かの罪深き芸術家は、筆を投じてしまひました」と続けられ、原作者・オイレンベルグは「私」ではなく「彼」や「芸術家」と三人称で語られている。ここで語り手は、「芸術家」の内面を一人称独白体のように表しながら、「勉強」に引用符を用いているのである。「第一」で「私(DAZAI)」が語っていた、「れいの「勉強いたして居ります」女史たち」という一節を、この記述から思い起こすのはさほど難しくはないだろう。「第一」で繰り返された「勉強」の語が、引用されているかのようですらある。あるいは、「私(DAZAI)の小説」の語り手による、「私(DAZAI)」の言説への侵犯とも取れよう。ともあれ、創作の内と外という明確な位相差のあった〈私〉の隔たりは、内部から食い破られた。「どうにも浅間しく複雑で、何が何だか、わからなくなる」のは誰なのか。それは、「私(DAZAI)」の背後に想像される〈作家・太宰治像〉にまで波及するはずである。

しかも、男性作家による女語りの批評にもなっている。引用部は、女語りに描かれた心理に心酔する女性読者と、「男の「女音」」から垣間見える、男性作家の実像ないしは幻像が揶揄された文脈とも捉えられよう。太宰の女語りの創作である、「燈籠」(「若草」昭和12・10)も「女生徒」(「文学界」昭和14・4)もすでに発表されている。太宰治「女の決闘」が論じられてきた研究史に即していえば、「燈籠」や「女生徒」を踏まえた自己戯画の文脈となる可能性も考慮されてよいだろう。

「女の決闘」は、同時期に流行していく小説の傾向や文学状況を横目に見ながら、独自の小説論を展開している。「私(DAZAI)の小説の全貌」(「第六」)が提示された後に語られる、〈原作〉は「単に素材をはふり出したといふ感じで、私の考へてゐる「小説」といふものとは、甚だ遠い」や「このごろ日本でも、素材そのままの作品が、

「小説」として大いに流行してゐる様子でありますが、私は時たま、そんな作品を読み、いつも、ああ惜しい、と思ふのであります」、「素材は、小説でありません。素材は、空想を支へてくれるだけであります」といった「私（DAZAI）」の小説論が、「当時流行のいわゆる素材派に対する挑戦」[*28]と指摘されたのも無関係ではない。小説内では文脈上「素材」＝〈原作〉となるため、これは、「素材派」への隠喩のみには限定できないが、同時期の文壇的な流行を読むことが拭い去れない言説でもあるのだ。「素材派」だけでなく、冒頭に紹介される鷗外、近代小説におけるリアリズム、〈私〉をめぐる言説編成と、「女の決闘」は、昭和一〇年代の文学状況を導く読みへの誘惑を喚起し続けている。よって、小説内で「私（DAZAI）」が語る「素材」とは何かと問うならば、〈原作〉のみならず、このような小説外と連動する諸要素へも視野を拡大すべきであろう。そして、「女の決闘」では、同時期の小説論や、「十九世紀的リアリズム」と目される〈原作〉との差異ないしは距離が、〈作家・太宰治像〉を連想させる「私（DAZAI）」の創作と批評とによって表されていくのである。つまり、太宰治「女の決闘」では、昭和一〇年代前半に了解しうる近代小説の方法が、パロディ化されているといえるのではないか。

6　「女の決闘」の批評性

「私（DAZAI）」が、知り合いの牧師に〈原作〉にあるコンスタンチエの手紙を見せて意見を請う場面で、「女の決闘」は閉じられている。「あなたなら、この女房に、なんと答へますか」という「私（DAZAI）」の問いに、牧師は、「女は、恋をすれば、それつきりです。ただ、見てゐるより他はありません」と答えているのだが、しかし、仮構された言表行為主体である原作者・オイレンベルグも、「私（DAZAI）」も、この小説では見ていただけではない。饒舌なほどに語り続け、小説を書き上げた。語り手によるメタレベルの介入で成立する「女の決闘」にあって、ただ〈見る〉ことの慫慂は、もはや相対化されてしまっている。牧師の発話は、それ自体を語る行為、文字化する行為によって生成される小説の方法を逆説的に暗示していよう。〈見る〉という知覚動詞の使用で確立した、〈原作〉のようなリアリズム文体へのシニカルな批評が、「私たちは、きまり悪げに微笑みました」という最後の一文からは立ち上がってくる。「女の決闘」の結末は、近代小説が培ってきたリアリズムの表現構造を、あらためて批評していると読めるのである。

太宰治「女の決闘」では、近代小説におけるリアリズムの問題、鷗外の引用／召喚、「私（DAZAI）」に見る言表行為主体の生成にいたるまで、同時期に議論を招いた文学的な状況や文学史的な事象を批評対象として利用しつつ、自らの創作理論が小説化されていた。つまり、同時代の文学をめぐる言説をスプリングボードとし、自らの小説の方法との差異を明示したところに、「女の決闘」のもつパロディとしての特質があるといえよう。批判のためにパロディの対象が用いられているのではない。その差異自体、批評行為自体を見せ、文学史に対するパロディの方法をも小説化しているのである。

「十九世紀的リアリズムの否定」評価を繙く行為は、太宰治「女の決闘」について語られた、昭和一〇年代における近代小説のリアリズム文体と言表行為主体〈私〉とのつながり、およびその歴史的な変遷を再検討する試みであった。そこから見えてくる、鷗外の引用や発表媒体との関連性は、テクストの外部にある文学的な事象を、内部に呼び込むレトリックとなっている。太宰治「女の決闘」は、「十九世紀的リアリズム」とされる文体から「廿世紀の写実」と呼ぶ文体への移行が、「私（DAZAI）の小説」とそれにともなう批評によって提示され、同時代の文学状況との連動が、各所に配置された小説である。ゆえに、文学史との接点を意識して読み進める必要があったのだ。「十九世紀的リアリズムの否定」は、いち早くこの作品の価値を文学史的に定位した評価であり、批評の出発点として示唆に富む。近代小説の構造や手法を精妙にパロディ化した痕跡の検討は、「十九世紀的リアリズムの否定」評価を更新し、「女の決闘」をめぐる文学史叙述の可能性を拡大する手がかりになるだろう。

注

＊1　引用は、荻久保泰幸「「女の決闘」をめぐって（1）――鷗外・龍之介・治――」（「太宰治研究」昭和38・4）による。

＊2　関井光男「太宰治の翻案小説あるいはブリコラージュ」（「解釈と鑑賞」昭和62・6）

＊3　東郷克美「虚構と文体――「女の決闘」について――」（「解釈と鑑賞」昭和49・12）、木村小夜「太宰治「女の決闘」論」（「国語国文」平成7・9）、安藤恭子「「女の決闘」――メタフィクションの憂鬱」（「國文學」平成14・12）、斎藤理生「太宰治『女の決闘』の方法」（「阪大近代文学研究」平成16・3）、金子幸代「「自己」との決闘――森鷗外訳から太宰治の『女の決闘』へ」（「解釈と鑑賞」平成19・11）などがある。

＊4　「女の決闘」の方法から志賀直哉への反発を指摘したものとしては、亀井秀雄「〈もどき〉の方法――作者の出現と自滅――」（「國文學」昭和57・5）と、青木京子「太宰治の志賀文学批判――「女の決闘」・一九三九年の作品」（「太宰治スタディーズ」平成24・6）がある。日本の近代小説における表現方法との関連性から読み解いたものとしては、安藤宏「近代の小説機構――小説はいかにしてみずから「伝承」をよそおい得るか――」（「文学」平成19・1）や、松本和也「主題としての描写、批評としての小説――太宰治「女の決闘」試論――」（「文芸研究」平成21・9）が挙げられる。また、「太宰の「女の決闘」とは、鷗外訳「女の決闘」の内容を一旦は私小説化するという、改作＝虚構（nachdichten）の構築法によって成立したのではないか。これは、私小説の方法に対する痛烈な皮肉である」と、私小説への批評性を指摘した、中村三春「太宰的アレゴリーの可能性――「女の決闘」から「惜別」まで――」（「季刊 iichiko」平成12・7）も非常に示唆的である。

＊5　九頭見和夫「太宰治とオイレンベルク――「女の決闘」の背景――」（『太宰治と外国文学――翻案小説の「原典」へ

のアプローチ――』和泉書院、平成16・3）、小林芳雄「太宰治「女の決闘」の冒頭部――森鷗外訳「女の決闘」の翻訳の問題点をふまえて――」（「言文」平成12・1）

＊6 曾根博義「「女の決闘」論――「写実」とその主体――」（「國文學」平成3・4）

＊7 ＊4中村三春「太宰的アレゴリーの可能性――「女の決闘」から「惜別」まで――」に同じ。

＊8 ＊6に同じ

＊9 ＊4安藤宏「近代の小説機構――小説はいかにしてみずから「伝承」をよそおい得るか――」に同じ。

＊10 ＊9に同じ。

＊11 古郡康人「太宰治「女の決闘」をめぐって――森鷗外と太宰治・覚え書」（「静岡英和女学院短期大学紀要」平成4・2）

＊12 ＊1に同じ。

＊13 小泉浩一郎「太宰治「女の決闘」論」（「湘南文学」昭和53・3）

＊14 竹盛天雄「解説」（岩波文庫版　石川淳『森鷗外』昭和53・7）

＊15 松本和也「〈森鷗外〉の昭和十年代」（「芸術至上主義文芸」平成18・11）

＊16 松本和也「昭和一〇年代後半の歴史小説／私小説をめぐる言説」（「日本文学」平成24・9）

＊17 松本和也「〈森鷗外〉の昭和十年代」では、太宰治「女の決闘」について、「「鷗外」という記号はテクスト成立の与件である翻訳という機制の支点・指標であると同時にそれを前景化し、さらにはテクスト外の〈森鷗外〉と交渉する接続部分《インターフェイス》でもある」とされ、「明治から昭和に至る〝日本近代〟とその与件でもある〝西欧近代〟という問題が〈森鷗外〉を介して流入してくるだろう」と指摘されている。

＊18 作中の「翻訳篇、第十六巻」は、鷗外全集刊行会版『鷗外全集』第一六巻（大正13・5）を指す。

＊19 山内祥史「解題」（『太宰治全集』第三巻　筑摩書房、平成1・10）

＊20　松本和也「『月刊文章』」（「國文學」平成14・12）

＊21　大國眞希「太宰治「女の決闘」論」（「川口短期大学紀要」平成18・12）

＊22　昭和一四年五月号の「新文章相談」では、「問＝学歴が低い者ですが、将来作家として立つことは可能でせうか」との投稿に対し、「答＝右のやうな相談が毎月三分の一以上を占めてゐます」「文章を書くことが好きで好きでやめられない人でありましたら、たとへ小学校すら中途でやめなければならなかつたやうな不幸な少年でも必らず将来文章によつて立つて行く人となることが出来ぬ筈はありません」と回答されている。境遇の異なる読者からの同様の質問が他にも多く見られる。

＊23　たとえば、「女の決闘」のキーワードでもある〈描写〉に関していえば、深田久彌「描写の必要」（昭和11・8）／片岡鐵兵「描写論」（昭和11・11）／額田浩二「自然描写のコツ」（昭和13・3）／母木光「心理描写のいろいろ」（昭和13・5）／泉本三樹「★私の小説修業★性格描写に就いて」（昭和13・5）／「最近惹かれた描写の一節」（楢崎勤・浅見淵・古谷綱武・平林彪吾の四名が執筆　昭和14・4）などがあり、「編輯後記」（昭和14・4）には「「最近蒐《ママ》かれた描写の一節」は逐次試みて行く文章研究の第一回」とある。

＊24　＊3斎藤理生「太宰治『女の決闘』の方法」では、「月刊文章」との関連性が確認されつつも、「読者層の〈期待の地平〉（ヤウス）に即応」という点については否定的に捉えられている。

＊25　＊9に同じ。

＊26　たとえば、昭和一四年一〇月号の「壁新聞」に掲載された「石坂洋次郎氏の一面」（東京・武政國藏）には、「自分は氏が元教職に在られた事を本誌七月号で初めて知つた」「氏はこの点における最上のモラリストである。このモラルなるものは、氏の教職中に於ける、生徒に対する態度から生れたものではなからうか」とある。また、同じく「壁新聞」（昭和15・1掲載）の「わが小説修業」では、月刊文章編輯部編『わが小説修業』（厚生閣、昭和14・10）について、

「輯めてある作家は、現在盛に活躍してゐる人々であつて、その人々が文壇に出た様子が知られ、作品の意図が知ることが出来て、非常に得るところがあつたと思ふ。作家の写真を入れたり、略歴、住所録を入れたりして、そこが編輯者の苦心の有するところであらうが、我々には非常に有難かつた」とある。一例ではあるが、どちらも作品外にある実体的あるいは私的な作家の姿を求めているのがうかがえよう。

＊27　＊20に同じ。

＊28　相馬正一『評伝太宰治　下巻（改訂版）』（津軽書房、平成7・2）なお、安藤宏「近代の小説機構——小説はいかにしてみずから「伝承」をよそおい得るか——」にも同様の指摘がある。

※本章における「女の決闘」の引用は、筑摩書房版『太宰治全集』第四巻（平成10・7）に拠る。なお、引用に際し、漢字は旧字体を新字体にあらため、ルビは省略した。

第9章　文学史叙述の可能性——太宰治「女の決闘」研究史を読み直す——

1　再び「十九世紀的リアリズムの否定」

太宰治「女の決闘」は、昭和一〇年代に了解しうる日本の近代文学史と連動しているテクストであった。また、先行論の多くは、必然的に「女の決闘」が内包する文学史への意識を解き明かすものであったといえる。そのため、「女の決闘」の研究史は、それ自体が昭和一〇年代の文学史的な状況をも物語る叙述になっていると考えられるのである。そこで本章では、結果的に前章と重複する部分も多くなるが、太宰治「女の決闘」の先行論および研究史をあらためて読み直し、メタ言説としての文学史叙述の可能性について補足的な検討を試みたい。

まず、文学史との接点では、「十九世紀的リアリズムの否定」[*1]が評価の枠組みを担ってきたことを認識しておくべきであろう。ヘルベルト・オイレンベルグ作／森鷗外訳「女の決闘」（以下〈原作〉）の全文を引用し、それに対し語り手「私（DAZAI）」が注釈・解説を加えながら独自の「女の決闘」へと書き換えていく過程をも小説化した、太宰の「女の決闘」が、主体となる〈私〉のあり方や構造から見て、明治以来の自然主義や私小説のリアリズムと対置されるのは首肯できる。もちろん「女の決闘」をまったく異なる観点から論及したものも少なくない。[*2]が、「私（DAZAI）」に注目すれば、自ずと「十九世紀的リアリズムの否定」という文学史的な評価が導き出されていた。とはいえ、昭和一〇年代の文学状況における「十九世紀的リアリズムの否定」という言説を太宰に関連させれば、時代・作品構造ともに「女の決闘」よりも、むしろ「道化の華」（『日本浪漫派』昭和10・5）が想起されよう。

「道化の華」から四年後の作品にもかかわらず、「女の決闘」は「十九世紀的リアリズムの否定」と併置されてきた。では、「女の決闘」をめぐるこのような言説は、どのように生起され、継承されてきたのか。

「十九世紀的リアリズムの否定」をいち早く指摘したのは、荻久保泰幸「「女の決闘」をめぐって(1)――鷗外・龍之介・治――」（「太宰治研究」昭和38・4）である。荻久保論では、「オイレンベルグとその小説をまないたにのせることによって、事実と虚構のドラマチックな統一をはかったこの小説の方法」が、「十九世紀的リアリズムの否定であり、私小説への挑戦」であると看破され、この作品の「小説美学」が「その水脈は、森鷗外の歴史小説ないしは史伝につながる」と目されていた。「女の決闘」評価の大枠となっている「十九世紀的リアリズムの否定」の根底には、メタフィクションと、〈原作〉に対する「私（DAZAI）」の批評そのものがあったといえよう。亀井秀雄「〈もどき〉の方法――作者の出現と自滅――」（「國文學」昭和57・5）では、「「私（DAZAI）」のリライトには、いわば物象《もの》化された作家的関心をもう一度人間化したいモチーフが秘められていた」「原作の「あまりに的確な描写」に対する「作者の異常な憎悪感（的確とは、憎悪の一変形）」という直観も、そのモチーフから発したもの」と捉えられ、そこには「志賀直哉の簡潔的確な描写に太宰が反撥せざるをえなかったのも、おなじように「憎悪の一変形」を嗅ぎ取っていたからであろう」との推測が加えられている。三人称客観小説の文体で統一された〈原作〉に、女房と女学生の決闘を目撃していた夫＝原作者・オイレンベルグという一人称視点の語り手「私」を仮構する「私（DAZAI）」の改変は、本来は見えなかった語りの構造を実体化する操作であろう。亀井の指摘も、「十九世紀的リアリズムの否定」と大きな径庭はあるまい。荻久保論と亀井論とはともに、自然主義や私小説の文体と対応させつつ、森鷗外や志賀直哉の名を挙げながら、「女の決闘」を近代文学史への批判的な作品として位置付けようとしているのである。

さらに、語り手「私（DAZAI）」のあり方について作品の構造から言及した関井光男「太宰治の翻案小説あるいはブリコラージュ」（「解釈と鑑賞」昭和62・6）は、「女の決闘」を「自意識のメタフィクション」と述べ、「この方法が二十世紀の芸術に顕著になるのは、フィクションと現実との関係が不確定になり、自己照射と小説の形式が攪乱を惹き起こしてからである」と、一九世紀的な小説の方法に対するメタフィクションの文学史的な価値を説いている。同じく安藤恭子「「女の決闘」――メタフィクションの憂鬱」（「國文學」平成14・12）も、「十九世紀リアリズム、また、その流れの中で「事実そのまま」であることにエクリチュールの最高度の価値を見出す当時の日本の文脈に対抗しつつ、一方で、「真」なる「作者」を仮構して新しいフィクションの「真」なる根拠を同時代の読者に示すことが、「太宰治「女の決闘」の語りの戦略」だとした。松本和也「主題としての描写、批評としての小説――太宰治「女の決闘」試論――」（「文芸研究」平成21・9）は、「「私」が原作者について「十九世紀、ドイツの作家」である点を強調していたことを想起すれば、「私」の試みは確かに《十九世紀リアリズムに対する二十世紀作家の側からの批判》といえよう」が、「正しくは《批判》ではなく〝原作の日本語訳／原作＋「私」の語り〟という図式において可能になった批評である」と、小説の全体像を統一的に読み直し、「十九世紀的リアリズムの否定」を一歩前進させたといってよいだろう。

「十九世紀的リアリズムの否定」言説の発端には、小説の構造と批評する語り手の存在とともに、物語内で「私（DAZAI）」によって宣言される「廿世紀の生々しさ」「廿世紀の写実」「概念の肉化」といった創作理念に関する言葉もある。登場人物の心理を書き加えた、「私（DAZAI）」版「女の決闘」を「第三」で開示した後、自らの創作を「私（DAZAI）」は「廿世紀の写実」と呼んだ。この「廿世紀の写実」は、ほとんどの先行論で必ず触れられる、太宰治「女の決闘」を読み解くためのキーワードと位置付けられている。たとえば、「原作の「生きてぴくぴく動いてゐるほどの生臭い、抜きさしならぬ描写」はいわばものとしての現実そのものであり」、それに対し「「我慢できぬ不愉快さ」を覚えるところに太宰治の現実拒否の心情を含んだ脆弱なロマンティシズムを見ることができる」という東郷克美「虚構と文体――「女の決闘」について――」（「解釈と鑑賞」昭和49・12）は、「廿世紀の写実」の根源を作家個人の資質に還元したものであり、「ものとしての現実そのもの」への忌避は、先述の亀井論とも通底するモチーフであろう。あるいはほかにも、「「廿世紀」の読者である我々がこの作品の中の何にリアリティを感じとることが出来るかを、「私」を傀儡として問うている」とし、「女房を中心とする原作の物語の方から我々がある種の違和感を受け取ることがもくろまれた」とする木村小夜「太宰治「女の決闘」論」（「国語国文」平成7・9）や、「「廿世紀の写実」である「概念の肉化」とは、登場人物の声を〈肉声〉として響かせてみせること、さらに、それを「念々と動く心の像」、すなわち〈意識の流れ〉として提示すること」という「語り手の方法」として明言した安藤恭子の前掲論、「言葉にならない気持ちの存在をほのめかし、また言葉にすることで納得のいく内面をかちえる姿を浮かびあがらせることが狙われている」と語りの志向性を指摘したうえで、「「廿世紀の生々しさ」「廿世紀の写実」とは、そのような言葉と心理の関係を描くことを指していた」という斎藤理生「太宰治『女の決闘』の方法」（「阪大近代文学研究」平成16・3）、「廿世紀の写実」「廿世紀の生々しさ」といった言説を、「己に執着する芸術家の偽善性が饒舌な語り口によってより際出たせて描かれること」「いわば芸術家の偽善性を語る物語へと方向転換された」と捉える金子幸代「「自己」との決闘――森鷗外訳から太宰治の『女の決闘』へ」（「解釈と鑑賞」平成19・11）などがある。

一九世紀の産物とされる〈原作〉との対比から、「廿世紀の写実」は、太宰治「女の決闘」を成立させる方法論を示す指針と読まれてきた。先行研究の多くにおいて、〈原作〉の背後には、一九世紀的な日本の近代小説である、自然主義や私小説のリアリズムが「描写」という言葉と合わせて想定されていよう。「私（DAZAI）」による描写批判に鑑みれば、〈原作〉に対する「廿世紀の写実」という構図で把握し、そこに日本の文学史的な状況を読み込むのも納得できる帰結である。すでに松本和也が指摘しているように、これは「単純な〝原作／補筆部〟といった対立図式[*3]」としてのみ処理されるべきではないが、「十九世紀的リアリズムの否定」は、以上のような批評言説の形成下に継承されてきたのである。

2　近代小説の方法と文体

〈原作〉＝「十九世紀的リアリズム」の小説という理解は、現状ではほぼ周知の図式となっていよう。しかし、それは何をもって判断されるべきなのか、換言すれば、〈原作〉の描写と、「私（DAZAI）」版および太宰治「女の決闘」の描写との差異をいかにして計るかが問題となる。曾根博義「「女の決闘」論――「写実」とその主体――」（「國文學」平成3・4）は、鷗外の翻訳文体からその問いへの応答を試みている。

「見える」「聞こえる」といった受動的な知覚動詞の使用は、曖昧な主体に作中人物と同じ知覚機能をあたえることによって場面の内部に繋ぎ止めて置くための効果的な方法だったのである。講釈師は「見てきたような嘘」しかつけないようにされたのだ。ところが鷗外の訳文を見ればすぐわかるように、西欧の写実的文体がそういう日本語の文体に移された場合、皮肉なことに、主体を曖昧に場面に繋ぎ止めて置くために絶妙な効果を発揮するその工夫そのものが、写実の不徹底をもたらす一方で、描写の背後にその主体を実体として想定し、それを作者と同一視して、その冷酷、非常に対する不信や疑惑の念を生む手がかりにもなってしまったのである。こんなに冷酷、非情に「見ている」のはいったい誰なのか、という疑問である。

「私（DAZAI）」が〈原作〉の描写の「冷淡さ」「失敬なくらゐの、「そつけなさ」」を糾弾する背景に知覚動詞を用いた鷗外の翻訳文体を挙げた曾根の指摘は、やはり示唆的である。「女の決闘」の「第一」で三度繰り返される「鷗外の全集があります」との言葉も、鷗外を意識させる強調と捉えられる。また、「第二」で「私（DAZAI）」は、あくまで「仮説」としながらも「原作者は、女のうしろに立つてちやんと見てゐた」「すなはち、この小説は、徹底的に事実そのままの資料に拠つたもので、しかも原作者はその事実発生したスキヤンダルに決して他人ではなかつた」と一人称視点の語り手を物語内に実体化させようとし、しかもこの発想によって「この作品の描写に於ける、（殊にもその女主人公のわななきの有様を描写するに当つての、）冷酷きはまる、それゆゑにまざまざ的確の、作者の厭な眼の説明が残りなく出来る」とまで語っていた。したがって、「十九世紀的リアリズム」として批評されてきた、あるいは批評すべき対象とは、鷗外の翻訳文体であると同時に、知覚動詞の導入によって顕在化する日本語表現の特性でもあろう。

「私（DAZAI）」が〈原作〉の描写を批判する「第二」の鷗外訳は、「人影が見えぬのに」「ふと気が付いて見れば」「ひとつになつて見える」「二人の百姓は、町へ出て物を売つた帰りと見えて」と短いなかに「見える」という言葉が繰り返し使用されている。なかでも、「町へ出て物を売つた帰りと見えて」は、前後の文脈から「見えて」が「物を売つた帰り」といった個人の推測を孕む言葉遣いでもあり、「「見ている」のはいったい誰なのか、という疑問」がとりわけ際立つ。鷗外訳の文体では、このような語り手の主観に結び付きかねない言説が、三人称客観小説のリアリズムを構築する「主体を曖昧に場面に繋ぎ止めて置くために絶妙な効果を発揮するその工夫」として用いられていた。安藤宏「近代の小説機構――小説はいかにしてみずから「伝承」をよそおい得るか――」（「文学」平成19・1）は、「語り手の主観をどこまで前面に押し出していくかという介入度の問題」が客観性と密接であるとし、「一人称的な語りの判断を客観的な叙述の中にいかに織り込んでいくか」「客観的な描写をよそおいつつ、なおかつ場面に内在する視点をいかに〝さりげなく〟すべりこませていくかに、近代小説における「写実」の成否がかけられていたわけである」と説いた。曾根論と安藤論とを合わせ見れば、太宰治「女の決闘」は、鷗外訳が「〝さりげなく〟すべりこませて」いた「客観的な描写をよそおいつつ、なおかつ場面に内在する視点」を暴き出し、そのよそおいを剥ぎ取り「内在する視点」を実体化させたといえるだろう。[*4]

近代以降の日本文学が培ってきた「「写実」の成否」を分かつ方法自体を、「女の決闘」の「私（DAZAI）」は徹底的に解体して見せた。問題は、「十九世紀、ドイツの作家」ではなく、森鷗外の翻訳文体にある。多くの先行研究が、〈原作〉＝「素材」＝「十九世紀的リアリズム」と素朴に定義しつつも、作品の背景に日本の近代文学史を読み取ってきたゆえんはここにあるのだろう。作中、〈原作〉は「単に素材をはふり出したといふ感じで、私の考へてゐる「小説」といふものとは、甚だ遠い」「素材は、小説ではありません。素材は、空想を支へてくれるだけでありますす」と「私（DAZAI）」は語っていた。〈原作〉＝「素材」という文脈には、近代小説における「写実」文体の方法と歴史とが意図されるはずである。曾根論および安藤論を媒介させると、「十九世紀的リアリズムの否定」言説には、近代小説の文体と方法とに対する批評性がよりはっきりと見えてこよう。

3　語られる近代文学史

「道化の華」が芥川賞候補に挙げられたとき、同じく候補となりながら受賞を逃したのは、高見順の「故旧忘れ得べき」（『日歴』昭和10・2〜7、『人民文庫』昭和11・3〜9）であった。平野謙「解説」（『高見順叢書2』六興出版社、昭和24・11）によれば、両作品は、「技法の面においても、いわゆる十九世紀的な客観的リアリズムの手法を解体しつくした果てに、辛うじて芽ぶいている点においても奇しくも共通している」。両者に共通する「十九世紀的な客観的リアリズムの手法を解体しつくした果て」とは、語り手の介入によるメタレベルの構造を指していよう。このような作品のあり方、「故旧忘れ得べき」などに特徴的な小説の方法について、高見順は「描写のうしろに寝てゐられない」（「新潮」昭和11・5）で次のように語った。

たとへば、白いものを白いと突ッ放しては書けないのだ。白いものを一様に白いとするかどうか、その社会的共感性に、安心がならない。或は黒いとするかもしれない分裂が、今の世の中には渦巻いてゐる。作家は黒白をつけるのが与へられた任務であるが、その任務の遂行は、客観性のうしろに作家が安心して隠れられる描写だけをもつてしては既に果たし得ないのではないか。［中略］十九世紀的小説形式そのものへの懐疑がすでに台頭してゐるのも、かうした事情からであらう。十九世紀的な客観小説の伝統なり約束なりに不満が生じた以上は、小説といふものの核心である描写も平和を失つたのである。

日本文学における「十九世紀的リアリズム」の表徴ともいうべき性質を帯びた、文体／構造に基づく〈原作〉に、メタレベルの言説を差し挟んでいく太宰の「女の決闘」は、〈原作〉の描写に対する不信を掻き立てていくのだから、高見の発言との親和性が高い。むしろ、「女の決闘」は、これに類する方法論自体の小説化といえる。

川端康成は、「文芸時評」（「文藝春秋」昭和10・11）で「故旧忘れ得べき」について、「高見氏の作品は饒舌であつて、同時に「言葉が足りない。」さうして、高見氏を饒舌にさせてゐるのも「言葉が足りなく」させてゐるのも、共に時代である」とし、「時代の苦しみ」「暗さ」に「敗北したところに、高見氏の「言葉の足りない」饒舌が生まれた」と評した。川端は、高見のプロレタリア文学運動の挫折・転向を受けて、「時代」という言葉を「敗北」とともに用いたのではなかろうか。だが、歴史的な事実にともなう「時代」の感触は、「十九世紀的な客観的リアリズムの手法を解体しつくした」小説の方法と、当時の文学状況との関係にも顕著であると考えられる。

「女の決闘」の「第二」では、〈原作〉の「描写は、はツと思ふくらゐに的確」とあり、その原因を「私（DAZAI）」は、「原作者は、女のうしろに立つてちやんと見てゐた」「この小説は、徹底的に事実そのままの資料に拠つたもので、しかも原作者はその事実発生したスキヤンダルに決して他人ではなかつた、といふ興味ある仮説」で説明していた。先行研究を踏まえてこれを読み解けば、「はツと思ふくらゐに的確」な描写への不信を、「内在する視点」の具象化で補おうとする営為と看取できよう。構文の特質を顕わにし、「原作者」を物語内に召喚する方法は、「描写のうしろに寝てゐられない」の主張にも通じる。昭和一〇年代、高見の小説に「時代の苦しみ」「暗さ」による敗北を見た川端は、「雪国」（「文藝春秋」昭和10・1）を発表している。「国境のトンネルを抜けると雪国であつた。」という名高い書き出しは、後にサイデンステッカーによって、「The train came out of the long tunnel into the snow country.」（"Snow country." Tr.by Edward G. Seidensticker.N.Y.Knpf.1956.）と訳された。「The train」を主語とした構文には、「客観的な描写をよそおいつつ、なおかつ場面に内在する視点」は失われている。しかし、主語を明確化しない「雪国」の冒頭には、「内在する視点」が予感されよう。日本の近代小説が培ってきたリアリズムの文体が、「雪国」でも意図されている。このような日本語表現の特質が、同時代に高見や太宰によって解体されようとしていたのである。つまり、昭和一〇年前後を境域とする、「十九世紀的な客観的リアリズム」への反動・抵抗という文学の史的変遷が、「女の決闘」ではより尖鋭的な形態で描き出されていたといえよう。

「女の決闘」が発表された昭和一〇年代は、歴史文学の流行が文壇的なトピックとなった時期でもある。小林秀雄「歴史と文学」（「改造」昭和16・3）や岩上順一『歴史文学論』（中央公論社、昭和17・3）を筆頭に、歴史小説の評価や方法、歴史認識の問題などが議論された。そして、歴史文学を批評するに際し、しばしば論究の対象とされたのが鷗外の史伝であり、結果、鷗外関連の書籍の刊行も増加したのである。[*5]

当時刊行された鷗外関連の代表的な批評である石川淳『森鷗外』（三笠書房、昭和16・12）の岩波文庫版（昭和53・

7）「解説」で、竹盛天雄は、「昭和十一年六月から昭和十五年十月にかけて」の岩波書店版『鷗外全集』の刊行[*6]が「鷗外への関心を推進する力となったことがまず考えられねばならない」としながら、「その背景には、自然主義的な平板なリアリズムをいかにして克服するかという、当代のアポリアが横たわっていた」と述べていた。石川淳『森鷗外』は、「澀江抽齋」と「北条霞亭」の「二篇を措いて鷗外にはもつと傑作があると思つてゐるやうなひとびとを、わたしは信用しない」との苛烈な文言で始められた。続けて石川は、「「抽齋」第一」と答え、「澀江抽齋」における鷗外の「未知のものに肉薄しようとする努力は、心がうごき、眼がうごき、手足がはたらいて行くに応じて、もはやペンに於てしか発現できない態である」という。「未知のものに肉薄しようとする努力」が、「澀江抽齋」中のどこから感得されてくるかと問えば、それは語り手「わたくし」の独白であろう。竹盛の「解説」は、このような鷗外史伝評価の背後に「自然主義的な平板なリアリズムをいかにして克服するかという、当代のアポリア」を見据えているのだと推測できる。

小泉浩一郎「太宰治「女の決闘」論」（「湘南文学」昭和53・3）は、鷗外史伝の「「わたくし」という形であらわれる作家主体の自己表白」に着目し、「女の決闘」の方法との連関を示唆している。「わたくし」の「自己表白」こそ、「自然主義的な平板なリアリズム」を解体するメタレベルの主体であり、「私小説への挑戦」にも関わる機能にほかならない。先に見た、荻久保論ともここでつながる。「小説と小説家が小説を書く過程とを併せて一本とする形式は、二〇世紀の仏人アンドレ・ジッドが発明した。伝記そのものと伝記を作る過程とを織り交ぜて一本とする形式は、おそらく史上はじめて鷗外が編みだした」と、鷗外史伝の方法とジッドとを併置した、加藤周一「形式の発明または『澀江抽齋』の事」（『言葉と人間』朝日新聞社、昭和51・2）の評価も、小泉らの指摘を後押ししよう。「女の決闘」に冠された「十九世紀的リアリズムの否定」は、荻久保論以来、鷗外史伝における「わたくし」の自己表白という方法とともに把握されるべきものであったのだ。同時に、作品が発表された昭和一五年を視野に入れれば、歴史文学の流行と、それと平行する鷗外への関心増加の背景とも、「女の決闘」は重なってくる。太宰治「女の決闘」の先行研究からは、「十九世紀的リアリズム」への反動・抵抗、歴史文学の流行、鷗外文学の再評価との連動が、昭和一〇年代における文学の史的変遷として浮上してくるのである。

「女の決闘」の、鷗外訳の描写に対する批評、文章に「内在する視点」＝〈私〉の具象化は、鷗外をめぐる同時代の議論と歴史的な表層において一致している。いわば、鷗外への働きかけには、外発的な要因である「時代」が如実に反映されていたのだ。「十九世紀的リアリズム」の否定・批評といった「女の決闘」評価の成立には、その文脈を背景に形成された昭和一〇年代の局所的な文学史の事象をこの作品が孕んでいる点と、日本の近代小説が培った文体の特性を描写の問題へとスライドさせた「私（DAZAI）」の方法論とが析出されねばなるまい。「女の決闘」の研究史は、鷗外を鍵とした、近代小説の歴史と「時代」の関連とを喚起している。「女の決闘」を論じたメタ言説は、自ずから文学史叙述の一端へと反復／変形していく素養を、多分に含みつつ生成されていた。文学史叙述には、史的事実の一致を包括する観点とともに、それらを語り続けてきた研究史自体の検討も看過できない。研究史の研究というメタテクストに対するメタレベルのアプローチは、文学史叙述の可能性を多少なりとも拡充するものとなるだろう。

注

＊1　引用は、荻久保泰幸「「女の決闘」をめぐって（1）」（『太宰治研究』昭和38・4）による。

＊2　たとえば、単行本の成立背景を追った、山内祥史「短編集『女の決闘』の成立」（『神戸女学院大学論集』昭和51・12）、ドイツ語原文と鷗外訳との比較を主とした、九頭見和夫「太宰治とオイレンベルク――「女の決闘」の背景――」（『太宰治と外国文学――翻案小説の「原典」へのアプローチ――』和泉書院、平成16・3）や小林芳雄「太宰治「女の決闘」

の冒頭部――森鷗外訳「女の決闘」の翻訳の問題点をふまえて――」（「言文」平成12・1）、太宰治のパロディの方法を論じた、中村三春「太宰治の引用とパロディ」（「國文學」平成14・12）、女性描写に関して言及した、内海紀子「ミメーシスの転進――太宰治「女の決闘」と「鷗」における「ものを見る眼」」（「太宰治スタディーズ」平成24・6）などがある。

＊3　引用は、松本和也「主題としての描写、批評としての小説――太宰治「女の決闘」試論――」（「文芸研究」平成21・9）による。

＊4　「女の決闘」のこのような方法が、亀井秀雄「〈もどき〉の方法」では「物象化された作家的関心をもう一度人間化したいモチーフ」と述べられ、松本和也「主題としての描写、批評としての小説」では「透明なものの可視化」と指摘された。

＊5　石川淳『森鷗外』のほか、鷗外関連の書籍は、蓮田善明『鷗外の方法』（子文書房、昭和14・11）、成瀬正勝『森鷗外覚書』（万里閣、昭和15・4）、稲垣達郎『作家の肖像』（大観堂、昭和16・5）所収「森鷗外」、伊藤至郎『鷗外論稿』（光書房、昭和16・10）などがあり、昭和一五年前後に刊行が集中している。

＊6　昭和一一年六月から昭和一五年一〇月にかけて刊行された、岩波書店版『鷗外全集』は、著作篇二二巻、翻訳篇一三巻の全三五巻から成る。

※本章における「女の決闘」の引用は、筑摩書房版『太宰治全集』第4巻（平成10・7）に拠る。なお、引用に際し、漢字は旧字体を新字体にあらため、ルビは省略した。

第10章 「饒舌」と「説話」——昭和一〇年代における〈私〉の一側面——

1 「饒舌」「説話」

昭和一〇年頃、小説の文体に関する批評において、「饒舌」「説話」といった言説が、しばしば見られた。石川淳の「佳人」（「作品」昭和10・5）や「葦手」（「作品」昭和10・10〜12）、「普賢」（「作品」昭和11・6〜9）なども、そのように評された作品である。山口俊雄は、「普賢」などが、「文体的特徴として饒舌な説話体だと指摘されることが多い」理由を、次のように指摘している。

ここには、〈描写から説話へ〉という当時の小説界に窺われた一つの傾向の中に「普賢」なども囲い込んで理解しようとする当時の批評家たちの姿を読み取ることができる。〈描写から説話へ〉とは、自然主義以来、小説の書き方の範例となって来た描写の優位性を否定して、説話を優先する姿勢であり、この小説作法の新傾向を明確に定式化したのが高見順の「描写のうしろに寝てゐられない」（「新潮」一九六三・五）であることはよく知られていよう。[*1]

たとえば、鹽田良平は、高見順の「嗚呼いやなことだ」（「改造」昭和11・6）の「才気走った饒舌の感じ」に触れた後、「殊に「普賢」（石川淳・作品）に至つては、饒舌の甚だしいものであつて[*2]」と両作の文体を並べて批評し、谷川徹三は、「普賢」の文体の、「いさゝか古風な新鮮はどこから由来してゐるのであらうか」「同じく饒舌な説話体をもつてしてゐる高見順氏の「故旧忘れ得べき」などに見られるところである」[*3]としている。河上徹太郎は、「高見氏の作風は一種の饒舌だといはれるけど、その点でも石川氏の方が遙かに饒舌家」[*4]だと述べ、小林秀雄は、「ともかく「続普賢」は願ひ下げにしたい」と批判的な態度を取りつつも、「作者の綿々たる饒舌は、暫時読者に娑婆の風について一種の錯覚を起させる力は持つてゐるのである」[*5]と、文体に関しては評価する点を見出だした。

これらの批評では、高見順との対比と「饒舌」とが繰り返されている。同時代においても非常に関心の高かった「普賢」の文体は、高見順を介して把捉されようとしていたとも換言できるだろう。昭和一〇～一二年頃には、とりわけ高見順の諸作品の文体が、「饒舌」「説話」の代表と目されていた。その背後には、昭和一一年五月の「新潮」に発表された「描写のうしろに寝てゐられない」があるのだろう。しかし、何をもって「饒舌」であり「説話」であるのかが説かれず、高見の発言を受け、なかば自明のものとして二つの言葉を使用している批評も少なくない。石川淳と高見順との文体に共通点を看取できようと、本質的な差異があるのも明白である。にもかかわらず、「饒舌」や「説話」は、彼らの小説文体を包括的に論じるための指標であるかのようにたびたび用いられてきた。

昭和一〇年に志賀直哉は、「日本の文学の一番大きな特色が私小説といふことではないのだらうか。大体説話体の文学は日本独特のもので、日本の私小説はその説話体を基礎にして発達してきてゐる」[*6]と述べた。昭和一〇年前後の石川淳や高見順の諸作品には、確かに私小説的な特徴も読み取れるだろう。だが、「説話体」という文体が、私小説のどのような「基礎」をなしているかは曖昧なままだ。「〈描写から説話へ〉」という文学史的なベクトルがあるにしても、当時における「饒舌」および「説話」（「説話体」）が、いかなる文体を意図していたのかは、やはり判然としないのである。

昭和一一年には宮本百合子が獄中の宮本顕治宛の手紙に、「高見順は説話体というものの親玉なり」[*7]としたためている。高見と「説話体」との結び付きが、文壇に広く認知されていた証左ともいえよう。そこでまずは、「描写のうしろに寝てゐられない」が発表される昭和一一年前後の高見順の創作活動を中心に、批評言説としての「饒舌」「説話」の内実を探るところから始めたい。

2 指標としての高見順

昭和一〇年八月、亀井勝一郎は「所謂世相作家とよばれてゐる人々に多い説話体風の文章」と前置きして、その文体を「会話も風景描写も性格描写も、すべて一様な地の文に織り込んで、そこに一種の調べを与へつ、物語る態度は、日本文学古来の伝統である」[*8]と説いた。ここで高見順の名前は直接挙げられていないが、亀井の指摘は、「説話体」という文体の形式を具体的かつ端的に示した、比較的に一般的な理解であろう。「起承転々」（『文藝春秋』昭和10・10）や「嗚呼いやなことだ」等、「説話体」と称された高見の諸作品にも、これと合致する特徴はある。

また、当時は、「高見順の『起承転々』は往年の宇野浩二を思はす説話体ではづみのあるお話を続ける」[*9]とした矢崎彈や、「高見氏は往年の宇野浩二氏を、最近では武田麟太郎氏を思はせる、非常に話術の巧な作家である」[*10]という浅見淵のように、参照項として宇野浩二の名前が見られる。高見も参加した、昭和一一年七月の「新潮」誌上での座談会「小説の問題に就いて」[*11]でも、深田久彌が、「説話体といふのは今流行り出したものではないですね。昔からあるのですね。宇野さんなんかも前にはさういふ風なことをやつて居つた」と述べている。座談会は、「説話体について」「説話体の魅力」「新聞小説と説話体」という副題が付けられた議論から始められており、「説話体」が重要な課題になっているのがわかる。ただし、深田の発言に疑義を挟む者は、誰もいなかった。宇野浩二の小説文体は、「説話体」の共通認識となっていたのだろう。「説話体」については、「大体今までやつてゐる客観的描写」

に対して「さういふ描写風な行き方のあの形が、段々説話風に崩れて行つてゐる傾向がありやしないか」（片岡鐵兵）、「所謂客観的な描き方は、嘘といつてはあれだが何だか、嘘みたいな気がして、正真正銘の所をそのまま表現したいといふ気持があるのぢやないか」（岡田三郎）、「ああいふ工合［引用者注：「説話体」］にしないと、現実を処理できないといふやうなことが、何か僕等にはあるやうな気持がする。客観的なやり方では安心して次へ進めないといふやうな気持がある」（高見順）などと、「客観的」な方法（描写）と対応させられてもいる。座談会参加者の発言は、「〈描写から説話へ〉」を表すものと読み取れそうではある。

この座談会で高見は、「現実がガツと襲ひかかり迫つてきて何でも彼でも皆な出て来てしまひましてね。どうしても、自分としてはあのやり方以外にはさういふ現実の攻撃に対して守ることができないといつた感じです」など、いかにして「現実」と向き合い、「現実」を描くかといった態度について中心的に語っていた。「説話体」を方法として選択していく理由でもあろう。だが、「客観的なやり方では安心して進めない」という志向を表すのに、なぜ「説話体」が有効であるのかは明らかにされていない。その意味では、亀井の定義にせよ、宇野浩二との類縁性にせよ、表面的な特徴を示唆するに留まっていよう。

では、高見順自身は「説話」をどのように捉えていたのだろうか。「描写のうしろに寝てゐられない」には、次のように説かれている。

説話すなはち「物語る」といふ事は勿論描写の反対を行つたものではなく又行けるものでもなく、今日の説話はそのうちに描写をふくんだものである。つまり描写にのみ終始縋つて書けない心許なさが、物語る熱ッぽさを必要とするのであらう。たとえば、白いものを白いと突ッ放しては書けないのだ。白いものを一様に白いとするかどうか、その社会的共感性に、安心がならない。或は黒いとするかもしれない分裂が、今の世の中には渦巻いてゐる。

この有名な一節において高見は、「説話」と「描写」とを対立的な概念としているわけではない。「うちに描写をふくんだもの」「描写にのみ終始綴つて書けない心許なさ」というように、小説を書くうえで描写は不可欠であるが、しかし、客観性の揺らぎは無視できない。よって、「物語る」という行為を、読者（あるいは社会）に対する客観性への不安を払拭するための方法だとしているのである。

また、「描写のうしろに寝てゐられない」に先立って高見は、昭和一一年二月の「文学界」に発表した「文章展覧会――文芸時評――」で、「説話体が私ども新人の間におこつて来た、饒舌だと人は言ふ。浅見者流によると、説話体即ち饒舌と成つてゐる。然し私おもふに、説話体は形式の問題、饒舌は内容の問題である」と、「饒舌」と「説話」との差異を明確にしていた。「内容としての饒舌」とは「気質としての饒舌」であり、その「文学的気質としての饒舌は、いはゞ非日本的であるのが明瞭であるのを以てしても、「西洋文化の児」であることはいよいよ明らか」だとする高見は、さらに続ける。

> 説話体形式のうちに饒舌的気質的《ママ》を住まはせることは、だから出来まいとするのはウソだ、日本的伝統の外にある新しい説話体。――所詮、形式はどうでもいゝのだ。逞しく現実のなかに潜つて行き、そして逞しく現実のありさまを饒舌るところの散文精神的気質、――饒舌的気質と散文精神の握手どころか、眼となり心となり、ひとつのものとして歩き廻る、筋骨逞しい体質。新人の文章、文体の混乱といふことは、「文学」的な言葉の破壊による散文精神の拡充といふ所に、今日的な意味があるのではないか。

整序された文体で示すのではなく、さまざまなことをしゃべろうとする意識を、「西洋文化の児」と評しているのは、背景にアンドレ・ジッドの影響などが予感されもしよう。「形式はどうでもいゝ」とされてはいるが、「逞しく現実のなかに潜つて行き、そして逞しく現実のありさまを饒舌る」という主張は、「描写のうしろに寝てゐられない」と合わせ見るに、いかにその「現実」を語るかに集約される。大きな枠組みとしては、確かに「〈描写から説話へ〉」といった傾向があるのだろうが、方法論としての「饒舌」や「説話」が、どのようにして「現実」を語るのかという細部を看過すべきではあるまい。

この点に関し、高見の小説「晴れない日」（「日本評論」昭和11・4）は、非常に象徴的な一節を孕んでいる。「晴れない日」は、亀井が説明したような「説話体」であるが、「山路をどうしても陥れて自分が広告部長にならうと、柳澤は蒲団から二つの眼玉を出して天井を睨みつけ乍ら」と書き出されており、三人称を基調としている。しかし、物語の後半部に突如「筆者」が登場し、そこにいたるまでの方法論を開示する箇所がある。

　話は前後するけれど、それから半年後の加治はかうした加治とはまるで打つて変つた性格の人間に成つたのであるが、それを考へると、筆者は、現代の都会人はそもそもが無性格なのではないかといふ懐疑を抱かせられる。最近、頓にその感を深くしてゐる筆者は、拙い小説を書き乍ら、性格描写のくだりに至ると、一貫した決定的な性格なんてものは、作為的単純化といふか小説的便宜といふか、所詮作品上の慥へものだといふ感じが迫つて来て、黯澹として筆を投ずるのが常である。［中略］もとより才能の乏しい筆者とはいへ、説話体の流行に迎合してゐるとの非難やエピゴーネンの譏りを受けない為に、他の形式で書きたいのは山々であるけれど、どうしてかうしてと専ら筋を物語る方法にしか目下のところ信が置けず、安心して筆を進められないのは、ひとつには、客観的に書く為に必要な人間性格の牢乎たる存在といふのを、全然信用出来なくなつてゐるからである。

この小説が「説話体」であり、しかもその方法以外では「信が置けず、安心して筆を進められない」と、一人称主体の「筆者」によって明かされている。あたかも「説話体の流行に迎合してゐるとの非難やエピゴーネンの譏りを受けない為」の方便であるかのごとく、「筆者」という一人称主体の言葉が、小説内で想定される〈読者〉に向かって投げ掛けられる。ここで「筆者」は、〈読者〉に対し、「安心して筆を進められない」「全然信用出来なくなつてゐる」といった否定の論理によって語りの主観性を露わにし、「一貫した決定的な性格なんてものは、作為的単純化といふか小説的便宜といふか、所詮作品上の慥へものだ」と、「性格描写」、言葉を換えれば、従来の小説的な客観描写を糾弾して「どうしてかうしてと専ら筋を物語る方法」である「説話体」の信憑性を訴えようとしている。すなわち、この一節は、方法論自体を語ることで、自らが書き（語り）続けてきたとする言葉に、あらためて意味や価値を付与しようとする言説になっているのである。

徳永直は、「説話体――はある意味で魅力があるのだ。こゝは主観、観念の世界であつて、客観的な実証が要らない。作者は現実をどうにでもヒネくり廻すことが出来る[12]」と述べ、丹羽文雄は、「説話体とはいつぺんにいろんなことが喋られて、時間も空間も無視出来る虫のいい技法だ[13]」とした。両者の皮肉めいた批評は、はからずも「晴れない日」の語りの本質を的確に射貫いていよう。一人称主体の語り手として現れた「筆者」は、想定される〈読者〉に、本来ならば語る必要のない事柄までをも「饒舌」に語り、自らの創作した「現実」のリアリティを担保しようとする。ゆえに、過去も現在も、またいかなる空間での出来事であろうとも、それらは、語り手と〈読者〉との空間のなかにおける〝語りの現在〟へと融解されていく。語り手から〈読者〉に、直接的に言葉を伝達／伝承しているかのような空間が形成されるのである。高見が実践した「説話体」とは、一人称主体が、語る対象を新たに価値付け、信憑性やもっともらしさというリアリティ（「現実」）を、〈読者〉に対し仮構していく方法であったといえるだろう。語らずにはいられない内的必然性が、「饒舌」という誘因として働き、直接的に〈読者〉へそれを伝達／伝承しようとする空間を、「説話」形式が生成する役割を担っていたのである。

3 「普賢」の構造と文体

ここで再び石川淳の「普賢」に眼を向け、「饒舌な説話体」と呼ばれた文体を、これまでの検討に基づきながら、あらためて問い直してみたい。

「普賢」は、登場人物のユカリと綱との二項対立的な構図が特徴的な作品である。そのためか「普賢」に関しては、ユカリを理想と捉え、対極に綱を配し、彼女を現実と位置付け、語り手「わたし」による理想から現実への移行という図式で物語を捉える論攷が少なくない[*14]。一〇年ほど前に数回会っただけの記憶も朧気な存在であるのだが、思慕の対象として語り手「わたし」に「魂きえる思ひ」を抱かせるユカリと、「わたし」が実際に性的関係をもってしまう相手である綱とを、理想と現実との二項対立と表現するのはわかりやすい。そこには、「わたし」の移行があるかにも見えよう。しかし佐藤秀明は、ユカリと綱とが、「「わたし」の中では二項対立の図式を解かれ、一元化する方向で変容して[*15]」おり、理想から現実への移行など果たしていないと指摘する。もちろん、このような二元論的な構図の把握が「普賢」を読むうえでの鍵となりはしないだろう[*16]が、ユカリや綱といった登場人物らと「わたし」との連関は、「普賢」の文体および構造とも無関係ではない。

たとえば、「普賢」の冒頭は、垂井茂市について「どうしてこんなものにこころ惹かれたのかだまされたやうな気がする」とされるも、すぐに「そんな取柄のない男のどこがおもしろいかといえばじつにその取柄のなさ加減」と、語るべき意味が与えられている。二章でも、「クリスティヌ・ド・ピザンの伝記」を「やむをえず中止」してまで、「葛原安子について述べる羽目」「この素人下宿のからくりをはなしておく必要」「わたしの友達の庵文蔵のこと、引いては文蔵の妹のユカリのことにもふれずにはすまぬであらう成行」と、「わたし」は、「羽目」「必要」「成行」といった言葉を用いて、これらの事柄に語る理由を付け加えていく。いわば、登場人物との接点は、語り手「わたし」自らが「しやべることば」と認める「普賢」の文体において、「饒舌」を導引する内的必然性（語る意味）を媒介しているのである。特に、ユカリと綱とについては、物語の内容と構造とにも、大きく関与している。

ユカリと綱との語られ方に着目すると、物語内容上の二元論的な構図とともに、叙述自体の類似性にも気付く。「わたし」は、ユカリについて何かを語ろうとした際、「ユカリのことといへばわたしは魂きえる思ひなのだ。だが、そこまで先まはりをしてはなしにかかる段になつては」「わたしはユカリとも……だが、ユカリについて何を語らう」「ユカリといへば……だが、何をいはう」と、逆接や「……」を用いた見せ消ちによって、語り手「わたし」は、ユカリについて語ろうとしても語れないさまを見せている。野口武彦は、「普賢」の文体を「現在ただいま進行中の事柄をさながら実況放送のように語り進む[*17]」形式だとした。「わたし」は、物語の渦中にいて出来事をほとんど時差もないかのように語る。「普賢」の語り手「わたし」は、進行する現在という時制のなかで、逆接や「……」などによる躊躇や停滞を示しつつ、語るべき情報を操作しているともいえよう。

綱についても、同様の特徴が確認できる。「普賢」の第一章には、「やはり念頭にちらつくのは……ええ、もう垂井茂市なんか鬼にでも食はれろ」と、前日の晩に垂井茂市と飲んだ一件を、「わたし」が語ろうとしてやめる箇所がある。後に、垂井茂市と飲んだ晩に、「わたし」は初めて綱とも出会っていたことが明かされる。したがって、「……」は、綱の存在を語ろうとして省略していると考えられよう。さらに、一章後半の次のような一節は、綱を意識した情報の操作をより強固に印象付けるだろう。

さて、以上述べたところに嘘はないのだが、じつはわたしがその中で故意に語ることを避けた一くだりがある。理由はそれにふれることがいやであつたといふばかりだが、元来垂井茂市のはなしなどを喜びいさんでしやべつてゐるわけではなし、今下谷車坂の部屋にもどつて来て書きかけのクリスティヌ・ド・ピザン伝の稿を続ける前に一応昨夜の顚末を思ひかへしたにすぎぬことながら、好き嫌ひをいふくらゐならば初めから何もいはないに如かず、すでにはなしかけた以上ある部分だけをわざと伏せておくのは無意味と考へられるので、つぎにそれをつけ加へるとしよう。まづ最初に寄つた小料理屋で見かけた女のこと……いや、そんな取りとめのないはなしよりも、後におこつたにがにがしい出来事を思ひきつてぶちまけてしまはう。

「理由はそれにふれることがいやであつたといふばかり」の「故意に語ることを避けた一くだり」に、文脈上、「小料理屋で見かけた女のこと」も含まれていよう。この「小料理屋で見かけた女」は、五章において綱だと判明する。「わたし」は、「……」を用いて「女」(=綱)の話題をあえて切り上げているのである。

何かを語ろうとして語れず(語らず)に省略する、このような見せ消ちは、語る情報を操作しているとともに、躊躇や停滞の果てに消去された存在(ここではユカリや綱)を、読者に意識させよう。特に綱の場合は、五章での登場時に、「これはまさしく垂井茂市に曳かれて最初に寄つた新宿の小料理屋で見かけた女であつた。さきにもいつた通り、わたしはこの女について語る興味がなく今はもう忘れてゐたのだが」と、一章での叙述内容(右記引用部)へと語り手「わたし」により接続される。しかも、これに続き、「ここに顏を突き出されたのではいきほひ逆もどりせざるをえない廻り合わせとなつたものの」と語られ、綱との物語内容が展開されていく。現在時の出来事が、実況中継的かつ偶発的に語られているようでありながら、読者に言外の事柄を想起させる語りは、物語の構成を形作ってもいるのである。

このような語りの様態は、「わたし」の対外的な意識の表出、すなわち、物語内で想定されている〈読者〉の存在を文脈に浮上させる文体ではなかろうか。「普賢」の文体について、佐藤秀明は、「回想的語りや傍観者的語りに比べると、語り手による再編成の度合いがずっと低い」[*18]と述べている。しかし、これらの箇所は、むしろ語り手としての「わたし」の意識が前景化しており、再編成の度合いも高い。躊躇や停滞、消去、逆接などの語りからは、〈読者〉に対する「わたし」の意識が読み取れるのである。〈読者〉に言葉を向けていくような「わたし」の語りは、ユカリと綱との関係性によって誘発されているといえるだろう。それは、「しゃべることば」と「わたし」が自認する文体の特質とも不可分である。

4 「しゃべることば」と「饒舌」と

四章において、登場人物のひとりであるお組の母の死を語る際、「わたし」は自己言及的に「しゃべることば」と自身の語りを評している。

つまりわたしが吐き散らしてゐるのはしやべることばでしかないがゆゑに、声帯のふるへ、舌のそよぎが理性の襞をつまらせる滓となつて、不幸の核心に突き入る力をうしなはせてゐるのであらう。宜しくその無用の滓をほじり出すところのペンを取つてこそ、肉体の臭気を絶縁した精錬されたることばをもつてこそ……しかし今、ペンの持ちやうもなく虎の門に向ふ車の中にあつて、つい舌の先でかたづけてしまへるほど老婆の跡始末は簡単なもので、急を聞いてもどつて来た彦助が薦包みの死骸を荷車に乗せて家へはこび通夜もそこそこに翌朝火葬。

物語の現在時より三年前に起きた、お組の母の死を「わたし」は回想し、「しやべることばでしかないがゆゑに」「不幸の核心に突き入る力をうしなはせてゐるのであらう」と、自らの語りの限界を漏らしている。同時に「わたし」は、「ペンを取つてこそ、肉体の臭気を絶縁した精錬されたることばをもつてこそ」と書く行為（＝書き言葉）への志向を表す。しかし、「ペンの持ちやうもな」い状況であり、「つい舌の先でかたづけてしまへるほど老婆の跡始末は簡単なもの」でもあるため、「しやべることば」で語られていく。これは、「精錬されたることば」ではない「しやべることば」では、生死の核心を叙述できないという表明でもあろう。

また、お組の死（九章）については、「もう語るべきことばを知らず、また語ることを許されない」としながらも、「わたし」は決して語ることを止めない。「彦介にむかつて抱擁を迫る求愛の情をもつとも露骨な姿勢で示してゐる」というお組の最期は、「ただそれが事実だといふのみ」とされ、「げんにこのときわたしをいつぱいにしたものは美醜の判断でもなく心情の分析でもなく、ただ原始的な禁忌の畏怖」であると続けられるのである。あたかも、「声帯のふるへ、舌のそよぎが理性の襞をつまらせる滓となつて、不幸の核心に突き入る力をうしなはせてゐる」かのように、「しやべることば」は、ここでも死そのものから遠ざかっていく。

「わたし」は、「不幸の核心に突き入る力をうしなはせてゐる」と、「しやべることば」の限界を認め、「精錬されたることば」である書き言葉を希求していた。しかし、ペンはなく、クリスティヌ・ド・ピザン伝にしても書き続けられない「わたし」は、書き言葉を失墜してもいる。一方、「しやべることば」は、意に反していようとも原動力を失わない。七章では、「わたしは何も記しはせずただ宛もなくしやべるのみ、それさへほとんど自分に反していやいやながらしやべるので、かうしてしやべつてゐればこそわたしは腐らずにゐるのであらう」と、無目的に「しやべる」がゆゑに自己を保っていると、語る言葉が肯定されてもいる。そして、「わたし」は次のように語る。

「死なう」といふことばの活力が一刹那にわたしの息を吹きかへさせるのであらうか、げんにわたしが黙黙と死について考へてゐるあひだは眼前の闇は暗澹として涯なく、「死なう」とさけんだとたん、たちまち天に花ふり地に薫立ち、白象の背ゆたかにゆらぎ出づる衆彩荘厳の菩薩のかんばせ……このとき、普賢とはわたしにとつてことばである。

作品のタイトルと「ことば」とが接続される、注目すべき一節である。木下啓は、「この「ことば」とは書き言葉（文字）ではなく、「わたし」の喋る言葉、すなわち〈饒舌体〉であ」り、「普賢」とは「「わたし」が観念や現実にまみれた言葉（文字）を捨て去り、新たな「ことば」（饒舌体）を獲得する物語」だと指摘した。[*19]「ことば」が「わたし」にとって「普賢」となりえるのは、「このとき」という限定的な条件下においてである。また、「わが普賢菩薩は夢中の啓示であることをやめ、いつかユカリの衣装の裏に成熟した実体となつてゐて」（一一章）と、「ことば」ではなく、ユカリを介した普賢菩薩の顕現が語られもする。したがって、「普賢」とは、状況に応じて現れる、「わたし」が縋るべきよすがとしかいえまい。ともあれ、「死なう」という叫びが「わたしの息を吹きかへさせる」のだから、「普賢」と見立てられる「ことば」は、木下のいうように「わたし」の「しゃべることば」であろう。物語内では書き言葉や書く行為が求められていたが、しかし、「わたし」の語りは逆説的に〝書けない〟という記述行為の不可能性を現前させ、「しゃべることば」の可能性を拡大していたのである。

昭和一〇年代における批評言説としての「饒舌」は、もっぱら語るという行為のみに終始し、「説話」とほぼ同義で無批判的に用いられてきた。だが、高見順が述べていたように、本来ならば言葉も概念も異なるのだから、「饒舌」と「説話」とが同一視されるべきではない。「しゃべることば」＝「饒舌」（体）とはなりえないだろう。「普賢」に基づき厳密化を試みるならば、「饒舌」とは、「もう語るべきことばを知らず、また語ることを許されない」としながらも語り続けられていたように、あるいは、「死なう」という叫びが生きる活力を与えたように、「しやべることば」および「しやべる」という行為によって、次なる語り（言葉）を生み出す必然性が連鎖していく様態である。語る対象に語らねばならない意味を与え、それを〈読者〉に言明する。つまり、「普賢」が「饒舌な説話体」と呼ばれる意義は、「わたし」の語りが、「しやべることば」の宛先となる〈読者〉を想像させ、そこに向かって語る対象の価値をも語らずにはいられない、内的必然性が噴出していく点にあるといえよう。

「不幸の核心に突き入る力をうしなはせてゐる」のは、「しやべることば」の限界に対する認知であったとしても挫折ではない。一息に「不幸の核心」を「描写」する叙述よりも、「しやべつてゐればこそわたしは腐らずにゐるのであらう」と、「しやべる」こと自体が目的化されているのだ。躊躇、停滞、消去、逆接などのレトリックは、ユカリや綱を語り続けるための必然として繰り返されていたのである。

5 「説話」の物語空間

近代文学で「説話」は、しばしば古典や昔話などを下敷きとした作品を評する際にも用いられてきた。たとえば、樫原修は「説話」を、「近代が前の時代から受けついだお噺（神話・伝説・昔話等）をひろく指すことばとして、ある場合には説話の概念をはみ出すものをも包み込んだ形で、使っておきたい」[*20]と断り、論述の対象としているのも、森鷗外「山椒大夫」（『中央公論』大正4・1）、芥川龍之介「羅生門」（『帝国文学』大正4・11）、太宰治『お伽草紙』（筑摩書房、昭和20・10）と、古典を題材とした作品であった。磯貝英夫も、鷗外・芥川・中島敦・太宰の古典利用を取り上げ、「説話は、その原型性のゆえに、理念志向型の作家が、生の範疇を模索するときに、その試行モデルとしてとりあげられることが多く、そこにかけられる思念の切実さによって生命を吹き込まれる」[*21]と論及している。森安理文編『近代説話文学の構造』（明治書院、昭和54・9）も、樫原や磯貝と同類の問題系を扱っているが、これらでは、ここまで見てきた「説話」の形式には言及されていない。近代文学は、すでにある説話文学作品やそれに類するものなどを、近代作家が、どのように小説化しているかについてを関心事としてきたようだ。

とはいえ、古典などを題材にした、近代文学における「説話」の利用も、対象をいかに語り、価値付けるかが問われるものであったといえるだろう。芥川の「羅生門」にせよ、太宰の『お伽草紙』にせよ、作家各自の理念によって、あるいは発表当時の時代的な背景を踏まえて、題材となるプレテクスト（対象）を反復／変形し、新たな価値体系のもとに提示しようとしていた。つまり、近代小説における「説話」ないしは「説話体」とは、語る対象に新たな意味や価値を付与していく、その営為自体をも〈読者〉に対し顕在化させるための文体として捉える必要があるのだ。だからこそ、高見順の諸作品では、「現実」をいかに語るか（＝いかに〈読者〉に伝承するか）が問われ続けていたのである。

石川淳の「普賢」も、基本的には同根の問題意識を有していたといえよう。「盤上に散つた水滴が変わり玉のやうにきらきらするのを手に取り上げて見ればつい消え失せてしまふごとく、かりに物語に書くとして垂井茂市を見直す段になるとこれはもう異様の人物にあらず」と、目前の現実を言語化する困難について語ることから「普賢」は始められた。客観描写による「精錬されたることば」では、実現できない志向の現れである。「しやべることば」で「饒舌」に、そして「説話」によって〈読者〉との空間を生成する理由にもなろう。「普賢」に対し与えられた、批評言説としての「饒舌」と「説話」とは、この意味において機能するはずである。

昭和一〇年前後の批評言説としての「饒舌」「説話」では、表面的な形態ばかりが注目されてしまった。「説話」形式は、伝達／伝承する相手となる〈読者〉を小説内で創造し、その内包された〈読者〉に向かって一人称主体が、語られる対象の意味や価値を構築していこうとするものである。一人称主体の語りが生成する空間と、物語を〈読者〉に伝達／伝承しようとする意図とは、昭和一〇年代における〈私〉をめぐる一側面ではあるが、反復／変形のプロセスに関わる、近代小説の方法でもあろう。

注

＊1 山口俊雄「「普賢」論」（『石川淳作品研究――「佳人」から「焼跡のイエス」まで』双文社出版、平成17・7）
＊2 鹽田良平「文芸時評（2）」（「都新聞」昭和11・5・31）
＊3 谷川徹三「文芸時評（5）」（「東京朝日新聞」昭和11・7・30）
＊4 河上徹太郎「文芸時評⑥」（「東京日日新聞」昭和12・3・4）
＊5 小林秀雄「文芸時評（1）」（「読売新聞」昭和12・3・3）
＊6 志賀直哉・貴司山治「文壇の巨匠に訊く　志賀直哉氏の文学縦横談」（「文學案内」昭和10・11）
＊7 宮本顕治宛宮本百合子書簡（昭和11・8・27付）
＊8 亀井勝一郎「文芸時評」（「文学評論」昭和10・8）
＊9 矢崎彈「文芸時評（2）」（「報知新聞」昭和10・9・24）
＊10 浅見淵「文芸時評（一）」（「信濃毎日新聞」昭和10・12・7）
＊11 参加者は、岡田三郎・片岡鐵兵・高見順・谷川徹三・徳永直・中村武羅夫・丹羽文雄・広津和郎・深田久彌・村山知義の一〇名。
＊12 徳永直「文芸時評」（「文学評論」昭和11・7）
＊13 丹羽文雄「文芸時評（3）」（「報知新聞」昭和12・10・3）
＊14 ユカリ（理想）から綱（現実）への「わたし」の移行という図式を示した先行論には、「理想の死において現実の

大地に足を立てることからはじめるように、「わたし」は綱を奪回することからはじめようとする」という、井澤義雄『石川淳』（弥生書房、昭和36・6）や、「生活の進むべき方向が単純化され、一本に収斂された」とする、佐々木基一『石川淳　作家論』（創樹社、昭和47・5）、「観念からの全き離脱による地上的変革への旅立ち」を指摘した、鈴木貞美「『普賢』まで　石川淳作品史（3）」（「文学論藻」昭和61・2）などがある。

＊15　佐藤秀明「饒舌のゆくえ――石川淳『普賢』における「ことば」――」（小田切進編『昭和文学論考』八木書店、平成2・4）

＊16　＊1山口俊雄「「普賢」論」は、タイトルに関わる「寒山拾得（普賢菩薩）」との「見立て」の重要性を説き、そのうえで語り手「わたし」と庵文蔵とに着目しており、極めて示唆的である。

＊17　野口武彦『石川淳論』（筑摩書房、昭和44・2）

＊18　＊15に同じ。

＊19　木下啓「「普賢」試論――「思想と実生活」論争を視座として――」（「文学研究論集」平成9・9）

＊20　樫原修「近代作家と説話」（「解釈と鑑賞」昭和59・9）

＊21　磯貝英夫「近代文学と説話文学」（日本文学協会編『日本文学講座3　神話・説話』大修館書店、昭和62・7）

※引用に際し、漢字は旧字体を新字体にあらため、ルビは省略した。

第11章　〈歴史〉を語る方法論——石川淳「諸國畸人傳」への視角——

1　〈畸人〉について語るということ

「別冊文藝春秋」で「諸國畸人傳」（昭和30・12〜32・6）の連載が開始される約三年前に、石川淳は、「畸人」（「文学界」昭和27・11）と題するエッセイを発表した。ここで石川は、〈畸人〉という言葉について、『荘子』の「畸人は人に畸にして天に侔し」を引きつつ、「すすんで俗中に入つて、運に隆窊あり時に語黙あることは、避けがたい約束だらう。けだし、人に畸なる所以である。このやうな成行に於て現前する人格」とし、これを「畸人といふことばの本来の意味」だと説明している。寛政二（一七九〇）年に刊行された伴蒿蹊『近世畸人伝』などを、「あきらかに俗書」「われわれはここに畸人の俗化といふ奇妙な現象を見る」ともいう石川は、自らが規定するところの〈畸人〉とかけ離れた畸人像を蒿蹊の著述に見ているのだろう。しかし、石川は、「畸人の語義、いいつらの皮に、なほ旧義に依つて解すべきか、いや、それを考へることは今日もはや無用である」とも述べ、「畸人の俗化」を全面的には否定しなかった。

「畸人」の後半は、「一本にまとまつたはずの地上の人間の世界にも、なほ現実と可能との二つの世界はありうる」、その「二つの世界」の間に現れるものは「もはや「宇宙的」の畸人ではなくて、地上的の革命の志士といふものである」とされ、さらに「あたへられた現実の世界と、可能なるべき革命の世界とのあひだに、次元の高低、領域の広狭を比較することは、今やおそらく政治論に属するだろう」と続く。おそらく、政治批判と革命思想とに関する論説の導入として〈畸人〉は用いられたのだろう。「人に畸なる所以」をもつ〈畸人〉は、「現実と可能との二つの世界」の間の隘路を切り開かんとする、「革命の志士」へとすり替えられたのである。

このような〈畸人〉像と、その三年後に発表される「諸國畸人傳」とがまったく関連しないとは考えがたい。しかし、「諸國畸人傳」で取り上げられているのは、「革命の志士」などではなく、「政治力」とも無関係な、日本各地在郷の芸術、芸能に秀でた者である。そして、彼ら個々人についての、史的事実の確認、作品評、口碑・伝承の類の収集等からなる「諸國畸人傳」は、一般的には評伝（伝記）に分類される作品、言葉を換えれば、「人に畸なる所以」を中心とした個人史の叙述であろう。昭和一〇年代に石川淳は、歴史文学や歴史叙述に対する批判を繰り返していた。だが一方で、戦時中には出版状況の影響により、「歴史読物[*2]」を発表したこともある。少なくとも「諸國畸人傳」には、戦時下出版状況の抑圧などはない。にもかかわらず創作された評伝には、石川自身が批判していた歴史文学とは異なる、個人史を収集・叙述するための方法論が展開されているのであろう。「人に畸なる所以」と、石川の歴史文学批判とは、「諸國畸人傳」を読み解く視角となりうる。そこでまずは、石川淳の歴史文学批判を検討したい。

2　歴史文学批判

石川淳が歴史文学や歴史叙述を批判した代表的な評論としては、「歴史と文学」（「文芸情報」昭和16・3）や「歴史小説について」（「新潮」昭和19・8）が挙げられる。試みに両評論の冒頭を抜き出すと、「歴史といふものがあることは自明だと承知してゐても、歴史家といふ人間が書いた記述については、たれでも肚の底から信用してはゐないやうである」（「歴史と文学」）、「歴史小説とはいつたい何をいふのか。どうもこの語目は無意味のやうに聞こえるね。

歴史小説といふ概念に対応するやうな操作上の発明はどこにも見当たらないぢやないか」（「歴史小説について」）とある。それぞれ、固定化した歴史認識に対する批判と、小説の方法論に根差した、独自の文章や構造の「発明」とを説き起こし、歴史ないしは歴史小説を〈書く〉という記述行為に焦点を当てているようだ。

石川淳の歴史文学批判については、すでにいくつもの論攷で取り上げられており、特に、『森鷗外』（三笠書房、昭和16・12）における鷗外史伝評価の文脈は、多くの議論を招来した。たとえば、平野謙は、『森鷗外』が「なによりもまず作者の散文論の試みにほかならなかった[*3]」とそこに石川の創作方法を見出だした。昭和一〇年代に鷗外に関する批評が増加した背景には、昭和一一年六月から昭和一五年一〇月にかけての岩波書店版『鷗外全集』（著作篇22巻、翻訳篇13巻）の刊行があり、そこには「自然主義的な平板なリアリズムをいかにして克服するか、という当代のアポリアが横たわって」いたとし、それを「破砕した新しい小説の方法を追尋しつつあった氏［引用者註：石川淳］[*4]」だからこその『森鷗外』執筆とした竹盛天雄は、平野と同根の評価をより具体化していよう。そのほか、「澀江抽齋」（「大阪毎日新聞」「東京日日新聞」大正5・1・13〜5・17）等の史伝評価において、「鷗外の認識を一歩越えたのであり、それは〈かつてあつた〉鷗外の小説認識を崩し、石川淳自身の小説論を獲得していく運動でもあった[*5]」と述べる小森陽一など、『森鷗外』に石川独自の小説の方法論を重ねて読もうとする見解は少なくない。[*6]一方、昭和一〇年代、とりわけ戦時中の歴史文学流行との関連からも、石川の言説は追究されてきた。

当時の歴史文学論を牽引したひとりである岩上順一の歴史認識を、「ほとんど「現在」においてみいだされた「支配法則」をあてはめられ、その一部に繰り入れられる客体にすぎない」ものとする杉浦晋は、石川が同時代の歴史小説に批判的であったのは、「こうした「現在」の「支配法則」「一つの史観」による、語りの「硬直」を嫌ったゆえ[*7]」と指摘する。ここでは、岩上順一『歴史文学論』（中央公論社、昭和17・3）だけでなく、小林秀雄「無常といふ事」（「文学界」昭和17・6）も同類の歴史観と捉えられ、石川の鷗外史伝評価の文脈を、固定的かつ普遍的な歴史認識への批判として再評価している。「歴史を普遍的・絶対的なものとして見なさず、時代の政治と結託した〈歴史〉の姿を指摘し、書かれた歴史の恣意性および虚構性を強調している」[*8]と、石川の歴史批判言説について論及する若松伸哉も杉浦と問題意識を共有していよう。ただし若松は、「同時代の文脈のなかで石川淳『森鷗外』を捉え直したとき、そこで行われている鷗外史伝評価には、戦時下の軍国ナショナリズムに回収されていく歴史小説批判という側面が見えてくる」[*9]とも説き、戦時下の言説編成との関連性を鮮明にした。石川の批判する歴史と歴史小説との内実および鷗外史伝評価の文脈に、「軍国ナショナリズム」を見る若松の指摘は示唆的である。

確かに、テクストが生産される背景にある歴史的なコンテクストは緊要であるが、「歴史と文学」や「歴史小説について」が、〈書く〉という記述行為への言及から始められていたことも同様に看過すべきではあるまい。歴史的な事実とはいわば先行するテクストであり、歴史小説は、その反復／変形としてのメタテクスト的な存在であろう。歴史叙述もまた、史実に基づいた記述行為である以上、メタレベルの視線を保有する。評論の冒頭において、いかに〈書く〉かという記述行為に注視した石川は、歴史文学批判を通してその方法論を炙り出そうとしていたのではないだろうか。

3　歴史小説の方法論

AとBとの対話形式で進む「歴史小説について」では、「歴史小説作品の現勢がどんなぐあひか知つてゐるのか」というAの問いに、「あひにく一向に存寄らない」と答えつつも、Bは次のように歴史小説の概略を説明している。

その物語の世界には後世の当てずつぱうで昔はかうもあつたらうかと好都合に決めてかかるところの通俗時代

色が塗りつけてあつて、過去に存在したとつたへられる人間像の影絵が今日の註文の糸に依つてちらほら操られてゐるので、さつそく歴史を書いてゐるかのごとくに見ちがへられるのだらう。何しろ統整された史観と配給された材料とを取扱ふ仕事だけあつて、話はたわいなく片がつく。これで歴史小説といふ呼称の、上半分の歴史の儀は滞りなく相済といふことになる。そして小説の儀は……これはどうまちがつても小説とは申上げられない。雄弁といふ芸当も手ぎはがあざやかならばちよつと乙なものだらうが、近代の作家がおびただしい血を流して来たところの苦心惨憺たる発明に係る散文の運動からふりかへつて眺めると、ずゐぶん窮屈な古典幾何学としか見えない。

「統整された史観と配給された材料とを取扱ふ仕事」によってなる「歴史の儀」は、前節で挙げた杉浦晋や若松伸哉の指摘を肯う言葉であろう。対する「小説の儀」は、「小説とは申上げられない」とされ、散文とは異なる「雄弁といふ芸当」と呼ばれる。石川淳は、「秋成私論」(「文学」昭和34・8)で散文と美文とを峻別し、「美文というものはことばの調子に乗って、縁語のクサリにぶらさがって、ずるずる足をすべらせて行くもの」「美文というのはもっと意味を広く言うと、雄弁、エローカンスというものです。散文の側にとっては、雄弁は無意味なものです」と厳しく批判した。「歴史小説について」と同じく、「散文小史。——一名、歴史小説はよせ——」(「新潮」昭和17・7 以下「散文小史」)でも、歴史小説から「馬琴の雄弁」へと議論が展開され、修辞を凝らしたような文体への批判的な言説は一貫している。そしてこれは、昭和三五年五月の「新潮」に発表された「戦中遺文」にも引き継がれていく。

「戦中遺文」では、「昨日の回想の中に、むしろ今日を見るためである。さういつても、政治なんぞといふアホな見世物と附合ふこともない。わたしが見るのは、このアホな見世物のおかげで、文章がどれほどむちやな木戸銭をふんだくられたかといふ慣例である」として、戦時中に石川が「新潮」誌上に発表した、「散文小史」「善隣の文化に就いて」と「歴史小説について」（「新潮」昭和17・11）「歴史小説について」の三編が紹介されている。このうち、「善隣の文化に就いて」と「歴史小説について」とは全文が引用され、「散文小史」は「内容に於て今までわたしが書いて来たエセエの中のいくつかと論旨の重複するふしぶしが多い」との理由で割愛された。これらを顧み、全文引用までをも行うゆえんは、「昨日の回想の中に、むしろ今日を見るため」であり、ここに戦中戦後を貫き、昭和三五年現在にいたっても変わらない石川の主張が示されているからであろう。

「論旨の重複するふしぶしが多い」とされた「散文小史」は、「歴史小説について」との内容上の親近性が非常に高い。なかでも馬琴については、「通俗文章家」「政治の弾圧と結託した形で、馬琴の雄弁が干渉して来たことは、痛歎すべき不祥事件にほかならない」と「散文小史」で激しく批判されている。続けて、「「八犬伝」の作者は筋と雄弁とに肥大した修辞家にほかならず、しかもその修辞は野卑をきはめてゐる」とも難じられる。「戦中遺文」では、「散文小史」について「このときの攻撃ぶりは性急すぎて、文学論として十分に筋が通つてゐない。すくなくとも戦術としてうまくない」とされた一方で、「当時わたしは馬琴に於て他の一箇の敵を見てゐた。軍政府発行の道義といふやつである。道義と奉公との二ツ玉をくらつたせいゐか、わたしはむらむらと殺気だつてゐたものらしい」ともある。『南総里見八犬伝』が、忠君の士を描き、儒教倫理と武士道精神とを鼓吹した点に、「軍政府発行の道義」が感じ取られているのだろうか。「散文小史」中には、『南総里見八犬伝』は「いやなものに満ちてゐる。すなはち、地上の道義の観念である」と述べられていた。「道義」を媒介にして戦時中の政治は馬琴に接続され、かつ「当時をおもひ出すと、わたしは今でもむらむらして来る」と、「戦中遺文」において、昭和三五年現在になっても「殺気」がいまだ治まらない様子が、露わにされているのである。

「歴史小説について」も、馬琴を「低級俗悪な代物」と否定し、そこから江戸の読本を「雄弁」と呼び、「寛政以後の幕府の政治が洒落本に於ける文学方法の発展を暴力で堰止めてゐるあひだに、雄弁と道義と仕組と挿絵とを結集した読本が抜目なく享受の地盤に立ち廻つて人身を攪乱した」と、「散文小史」に通じる論法で説かれている。さらに、「歴史小説について」では、「今日の歴史小説を昔の読本に比定」するとされ、「今日、歴史を書くといふ仕事に新しい文学様式をあたへることは、必ずしも可能でないとはいへまい」としながらも、「今日の現実」は「国史の精神を婦女童幼にまで噛んでふくめることが重要な仕事」となり、「通俗国史解説といふやうな意味をもつことが歴史小説に対する政治的狙ひ」であるとされる。雄弁批判という形で展開された小説文体への言及は、「政治の弾圧と結託した形」へと飛躍し、「今日の歴史小説」「今日の現実」として戦時下の政治性と歴史小説との接近にまで発展する。先行研究で確認した歴史認識批判、「軍国ナショナリズム」批判といった文脈に、文体の方法的模索が回収されてしまっているかのようですらあろう。言葉の激しさゆえに「政治の弾圧と結託した形」の糾弾が前景化してしまうが、文脈上では、「歴史を書くといふ仕事に新しい文学様式をあたへる」可能性に触れられているのも見逃すべきではない。

「戦中遺文」は、歴史や文学に政治が介入する事態に警鐘を鳴らしているのだろう。そのような歴史小説の姿が非難されながらも、馬琴は「筋と雄弁とに肥大した修辞家にほかならず、しかもその修辞は野卑をきはめてゐる」とか、「歴史を書くといふ仕事に新しい文学様式をあたへることは、必ずしも可能でないとはいへまい」などと、叙述のあり方や文学様式の模索も行われているのである。権威的政治的な文脈と「雄弁」とによる歴史の固定化を排したところに、石川の求める〈歴史〉の叙述は現前するのだろう。すなわち、歴史的事実を認めつつ多様性を許容した〈歴史〉を、いかに〈書く〉かという記述行為自体が、石川にとって「歴史を書くといふ仕事に新しい文学様式をあたへる」可能性になると考えられるのである。

〈書く〉という記述行為に対する書き手の意識に注視すれば、たとえば、石川淳における小説の方法と鷗外史伝評価の文脈との対応に触れられる際にしばしば引証される、『森鷗外』中の次の一節などは、その可能性を暗示していよう。

「抽齋」第一とは、わたしが目下立てておかねばならぬ仮定である。そのうえでなければ、わたしは鷗外について一行も書き出すことができない。だが、もしわたしが鷗外論を書き出したとすれば、この仮定は途中で、もしくは最後に破れるに至るかも知れない。それはわたしが書きながら発明するであらうことに属するので、さしあたり別のはなしである。

（「鷗外覚書」）

決定した結末に向かって書き進めるのではなく、書きつつ思考し、変化するという内容は、石川淳独自の「精神の運動」という言葉と連接しやすい。同時に、ひとつの帰結へと固定化する観念の否定と見るならば、杉浦晋や若松伸哉の指摘した、石川淳の歴史認識にもつながっていく。森鷗外の「澀江抽齋」では、記述主体の「わたくし」が、書きつつある現在の意識をも表している。したがって、記述主体「わたくし」の意識が、抽齋の歴史的事実や伝記的事象と平行して言語化されているのである。このような叙述の様態が、歴史にせよ、小説にせよ、書かれていく志向として選択されねばならず、それが、文体として緊密な構造を有している必要を、石川は問い掛けていたといえよう。つまり、内容面における政治との結託、叙述面における修辞の多用を否定し、書きつつある〈私〉（言表行為主体）の思考や態度を言明していくような文体を、石川淳は、「歴史を書くといふ仕事に新しい文学様式をあたへる」可能性として、昭和一〇年代から一貫して持ち続けていたのだ。ここには、戦時下という特殊な同時代状況のみに限定されない、石川淳の問題意識が包含されている。

以上を踏まえ、あらためて「諸國畸人傳」に眼を向けてみたい。「諸國畸人傳」は、正史からは漏れ落ちるであろう、一般的には知名度の低い人物の評伝である。「人に畸なる所以」という点においては、「畸人の俗化」に近しい印象も拭いがたい。だが、「畸人の語義、いいつらの皮に、なほ旧義に依つて解すべきか、いや、それを考へることは今日もはや無用である」としていたのだから、問題は、「畸人の俗化」も含め、いかなる方針で情報が収集され、反復されているかであろう。

4 「諸國畸人傳」

「諸國畸人傳」は「小林如泥」から始まり「阪口五峰」まで全一〇編となる。[*10] そこで、「小林如泥」を中心に内容および叙述の方法を検討したい。

小林如泥は、宝暦三（一七五三）年に出雲の松江大工町に生まれた指物大工である。寛政九（一七九七）年に藩主松平治郷（不昧）から剃髪を命ぜられ、如泥の号を授けられたという。全四章からなる「小林如泥」では、詳細な人物像や作品鑑賞に先立ち、まずは大工町の由来や松江についてが語られる。そして、導入で町の歴史などが簡略に述べられながら、「如泥に似て非なるもの、すなはち窮屈といふ意味での依怙地な職人の、いやに如泥きどりでゐるやつのことを、ひとは「如泥さん」とか「如泥大工」とかいつてバカにする」という「魚町の鹽津正壽翁のはなし」が引かれ、「これを逆に見れば、ほんものの如泥がいかに松江のひとに愛され大切にされてゐるか」がわかり、「ジョテイさんは今でも横町に生きてゐる」と続けられている。知名度の高くはない人物の評伝を著すに際し、その人物がいかにして現代にまで「生きてゐるか」が、同地の人々の使用する言葉を通して表されようとしているのだろう。

たとえば、如泥の生活については、「当人が依怙地なうへに古本屋の無い町ときてゐるので、文献の徴すべきものにくるしむ」「如泥の生活はこれに無用の筆をつけることを拒絶してゐるやうなふぜいにも見える」と、文献資料等によってそれを審らかにすることが断念され、代わりに「町のうはさ」の列挙が、一章末尾で次のように宣言されている。

今日なほさかんにおこなはれてゐるのは、ジョテイさんについての町のうはさである。ほとんど口碑に似てゐる。〔中略〕わたしは如泥の作品のはうはしばらくあとまはしにして、右の町のうはさのいろいろを手あたりに、すなはち無選択にここに書きつらねておくことにする。すでにうはさである。眉唾ものもまじつてゐるらしい。わたしがわざわざ小説ふうの細工をほどこして余計なウソをついてみせるといふ手数をかけないでも、ウソはおのづからその中にあるだらう。いや、ウソの中にも、如泥は生きてゐるかも知れない。うはさの真贋については、これを聞くひと読むひとが薄茶でものみながらゆつくり鑑定すればよい。

文書に残された事蹟を辿るのでなく、語るべきはあくまでも「町のうはさ」であり、かつ事実（史実）であるかどうかも問われていない。たとえ「ウソ」であろうと、巷間に伝わり、共有されている記憶のなかに「生きてゐる」如泥像を立ち上げようとしているのである。「畸人の俗化」などは厭われていない。書き手が事実（史実）の真贋を選定し、語るべき事柄を選択するのではなく、人々の記憶に残る噂を並べ、そこに息づく語る対象の姿を浮き立たせようとする。このような叙述は、「如泥さん」「如泥大工」といった言葉が、「魚町の鹽津正壽翁のはなし」に拠っている点にも通じていよう。

もちろん、如泥の出生年等は何らかの資料などを参照してはいるのだろうが、何を具体的に参照したかは明らかにされていない。むしろ、「治郷が如泥にこの号をさづけたのは、笑殺山翁酔如泥といふ唐人の詩句に由来するといふ」「如泥がときに泥のごとく酔つたといふことはおそらく事実である」「如泥が殿中に酔ひつぶれたをりに、治郷が小姓をしてその髪を剃らしめたといふはなしにもなつて来るだろう」といった記述のように、伝え聞いた情報に推測を挟んでいくというスタイルが目立つ。中村幸彦は、「著者は、それぞれの伝の資料を一一に示している。その一は、これまでの伝記風記事である」「資料のその二は、著者が、この十名一人一人の故郷を踏んで採訪したものである」「資料のその三は、これらの旅で著者がもっとも楽しみにする処。これら畸人の多くは、造形芸術の職人であり、芸人である。しからずとも書画草稿の類を、今に残している」[*11]と解説している。「資料」と一括りにされているとはいえ、厳密にはそれぞれ位相が異なる。特に「その一」と「その二」との差異は大きい。「その一」であれば、「小林如泥」でも、「如泥の作品については、つとに「大正二年九月十月の交、故高村光雲翁が建築工芸叢誌第二十一冊および第二十二冊にその見るところを記してゐる」と、確かに先行する資料に相当する伝記の存在が明かされてはいる。

高村光雲は、「建築工芸叢誌」第二一冊(大正2・10)および第二二冊(大正2・11)に「小林如泥(上)」と「小林如泥(下)」とを掲載しており、後には「国華倶楽部講話集」第一輯(大正11・12)にも「小林如泥伝」を発表した。両作とも内容において重なる部分は多い。治郷が酔った如泥の髪を剃ったという逸話を含め、石川の「小林如泥」において「治郷の註文と如泥の仕事との交渉から、おほくの機智に富んだ語りぐさが生じている」として紹介されているエピソードも、これらにほぼ同一のものを確認できる。石川が「国華倶楽部講話集」をも眼にしていたかは定かでないが、ともあれ文脈上は、「機知に富んだ語りぐさ」としての逸話の位置付けが重視されているといえよう。そのほか、「小林如泥」では「如泥没後の軼事としてつたへられるものを一つ、柿葉翁の著述に拠つてしるしておく」と、作中で典拠の明示がある。「柿葉翁」とは、「わたしの如泥めぐりのための東道主人の役をつとめて下さつた母衣町の太田柿葉翁」である。書名もわからず、如泥と同地に生きる人物によって記された「著述」は、一般に流通している資料ではなさそうだ。もちろん「軼事」の虚実は問われていない。資料の信憑性よりも、松江在郷の人々の「語りぐさ」が、如泥伝として求められているかに読める。

「諸國畸人傳」連載第五回「井月」では、『井月全集』（白帝書房、昭和5・10）や他の先行論文の存在を挙げつつも、「わたしはこの住むところをもたない俳諧師がつひに落ちこんで行つた土地を〔中略〕自分の足でたしかめたいといふ好奇心をもつた」とされている。すでに明文化された資料より、自らの感覚や伝承、中村が「資料のその二」とした「十名一人一人の故郷を踏んで採訪したもの」が、記述の骨子として重視されているといえるだろう。また、「諸國畸人傳」連載第三回「駿府の安鶴」では、「安鶴在世記」という典拠が紹介されているが、これは、「当人が体験したところをみづから語るといふ趣向になつて」おり、なかには女性に取り憑いた狐と安鶴が交渉し、互いに害をなさないという証文を取り交わしたなどという話（「狐の証文のはなし」）もある。当然、記述内容の真偽は問われていない。しかも、「狐の証文のはなし」にいたっては、「ところで奇妙なことには、この真九郎狐の証文は今日なほのこつてゐるといふ。わたしがその実物を拝観しないですんだのは僥倖であつた」とされ、「当時のひとびとはどうやらこのはなしを事実として受けとつた形跡があるといふ」と語られている。証文の実物を見れば、おそらくこの話は程度の低い「ウソ」と断定されてしまう。だから、「実物を拝観しないですんだのは僥倖」なのであろう。したがって、何よりも「事実として受けとつた形跡」が重要なのだ。「駿府界隈はむかしから狐の繁昌するところ」として、クダギツネという妖怪の一種について語り、「今日ですら、クダヤもクダギツネも依然として現存してゐるさうである。ただ今日の狐がとんと証文を出して見せないのは、あきらかに人間の側に於て安鶴がゐないせゐに相違ない」と結ばれる叙述は、たとえ真偽が不確かな情報であっても民衆に定着している記憶のなかの「安鶴」像を語り出そうとしている。資料に基づくものであろうと、〈畸人〉たちが生きた地で生活する人々の記憶に息づく口碑・伝承の浮上へと叙述が移行していよう。「諸國畸人傳」では、書物により固定化された歴史の披瀝ではなく、徹底して現地の人々の記憶に根付いた人物像の発掘が目指されているのである。「小林如泥」では、「如泥の軼事と称せられるものは、さがせば他にもあるだらう。わたしはここに名人説話の分布図をつくることを目的としてゐないので、すべて省略にしたがふ」と断りを入れたうえで、「つぎの一事はどうも誤伝のやうにおもふ」と前置きされたエピソードもあった。その「一事」とは、「松江に一代で巨富を積んだ某が築いた新邸の「うつくしい床柱」に如泥が斧で「一撃をくはへ」て、「完璧なるがゆえに、これを打つたのだといふ。すなはち、その意は某の驕慢をいましめるにあつたのだ」というものであり、これは高村光雲が書いた評伝には記載されていない。「バカなはなしである」「斧の一撃も驕慢の所為」と一蹴されるこの「一事」は、次のようにまとめられている。

如泥の作風を見るに、たくみに鋭鋒をつつむにまるみをもつてしてよい味を出してゐる。このはなしには、この如泥のまるみが出てゐない。もし斧をふるつたものが実際に如泥であつたとしたらば、わたしはかういふまるみの無い如泥を好まないだらう。しかし柱を打つたのは如泥ではなくて、おそらく「如泥大工」であつたにちがひない。

推測から断言への移行は、「わたしはかういふまるみの無い如泥を好まないだらう」という好悪の情を経て辿り着く。先に「うはさの真贋」は読者に委ねるとしたものの、自らの趣向にそぐわない如泥像は即座に否定される。如泥の作品を鑑賞し、「ジョテイさんについての町のうはさ」を聞き集めた結果、自らの批評眼と感性とからも独自の人物造型、すなわち〈畸人〉伝が提出されようとしているのである。

5　方法としての「わたし」

「諸國畸人傳」連載第九回「武田石翁」には次のような一節がある。

わたしは冒頭に石翁とか是房とかいふのを漫然と号の中に一括してあつかつておいたが、今当人の意中を推しはかるに、武田氏、諱是房、字石翁、はぶいて田石翁、通称周治もしくは秀治、号天然斎、また天然道人といふやうなつもりではなかつたか。ただ寿秀といふのは諱のつもりか、号のつもりか。

「武田石翁」の第一章において、「安房の石工、石翁」「また是房、また寿秀、また天然斎、また天然道人、みな別号である」とされていたものが、「今」意中を推し量られたうえで、「諱のつもりか、号のつもりか」と問い直される。作品の構成からいえば、一章で武田石翁の履歴が紹介された後、「わたしはただわたしが旅の途中で見ただけのものについて左にしるす」と断られて二章となり、「わたしはまづ保田に行き、鋸山にのぼり」と始められる。そして、保田の地で実際に眼にした作品にあった「姓鎌田名周治字石翁」の刻字から、引用部の推測へといたる。「今当人の意中を推しはかるに」の「今」は、記述の主体である「わたし」が、文章を書きつつある「今」であろう。一章を書き、二章に入り、このくだりに差し掛かり思案する「今」が、新たな疑念とともに記されていく。書きつつある「わたし」の現在の意識が、ここには表出されているのだ。

「諸國畸人傳」の記述主体「わたし」は、自らが語る事柄に対して、総じてこのような位置を保ち続けていたのではないだろうか。「小林如泥」では、「ウソはおのづからその中にあるだらう。いや、ウソの中にも、如泥は生きてゐるかも知れない」と書きつつある「わたし」の思考が表されていた。同じく、「わたしは如泥の作品のはうはしばらくあとまはしにして、右の町のうはさのいろいろを手あたりに、すなはち無選択にここに書きつらねておくことにする」とした、何から書き始めるかという宣言も好例となろう。〈畸人〉を語るに際し、史的資料による、すでに定位された人物像よりも、人々の記憶や伝承に息づく人物像の提示を繰り返していたのも、何を、どのように書くかといった思惟の明言にほかなるまい。

連載第一〇回「阪口五峰」では、この人物が、「亡友坂口安吾のおやぢ殿」、あるいは新潟の政治家「仁一郎代議士」としてではなく、ひとりの文人「北越詩話の著者、五峰遺稿の詩人、五峰居士」として語られた。そこには、有名作家の父という権威的な価値に付随した存在にも、政治的な要素にも結び付けない評伝の叙述が生起している。明治三四年以降の五峰に対しては、「なげくべし、五峰は次第に政事のはうに生活を引きずられて行つて、俗務ごたごた、したがつて五峰伝はごたごたして来る。わたしはこのバカなごたごたに附合ふことを好まない」とされ、以下没年まで年譜的な事柄が簡略に語られるのみとなってしまう。書きつつある現在の意志と、書き手としての「わたし」の方針とがはっきりと示された言説である。同時にこれは、権威と政治とから〈歴史〉叙述を決然と切り離そうとする発言でもあろう。昭和一〇年代から石川淳は、一部の権威的存在や政治性によって固定化される歴史叙述を激しく批判していた。そもそも「諸國畸人傳」のように、権力や政治によって正統化、文書化された歴史の文脈からこぼれ落ちる人物を語る行為が、その営為の体現である。時代の政治にともない明文化（固定化）した歴史の否定と、史的事実を補助線としつつ、さまざまな「ウソ」や「うはさ」に「わたし」が自らの見解を交えて〈畸人〉たちの〈歴史〉を書き進めていく叙述とは連関し合っていよう。

「諸國畸人傳」の記述主体「わたし」は、〈畸人〉を、あるいは史的事実や口碑・伝承の類いを叙述していく方法・方針を表明し、実際に書かれる内容にその言葉が反映される過程までをも可視化していた。石川淳による鷗外史伝評価の文脈とも、「諸國畸人傳」の方法は合致している。歴史文学批判は、昭和一〇年代における一過性のものではない。歴史叙述において、典拠となる先行テクストにどのような意味（価値）を与えていくか、そこからいかにして新たなテクストを紡いでいくかという書き手（語り手）のあり方は、常に書き進められるテクストの上で問われていかねばならなかったのだ。「諸国畸人傳」では、このような「わたし」の志向性の言明自体が、書く行為（語る行為）を促進させ、テクストの内部構造を形作ってもいる。つまり、「歴史を書くといふ仕事に新しい文学様式をあたへることは、必ずしも可能でないとはいへまい」と予感された方法論は、鷗外の史伝を指標としながら、〈歴史〉を生成していく言表行為主体（「わたし」）を中心とする評伝の機構として、「諸国畸人傳」で実践されたと考えられるのである。

昭和一〇年代の歴史文学批判と鷗外史伝の評価とから導かれた方法論は、「諸國畸人傳」に結実した。「人に畸なる所以」は、この方法により人々の記憶に根付く物語として語り出されたのである。それとともに、「すすんで俗中に入つて、運に隆窊あり時に語黙ある」という〈畸人〉の姿は、権威化した先行テクストに左右されず、実際に各地をめぐり、評伝を語ろうとする「わたし」にも重なる。「諸國畸人傳」は、語る対象と向き合い、新たな〈歴史《テクスト》〉を編んでいく「わたし」自身の物語でもあるといえるだろう。

注

＊1　『近世畸人伝』を模したものに、「明治畸人伝」（「文芸倶楽部」明治39・4）や鳥谷部陽太郎『大正畸人伝』（三土社、大正14・12）などがある。

＊2　筑摩書房版『石川淳全集』第一一巻（平成2・1）の「解題」（鈴木貞美）では、「第十一巻は、石川淳の著作のうち、昭和十年代に書かれた歴史読物三篇、及び昭和三十年代、四十年代に書かれた戯曲二篇で構成する」とあり、「歴史

読物」は、『渡邊崋山』（三笠書房、昭和16・3）、『渡邊崋山』（三省堂、昭和17・8　なお『石川淳全集』第一一巻中では「少年少女読物　渡邊崋山」と表記）、『義貞記』（櫻井書店、昭和19・2）の三作品が掲載されている。また後年に、石川は筑摩書房より『渡邊崋山』（昭和39・3）を再刊し、その「後記」で作品発表にいたる出版状況および時代背景について次のように述べている。

わたしはこの拙作についてよいおもひでをもつてゐない。当時すでにシナのいくさは泥沼に落ち、やがて太平洋に事あらうとするまぎはにあたつて、国内では学問芸術をぶつつぶすためのたくらみが図に乗つてゐたころである。なにを書かうにも、おもしろいはずがない。書かないでゐてさへ、あれもいけない、これもいけないとうるさく声がかかる。そこに崋山といふはなしが出たのは当時の版元三笠書房の註文であつた。なるほど崋山ならば人物も業績もいけないといふことがない。

＊3　平野謙「作品解説」（『日本現代文学全集90　石川淳・坂口安吾集』講談社、昭和42・1）

＊4　竹盛天雄「解説」（岩波文庫版　石川淳『森鷗外』昭和53・7）

＊5　小森陽一「空白への情熱――『森鷗外』における言葉の運動」（「ユリイカ」昭和63・7）

＊6　『森鷗外』と石川淳の小説作法とを積極的に結び付けた論及としては、成瀬正勝『国語国文学研究史大成14　鷗外漱石』（三省堂、昭和40・7）、狩野啓子「戦前の石川淳における抒情否定のモティーフをめぐって――評論『森鷗外』を中心に――」（「語文研究」昭和53・6）、山口徹「石川淳『森鷗外』論――批評と実践――」（「早稲田大学教育学部学術研究（国語・国文学）」平成18・2）、林正子「〈批評〉と〈革命〉としての翻訳文学――石川淳『森鷗外』における〈精神の運動〉の軌跡――」（「国文論叢」平成19・7）などが挙げられる。

＊7　杉浦晋「石川淳『森鷗外』をめぐって――岩上順一、伊藤整、小林秀雄との比較――」（「文学」平成19・3）

＊8　若松伸哉「〈歴史と文学〉のなかで――石川淳『森鷗外』における史伝評価」（「日本近代文学」平成19・5）

＊9　＊8に同じ
＊10　「別冊文藝春秋」に発表された「諸國畸人傳」各編の初出は以下の通りとなる。「小林如泥」（昭和30・12）、「算所の熊九郎」（昭和31・3）、「駿府の安鶴」（昭和31・4）、「都〻一坊扇歌」（昭和31・6）、「細谷風翁」（昭和31・8）、「井月」（昭和31・10）、「鈴木牧之」（昭和31・12）、「阿波のデコ忠」（昭和32・2）、「武田石翁」（昭和32・4）、「阪口五峰」（昭和32・6）
＊11　中村幸彦「解説」（中公文庫版　石川淳『諸國畸人傳』昭和51・1）
※本章における石川淳作品の引用は、すべて筑摩書房版『石川淳全集』全一九巻（平成1・5〜4・12）に拠る。なお、引用に際し、漢字は旧字体を新字体にあらため、ルビは省略した。

第12章　石川淳「修羅」を統べる〈ヒメ〉——〈歴史〉を改変するための力学——

1　「修羅」の方法

「革命とは何か」(「文学界」昭和27・8)で石川淳は、「この国の為政者はその政治意識の劣等なことに於て」「下司のアリストクラット」だと述べ、次のように続けている。

この下司どもにとっては、人民とは恣意に設定された「国民」という概念であって、決して今日に生活している兄弟姉妹ではない。「国民」とはどこの国の人間か。この概念は下司の人生観に寸法を合わせて裁たれているのだから、このへんから政治上の屎レアリスムが始まるね。実在の人間の生活とは、とくにその生活の可能とは、完全に無関係だよ。*1

「恣意に設定された「国民」という概念」をはみ出す「実在の人間の生活」は、「黄金伝説」(「新潮」昭和21・3)や「焼跡のイエス」(「新潮」昭和21・10)に見出だせるだろう。一部の為政者によって作られる「国民」とは異なる「人民」へのまなざしは、焼け跡や闇市に表象される混沌の渦中にある人々の、権力や制度の介入とは無縁な「生活」を通して、そこに生きる人間の欲望や衝動へと向かっている。それは、戦後の石川淳作品におけるモチーフのひとつとして特徴的なものでもあった。この命脈は、戦後のみならず、もちろん戦前期からの彼の作品群ともつながっていよう。そして、体制に組み入れられない世界に「実在の人間の生活」を見ようとするその視線は、昭和三〇年代には「修羅」(「中央公論」昭和33・7)にも引き継がれているといえるのではないだろうか。

「修羅」は、応仁・文明頃から台頭し出す足軽や、被差別民とおぼしき古市の一党が、公家・武家による支配体制を破壊しようとするさまがテーマとなっている。「恣意に設定された「国民」という概念」のない時代を背景とした作品だが、反体制の構図は明瞭だ。動乱のなかで生き抜く足軽や古市からは、権力の束縛とは無縁の欲動が噴出し、「実在の人間の生活」も垣間見えるだろう。さらに、主人公の胡摩は、物語を駆動させる力となり、反体制の流れを加速させていくと同時に、歴史に対し「修羅」というテクストが内在させている志向をも強烈に印象付ける。

下克上という観念が生まれ始め、大規模な戦乱へと発展していく応仁・文明期を歴史的背景とし、そこへ反体制の構図を織り込むという手法は、鈴木貞美の指摘する、「民衆が生き生きしている時代、すなわち歴史の過渡期を好んで書き」「底辺や下層を生きる人びとに身を寄せて、権力を撃つ革新を好む、一種の革命主義というべき思想があった」[*2]という一九三〇年代の吉川英治の姿勢にも似ている。「修羅」では、「実在の人間の生活」が、このような時代小説ないしは歴史小説の方法により描き出され、しかも、「革命とは何か」で石川淳の表明した思想の継承が形作られているとも考えられる。あるいは、社会状勢の不安定がもたらす反体制の気運が、過渡期の歴史的背景を鏡にして、現代に写し返されているかにも見えるのである。歴史は、反復/変形され、「修羅」という物語のフレームを形成する。「修羅」における小説の方法は、胡摩を中心とした登場人物らの造形と、この反復/変形された〈歴史〉との連関の分析から解き明かされるだろう。

2　「修羅」の歴史的背景

「修羅」は、応仁の乱前後の京都を舞台とし、戦国時代へと突入していく過渡期の史実を背景としているが、物語自体は独創的な色彩が濃い。架空の人物である胡摩は、応仁の乱の西軍である山名氏の一門・山名氏豊の娘と設定され、この姫を中心に、足軽や古市の一党、公家・武家、一休宗純などが物語に絡んでいく。このような「修羅」の構造に関しては、青柳達雄が、「ストーリーに従って人物関係を図式化」し、胡摩を中核に据え、足軽・公家のラインと一休・蜷川新左衛門のラインとを対極に位置付け、全体像には「虚と実」、「近代史観」と「戯作者気質」という対照的な要素を読み込む、二元論的な世界観で整理している。[*3] しかし、「修羅」は二元論に終始する物語ではなく、人物関係にしても各々の思惑が入り乱れ、混沌とした様相をもつ。応仁元（一四六七）年～文明元（一四七七）年九月頃と推定できる「修羅」の時間に関しても、青柳は、石川淳の創作と目される部分と史実とを対比した検討を試みている。[*4] ただし、青柳の分析は、あくまで創作と史実との峻別が目的であるため、「修羅」の方法や構造と歴史的背景との関連性には着手していない。

先にも述べたように、「修羅」は時代小説・歴史小説の方法を枠組みとしている。時代小説と歴史小説とについては、鈴木貞美の論攷[*5]に基づき両者の傾向を追えば、「修羅」には「時代小説」的な性格がうかがえる。[*6] だが、ここで特に注目したいのは、歴史に対して「修羅」というテクストが表している態度である。

「修羅」の冒頭では、「ときあたかも、足軽といふかすみがちの身分が手ごたへ荒い正体をむき出して来て」「世の中の仕掛の底から力押しにのしあがりかけた時節のはじめにあたつてゐた」と語られている。足軽という存在が「世の中の仕掛」を覆す力をもち始めるというのは、歴史的な事実として概ね知られるところでもあろう。だが、

「修羅」の物語世界においては、一般的に認知されているであろう史実とは異なる観点から、この歴史的な事実が取り上げられている。

足軽・淀の大九郎とともに登場する「年かさの男」は、寛正から応仁までの過去の戦乱を思い返したうえで、「将軍の家督あらそひ、武家また二つに割れて、こなたの東陣は管領細川勝元、かなたの西陣は赤入道山名宗全、にらみあひとなつたうへは、このいくさいつまでつづくことか」と述べる。これは、応仁の乱前後の史実を一般的な視点から説いたものであろう。しかし、このような感慨に対して大九郎は、「七八年もまへのことをおもひ出すとは、愚にかへつたな」と一蹴し、次のようにいう。

むかしといひ今といふも、おれの知つたことかよ。おれはただ陣中で博奕をぶつてゐたばかりに、仲間のやつらに先を越されて、この亡者どもが丸はだか、太刀も腹巻もうばはれてしまつたのがくちをしい。のこつたのは短刀一本のはだか同然ぢや。これでは稼ぎにならぬ。いかなおれでも、はだかの手では、備をかためた質屋の倉はやぶれぬわい。せつかく、われらが力をあはせてはじめたいくさだ。

昔も今もないといった独自の価値観を、大九郎が口にする意味は軽視できない。さらに、戦乱の発端を特定の為政者に求めるのではなく、「われらが力をあはせてはじめたいくさ」とする大九郎は、体制に与さない志向をも露わにしている。大九郎は、下克上という権力の奪取を望むのではなく、あくまで「世の仕掛の底」で戦乱を動かし利益を得ようと企んでいるようだ。大九郎にとっては、「世の中の仕掛」など取るに足らないものなのかもしれない。ともあれ、既成の歴史観を解説するかのような言葉を述べた「年かさの男」を、大九郎がこのやり取りの後、すぐに殺害してしまうことを考慮すれば、「修羅」には、流通している一般的な歴史観に対する批判的な意図が込められているといえるだろう。

笹間良彦によれば、武家ではない身分からなる軽装の戦闘員が活躍し出すのは、「鎌倉時代末期ころから、南北朝時代にかけてであ」り、それに、「勝った方について落武者の武器武具を奪うのを目的とし」た野伏・山賊が加わり、応仁・文明の戦乱時までには、略奪の許可を待遇のひとつとして与えられた足軽部隊が形成された。[*7] 笹間は、この時代は「博奕流行の時代であるから、陣中博奕でたちまち素裸になってしまう者もあれば、分不相応の持物を得た者もあっただろう」[*8] と睨んでもいる。大九郎も、権力や体制をものともせず、陣中では博奕に熱中し、略奪の機会を失ったのを悔やむ。大九郎は、足軽という集団の性格を総合したような存在とも読めるだろう。大九郎の言動には、正史に対する批判的な意識だけでなく、室町時代前後における足軽のあり方も反映されているのである。

また、作中では、桃華文庫襲撃に足軽を利用しようと企む豊原季秋が、「かねてより口ぐせに、足軽は悪党、ひる強盗、これぞ長く停止すべきもの」と、「関白殿」こと一条兼良の『樵談治要』[*9] を踏まえた言葉を口にする場面がある。歴史的資料を典拠にしたこの言説は、「かねてより口ぐせに」と史実を風説化した歴史叙述の変奏という形を取り、体制側からも足軽像を作り上げている。夜襲、奇襲、放火、略奪を得意とする足軽のイメージは、物語内で周到に積み重ねられ大九郎らに集約されていく。野伏・山賊・農民等の集団によって形成された足軽は、応仁・文明以降急速に拡大し、戦乱になくてはならない重要な戦力を担い、その組織化は、武士個人による闘争からゲリラ的な戦法をも駆使する集団戦へと、戦術の変化をもたらすほどであった。しかし、「修羅」は、室町時代の代表的戦闘員としての足軽像の総体を描き出そうとしているのではない。桃華文庫襲撃に際し、公家にまったく敬意を表さない大九郎の言葉や、季秋の裏をかく行動の背後には、雇われの戦闘集団という武士の下位概念とは異なる、足軽の性格が濃厚ではある。が、「修羅」では、史実におけるイメージや歴史的資料が要所で活用されつつ、下層民で構成された足軽の、より暴力的で破壊的な側面が抽出されようとしているのであろう。

一部の恣意による体制的秩序が崩壊し始める時期を背景に、大九郎らは、新たな「どえらい賭物」である桃華文庫の襲撃に加わる。同時に、大九郎は「なによりも大きい賭物」だという山名の姫・胡摩を「うばつて見せよう」と誓う。ここまで見てきたように、「一」章には「修羅」の歴史的状況、足軽の実態およびその代表格でもある大九郎が、何を目標に動き出すかが示唆されている。続く「二」章は、胡摩と一休との対話から、彼女の目指すべき道が示され、それが「三」章において古市との関係に結実する。「四」章では、豊原季秋の企みと、章の後半では一休と行動をともにする武家の蜷川新左衛門も登場し、物語を構成する主要な登場人物がすべて現れ、「五」章以降は、それぞれの思惑を孕みつつ、クライマックスである桃華文庫をめぐる攻防へと物語は展開していく。「修羅」では、桃華文庫が常に中心的なトポスとされているが、大九郎・小太（古市弾正）・蜷川新左衛門といった各勢力の代表的な男性を支配し、彼らを動かす力となっている存在こそが、胡摩にほかならないのである。

胡摩の背後にも典拠があり、足軽と同じく「修羅」の構造に関わる文脈をもつ。そこで次に、物語の動力としての機能を解剖するため、胡摩について考察したい。

3 出生と怪異性

三枝和子によれば、胡摩とは「石川淳の近代的自我の表現の一手段としての女性ではなく、そうした自我意識を超える場所から発想されてくる女性像」[*10]である。三枝は、「普賢」（「作品」昭和11・6〜9）などの初期作品に登場する女性の造型と胡摩とを区別し、高い評価を与え、「出生を怪異譚によって造形した「姫」を、人間の意識を超える次元の世界に放って」[*11]いると続けている。このような女性像および怪異性は、「修羅」の構造に深く関わる。胡摩が古市の一党を率いて武家社会を破壊しようとする姿勢は、大九郎を中心とした足軽の行動にも通じるのだが、胡彼女の意識は、まったく異質であり、説話や伝承を元にした出生の怪異性に起因している。

胡摩を身籠もった際に母親は、山名氏豊の愛馬・月魄が「懸想した」と周囲に噂される。これに怒った氏豊が、「いかりのあまりに、つひに矢をはなつて」月魄を射殺し、「その馬の皮を剥がせて、これを庭の梢に掛け、日にさら」せば、この皮は、「にはかのつむじ風にひるがへつて、宙に舞ひくるひ、縁さきにゐた母の上に落ちかかり、くるくると母のからだを巻きつけ」る。すると母親は、「たちまち胎内にいたみおこ」り、胡摩を産み落とす。産後に母親が息絶えてしまうという、胡摩の出生をめぐるエピソードは、馬娘婚姻譚のバリエーションのひとつを典拠にしている。[*12] 古くは『捜神記』[*13]中にも例を確認できる話型であり、元禄一一年には、林羅山が『怪談全書』一之巻[*14]に「馬頭娘」として著してもいるのである。石川淳が、どのテクストを典拠として利用したかは定かでないが、馬娘婚姻譚と同種の伝承は、すでに流布していた。

ただし、馬娘婚姻譚では、馬と娘との間に生を受けた子が語られることはない。「修羅」は、「うまれつき足はやく」「まことの駒にもおとりませぬのが、いつそかなしくおもはれます」というように、月魄の能力の一部を継承した胡摩が主体である。自らの力を疎ましく感じているかのような彼女の苦悩は、「二」章において自身の出生を一休に吐露する場面からうかがい知れよう。だが、「なげきつつ語りをはつて、しかし、その顔には一しづくのなみだもながれず、目はつめたく冴えた」とあり、出生について語った直後の胡摩は、感情の変化を表面上に出さない。人間味に欠けた雰囲気すら漂わせる彼女の姿へとつながる叙述により、魔性、あるいは怪異性とも呼ぶべき要素への比重が高くなっているのである。馬娘婚姻譚は、胡摩出生の典拠と同定できるが、その伝承が直接的に「修羅」の物語内容へと反映されるわけではない。馬娘婚姻譚は、「うまれつき足はやく」「まことの駒にもおとりませぬ」という異能を形作るためのエピソードとして、運用されたと捉えるべきであろう。

異質な能力の強調により、彼女の魔性はいっそう際立つ。「姫」であるという出自も、特殊性を保証しよう。胡摩という名は「おそらく父の呪詛でございませう」とも語られており、物語内で彼女の怪異性は明度を増していく。この怪異性に関しては、次の場面を見逃してはならない。

やがて、河原の一ところに、みしりと、ひそかな音がした。こほりきつた雲母の板の割れる音。そこに死骸のかたまりが亀裂して、ぱつくり割れた口から、下積みになつてゐた死骸が一つ、ゆらゆらと浮き出て、ほの白く……いや、ほの白くゆらぐと見えたのが、かたちをととのへて、すつと立つたすがたは死骸ではなかつた。その一ところあかるく、雲からこぼれ落ちた月のしづくの中に、生身の女の、おぼろげならず、わかやぐ顔がにほひ出た。衣は血にけがれてゐたが、傷ついてゐるやうすはなく、裾さばきりりしく、立ちながらに、胸もとの懐剣をにぎりしめて、あたりに目をくばつたのは、しぜん武家の娘と知れた。

「ぱつくり割れた口」から「血にけがれて」「にほひ出た」といった描写は、出産を想起させよう。胡摩自身、「足軽どものなきがらの下からうまれ出ました」と、「二」章で一休に告げていることからも、これは一種の出生といえよう。また、直後に胡摩は、「ほとんど宙を舞つて、女ともおぼえず、ただ放れ駒の葦毛の若駒の駆けすぎるやう」に走り出し、自らの身を穢している死骸の血（＝産血）すら厭わず駆け去っていくという怪異的な面を見せる。異類婚姻譚、死骸からの出生という極めて特殊な背景と、その産物としての異能とが、胡摩の造形の核となっているのである。

出生をめぐるエピソードでは、胡摩が武家の出身であることもたびたび語られていた。物語の展開に即せば、まず死骸の間から登場する場面において「しぜん武家の娘と知れた」とあり、次に一休との対話（「二」章）で出生を語った際に、山名氏の姫であると胡摩自身が明かしている。武家の姫としてのパーソナリティーは、物語内の現在にいたるまでに培われた（作られた）ものでもある。自らが進むべき道を示してほしいと一休に願い、「かの峰を越えていけ」と命じられた際、胡摩は自然と「懐剣をつか」む。「亡き母のかたみ」である懐剣をつかんでしまった彼女は、やはり未練を断ち切れずにいるのであろう。すると一休は、「前の世のかたみをまだ離さぬか。白刃をもつて断つべきものは、まづその白刃とさとれ」といい放つ。「胸もとの懐剣をにぎりしめ」る胡摩は、まだ武家であった過去に囚われているといえる。だが、一休の言葉を受け、胡摩は、即座に懐剣を投げ捨てた。彼女の行為は、過去との断絶であり、新たな自己への、あるいは個人レベルにおける歴史的に無垢な存在への生まれ変わり、すなわち三度目の出生を意味していよう。

胡摩には、怪異譚に基づく出生とそれによる異能の継承、足軽の死骸からの出生、武家の姫という来歴がある。しかし、一休との対話以降は、馬にも劣らない足の速さという能力以外、胡摩の過去については語られなくなり、ここから彼女を中心に、古市や足軽、武家などを絡めた物語が進展し始める。つまり、個別的な歴史の削除が、物語の始点と連結しているのだ。「年かさの男」（歴史を叙述した主体）を殺害するという大九郎の行為も、同様の構造をもつといえるだろう。

「修羅」には、歴史もしくは歴史叙述を破棄しようとする志向が底流している。三度語られる胡摩の出生自体が、過去（歴史）の捨象にほかならない。胡摩の造形は、「修羅」に内包された歴史に対する視線を浮き彫りにするとともに、物語の機構を駆動させる鍵ともなっているのである。

4　〈歴史〉を破棄する〈ヒメ〉

小松和彦は、中世の説話における異類婚姻児について次のように記している。

異類婚姻児が主人公となるのは、両親が舞台から退場してからである。異常婚姻児の姿かたちは「普通の」「美しい」子どもであり、排除の観念は希薄である。

排除の対象になる子どもは、神仏・人間に敵対する明瞭な魔・鬼・化け物の子どもであった。人々はこのような神格に申し子することはなかった。したがって、そのような子どもである徴しをもった、いわゆる「鬼子」が生まれると、魔の類が、神仏・人間の監視の隙を見計らって、人間の世界を乱すために、ひそかに人間の女の胎内に「鬼子」を宿していったのだ、と解釈されていたらしい。[*15]

中世説話に見られる異類婚姻児のイメージに、胡摩の形象が完全に合致するとは断言できない。しかし、姿形や鬼子の特性に関しては注目すべき点がある。まず胡摩の容姿であるが、「にほひ」という言葉を多用し、特異な美しさが暗示されている。「十八歳の春をむかへ」た胡摩は、畠山政長に捕らえられた際に「無体の恋慕」を受けたとも一休に語っていた。古市弾正に代表される男性を支配、ないしは使役する彼女の魔性には、この美しさが少なからず関わっていよう。

民俗社会で排除の対象となるのは、姿形に欠損等の痕跡が見られる場合がほとんどである。よって、「姿かたちは「普通の」「美しい」子ども」と推察される胡摩が不遇の道を辿るのは、この時代における女性であることや出生も関わっているのだろうが、戦乱時における姫という出自が、彼女の境遇を形成する因子のなかでは大きかったであろう。異類婚姻児としての痕跡は、姿形の美しさ以上に胡摩の出生譚と能力とに顕著である。古市との結託後に見せる胡摩の行動は、小松が指摘する「人間の世界を乱すため」という鬼子の背負う役割も連想させる。武家を狙った破壊工作は、結果的に体制の転覆を引き起こす可能性を秘めたものであり、しかも胡摩は、将軍の暗殺をも画策していた。だが、「人間の世界を乱す」ことは、月魄という馬の意志でもなければ、胡摩自身が積極的に示した目的でもない。小松和彦の述べるような鬼子の役割は、物語内容に直結しているのではなく、馬娘婚姻譚と同じく、胡摩の造形の一部を担うものであろう。

一休との対話の後、胡摩は古市の村へ赴き、弾正と小太との父子を戦わせ、勝った者と夫婦になるという誓いを立てる。勝利した小太は、父の言葉を受け、胡摩に斬りかかるも「追へば飛びのき、払へばすべり抜けて、さしもの大脇差も袖にさへとどか」ない。何者よりも速く駆けるという彼女の異能が発揮される場面でもある。これにより、「尋常のひとではあるまい」「古市のものと同様に、血筋ただしい身でありながら、いはれなきあなどりをうけ、世をしのび、すがたをやつし」た人物と見なされ、胡摩は「かしらの上のかしら」となり、新たに古市弾正となった小太とともに一党を率いていく。胡摩に見られる鬼子の特性は、常人とは比肩できない力を発揮し、二人の男を意のままに操り、畏怖の対象となって男性社会を支配するといった、古市の民との場面にこそ鮮明である。

魔性の源泉ともいうべき彼女の力は、明らかに常人のそれを逸している。古市の共同体内で最も力の強い男性でさえ、胡摩に触れることすらできなかった。このように特異な力を見せる女性を、宮田登は〈ヒメ〉と呼び、「女性に対する尊称であり、男性一般からみて女性に対する恐怖の裏がえしに、ある種の尊敬が込められている」[*16]名称だと説いている。〈ヒメ〉の力といえば、女性の大力が直ぐに思い起こされるが、胡摩の場合は大脇差をも簡単に避けてしまう身軽さを可能にする足の速さである。力もちではないが、男性の力を凌駕する能力は、当然男性社会にとっての驚異であるとともに、敬意を向けるべき対象にもなろう。「兵粮小荷駄は女こどもの役」とされる古市の社会において、胡摩は、「かしらの上のかしら」となる。胡摩は、武家の姫から、男性を支配する力をもつ〈ヒメ〉へと変現したのである。

本来、〈ヒメ〉としての力は共同体内では排除されてきた。常人以上の力を発揮する行為は忌避の対象となるが、逆に、富をもたらすものであれば保護される。彼女の境遇への共感だけでなく、「斬取強盗ぶちこはしといふなら、おれたちも一役買つて出よう」という小太の提案は、必然的に古市の民への富にもつながる。したがって、胡摩が、古市の共同体に受け入れられる基盤は、完成していたといえる。だが、胡摩の目的は、「斬取強盗ぶちこはし」ではない。彼女の目論みは、武家による支配体制の破壊と、史的資料の破棄とに向けられるのである。

小太と夫婦の契りを交わした胡摩は、「四」章で蜷川新左衛門と出会う。まず彦六と季秋とによる桃華文庫襲撃の計画が語られ、その後、彦六・大九郎の足軽二人が屋敷の外で新左衛門とすれ違い、続いて胡摩が登場するというように、「四」章は、襲撃の目標物が提示され、主要な人物同士が遭遇する、物語の展開上における重要な転換点である。「すでにして、大乱。今さら夜盗のひとりふたりを討ちとつたとて、武門のほまれにはならぬ」と現状を冷静に眺め、「武門のほまれ」を語る新左衛門は、武家を代表する存在であるとともに、「いくさの都にも花はにほふ」「ともに風雅を語るひとがゐてくれるかどうか」とも語り、連歌師・智蘊としての姿も見せている。新左衛門と胡摩とのつながりは、この「風雅」に始まる。「無しともいへぬ花かげの鬼」と新左衛門が詠んだ下の句に対し、胡摩は、「見わたせば人のこころもおぼろにて」と上の句を吟じ現れる。ここで「鬼」の語が用いられているのは、これまで検討してきた胡摩の造形と無関係ではあるまい。「夜中に女人ひとりとは」と驚く新左衛門に、「花より濃くにほひ出て」と語られながら現れた胡摩が、「化生のものとおうたがひなされますか」と問い返すのも、彼女の美しさや魔性を連想させよう。とはいえ、新左衛門に向けられていく胡摩の言葉は、「風雅」の共有や魔性の強調以上に、「修羅」の構造に関わる問題を孕む。

「好めるものにつひひかされて、夜の闇をもいとひませぬ」という胡摩の「好めるもの」とは、「花ではなくて、ひとの血、いくさの火」であり、「古きもののみな焼けほろびるにほひこそ、花の香にもまさりませう」と続けられている。胡摩の目的は、「古きもの」の消滅であり、戦乱こそがその手段なのだ。この「古きもの」を、新左衛門は即座に桃華文庫だと看破し、「かの庫に秘めたるものは、夜盗に縁なき文がら、代代の旧記ぢや」という。これに胡摩は、「その代代の旧記には、古き世よりの悪鬼は棲みついてをりませう。ほろぼすべきは、なによりも、その悪鬼にこそ」と答える。胡摩にとっては、「かほど見やすいことわり」にもかかわらず、桃華文庫に所蔵された「代代の旧記」を「古き世よりの悪鬼」が棲みつくものと見なす思考を、新左衛門は理解できない。

「代代の旧記」とは、記紀などを示す歴史の叙述、いわゆる正史を著した書物であろう。武家である新左衛門が、古来より記されてきた正史に何らの疑いをもてないのは当然である。一方の胡摩は、過去〈歴史〉を捨て去った存在であった。武家の姫でありながら、出生の特殊性ゆえに、その社会で生活できず、常人を超える能力を有し、被差別民とおぼしき古市の一党と行動をともにする、〈ヒメ〉としての胡摩は、伝承・口承といった形で語り継がれる可能性はあっても、正史からはこぼれ落ちるものである。換言すれば、「代代の旧記」とは、胡摩にとって自己の存在を否定しかねない書物でもあるのだ。武家や公家などの一部の為政者や、一面的な視点から叙述された〈歴史〉は、胡摩にとって破壊に値する対象であるといえよう。だからこそ、彼女が、「代代の旧記」を「古き世よりの悪鬼」と捉え、〈歴史〉を容認しようとしないのは、「かほど見やすいことわり」なのである。

一休との対話の際、胡摩は、「来世はねがひませぬ。ただこの世に生きる道をお示しくださいませ」「ただいづこに身を置きましても、この身一つの精魂のかぎりにいきたいとのぞむばかりでございます」と語っていた。「この世ばかりをまことの世とこころえるか」という一休の問いに答えるように、過去に囚われるのでもなければ、未来に思いを馳せるのでもない。小太と夫婦の契りを交わす際にも、「二世かけて、ちぎりはかはらぬぞ」という言葉を、胡摩は、「二世までは待たぬ。今のこのやなぎの影にて」と遮っている。胡摩にあるのは、あくまでも現在である。「今」を生きることへの執着は、「代代の旧記」を滅ぼそうとする行為とも響き合う。自らの現在をより鮮やかに浮き立たせるため、過去の破棄だけでなく、来世を願わず現世に拘泥するという意識によっても、〈歴史〉の否定が痛烈に暗示されているのだ。

将軍・足利義政暗殺に失敗した胡摩は、「義政どのがいかなるおひとにもあれ、将軍職をこそほろぼさうとのこころざし」と、新左衛門に語った。人ではなく、権力の頂点こそが滅ぼすべき対象とされるという明快な反体制の構図であるが、「将軍職をこそほろぼさう」とする意図は、〈歴史〉を編む側、その最たるものの排除でもあろう。「今」こそを「精魂のかぎりにいきたい」という行動原理においては、一般的な概念としての歴史とともに、史実も破壊の対象とされる。「修羅」の根底には歴史、ないしは歴史叙述への否定的なまなざしが内在していよう。出生譚と異能とによる〈ヒメ〉の特性は、胡摩を〈歴史〉の破棄へと駆り立てる動機となり、「今」に対する意識の形成へとつながる。胡摩の有している民俗学的イメージは、〈歴史〉の担い手と〈歴史〉自体とを破壊しようとする原理を支えているといっても過言ではない。すなわち、〈ヒメ〉としての力が、徹底した〈歴史〉の否定と現在への執着という物語の機構を動かしているのである。

5　「修羅」を統べる力学

一休に「恋といふものを知つてをるか」と問われた胡摩は、「知りませぬ」と答えていた。小太、大九郎、新左衛門の三者に共通するのは、胡摩への恋情である。小太は「二世かけて、ちぎりはかはらぬぞ」「いのち吹き出ても、いとはぬ」と夫婦の契りを誓い、大九郎は、「ただ一度のちぎり」にまさしく「いのちを賭けての恋」を成し遂げ、胡摩に胸を刺され殺害されてしまう。このとき胡摩は、大九郎の死骸を「ひややかに見下し」て「これが恋といふものか」と漏らした。「いのちにかけて恋ひわたつた」という新左衛門には、「よしなきことをおほせらるるな。もはや逢ふ日は無し」と、毅然とした態度で臨みつつも、「つれなくも照葉は照らで散り行くか」と詠まれた句に、胡摩は、「ふりかへつて応へようと」しており、何らかの感情を予見させもする。しかし、「妻は霜にはあてぬ弾正」と返した小太に遮られ、恋を知ったかどうかは明らかにならない。

足軽、古市、武家を代表する三者の恋情も、物語を展開させる動力のひとつであろう。一方、恋を知らぬ胡摩の行動原理は、彼らとはまったく異なるところにあった。だが、恋に「いのちを賭け」るという三者と、〈歴史〉と体制との破壊に「今」を生きようとする胡摩とは、重なり合ってもいる。なかでも、大九郎との関係が挙げられる。言葉通りに「いのちを賭け」た大九郎は、「この世に人間とうまれた身のしあはせ」に満たされた。「ただ一度のちぎり」を約束し、大九郎を即座に刺し殺してしまう胡摩は、現在の一回性を体現している。そこで、「これが恋というものか」といった彼女の言葉は、蔑視や驚嘆も含むだろうが、現在の生への執着、あるいは現在の一回性のなかで生きぬく意味を問うてもいよう。物語の終局では、「前生また前生。曾て生生の前を知らず。来世また来世。さらに世世の終をわきまふることなし」という「江口の一ふし」が歌われ、将軍を討とうとする胡摩が、「ふたたびにても、三たびにても、この世に生のあるかぎりは」と決意のほどを表す。そして、一休も「生きるところは今ここの、現世は所詮力のかぎりの場か」と語っている。このように「修羅」では、「今」「この世」「現世」に対する意識が、物語全体を通して徹底されているのである。

小太、大九郎、新左衛門らと胡摩とは目的を異にしていたが、「今」「この世」「現世」をいかに生きるかという、現在への意識に関しては通底している。また彼らは、新左衛門を除き、権力の手による〈歴史〉に名を残すような人物ではなく、足軽や被差別民、鬼子に類する者でもあった。〈歴史〉からこぼれ落ちる存在を丹念に描く。確かに歴史小説の方法であろう。「修羅」は、吉川英治の姿勢にもつながる歴史小説の手法を大枠として用いてはいるが、体制と〈歴史〉とを等しく滅ぼそうとする胡摩の造形と、「今」「この世」「現世」といった現在への過剰な反応とは、そのような作品の性質を表すだけの要素ではない。そもそも「代代の旧記」に表される〈歴史〉とは、〈ヒメ〉である胡摩自身の存在を否定しかねない物証であった。だからこそ、〈歴史〉の否定と「現世」に対する意識とは、物語内に浸透させられていたのである。しかし、胡摩が「今」を生き抜くことで、物語内には彼女の足跡が残されていく。すなわち、一部の為政者に作られた〈歴史〉を破壊する行為自体が、新たな〈歴史〉の生成の裏返しでもあるのだ。過去を顧みず、歴史叙述を破棄しようとする「修羅」の志向は、時代小説や歴史小説の構造に拠りつつ、歴史の生成や改変を意図するための方法をも照射しているのである。したがって、「精魂のかぎりにいきたい」と「今」に賭ける胡摩には、いかにして〈歴史〉を紡ぐかという歴史叙述の可能性が内包されているといえよう。

「革命とは何か」で言及された、「下司ども」によって「恣意に設定された「国民」という概念」への批判は、それとは無縁な者らの権力と体制とへの闘争を描く「修羅」で物語化された。胡摩は、前世を振り返らず、来世をも頼みとしない。〈歴史〉を否定し、「現世」への執着と「今」を生きぬく力とを見せる胡摩は、「実在の人間の生活」「その生活の可能」の一面をも表す存在となろう。戦後、石川淳の手で、小説の舞台に設定された闇市という空間の性質と「修羅」の構造とは、ここで連関する。つまり、「修羅」は、戦後の混乱した実相に、戦乱が開かれつつあるという相反した状況を、類縁的なイメージとして重ね合わせているのである。世界が変転しようとする過渡期の歴史的背景は、鏡となって、昭和三〇年代に「実在の人間の生活」「その生活の可能」を写し出していよう。

注

＊1　引用は、筑摩書房版『石川淳全集』第一三巻（平成2・2）に拠る。

＊2　鈴木貞美「日本の『時代小説』、一九二〇年から一九七〇年まで――そのジャンル論と戦前・戦後の連続性と非連続性――」（E・クロッペンシュタイン、鈴木貞美編『日本文化の連続性と非連続性　1920年――1970年』勉誠出版、平成17・11）

＊3　青柳達雄「石川淳『修羅』の構造」（「日本文学」昭和51・7）

＊4　＊3に同じ。

＊5　＊2に同じ。「一九六〇年代から九〇年代にかけて文芸関係者、ないしは『大衆文学』の批評家の間で通用していた」用法として、「『大衆小説』は、すなわち『時代小説』を意味し、また娯楽性の勝った内容を指すのに対して、『歴史小説』の語は歴史の再現や史実に新しい解釈を加える方向、すなわち歴史叙述としての性格が強いものに用いられている」と述べられている。現在では、〈時代小説〉と〈歴史小説〉との差異は失われつつあり、「修羅」自体が昭和三三（一九五八）年の作品ではあるが、その方法を検討するうえでこの指摘は示唆的である。

＊6　＊2に同じ。〈時代小説〉については、「歴史的な過去を舞台にとる小説群のうち、合戦や剣戟の場面をその魅力の主要な要素とするものや、町方の役人などが活躍する『捕物帖』と呼ばれる犯罪ものを原型として、特定の思想や人生観、歴史観などを盛り込んだものまでを含む膨大な数にのぼる小説群の総称である」と定義されている。

＊7　笹間良彦「江戸時代以前の足軽の歴史」（『下級武士足軽の生活　生活史叢書17』雄山閣出版、平成3・1）

＊8　＊7に同じ。

＊9　一条兼良『樵談治要』（文明12年成立）中の「一足がるといふ物ながく停止せらるべき事」には、「あしがるといふ事は旧記などにもしるさゞる名目也」「此たびはじめて出来れるあしがるは、超過したる悪党なり」「さもなき所々をうちやぶり、或は日をかけて財宝をみさぐる事は、ひとへにひる強盗といふべし」（小野祖教編『神道思想名著集成』下巻　國學院大學日本文化研究所第三研究室、昭和47・11）とある。

＊10　三枝和子「原型としての女性像・『修羅』の『姫』」（「すばる」昭和63・4）

＊11　＊10に同じ。

＊12　今野圓輔『民俗民芸双書4　馬娘婚姻譚』（岩崎美術社、昭和41・5）には『捜神記』の他、「呉の張儼撰と伝えられ

る太古蠶馬記および唐代孫頠の神女伝」が挙げられて、いずれにも父が馬を射殺しその皮を剥いで庭に曝したところ、馬の皮が女を巻いて飛び去るという胡摩の出生譚のモチーフと考えられる内容が見られる。ただし、これらの説話は、馬の皮が女を巻いて飛び去った後は「後経数日、得於大樹枝間、女及馬皮盡化為蠶、而績於樹上」(『捜神記』)とあり、養蚕と馬とを結ぶ信仰を示す伝承として知られている。また、石田英一郎『桃太郎の母――比較民俗学論集』(法政大学出版局、昭和31・1)では、このような馬娘婚姻譚の形態が、「華南の盤瓠伝説や『八犬伝』の伏姫とも共通する異類通婚談の一形式にはじまるもの」(『石田英一郎全集』第六巻 筑摩書房、昭和46・5)と位置付けられ、さらに、「この中国の俗信や説話は、そっくりそのままわが国各地の民間にひろく分布している」(『石田英一郎全集』第六巻)と述べられている。石川淳が、何を参照したかは断言できないが、説話自体が広く伝播したものであることを考慮しても、林羅山の『怪談全書』が元禄一一年に出版されている以上、それを典拠にした可能性が最も高いといえるだろう。

*13 干宝『捜神記』第一四巻に所収。*12に指摘した一節については、「於是伏弩射殺之、暴皮于庭」「馬皮蹷然、而起巻女以行」とされている。

*14 林羅山『怪談全書』(元禄11・8)

*15 小松和彦「「異常児」は異界を覗く「覗き眼鏡」――「お伽草子」と異類婚姻児――」(『異界を覗く』洋泉社、平成10・5)

*16 宮田登「あとがき」(『ヒメの民俗学』青土社、昭和62・7)

※本章における「修羅」の引用は、すべて筑摩書房版『石川淳全集』第六巻(平成1・10)に拠る。なお、引用に際し、漢字は旧字体を新字体にあらため、ルビは省略した。

第13章　パロディを要請する志向——三島由紀夫「橋づくし」のエピグラフ——

1　「橋づくし」のエピグラフ

陰暦八月一五日、いわゆる中秋の名月を夜空に仰ぎ、願掛けのために七つの橋を渡る四人の女性の姿が描かれる。三島由紀夫「橋づくし」（「文藝春秋」昭和31・11）である。この作品には、「元はと問へば分別の／あのいたいけな貝殻に一杯もなき蜆橋、／短かき物はわれわれが此の世の住居秋の日よ。／――『天の網島』名ごりの橋づくし――」というエピグラフが付されている。一見したところ、近松門左衛門「心中天網島」の「名残の橋づくし」とは、橋を渡るというモチーフ以外に関連性は感じがたい。

三島自身にはパロディの意図があったようだが、「この作品は、近松の「心中天の網島」とは、内容・思想等に関連性、類似性はな[*1]」いという竹田日出夫の指摘もある。しかし、「近松の「名残の橋づくし」が死の世界への道行きだったのに対し、三島の言う「パロディー」とはその逆、より望ましい〈生〉に向けての移動の儀式なのである[*2]」とする佐藤秀明や、「「名残の橋づくし」が大阪曽根崎であるのに対しこちらが東京築地、江戸時代に対し現代、男女に対し女ばかりという風に、パロディとしての綾はかなりていねいに織られてはいる[*3]」という高橋広満のように、パロディとしての機能を読み取ろうとした見解も少なくない。

とはいえ、「橋づくし」研究の多くは、願い事を叶えるために七つの橋を渡るという行為が、何に依拠しているのかを関心の対象としてきた。「カソリックでいう「七つの大罪」を形象している[*4]」とする竹田日出夫の説に始まり、前田愛は、「哲学者カントの町として知られているケーニヒスベルクの七つの橋をめぐる「一筆書き」の問題」[*5]を、中野裕子は、「沖縄久高島の神楽である「イザイホウ」」[*6]との類似を挙げ、ダニエル・ストラックは、「北陸地方の「橋めぐり」は作品内容と完全に合致している」[*7]として、その詳細を提示している。いずれも確証はないが、読みとしての可能性はあると位置付けられており、[*8]三島の着想の原点を探索するだけに終始しているわけではない。だが、「橋づくし」が依拠するものを検討するに際し、エピグラフが要請する読みの方向性を、簡単に切り離すことなどできないのではないだろうか。

読書行為において、テクスト外からの干渉を遮断するのは難しい。ジェラール・ジュネットは、テクスト外からの数多の干渉をパラテクストと包括し、次のように定義する。

〔引用者注：パラテクストとは〕表題・副題・章題、序文・後書き・緒言・前置き等々、傍注・脚注・後注、エピグラフ、挿絵、作者による書評依頼状・帯・カヴァー、およびその他数多くの付随的な、自作または他者の作による標識などがそうなのであって、これらのものがテクストにある種の（可変的な）囲いを、そして時には公式もしくは非公式のある注釈を与えるわけだが、もっとも純粋主義の、そして外部的な考証知識にはもっとも関心を示さない読み手ですら、本人がそう望みかつ主張するほど容易には、必ずしもそれらのものを切り捨てることはできないのである。[*9]

ジュネットは、表題や緒言から帯、カヴァーにいたるまで「自作または他者の作による標識」と一括しているが、とりわけエピグラフは、物語内容を、あるいは読みの方向性を作為的に促すことを企図するテクストであろう。本章では、むしろパラテクストとしての機能を重視し、「名残の橋づくし」の一節を用いたエピグラフによって求められる志向を念頭に置き、「橋づくし」を読み直してみたい。すでに、「名残の橋づくし」のパロディという指摘はされているが、パラテクストとの照応は、典拠と「橋づくし」との間に生じた反復／変形のプロセスにともなう批評的な差異を明らかにするだろう。

2　陰暦八月一五日の月

まずは、「橋づくし」の内容について、登場人物を中心に整理しておきたい。「橋づくし」は、芸者の小弓とかな子、新橋の料亭分桂屋の娘である満佐子、その女中のみな、計四人の女性が、陰暦八月一五日の深夜、一言も口を聞かず、知り合いに会うこともなく、同じ道を二度通らずに七つの橋を渡りきるという願掛けを行う。四人の「願事」は、四二歳の中年芸者である小弓は「お金が欲しい」、「春秋の恒例の踊りにもいい役がつかない」かな子は「好い旦那が欲しい」、「色事については臆病で子供っぽい」満佐子は映画俳優の「Rと一緒になりたい」というものである。ただ、満佐子の「お供」としてついてきたみなだけは、何を願っているのかわからない。この「願事」を叶えるための行程では、四番目の入船橋の目前でかな子が腹痛のために脱落し、次いで小弓が、五番目の暁橋の上で旧知である「老妓」の小えんに声をかけられてしまう。そして、最後に七番目の備前橋で警官に呼び止められた満佐子が思わず叫んでしまい、彼女の願掛けも失敗する。唯一、みなだけが無事に七つの橋を渡りきり、願掛けに成功するのである。

陰暦の八月一五日は中秋の名月、現在の暦では九月中旬、旧暦の秋に当たる。「月が望みを叶へてくれなかつたら、それは月のはうがまちがつてゐる」と語られるこの月は、小弓・かな子・満佐子の願いを叶えてくれるものとされている。よって、第五の暁橋の手前で「月の在処がわかる空が怪しくな」り、第六の堺橋を渡る頃に「まばらな雨滴が、再び満佐子の頬を搏つた」と、月が雨雲に隠れてしまうという事態は、願掛けの失敗と無縁ではあるまい。願掛けが失敗する原因は、三者三様であるが、「陰暦八月十五日の夜」と「橋づくし」が書き出されていることからも、月が有している、物語および登場人物たちに対しての支配的な影響力は軽視できないだろう。

　月は、小弓・かな子・満佐子・みなの描かれ方に少なからず関わっている。たとえば小弓は、「お座敷の前後に腹の空く奇癖」をもっていた。その日の最後のお座敷を終え、七つの橋を渡る願掛けに向かおうとする直前にも、小弓は空腹に襲われる。「晴れてよかつたわね。本当に兎のゐさうな月よ」と、かな子から語りかけられた際、小弓は、「自分の腹工合のことばかり考へて」おり、この時点では、願掛けや月への意識を凌駕する食欲に苛まれている。分桂家で夜食を済ませ、空腹が満たされた後、先達になって願掛けを開始した小弓は、「誰にも頼らず生きてきた」という誇りを抱き、「自分の前には人通りのないひろい歩道だけのあること」「お腹のいつぱいなこと」に満足する。すると小弓は、「何をその上、お金を欲しがつたりしてゐるのかわからない」「自分の願望が、舗道の月かげの中へ柔らかく無意味に融け入つてしまふやうな気持」になり、月によって光る硝子のかけらを見て、「日頃の願望も、この硝子のやうなものではないか」と思い始めるのである。月の光は、「願事」ばかりか、「奇癖」との連関から自覚されてくる彼女の自負心までをも、「舗道の月かげ」に融解させていくかのようだ。しかも小弓は、「自分の願ひ事をいつしか忘却して、大過なく七つの橋を渡ることのはう」が、「自分の願事であるかのやうな気」になり、「月下をゆくうちにふしぎな確信に凝り固ま」る。月は、本末転倒していく小弓の心理や願望を照らし出す。言葉を換えれば、月を介して明らかとなる小弓の心的状態を通じて、願掛けの失敗は暗示されていよう。

　かな子が脱落した直接的な原因は腹痛であった。「熱心に願ひ、それに従つて現実性も色増すやうに思はれたあの願事が、何だか不意に現実性を喪つて、いかにもはじめから非現実的な、夢のやうな、子供じみた願望であつた」と感じ出したかな子は、「そんな他愛ない望みを捨てさへすれば、痛みはたちどころに治るやうな気がした」

と、痛みに反比例して願望の強度を低下させていく。直接的な原因ではないが、小弓と同じくかな子も、願掛けに失敗する直前に、願望の強度が落ちているのである。だが、月は、かな子の心的状態を映し出すというよりも、彼女が脱落していくさまに関わっている。

月かげの下を、観世水を藍に流した白地の浴衣の女が、恥も外聞もない格好で駈け出してゆき、その下駄の音があたりのビルに反響して散らばると思ふと、一台のタクシーが折りよく角のところにひつそりと停るのが眺められた。

あたかもスポットライトのように、月は、かな子の姿を浮かび上がらせる。「恥も外聞もない」かな子の滑稽な姿は、月に照らされた、装飾的な浴衣との対照で、鮮やかに際立つ。この視覚的な効果は、ビルに反響する下駄の音という聴覚的な効果とも相乗していよう。月は、滑稽味を帯びたかな子の身体を照らし出す役割も果たしているのである。

第四の入船橋を越え、「月が雲に隠れて」から、満佐子が焦点化される第五の暁橋以降は、彼女の行為や身体が視覚的に描かれなくなる。むしろ、「自分の後ろに接してくるみなの下駄の音が、行くにつれて、心に重くかぶさつて来る」というように、音に起因する心的状態が重視されている。また、満佐子は、みなの存在に圧迫されるあまり、「必死になって、自分の願事を掻き立て」ても、「忽ちそのイメーヂは四散して、以前のやうに纏つた像を結ばうとしな」くなってしまう。満佐子においても、小弓・かな子と同様に、願掛けの中途で願望の強度が低下してしまうのである。彼女たちの願掛けが失敗する原因には、この願望の弱体化も関連していよう。満佐子の場合は、月が隠れてしまったことと、それとが密接しているのだ。

小弓・かな子・満佐子とは異なり、みなの心境は語られていない。かな子と満佐子との視点から、みなの心の内が推し量られはするが、語り手すら彼女の内面にはまったく立ち入らない。願掛けの前半、ないしは月の出ている間は、みなの存在感は希薄ですらある。ところが、月が雲に隠れてしまってからの満佐子にとっては、みなの願望が、恐怖の対象ともいうべき「黒い塊り」と化す。満佐子らとみなとの間にある、このような対立的な構図について、佐藤秀明は次のように指摘した。

　満月を橋づくしの行にとってなくてはならない伝統的な光とすれば、雲がかかり小雨が降り出す天候の変化は、「大そう暗い」「闇」が広がることからいっても、花柳界の女たちが失敗し、「黒い塊り」をもつみなが成功することの隠喩として読める。[*10]

「月が望みを叶へてくれなかつたら、それは月のはうがまちがつてゐる」と語られていたのは、あくまで小弓・かな子・満佐子の「三人の願ひ」であった。みなは、願望が月に託されていなかったからこそ、七つの橋を無事に渡りきれたのかもしれない。物語中で描写されていた月は、語られるたびごとに、四人の女性の道行を陰に陽に左右していたともいえるだろう。

　七つの橋を渡る願掛けは、無言で行われるため、出発すると四人の発話は見られなくなる。これについて前田愛は、「おそらくその分だけ身ぶりやしぐさの身体の言葉を鮮明に浮きあがらせる」[*11]と述べている。一方、願掛けの場面に対して三島由紀夫自身は、「登場人物の口が封じられたら、それこそ小説の独壇場で、心理描写といふ武器を駆使して、縦横に各人物の内面を探ることができる」[*12]とした。無言の行を通す間は、身体表現が重要な要素になるとともに、「心理描写といふ武器を駆使し」た「小説の独壇場」でもある。月は、四人の道行ばかりでなく、小弓・かな子・満佐子各人の心理と身体とを照らし出す役割を果たしていた。そして月は、無言による小説的な効果を引き出す装置としても機能している。陰暦八月一五日の満月のもつ特権性は、「橋づくし」の登場人物たちに大きく作用し、かつ「秋の日」という語を配すエピグラフと響き合っていよう。

3　風景描写と心理描写

「何らのアイロニイなしに花柳界を扱うことはむづかしい。荷風でさへ「腕くらべ」は、明らかに冷笑的風刺的作品である」とし、「このアイロニイを活かすため[*13]」に「名残の橋づくし」の一節を用いたという三島由紀夫は、「橋づくし」のエピグラフについて次のように記している。

もともと近松の名残の橋づくしのパロディーを作るつもりで、築地近辺の多くの橋を踏査に行つた私だが、予想以上にそれらの橋が、没趣味、無味乾燥、醜悪でさへあるのにおどろいた。日本人はこれほど公共建造物に何らの趣を求めないのか、と今更ながら呆れ返つた。

しかし詩趣は橋そのものにあるので、古へからわれらの橋は、現世の橋ではなくて、彼岸へ渡す橋であつた。その限りにおいては、いかに無細工なコンクリートの橋であつても、今日なほ寸分も変わらぬ詩句を近松は書いてゐる。「短かき物はわれわれが此の世の住居秋の日よ[*14]」

中野裕子は、「少なからず昭和三十年頃の花柳界への、あるいは広義の戦後批判としてのアイロニイがこめられていたといえるだろう[*15]」と、三島のいう「アイロニイ」を積極的に読み取ろうとした。三島のいうような建築物への概嘆が、「広義の戦後批判」に当たるのかもしれないが、同様の不満は、明治以来、永井荷風が繰り返してきたことでもある。その点は、考慮されてもよいだろう。

かな子・満佐子の二二歳と、小弓の四二歳という二〇年の年齢差に着目した高橋広満は、それが「短かき物はわれわれが此の世の住居秋の日よ」に呼応しているとし、暁橋で小弓に声をかけた「老妓」の小えんは、「比喩的に言えば、二十年後の小弓であり、満佐子とかな子自身のほんの短い未来の影でもある[*16]」という。高橋の見解は、登場人物各人の間にある時間の流れと短さとを、エピグラフは示しているとするものであろう。近松の「名残の橋づくし」においても、「秋の日」には時間の短さが意図されている[*17]。二〇年の年齢差を「短かき物」として捉え、エピグラフと連関させる指摘はわかりやすい。ただし、最初に渡る三好橋近辺の描写では、「時計台の時計の文字盤がしらじらと冴えて、とんちんかんな時刻をさし示してゐる」ともあり、願掛けが始まってからの物語空間は、時間の流れが不明瞭となっている。「橋づくし」における時間は、老い（あるいは死）へと向かう流れの速さを、単線的に示しているわけではなさそうだ。時間の概念は、三島の発言を受けるのであれば、「詩趣」という言葉と関わるのだろう。

「彼岸へ渡す橋」と述べられていたように、三島が、「詩趣」として生と死の観念を意識しているのは明らかである。「橋づくし」における生と死の観念に関しては、先に挙げた佐藤秀明の指摘でも触れられていた。七つの橋を渡るという行為が、その比喩であることは確かだろうが、同様に、周囲の建造物を含む橋の描写にも着目したい。

第一の三好橋の周囲には、「とんちんかんの時刻をさし示してゐる」時計台の他、「中央区役所の陰気なビル」が立つ。三つ又である三好橋には、「古雅な鈴蘭灯」があり、「灯のまわりには、あまたの羽虫が音もなく群がつてゐる」。橋をめぐる情景には、明と暗、静と動とのコントラストがあるようだ。「殺風景」と称される第三の築地橋では、その袂に柳が植えられており、「深夜になると、まはりの騒がしい建物が死んで、柳だけが生きてゐた」と、周囲の建築物（「死」）と柳（「生」）とが対照的に叙述される。さらに、「築地橋は風情のない橋である」と語られるが、「しかしここを渡るとき、はじめて汐の匂ひに似たものが嗅がれ、汐風に似た風が吹」く。「南の川下に見える生命保険会社の赤いネオンも、おひおひ近づく海の予告の標識のやうに眺められた」と続けられ、無機物とは異なる「汐の匂ひ」や「海」などが語られる。第四の入船橋にしても、「向う岸」には「カルテックスのガソリン・スタンドが、抑揚のない明るい灯火を、ひろいコンクリートいつぱいにぶちまけて」いるが、「橋の影の及ぶところ」には、屋形船などの「看板を掲げて住む人」の「小さな灯も見え」ている。「没趣味、無味乾燥、醜悪」といった、橋をめぐる情景が喚起する印象は、「橋づくし」にも踏襲されてはいよう。しかし、「没趣味、無味乾燥、醜悪でさへある」風景のなかに点描された、それらとは対照的な事物によって、物語内の橋をめぐる情景は、三島の批判する築地近辺とは異なる相貌を表す。すなわち、「彼岸へ渡す橋」という「詩趣」は、橋を彩る、生物と無生物、あるいは静と動、明と暗といった対照によっても暗示的に描かれているのではないだろうか。

　だが、このような橋の描写は、第四の入船橋までである。第五の暁橋以降は、橋自体か、ごく近辺の建築物については語られるものの、羽虫や柳、汐風といった対照物は登場しない。第六の堺橋は、満佐子が、「橋詰でする礼式もそこそこに、ほとんど駈けるやうにして」渡ってしまったため、橋の描写も少ない。第五の暁橋と第七の備前橋とでは、小弓と満佐子の願掛けを阻む、小えんと警官とが現れるが、彼らは「没趣味、無味乾燥、醜悪」な風景の対照として登場するわけではなかろう。築地橋を越えたところでかな子が脱落し、次の入船橋を渡ると月も雲に隠れてしまい、小弓・満佐子・みなは、「三人とも足が早くなつてゐる」。第四の入船橋以降は、第三の築地橋までとは異なり、天候の変化や、かな子・小弓の脱落により、風景描写とともに示される橋の「詩趣」よりも、満佐子の心理描写への比重が高くなっていく。特に、第六の堺橋を渡った後の場面での満佐子の心理は象徴的である。彼女は、自らの「願事」よりも、何を願っているのかわからないみなの内面に捕らわれてしまっている。「何か見当のつかない願事を抱いた岩乗な女が、自分のうしろに迫つて来るのは、満佐子には気持が悪い」とされ、「その不安はだんだん強くなつて、恐怖に近くなるまで高じ」、ついには「いはば黒い塊りがうしろをついて来るかのやう」と語られる。「気持が悪い」「不安」「恐怖」「黒い塊り」といった言葉は、死のイメージを予感させるような言説でもあろう。満佐子は、後ろからあたかも死のイメージに追い立てられるかのように、橋を渡っていくのである。

生と死との観念を孕む、「彼岸へ渡す橋」という「詩趣」は、風景描写と心理描写とにより、物語全体に表されていよう。三島は、「名残の橋づくしのパロディーを作るつもりで、築地近辺の多くの橋を踏査に行つた」が、「予想以上にそれらの橋が、没趣味、無味乾燥、醜悪でさへあるのにおどろいた」と述べていた。文脈上は、現実の橋を目の当たりにし、パロディの意図が覆されたかにも読める。しかし、「彼岸へ渡す橋」という「詩趣」を、「無細工なコンクリートの橋」を介して描くこと自体が、パロディの方法でもあろう。佐藤秀明が指摘するように、「橋づくし」には「〈生〉と〈死〉のテーマがさりげなく見え隠れして」おり、「行が人生と対比されるなら、それはより望ましい〈生〉を獲得することであって、七つの橋を無事に渡り得るとは、原理的には生きのびることの祈願なのである」[*18]ならば、極めて明快なパロディの構図が感得できる。だが、小弓・かな子・満佐子の願掛けの失敗は、橋を渡る行為の挫折にほかならない。それが、死のイメージに直結するわけではない。むしろ、「恐怖」や「黒い塊り」のように、死のイメージは、みなの不可解な願望に仮託されていた。エピグラフにある、「短かき物はわれわれが此の世の住居秋の日よ」は、確かに時間の短さや速さを表象しているのだろうが、生から死へと単線的に進むのではない「橋づくし」の時間軸と、あらためて合わせ見ていく必要もあろう。近松の「心中天網島」の「名残の橋づくし」と併置した検討からは、時間の早さや、「陰暦八月十五日の夜」と「秋の日」との時節の一致のみならず、パラテクストの要請する、読みの志向性が、より顕著になるはずである。

4 「名残の橋づくし」との差異

紀伊国屋の遊女・小春と紙屋治兵衛とが心中する場所までの道行を描いた「名残の橋づくし」には、数々の橋が登場し、まさに三島のいう「彼岸へ渡す橋」という様相を呈している。「名残の橋づくし」は、梅田橋から始まり、緑橋、桜橋、蜆橋、大江橋、難波小橋、舟入橋と道行が続いていく。ここにいう蜆橋とは、「蜆川に掛かっていた堂島橋の俗称[*19]」である。明治四二年七月三一日未明に起きた大火で、蜆橋は焼け落ちてしまった。大火の後は、「瓦礫が蜆川に投下されるなどされ、堂島掘割以東難波小橋の間は埋め立てられ」、明治四二年八月には臨時大阪市会で「北区曽根崎新地三丁目緑橋から同区絹笠町難波小橋まで、南側幅員二間（約三・六四メートル）を残し埋め立てることが可決[*20]」されている。「橋づくし」が発表された昭和三一年には、「名残の橋づくし」の川や橋は埋め立てられ、その風景は変わってしまっていた。かつて大阪は「水の都」とも呼ばれていたが、工場の乱立、川の埋め立て、木橋や石橋から耐震耐火を目的とする鉄橋への改修など、蜆橋界隈の情景も「実用的に進むに反し趣味的情緒的には衰へて来たといはねばなら[*21]」ない。災害だけでなく、明治・大正期の近代化も手伝って、大阪の河川や橋梁は変容し、「没趣味、無味乾燥、醜悪」と三島に称された築地近辺に通じる風景になっていたといえよう。

しかし、三島は、「今日なほ寸分も変らぬ詩句」を、「無細工なコンクリートの橋」と近松の描いた情景との間に見ていた。現実がどのように変化しようと、底流し続ける「詩趣」はある。生と死の観念はそのひとつであろうが、たとえば前田愛は、小弓・かな子・満佐子の「贅沢なキモノに包まれた身体」は「肉体の解放をうながす時代のうごきをうつしながら、反時代的な美学を臆面もなく披露してみせる[*22]」と述べている。深夜、近代的な都市部の中心で、鮮やかな着物に身を包み、迷信めいた願掛けをしている四人の姿は、「残業を終つて帰るらしい男が、ビルを出しなに、鍵をかえようとして、この奇異な光景を見て立ちすくんだ」とか、「通りすぎたタクシーの窓に、びっくりした人の顔が貼りついて、こちらを見て」いるなどの記述から、物語内においても特異かつ戯画的な存在として描かれていよう。花柳界の女性は、「反時代的な美学」を代表するのだろうが、同時に、彼女らは衰微しつつある文化・習俗の人物でもある。ビル群のなかをタクシーが飛び交うさまは、「没趣味、無味乾燥、醜悪でさへある」橋とともに、時代の主流をなす風景にほかならない。それとは対照的な四人の姿態は、すでに喪失してしまった「名残の橋づくし」の景色にもつながる情趣を、現代にまで引き継いでいる。

「花柳界では一般に、夏は萩、冬は遠山の衣装を着ると、妊娠するといふ迷信がある」のを信じ、映画俳優の「Rと一緒になりたい」との願望をもつ満佐子が、「萩のちりめん浴衣」を着ていたことや、満佐子のペディキュアを見た小弓が、「粋ねえ。黒塗りの下駄に爪紅なんて、お月さまでもほだされる」ということなど、作中でも語られているように、彼女たちの世界は、時代性に左右されない感性を下敷きとしていた。変わっていった結果作られた近代的な風景は、いまだ変わらぬ花柳界の風俗を誇張的に浮かび上がらせるだろう。そして、「この奇異な光景」と語られる四人の姿は、「反時代的な美学」といったアイロニーを湛えているとともに、エピグラフにある、「『天の網島』名ごりの橋づくし」との言葉から喚起される、小春と治兵衛との物語世界（あるいは前近代的な情緒）との差異を、読者に抱かせるのではなかろうか。エピグラフを読み、「心中天網島」の世界を想像し、そこにつらなる花柳界の女性の姿態に近代的な景物を対照させたとき、パロディとしての物語空間が現出するのである。「橋づくし」のエピグラフは、橋を含む近代的な風景と、前時代的な感性を色濃く残す花柳界の女性とが織り成す不調和を、滑稽味をもって誇張的に促しているともいえるだろう。

もちろん、「元はと問へば分別の／あのいたいけな貝殻に一杯もなき蜆橋」も、読みの志向性を暗示していよう。たとえば「名残の橋づくし」において、蜆橋のくだりは次のように記されている。

わかれをなげき。かなしみて跡にこがる丶。桜ばし。今に咄を聞渡る。一首の歌の御ゐとく。か丶たつときあら神の。氏子と生れし身を持て。そなたもころし我もしぬ。もとはと。とへは分別のあのいたいけなかいがらに。一はいもなきしゞみばし。みじかき物は我々が。此世のすまゐ。秋の日よ十九と廿八年の。けふのこよひをかぎりにて。ふたりいの。ちのすてどころ。……

（別れを嘆き悲しんで、後に残って焦れて枯れた桜による桜橋と、今に話を聞き伝える一首の和歌のご威徳による命名である。このように尊い荒神の氏子に生れた身でありながら、そなたも殺し自分も死ぬ、そのもとはと尋ねると、分別があの小さな蜆の貝殻に一杯分もなかったからで、その蜆に因む蜆橋。短いものは、我々がこの世の生活と秋の日であるよ。十九と二十八歳の、今日の今夜を限りとして、二人の命の捨て所を求めるとは。……）[*23]

「もとはと。とへは」は、「そなたもころし我もしぬ」という心中にいたらねばならない原因を問うものである。三島の「橋づくし」を読み進めて、「元はと問へば」に相当するのは、小弓・かな子・満佐子の願掛けの失敗か、それに対置されるみなの成功かであろう。分別・思慮が、蜆の貝殻一杯分にも満たないとの意になるのだから、どちらかといえば願掛けの失敗の方が相応しい。彼女たちの願望が、願掛けを進めるにつれて弱体化していたことに鑑みれば、蜆の貝殻一杯分にも満たなかったのは、その「願事」（の強度）かもしれない。それが、「短かき物はわれわれが此の世の住居秋の日よ」に続くのであれば、時間の短さや速さとともに、瞬く間に霧散していった彼女らの願望もそこには含まれよう。

先にも述べたように、「橋づくし」の時間は、生から死へという単線的なベクトルに限定されてはいない。深夜、時間の概念とは無関係に橋を渡るという行為ばかりが急がれる。「橋づくし」において橋を渡っていく行程は、小春と治兵衛のような死への旅路でもなければ、行為の失敗が死のイメージに直結するものでもない。風景描写に表された、生命のイメージと無機物との対照、心理描写に見られた、背後から死に迫られるイメージなど、「橋づくし」の情景は、生と死との観念に彩られてはいる。しかし、願掛けの成功と失敗とが、そのいずれかに当て嵌まることを示唆しているわけではないのだ。むしろ、四人の女性の行為が、願掛けであった点が問題である。

小春と治兵衛とは、橋を渡り行き、心中という願望を成就させた。小弓・かな子・満佐子・みなも、「彼岸へ渡す橋」をめぐり、自らの願いを叶えようとする。「橋づくし」は、橋のもつ、生と死との観念という「詩趣」を装飾的に用いながらも、願望の成就へと到達しようとする行為をクローズアップしているのである。結果、「人間らしい願望」「透明な願望」と語られる、小弓・かな子・満佐子の「願事」の脆さと、「黒い塊り」と称された、得体の知れないみなのそれの揺るぎなさとの対照を、「橋づくし」は描いている。一九歳の小春と、二八歳の治兵衛とが心中に向かう道行は、エピグラフとして部分的に切り取られた。つまり、時間の短さと速さとを内に秘めたその文脈は、本来の意図を表層に纏いつつ、願望成就の物語の戯画化を暗示する視座へと、反復／変形されたのである。

5 「橋づくし」におけるパロディの方法

「橋づくし」では、月が、小弓・かな子・満佐子の願いを叶えるものと語られていた。彼女たちの道行ばかりか、心理までをも照らし出していた月は、願掛けに大きな影響を及ぼしている。「陰暦八月十五日の夜」という語り出しと、エピグラフにある「秋の日」とは、物語の時節（舞台）を規定するとともに、「願事」と月との関連性を周到に作り上げていよう。願いを叶えるための道行に焦点化された「橋づくし」では、中秋の名月によって、願望成就の物語構造が、みごとに照らし出されていたのである。

「橋づくし」は、小春と治兵衛とが心中にいたる道行文の一節をエピグラフとしながらも、橋を渡る行為の主調となる、生と死との観念を後景に配し、願望の成就を目指す行程を前景化していた。この願掛けの物語において最も皮肉な結末であるのは、何を願っているのかわからないみなだけが七つの橋を渡りきったことではなく、小弓・かな子・満佐子の「人間らしい願望」「透明な願望」が叶えられなかったことであろう。「彼岸へ渡す橋」というメタファーは、確かに生と死との観念を表しているだろうが、「橋づくし」内での橋を渡る行為は、願いを叶えるためのものである。そして、月が願いを叶えると語られていたにもかかわらず、小弓・かな子・満佐子は、「願事」が脆くも崩れ、願掛けに失敗した。これは、小春と治兵衛との物語の対極に位置する構図であろう。「橋づくし」では、生と死との観念ではなく、「願事」を託された橋を渡る行為が中心化されている。すなわち、橋を渡るという行為に懸けられた意味および願掛けの成否の逆転が、「名残の橋づくし」と「橋づくし」との、エピグラフによって暗示されたパロディとしての差異なのである。「元はと問へば分別の／あのいたいけな貝殻に一杯もなき蜆橋、／短かき物はわれわれが此の世の住居秋の日よ。／――『天の網島』名ごりの橋づくし――」との一節は、読者に対して、背景に「心中天網島」の存在があると意識させ、願掛けに翻弄された四人の女性の物語が、心中への道行とは程遠い滑稽で皮肉な顛末であったことを思い返させるだろう。

先行論を読むと、エピグラフだけでなく、三島の発言もまた、パラテクストとして機能していたとわかる。本章も、その点は一致している。だが、三島の発言とエピグラフとを一括りにするのは、やはり難しい。作家の意図ともいうべき情報が後付けで加算されるより以前に、エピグラフは、「ある種の（可変的な）囲い」を形成している。物語の内容と空間とは不連続に、しかし、読みの方向性としてテクストと連続するエピグラフは、「橋づくし」を構成する一部にほかならない。このエピグラフが意味するところを追いつつ、「橋づくし」を近松門左衛門の「心中天網島」と対比させたとき、パロディとしての構造はより鮮明になるといえよう。

注

＊1　竹田日出夫「三島由紀夫「橋づくし」論」（「武蔵野女子大学紀要」昭和54・3）

＊2　佐藤秀明「外面の思想——三島由紀夫『橋づくし』論——」（『三島由紀夫の文学』平成21・5）

＊3　高橋広満「〈模倣〉のゆくえ——三島由紀夫『橋づくし』の場合——」（「日本文学」平成10・1）

＊4　＊1に同じ。

＊5　前田愛「三島由紀夫『橋づくし』——築地」（『幻景の街——文学の都市を歩く』小学館、昭和61・11）

＊6　中野裕子「『橋づくし』論——〈様式〉の意味」（熊坂敦子編『迷羊のゆくえ——漱石と近代』翰林書房、平成8・6）

＊7　ダニエル・ストラック「三島の「橋づくし」——反近代の近代的表現として——」（「近代文学論集」平成15・11）

＊8　高橋広満「〈模倣〉のゆくえ——三島由紀夫『橋づくし』の場合——」では、前田論と中野論とに対し、「「橋づくし」の着想は、その要素として中野の言う七つの橋＝願望の面も、前田の重くみた「初等数学」の面も二つながら抱えているのが実相ではないか。イザイホウのこととケーニヒスベルクの橋のパズルを矛盾するものとしてとらえる必要はどこにもない」とされている。

＊9　ジェラール・ジュネット著／和泉涼一訳『パランプセスト』（水声社、平成7・8）

＊10　＊2に同じ。

＊11　＊5に同じ。

＊12　三島由紀夫「「橋づくし」について」（「新派プログラム」昭和36・7）ただし引用は、新潮社版『決定版三島由紀夫全集』第31巻（平成15・6）に拠った。

＊13　＊12に同じ。

＊14　＊12に同じ。
＊15　＊6に同じ。また、ダニエル・ストラック「三島の「橋づくし」――反近代の近代的表現として――」でも、「「天の網島」のニュアンスを利用して、三島が執筆を行っていた当時の戦後日本をパロディの形で描いたのである」とされ、やはり「戦後」が「アイロニイ」の射程に据えられている。
＊16　＊3に同じ。
＊17　たとえば、祐田善雄『全講心中天の網島』（至文堂、昭和50・2）では、「秋の日」について「短いものの譬え」と注釈されている。その他、多くの注釈書でも「秋の日」はこれと同様の解釈がなされている。
＊18　＊2に同じ。
＊19　藤野義雄『心中天の網島　解釈と研究』（桜楓社、昭和46・9）
＊20　『新修大阪市史』第六巻（大阪市、平成6・12）
＊21　復刻版『明治大正 大阪市史』（清文堂出版株式会社、昭和41・3）
＊22　＊6に同じ。
＊23　「名残の橋づくし」本文の引用は『近松全集』第11巻（岩波書店、平成1・8）に、現代語訳の引用は、山根為雄校注・訳「紙屋治兵衛　きいの国や小はる　心中天の網島」（『新編日本古典文学全集75　近松門左衛門集②』小学館、平成10・5）に拠る。
※本章における三島由紀夫「橋づくし」の引用は、すべて新潮社版『決定版三島由紀夫全集』第一九巻（平成14・6）に拠る。なお、引用に際しルビは省略した。

第14章　「わたし」をめぐる物語の変容——川上弘美「神様」と「神様　2011」——

1　書き換えという行為に迫るために

東日本大震災から二箇月後、川上弘美は、デビュー作である「神様」(「GQ」平成6・7)を書き換えた。雑誌「群像」平成二三年六月号に発表されたそれは、「神様　2011」と題され、そこには「神様」と、川上により新たに書き下ろされた「あとがき」とが続けて載せられている。同年一二月には、「神様」「神様　2011」「あとがき」の並びに変更され、講談社より単行本『神様　2011』が刊行された。初出および単行本の掲載状態から察するに、「神様　2011」は、「神様」や「あとがき」とともに読むことが求められているように見える。

また、平成二六年度には、「神様　2011」が、教育出版の教科書『現代文B』(平成26・1)に掲載された。川上の「神様」は、すでに複数の教科書で一〇年以上にわたり、採用され続けており、国語教育において定番になりつつある作品である。その「神様」を書き換えた「神様　2011」の教材化からは、国語教育の領域でも典拠と対比的に読まれることが予想されよう。「神様　2011」は、常に「神様」と読み比べる視線を纏いつつ、書き換えの痕跡を掬い取る批評を喚起しているのである。

端的にいえば、「神様　2011」は、平成二三年三月一一日に起きた東日本大震災によって生じた、福島第一原子力発電所の事故を元にして、「神様」の物語内に放射能汚染の問題を書き加えた作品である。したがって、「神様　2011」は、この東日本大震災との関連を切り離しがたい解釈を誘発する。たとえば、鈴木愛理は、「神様

2011」について、「道や川が放射能に汚染されているかもしれないことを気にしつつ生活をすることが「悪くない」＝日常的なことと改変されている」とし、「作品の最後の「悪くない一日だった。」という一文の、「悪くない」という感覚は、3.11以降の現実にそぐうものにするための試みだったのではないか」「なぜなら、「神様」でのできごとを「悪くない」と言えるような感覚は、過去（3.11以前）か、放射能に汚染されていない土地でのものか、という限定をもつようになったからだ」[*1]と指摘している。いわゆる〈3.11〉以降という日本社会の現実が読みを規制するのは、「神様　2011」で書き加えられた言説からすれば当然の見解であろう。

「神様　2011」における書き換えという行為については、高橋源一郎が次のような発言をしている。

小説家はもちろん小説を書くわけです。構想があって、準備をして、構築していくというやり方がふつうなのかもしれません。けれど、そうではないやり方がもう一つあります。それはレヴィ＝ストロースのいうブリコラージュ、そこにあるものを拾って使うことです。どんな時にか。緊急時にです。緊急時に書かれる小説があるのです。それは通常の小説とは形が違います。表現の機能を大きく分けると、自分の芸術的基準に合わせて作品を構築するものと、危機に瀕して何か言わなければならないことで書く二つがあります。小説はこの両方を持っているはずなんです。危機に瀕している場合には構築する時間がないので、そこに落ちているものを、これ、何か使えそうと拾い上げる。[*2]

「芸術的価値という面では大したことがないかもしれない」[*3]ともいう高橋は、「神様　2011」を、「危機に瀕して何か言わなければならないこと」から生まれた作品と捉えている。作家的ないしは作家論的関心への逢着も、書き換えの問題を考察するうえで示唆に富む。初出や単行本の掲載形態、および教科書教材への採用にともない、いかに書き換えられたかという、「神様　2011」における反復／変形のプロセスは、〈3.11〉との接点とともに読者を惹き付けている。対比的な読解によるまでもなく、震災の影響はテクスト間の差異として明白であるが、物語世界を改変した、「神様」から「神様　2011」への反復／変形の帰結は、それだけに留まらないと考えられる。両作に共通する、語り手「わたし」と「くま」との交流は読者に何を訴えかけてくるのか。まずは「神様」を取り上げ、典拠としての特徴を検討するところから始めたい。

2　「わたし」と「くま」との距離

「くまにさそわれて散歩に出る。」との非常に印象的な一文で始められる「神様」は、語り手「わたし」による一人称小説であり、人間社会に生きる「くま」との一日を描いた物語である。「くま」は、「わたし」の住む部屋の三つ隣に引っ越してくる。高柴慎治は、「神様」について、「ファンタジーの性質を一方で持ちながら、他方で現実的な（リアリティの）領域で話が進んでいる」とし、「「ファンタジックな文脈とリアルな文脈とがぶつかりあって、具体的な意味の形成が困難になっていく」小説であり、「意味の形成が挫かれ、物語の形成が挫かれつづけるという、物語としてはきわめて逆説的な物語なのだ」[*4]と指摘している。現実と幻想とが、自然に混淆していくような様態は、「神様」の特徴的な構造である。ゆえに、物語内で、殊更に人間と同様（同等）にふるまう「くま」の姿に着目すると、むしろ、異質な存在であるという性質が浮き上がってくる。また、松本和也は、「「神様」とは、〝異なるもの〟への露骨な差別をも抱え込み、その上で「わたし」と「くま」との間に〝交通〟の可能性を問うた、その意味で実に問題含みの小説なのだ」[*5]と述べている。物語の基調をなす、「わたし」と「くま」との交流は、確かに松本がいうように、コミュニケーションの可能性が問われていよう。とすれば、「神様」が「わたし」の一人称小説である以上、「くま」の語られ方は、「わたし」自身の抱く、「くま」への距離感として、コミュニケーションの問題を考える手がかりとなる。

物語の冒頭、引っ越しの挨拶にきた「くま」を、「わたし」は、態度や言葉遣いからして、「ずいぶんな気遣いよう」「昔気質」「大時代なうえに理窟を好む」と推察している。「くまであるから、やはりいろいろとまわりに対する配慮が必要なのだろう」とも語られているのだから、熊であることが、人間社会における他者との関係性に困難をもたらしているのだろう。人語を話し、人間社会のなかで生活しているとはいえ、熊であるという事実は、コミュニケーションにおいてさまざまな弊害を生み出していたようだ。「くま」が、「ずいぶんな気遣い」「まわりに対する配慮」を身に付けていったゆえんとも捉えられる。「わたし」は、出会いの場面において、「くま」が社会のなかで異質な存在であるという違和を敏感に察知しているのである。

一方、「くま」は、「わたし」に「なんと呼びかければいいのか」と問われ、「今のところ名はありませんし、僕しかくまがいないのなら今後も名をなのる必要がない」「呼び掛けの言葉としては、貴方、が好きです」「ご自由に何とでもお呼びください」と答えている。名前を拒否し[*6]、しかも「貴方」と呼んで欲しいという「くま」は、一定の距離を保った他者として「わたし」と接しようとしているのである。自ら散歩に誘いはしたものの、「くま」には、必要以上の接近（コミュニケーション）を求めていないかのような、よそよそしさすら感じられもしよう。したがって、社会における「くま」という異質な存在は、自他ともに認める当然の前提であり、違和があることを出発点とした、「わたし」と「くま」との関係性の構築が読み開かれていかなければなるまい。

それが最も直接的に描かれているのは、川原までの道のりで、通る車が、「わたしたちの手前でスピードを落とし、徐行しながら大きくよけていく」という箇所や、川原に到着した際、「男性二人子供一人の三人連れ」がそばにきて、「子供はくまの毛を引っ張ったり、蹴りつけたりしていたが、最後に「パーンチ」と叫んでくまの腹のあたりにこぶしをぶつけてから、走って行ってしまった」場面であろう。川原で遭遇した「男性二人」は、「わたしの表情をちらりとうかがったが、くまの顔を正面から見ようとはしな」かったり、「何も言わずに立ってい」たりするだけである。明らかな差別意識が垣間見える。そして、「わたし」は、これに対し、何らの意見や批評も加えていない。「小さい人は邪気がないですなあ」という「くま」の言葉に、「わたしは無言でいた」。「そりゃいろいろな人間がいますから。でも、子供さんはみんな無邪気ですよ」といった「くま」の発言も、「くま」自身が、「わたしが答える前に急いで川のふちへ歩いていってしまった」ため、宙吊りにされたままになってしまうのである。

「無言」であった「わたし」について、荒木奈美は、川上弘美の小説「草上の昼食」（「マリクレール」平成10・6）を補助線としながら、「「くま」の姿を通して、同時に自分が日頃から相容れないと感じている人間社会に対する複雑な思いを、怒りにも似た気持ちで見つめていたのではないか」「「無言」でいたのは、そのような溢れる思いも含め、言葉になる以前の感情が渦巻いていた結果だ」[*7]と述べている。単行本『神様』（中央公論社、平成10・9）の巻末に置かれ、「神様」と同じく、「わたし」と「くま」との物語である「草上の昼食」を解釈に用いれば、荒木のような結論にいたるのだろう。ただし、「わたし」は、これらの事態を、自らが「無言」でいたという事実も含め、語っているのである。

川原までの道のりでは、「どの車もわたしたちの手前でスピードを落とし、徐行しながら大きくよけていく」。「男性二人子供一人の三人連れ」は、一方の男性が「わたしの表情をちらりとうかが」い、もう一方が「何も言わずにただ立って」おり、子どもが「くまの毛を引っ張ったり、蹴りつけたりしていた」。「わたし」と「くま」とは一緒にいるのだから、差別ないしは忌避の意識の対象は、「くま」だけに限定されはしない。熊を連れている「わたし」もまた、他者からの差別的な視線に晒されているといっても過言ではないだろう。「散歩のようなハイキングのようなことをしている」一日のなかで、これらは、語らねばならない事柄であったのだ。ここからは、他者による差別意識の告発も読み取れるだろうが、一緒にいる「わたし」をも巻き込むほどの、人間社会における熊という異質な存在が浮き彫りになる。当たり前であるかのように叙述されている、「わたし」と「くま」との時間は、決してそのようなものではない。違和感を抱え込んだ、不自然な状態というべきであり、それが、語り出されているのである。荒木の指摘するように、「くま」に対する「わたし」の共感があるというよりも、「無言」にならざるをえない、人と熊との隔たりが前景化しているといえよう。「わたし」には差別意識がなく、「くま」と対等な関係性を築いているかに見えるが、「くま」が異質な存在であるという根幹を見落としてはならないのである。

顧みれば、物語の冒頭から「わたし」は「くま」を推し量り続けていた。「ずいぶんな気遣いよう」「昔気質」と見なし、散歩に出た後も、「暑い季節」に毛皮で素足と推測される「くま」に「暑くない?」と訊ね、逆に気を遣われると、「もしかするとくま自身が一服したかったのかもしれない」と考えるも「しばらく無言で歩いた」。川で魚を捕った「くま」が、「担いできた袋の口を開け」て「小さなナイフとまな板」を取り出し、その魚をさばいて干物を作っているのを、「わたし」は「何から何まで行き届いたくまである」と評している。他方で「わたし」は、「各自オレンジを一個ずつ」食べた後、「もしよろしければオレンジの皮をいただけますか」といった「くま」が、「わたしに背を向けて、いそいで皮を食べた」のを見逃さない。「わたし」は、「くま」という存在を推し量るなかで、人間的なふるまいと、動物的な行動とのいずれをも同じように語っていく。「わたし」と「くま」とは、双方ともに、近いとはいいがたい距離感を保っているのである。

自宅に帰り着き、「わたし」が立ち去ろうとした際、「くま」に「あの」と呼び止められた場面は、物語における両者の距離感を考えるうえで看過できない。

次の言葉を待ってくまを見上げるが、もじもじして黙っている。ほんとうに大きなくまである。その大きなくまが、喉の奥で「ウルル」というような音をたてながら恥ずかしそうにしている。言葉を喋る時には人間と同じ発声法なのであるが、こうして言葉にならない声を出すときや笑うときは、やはり本来の発声なのである。

「抱擁を交わしていただけますか」

くまは言った。

「親しい人と別れるときの故郷の習慣なのです。もしお嫌ならもちろんいいのですが」

わたしは承知した。

人間と、「本来の」熊との差異を、「わたし」は分析的に語っている。やはり、「くま」は熊にほかならず、「ほんとうに大きな」、「わたし」をはじめとする人間とは異なる存在である。それを、「わたし」はあらためて実感しつつも、抱擁を承知する。「くま」も、「恥ずかしそうにし」、「お嫌ならもちろんいいのですが」と譲歩しながら打診している。ここにおいて、「わたし」と「くま」との距離は、一歩前進していよう。

物語の結末では、「くま」との散歩を、「わたし」は「悪くない一日だった」と振り返っている。決して〝良い〟わけではないのだろうが、「悪くない一日」とは、「わたし」の日常として「くま」が受け入れられたことを示唆していよう。異質な存在との遭遇を端緒とした、関係性の構築は、わずかではあるが確かな一歩として実を結んだのである。では、このような「神様」を元にした「神様　2011」は、いかに書き換えられているのだろうか。

3　放射能汚染は何を変えたか

「神様　2011」のあらすじは、「神様」とほとんど一致している。だが、「くまにさそわれて散歩に出る」と書き出された後、「暑い季節にこうしてふつうの服を着て肌を出し、弁当まで持っていくのは、「あのこと」以来、初めてである」と続く。「防護服に防塵マスク」「震災による地割れ」「被曝量」など、震災や放射能汚染を予感させる言葉が散見される「神様　2011」は、「神様」とほぼ同じストーリーであっても、「わたし」や「くま」を取り巻く状況が一変している。発表時期を考慮すれば、「神様　2011」が、いわゆる〈3.11〉を射程に据えて書き換えられたのは疑いようもない。

さらに、「神様　2011」の初出と同時掲載された「あとがき」によって、作品の背景と東日本大震災との接続は、より明確な創作意識として汲み取られていくだろう。

2011年3月末に、わたしはあらためて、「神様　2011」を書きました。原子力利用にともなう危険を警告する、という大上段にかまえた姿勢で書いたのでは、まったくありません。それよりもむしろ、日常は続いてゆく、けれどその日常は何かのことで大きく変化してしまう可能性をもつものだ、という大きな驚きの気持ちをこめて書きました。静かな怒りが、あの原発事故以来、去りません。

また、高橋源一郎との対談では、「神様　2011」の執筆に関し、川上弘美が次のような発言をしている。

川上　私、「群像」に外国に同時翻訳するという前提で小説をお願いされてたんです。震災が起きて、「人間に原発は無理」って思ったんだけど、それを日本人だけに言ってもダメだから、外国に翻訳するならこれだ！と思った。

高橋　そういう意味では、どストレートだよね。

川上　もう、署名しよう、デモしようというのと一緒ですよ（笑）[*8]。

「神様　2011」は、反原発を率直なメッセージとして孕み、川上自身の意図が、そこにあったのも確かなようだ。反原発という読みのベクトルは、避けがたいだろう。しかし、高橋源一郎は、川上弘美との対談のなかで、「神様　2011」について、「原発事故をめぐる情勢への抗議だという読み方が一つできるわけですが、それだけに留まらないところが面白い」、「神様」と「両方重ねあわせて読み比べることも出来る」[*9]と述べている。震災や原発問題は強固な読みのフレームとなっているが、それを踏まえたうえで、書き換えによって形成されたプレテクストとの差異は、丹念に整理しておく必要があろう。

「神様　2011」では、川原まで散歩に行く道のりについて、「「あのこと」の後の数年間は、いっさい立ち入りができなくて、震災による地割れがいつまでも残っていた水田沿いの道だが、少し前に完全に舗装がほどこされた」とされている。単行本収載時に、「数年間」という言葉は削除された。だが、「震災による地割れがいつまでも残っていた」との記述は残されているため、単行本収載のテクストでも、「あのこと」からある程度の時間が流れていると考えられよう。よって、「あのこと」は、東日本大震災を想起させるものの、現実的な時間の流れとの差異は、その一点のみに収斂させない余白を生み出す。つまり、「あのこと」は、〈3.11〉以前と以後との基点を設けるものではなく、再び起こりかねない震災ないしは原発事故をも内包する起点なのである。特に初出稿では、それが顕著になっていたのだ。「いつまでも」継続する惨状であった風景は、「川原までの道は水田に沿っている。舗装された道で、時おり車が通る」と簡素に書かれた「神様」とは異なり、「神様　2011」が、反原発のメッセージを孕む作品として書き換えられたことを示す箇所のひとつである。

ただし、書き換えによって生じた変化は、これだけに留まらない。「神様　2011」では、川原までの景色に続けて、次のように語られていく。

「あのこと」のゼロ地点にずいぶん近いこのあたりでも、車は存外走っている。どの車もわたしたちの手前でスピードを落とし、徐行しながら大きくよけいていく。すれちがう人影はない。

「防護服を着てないから、よけていくのかな」

と言うと、くはまあいまいにうなずいた。

「でも、今年前半の被曝量はがんばっておさえたから累積被曝量貯金の残高はあるし、おまけに今日のSPEEDIの予想ではこのあたりに風は来ないはずだし」

言い訳のように言うと、くまはまた、あいまいにうなずいた。

ここで「わたし」は、「どの車もわたしたちの手前でスピードを落とし、徐行しながら大きくよけいていく」理由を、「防護服を着てないから、よけていくのかな」と推測している。「神様」でも、「どの車もわたしたちの手前でスピードを落とし、徐行しながら大きくよけいていく。すれちがう人影はない」とされていた。「神様」では、その理由に関しては一切語られず、「くま」が人間社会における異質な存在であることを、言外にほのめかしていたはずだ。「神様　2011」では、「防護服を着てないから」という放射能汚染が理由であるかのような言説を、「わたし」が加えているのである。「すれちがう人影はない」のも、「「あのこと」のゼロ地点にずいぶん近いこのあたりでも、車は存外走っている」のも、放射能汚染のため、生身で外に出る人間はいないという状況を表しているのかもしれない。人間社会のなかに生きる「くま」よりも、放射能の方が忌避の対象となっているのである。

このような反原発のメッセージが読み取れる箇所は、同時に、「神様」において焦点化されていた、「くま」と周囲との関係性の問題を希薄化していよう。たとえば、「暑くない？」と気遣った「わたし」に、「くま」は、「暑くないけれど長くアスファルトの道を歩くと少し疲れます」と答え、続けて「もちろん僕は容積が人間に比べて大きいのですから、あなたよりも被爆許容量の上限もずっと高いし、このはだしの足でもって、飛散塵堆積量の高い土の道を歩くこともできます」という。川原に到着すると、「「あのこと」の前は、川辺ではいつもたくさんの人が泳いだり釣りをしたりしていたし、家族連れも多かった。今は、この地域には、子供は一人もいない」と強調され、「どちらも防護服をつけている」という「男二人」が、「わたし」と「くま」とに近づいてくる。一方の男は、「くまとは、うらやましい」「くまは、ストロンチウムにも、それからプルトニウムにも強いんだってな」と述べ、「ときおりくまの毛を引っ張ったり、お腹のあたりをなでまわしたり」する。「くま」は、「邪気はないんでしょうなあ」「人間よりも少しは被爆許容量は多いですけれど、いくらなんでもストロンチウムやプルトニウムに強いわけはありませんよね」と、放射能の問題を介して二人の男の言動を許容するのである。「神様」において、「男性二人子供一人の三人連れ」が登場し、「くま」に対する差別的なまなざしが最も前景化した箇所も、放射能を意識する文脈に書き換えられている。「神様　２０１１」でも「くま」は、人間社会における異質な存在には違いないのだろうが、すでに差別的な視線の対象ではないのである。

さらに、「くま」が川から魚を掴み上げる場面も、熊としての動物らしい一面が表れるやいなや、「さきほどの男二人が指さして何か話している」と語られ、「魚の餌になる川底の苔には、ことにセシウムがたまりやすいのですけれど」と「くま」が続けている。「神様」では、熊という動物らしい一面が垣間見える箇所となっているのだが、「男二人」のふるまいは、そこに注目しているとも考えられる一方で、それまでの文脈から、セシウム汚染が予想される魚を獲っていることを気にしているともいえるだろう。川で獲った魚を捌き、干物を作ろうとする際に、「くま」は、「かねて用意してあったらしいペットボトルから水を注ぎ、魚の体表を清め」、「ナイフとまな板とコップをペットボトルの水で丁寧に洗」った。冒頭から「ずいぶんな気の遣いよう」であった「くま」の用意周到さは、人間社会に生きる熊であるがゆえに培われた性格から、放射能汚染を避けるための配慮へとすり替わっていく。「くま」の特殊性さえも、放射能の前では、他の人間とほとんど変わらない。「わたし」や「くま」の生活する土地（世界）こそが、異質な状態になっているのである。

放射能に汚染された世界において、「くま」という存在など、たいした問題にはならない。物語の結末、「わたし」と「くま」との抱擁を描く場面も、両者の間にあるのは、やはり放射能である。

くまは一歩前に出ると、両腕を大きく広げ、その腕をわたしの肩にまわし、頬をわたしの頬にこすりつけた。わたしは承知した。くまはあまり風呂に入らないはずだから、たぶん体表の放射線量はいくらか高いだろう。けれど、この地域に住みつづけることを選んだのだから、そんなことを気にするつもりなど最初からない。

「神様」で、「わたしは承知した」の後は、段落を変えて「くまは一歩前に出ると」との一文になっている。「わたし」が、「くま」との距離を、物理的かつ身体的に近づけ、コミュニケーションを図る場面である。人間ではない、動物的な面も見たうえで、「わたし」は、「くま」を受け入れようとする。「神様　２０１１」でも、抱擁の直前、「神様」とまったく同じく、「くま本来の発声」という動物的な側面が語られているが、「わたし」は、そのような部分も含む「くま」という存在とのコミュニケーションに踏み込んでいこうとしているのではない。脳裏をよぎるのは、「体表の放射線量」である。しかし、「この地域に住みつづけることを選んだのだから、そんなことを気にするつもりなど最初からない」と語られているように、放射能に汚染された地域に生きる決意を表明し、「わたし」は「くま」と抱擁を交わすのである。松本和也は、この場面について、「コミュニケーションが生々しいほどに直接的なものに変じている。そのことで、「くま」の危険性がよりはっきりすると同時に、抱擁という「わたし」の選択・決意が生き方に即した重大なものへとかわっている」[*10]と指摘している。

確かに、「わたし」の抱擁は、「生き方に即した重大な」選択である。「そんなことを気にするつもりなど最初からない」と語り、抱擁を受け入れた「わたし」の姿は、「くま」という異質な存在との交流すらも、放射能とともに「この地域に住みつづけること」の内に回収している。「男二人」のように防護服を着て川原に来ることも、あるいは、「くま」のように「わたし」のために放射能汚染を気遣うことも、等しく「この地域に住みつづける」者が選択すべき行動のひとつである。「わたし」は、それらを見つめ、語った果てに、放射能汚染について「気にするつもりなど最初からない」と宣言し、「くま」との抱擁を許容したのだ。「わたし」の言動は、当然予想されるべき、汚染地域に生きる人々の不安や恐怖をも一蹴していよう。すなわち、放射能に汚染された、「この地域に住みつづけること」の意味が問われているのである。「神様」との対比からは、このような、語る「わたし」の姿勢の変化こそが明らかになるといえるだろう。

4　反復／変形された「悪くない一日」

「神様　２０１１」は、福島第一原子力発電所の事故と結び付く、反原発のメッセージ性が濃厚ではあるが、〈3.11〉との直結を迂回しつつ、放射能汚染の惨状を語り出していた。そこには、反原発とはいえ、〈3.11〉のみに限定されない読みの広がりがある。水牛健太郎は、「神様　２０１１」について、「「神様」の言葉と原発事故に関する言葉をそのままぶつけることを選んだのだろうが、どうも安易な感じがしてしまう」「結果は台無しもいいところで、読んでいて思わず嘆息の連続であった」[*11]と、手厳しい批判を加えている。原発事故に関する言説が特徴的であるのは明白だが、しかし、「神様」との対比的な読みから浮上する、「神様　2011」の「わたし」をめぐる物語の志向性は、決して「安易な感じ」などといえるものではなかったのではないか。

「神様」と「神様　2011」とは、いずれも、「わたし」が「熊の神様」を想像してみた後に、「悪くない一日だった」と語り、物語が閉じられている。「神様」では、「くま」という異質な存在と過ごした一日が「悪くない」とされ、「神様　2011」では、放射能に汚染された「この地域に住みつづける」「わたし」が、「くま」と散歩に出た一日を、「悪くない」と振り返った。いわば、「神様　2011」では、「くま」の登場が、「この地域に住みつづける」「わたし」の生活に「悪くない一日」をもたらしたのである。「あのこと」以前と同じように、「ふつうの服を着て肌をだし、弁当までもって」散歩に出る。それ自体が、「悪くない一日」につながっていく。「くま」との散歩は、「わたし」にとって「あのこと」以前の日常生活と連続したものでもあろう。特別な一日ではないからこその、「悪くない一日」とも換言できる。ゆえに、「神様　2011」は、放射能に汚染された、異常な状態に変わってしまった世界を特徴としながらも、そこで生きる決意をした「わたし」の日常を描く物語なのである。

だからこそ、「神様　2011」で新たに書き加えられた、「この地域に住みつづけることを選んだのだから、そんなことを気にするつもりなど最初からない」という「わたし」の言葉が大きな意味をもつ。この一文を作中の「白眉」と捉える高橋源一郎は、「「わたし」は、この大地を汚した者のひとりとして、その責務として、汚染された土地に住みつづけることを誓うのである」[*12]と指摘している。物語の最後で、「いつものように総被曝線量を計算し」、細かにその数値を記す「わたし」は、「そんなことを気にするつもりなど最初からない」のだから、たとえ被曝線量が人体に影響を及ぼすレベルに達しようと、「この地域に住みつづける」だろう。「いつものように」行われる被曝線量の測定は、日常的な行為であると同時に、「わたし」が放射能汚染と正面から向き合っているさまでもある。高橋が読み取っているように、「神様　2011」の「わたし」は、放射能汚染の問題を、部外者ではなく当事者の一人として問い続けていく姿勢を読者に喚起しているのだ。

東日本大震災以降の日本の社会において、放射能汚染以前の日常の喪失は、一人ひとりの個人が背負うべき問題と化した。「神様　２０１１」に刻み込まれた言葉は、「安易な感じ」でもなければ、他人事でもない。読者にとって「わたし」という存在は、自己を写し返す鏡となる。つまり、読者には、「神様　２０１１」を通して、変わってしまった世界への批評が求められているのである。

「わたし」の「悪くない一日」は、「神様」と「神様　２０１１」と、二つのテクスト間で反復／変形され、まったく異なる意味をもった一日となった。「神様」で「くま」に仮託されていたような、コミュニケーションの困難や苦しみは、「神様　２０１１」では払拭されてしまう。「くま」の言葉も、「わたし」の語りも、そこには踏み込まず、誰一人、人間社会に生きる態という特殊性に触れていかない。放射能汚染は、差別を含む人間関係の構築を閑却させたのである。田中和生は、「もうかつてのような、放射能汚染の心配をしなくてよい日々が決定的に失われてしまったということをわたしたちに教える」[*13]と、「神様　２０１１」を評価した。「放射能汚染の心配をしなくてよい日々」を「神様」に当て嵌めれば、両テクストを対比する視座は、そのような惨事を前にしたとき、個人が抱える問題が、いかに等閑視されてしまうかを炙り出す。放射能に汚染された「神様　２０１１」の世界は、「神様」の物語世界を批評する観点を提示してもいるのである。

また、対比的な読みが可能である以上、両テクストの物語世界は、パラレルな関係にあるといえる。「神様　２０１１」への書き換えによって、人と人との関係性に対する繊細なまなざしは希薄化してしまったが、「神様」という物語が成立しえなくなったわけではない。むしろ、「神様」に描かれたそれは、「神様　２０１１」との対照により、あらためて考えさせられるだろう。たとえば、「わたし」と「くま」との抱擁が挙げられる。「神様　２０１１」において「わたし」は、放射能汚染という障害を有しながらも、「そんなことを気にするつもりなど最初からない」と語り、「くま」との抱擁を交わした。「わたし」の住むマンションに引っ越してきて、散歩後には「またこのような機会をもちたいものですな」という「くま」も、「神様　2011」では、「この地域に住みつづけること」を決意した者に相違ない。とすれば、「わたし」は、自らと同じく「この地域に住みつづける」「くま」を受け入れたのである。「神様」で問われていたコミュニケーションの可能性は、断たれてしまっているのではない。「神様」と「神様　2011」とでは、「抱擁」に内在する意図が変質している。だが、「神様」と「神様　2011」との対比は、「わたし」の踏み出した一歩の差異を表面化させると同時に、あらゆる差別的なフレームを越えて他者とのコミュニケーションを図っていくのであろう、「わたし」の意志を共有項として感得させせよう。少なくとも、「神様　2011」は、人語を話し、人間社会に生きる熊を題材とした寓話ではなくなった。「神様」と「神様　2011」とは、「わたし」をめぐる物語として読むとき、往還可能な差異を現出させる。すなわち、「わたし」が「くま」を介して向き合う現実が反復／変形され、それが読者に問われているのである。

「神様」も「神様　2011」も、読者にとって決して無関心ではいられない問題を投げ掛けていた。読者は、どちらの物語世界にも自らを重ね合わせ、差別を含む人間関係や放射能に汚染された世界を直視し、読み比べていくことができる。二つのテクストを往還する運動は、「神様」と「神様　2011」との併存を批評的に照射する。「わたし」をめぐる物語の書き換えは、対比する読書行為において効果的に機能していよう。

注

＊1　鈴木愛理「現代小説の教材価値に関する研究――川上弘美「神様」「神様　2011」を中心として――」（「広島大学大学院教育学研究科紀要第二部（文化教育開発関連領域）」平成24・12）

＊2　高橋源一郎「『恋する原発』――処女作への回帰と小説家の本能」（「群像」平成24・1／聞き手＝佐々木敦）

＊3　＊2に同じ
＊4　高柴慎治「川上弘美「神様」を読む」（『国際関係・比較文化研究』平成19・3）
＊5　松本和也「〝交通《コミュニケーション》〟の諸相――川上弘美「神様」から考えられること」（「月刊国語教育」平成20・8）
＊6　＊5の論攷において松本和也は、「名づけることが所有（認識論的な領有）を意味する以上、名を問われて「呼びかけの言葉」しか答えない「くま」は明らかに「わたし」との距離の確保を図っている」と指摘している。
＊7　荒木奈美「川上弘美「神様」「草上の昼食」論――「くま」の生きづらさを通して見えてくるもの――」（「札幌大学総合論集」平成23・10）
＊8　高橋源一郎・川上弘美「未来の読者へ――「子ども」の小説と「原発」の小説を書いて」（「新潮」平成24・7）
＊9　＊8に同じ
＊10　松本和也「川上弘美の出発／現在――「神様」・「草上の昼食」・「神様　2011」」（『川上弘美を読む』水声社、平成25・3）
＊11　水牛健太郎「季刊・文芸時評《二〇一一年・夏》文学の言葉は遅い」（「三田文学」平成23・8）
＊12　高橋源一郎「ぼくらの文章教室　第7回」（「小説トリッパー」平成23・秋）
＊13　田中和生「「あのこと」以降を描く、もう一つのデビュー作『神様　2011』」（「週刊文春」平成23・10・20）
※本章における、川上弘美「神様」「神様　2011」「あとがき」の引用は、すべて「群像」第六六巻六号（平成23・6）に拠る。なお、引用に際しルビは省略した。

第三部　変奏される〈音楽〉

第15章　書き記された〈音楽〉——永井荷風「新帰朝者日記」と洋楽受容——

1　日記のなかの〈音楽〉

永井荷風の「新帰朝者日記」[*1]には、ショパンやワーグナー、シュトラウスなど西洋の音楽家や楽曲が数多く登場する。そのほとんどがアルファベットで表記されているのは、まだカタカナ表記による日本語化が徹底していなかった表れだろうか。当時は、ベートーベンのように「ヴィトーフェン」「ベートーフェン」「ベートーヴエン」と表記がまちまちのものもあれば、シューベルトやハイドンのように揺らぎがほとんどないもの、「ワグネル」（Wagner）と現代とは異なる形で定着しつつあったものもある。[*2] よって、一概に表記の未定着とは即断できない。

「新帰朝者日記」の本文では、わずかに二箇所だけ、カタカナで西洋の音楽家名と楽曲名とが記されている。「先達て青年会館でお弾きになつたショウパンを拝聴したですが」という、語り手「私」に対する私立洋楽院の経営者・黒川誠也の発言と、「伊太利大使夫人の応接日」に出会った令嬢・春子にそこで演奏されていた楽曲を尋ねられた「私」の返答、「シュマンのユウモレスク」である。この二例が、どちらも声に出された言葉であることには注意すべきであろう。

音楽関連ではないが、宇田流水と「私」との会話には、「Prosper Merimee と云ふ文学者」「Ibsen の劇の Hedda」と表記された箇所がある。発話される西洋語がすべてカタカナで表されるわけではない。むしろ、誰の、ないしは誰に対しての発言かが意味をもつ。「ショウパン」は、「私」から「明治的人物の代表者」と唾棄される黒川の発音である。「シュマンのユウモレスク」は、この言葉の後に、「帰朝して以来初めて日本の婦人に対して外国の女詩人の画像なぞに対すると同様の感動を覚えた」とされているため、まだどのような人物か計りえない春子に向けられた、「私」の発言といえる。したがって、これらのカタカナは、音楽の素人の、あるいは素人に対しての日本語的発音の表記だと考えられよう。文学の専門家である宇田流水とは、「Prosper Merimee」「Ibsen の劇の Hedda」と、原語的発音で会話が行われていると仮定できる。アルファベットで表記される西洋人名・楽曲名は、それぞれの母語がもつ、正確な発音を再現しようという意図だと解せよう。

初出時、春子への発言である「シュマンのユウモレスク」は、「Schumann の Humoresque」とアルファベット表記であった。後の、縮刷版『牡丹の客』（籾山書店、大正5・2）収載時に、「シュマンのユウモレスク」とカタカナ表記に改訂されている。「一月十日――伊太利大使夫人の応接日である」この日に、「私」は、「漫遊のある音楽者が大使館でヴィオロンを演奏する」のを聴きに行く。この場に現れた令嬢・春子は、「少しも悪びれる様子なく、而も自由な仏蘭西語で大使の夫人と挨拶」をしており、「私」は「猶更驚いて思はず其の顔を打目戍つた」。ここで、演奏された音楽について「何と云ふ曲で御在ます」と春子に聞かれた「私」は、「Schumann の Humoresque」と答えているのである。

春子が、フランス語を話していたことに鑑みれば、初出時のアルファベット表記であってもまったく違和感はなかろう。むしろ、カタカナ表記によって、黒川と春子とが並列化されてしまう方が、「一月十日――伊太利大使夫人の応接日」以来、「私」が春子に惹かれていくという物語内容に相応しくないようにも読める。しかし、荷風は、カタカナ表記へと改訂した。「シュマンのユウモレスク」との返答を受け、音楽に没頭していく春子を見た「私」は、感動を覚え、「直ちに何の理由もなく其の人の思想知識、凡ての人格に対して深い敬慕の念に迫められる」。「私」の言葉は、「Schumann の Humoresque」を知らない春子に向けて選ばれた、発音という面における感性の表れであろう。荷風の施した、言語表記の修正は、「私」と音楽との深い結び付きだけでなく、言葉や音に繊細な「私」という人物像の形成を示してもいるのである。

「新帰朝者日記」執筆当時の荷風について、同時代の日本人と比べて「西洋音楽にかけてはひけを取らぬというだけの並々ならぬ自信があったに違いなく、また、その頃の楽壇の水準、作家の文章から推しても、この自信は正当なものと判断し得る」[*3]と、中村洪介は指摘した。これは、作者である荷風のみならず、「新帰朝者日記」の「私」にもそのまま当て嵌まるだろう。「私」は西洋音楽の素人ではない。繊細な注意と強い執着とをもって、西洋音楽への憧憬を記している。「私」の記述には、同時代の洋楽受容といかなる差異ないしは関連があるのだろうか。また、「新帰朝者日記」は日記体の小説であるのだから、アルファベットとカタカナとの使い分けなどから、音が言葉へと変換され、日記のうえに定着させられていく過程、いわば、〈音楽〉を反復／変形させていく「私」の意識が読み取れもしよう。「私」によって書き記された〈音楽〉は、同時代状況への批評性を孕みつつ、目には見えない音を言語化する力学をも内在させている。そこで本章では、明治四〇年代の洋楽受容を補助線としながら、「新帰朝者日記」のなかの〈音楽〉を読み直したい。

2　明治四〇年代の洋楽受容と「私」

明治二〇年に設立された東京音楽学校を皮切りに、明治三〇年代から四〇年代にかけては、女子音楽学校（明治36年）、東京音楽院（明治38年）、女子音楽団（明治38年）、東洋音楽学校（明治40年）と、私立の音楽学校も次々に開校し、日本の洋楽教育は盛んになっていく。大森盛太郎によれば、明治会、楽友会、同仁会、好楽会、音楽奨励会、芙蓉会、東京フィルハーモニー会、ワグネル・ソサイティー、早稲田大学音楽会など数多くの団体により、「東京市内だけでも明治四十一年二十六回、同四十二年四十二回」にも及ぶ、西洋音楽の演奏会が催された。*4「新帰朝者日記」の「私」には、「苦学生補助会の慈善音楽会」でのピアノ演奏の依頼や、私立洋楽院から教授の懇請などが来る。西洋で学んだ音楽は、「私」の生業でもあった。明治初期以来、急速に進展する、西洋音楽の需要と供給とのバランスを考慮すれば、これらの依頼は決して珍しいものではない。洋楽の受容が確実に伸張していた明治四〇年代には、「私」が参加するような演奏会やパーティーは、しばしば催されていたのである。

明治四〇年頃の時代背景からすれば、「新帰朝者日記」の「私」による西洋音楽の知識や理解は、先端的であり、巧みに時勢を捉えるものでもあったといえるだろう。だが、その一方で「私」は、同時代の洋楽受容の趨勢に批判的なまなざしを向ける。「苦学生補助会の慈善音楽会」でのピアノ演奏のため、「青年会館」を訪れた「私」は、そこに集まった聴衆に対して「重に学生ばかりの聴衆は、今日とても同じく、演奏される西洋音楽の意義をば満足に了解しては居まい」といった感想をもらす。そのうえ、「彼等は単純に西洋音楽は日本音楽よりも高尚である深遠であると云ふ盲目的判断、寧ろ迷信に支配されて馳せ集るのだ。あ、「西洋」何たる不思議な声であらう」と、「学生ばかりの聴衆」は、「西洋」という言葉に惹かれて集まるのであり、音楽自体への興味関心や理解は二の次と見なされているのである。しかも、「不思議な声」と「西洋」は音声で比喩されているのだから、「私」は、「学生ばかりの聴衆」が言葉の意味内容を理解していないとも揶揄しているのだろう。対して「私」は、「西洋崇拝」という、彼らとはまったく異なる立場にあり、「盲目的判断」や「迷信」にも支配されていないと、自認している。「私」の抱く西洋音楽への熱情が、「学生ばかりの聴衆」などと、どれほど差別化されているかは、これらの記述から容易に読み取れよう。

また、「青年会館」とは、神田美土代町の青年会館と推測される。日比谷公園音楽堂ほどではないにしろ、ここで催された演奏会も少なくない。日比谷公園音楽堂は、軍楽隊の使用が主だっていたのに対し、神田の青年会館は、明治会などの諸団体に演奏会場として用いられる場合が多かった。[*5] この場所で、ショパンの「ノクターン」と「ソナタ第二番」の第三楽章「葬送行進曲」とを、「私」は演奏する。「ノクターン」の第何番を弾こうしているのかは明らかにされていないものの、「私」は、「夢想的な『夜』といふ全体の心持を伝へればよい」ので「何かと云へば弾じ易い」としている。問題は、「ソナタ第二番」の「葬送行進曲」の方にあり、こちらは「弾じ易い」どころか、楽曲自体が日本の居室に合致しないのを理由に、練習すら中断されてしまう。演奏会の前日にあたる一二月二日の記述では、「ソナタ第二番」の練習を契機に、日本の居室には「色彩の統一がない」とか、「内部と外部との限界も立つて居ない。戸外の物音は車の響、人の声から木の葉のそよぎまでが事由に伝つて来る」など、統一を欠いた不調和、内外を分かつ私的空間の不完全に対する批判が展開される。もとより日本の居室への不満があったのかもしれないが、きっかけはピアノの演奏である。「日本の居室は凡て沈思瞑想恍惚等の情緒生活に適しない」とする「私」は、「ピアノを見るのさへ厭な心持」にまでなってしまう。結果、ピアノこそが、その空間に「どうしても調和しない」ものと位置付けられてしまったのである。

自らを取り巻く不調和な事物、不完全な空間を目の当たりにし、「私」は、「泣きたいやうな情無さと、同時に思はず吹出したくなる程な滑稽を感じ」ている。「此の服装、此の居室、そして此の遠い〳〵東洋のはづれまで来てあの悲しい北欧の音楽を弾じやうと云ふ。あゝ何たる無謀の企てゞあらう」と続くのを見る限り、日本的な空間にショパンが決定的にそぐわないにもかかわらず、そこでピアノを弾かなければならないことが、「私」には情けなくもあり、滑稽でもあると感じられているのだ。

ただし、「私」が「全く絶望しなければならぬ」としている箇所は、第三楽章の「葬送行進曲」ではなく、「いざ最後に夜となつて秋の木の葉が墳墓に散りかゝる処」である第四楽章の方である。だが、「リズムもメロディもない風の音のような、しかも1分半ぐらいですんでしまうあっけない楽章である」[*6] という第四楽章のみを演奏するわけではなかろう。[*7] そのため、この場面では、「葬送行進曲」をも含む、演奏における一連の流れと推察される。「葬送行進曲」は、「主部の重苦しい沈鬱な和音で心を打ち砕かれた者に、静けさと慰めをもたらす、天上よりの晴朗な旋律であるといえるかもしれない」[*8] とか、「第15小節以下に現れる変ニ長調の上行和音列は、悲痛な叫びのようでもある」[*9] などといった印象を与える楽曲である。このような解説に基づけば、一二月二日の記述から読み取れる「私」の心境は、楽曲の喚起するイメージとも合致していよう。ここでショパンの「葬送行進曲」は、「私」の心理的状態をも表象しているのである。

同時に、一二月二日の出来事においては、西洋の音楽が、「私」に自らの生きるべき世界を再認させ、純日本的空間のなかに配された西洋的なものがいかに滑稽であるかをも示している。一二月三日の日記は、「音楽会は思つたより満足に済んだ」と書き出されており、和風の自室よりは、青年会館の方がショパンを演奏するには相応しかったのだろうと想像される。しかし、その青年会館が、「私」にとって西洋音楽に適した空間であったかは記されていない。演奏をする空間ではなく、そこに集まる聴衆が関心の対象となっている。「私」は、「演奏される西洋音楽の意義をば満足に了解し」えないであろう聴衆を、日本よりも西洋を単純に「高尚」と見なす「迷信」に支配されているとしていた。これは、「巴里で懇意になつた高佐文学士」との会話で展開される、「明治の文明全体が虚栄心の上に体裁よく建設されたもの」であり、「国民が個々に自覚して社会の根本思想を改革しない限り」は、すべて「新形輸入の西洋小間物に過ぎない」とする批評に通じる論法であろう。「私」は、聴衆が個々に自覚した根本思想の改革を経ていなければ、「西洋音楽の意義」を了解するのは不可能だと断じているのである。

「私」の批評には、一種のアイロニーが込められていよう。一二月三日の記述はさらに続き、端々に冷笑的な皮肉すら読み取れる以下の一節にいたる。

日本人が日本を知る必要は少しもない。明治の現代に高い地位名望を得やうとしたなら、自国の凡てを捨てゝも西洋の知識に学ばねばならぬ。てにをはを知るよりまづABCを知らねばならぬ。欧米を旅行して、自分は欧文を綴り得るだけの才能に止り、日本の手紙すら満足に書き得ない知名の外交官に幾人も邂逅したであらう。後代の歴史家は此の奇妙な現象をどう研究するであらうか。

「新帰朝者日記」における日本と西洋との対比は、単純な構図ではない。換言すれば、日本的な思想そのものではなく、形式的で「根本思想を改革しない」ことを、「私」は批判しているのだ。堀内敬三は、明治後期の演奏会は「むずかしい高級な曲をやるようになってから「洋楽の聴衆」が生まれた」と述べ、日本人が、「洋楽が解り出すとすぐに高級なものに食い付いて行った」のは、「つまり洋楽は感情よりも理知によって取り上げられたからであろう」[*10]と指摘している。「私」によって批判されている聴衆の姿は、堀内のいう「洋楽の聴衆」にほぼ集約される。「新帰朝者日記」で展開される明治文化批判の基本的な構図も、これと同根を有していよう。すでに「根本思想を改革」し、自ら「西洋崇拝」といわしめる「私」には、このような日本人的傾向は、批判の対象としかならなかったのである。一二月三日の演奏会に集まった「学生ばかりの聴衆」について、「私」は、「彼等にはもつと了解し易い詩吟もあり薩摩琵琶歌もあ」ると記している。「学生ばかりの聴衆」の感情に訴えるのは、西洋音楽ではなく、日本古来の詩吟や琵琶歌の方だと「私」の眼には写っていたのだ。

明治四〇年前後の演奏会では、ベートーベンやワーグナー、シューベルトなどの曲目が主流であり、ショパンの演奏は非常に珍しかった。[*11]当時のような時代背景にあって、演奏会でショパンの「葬送行進曲」を「私」が弾いたのは、偶然ではなかろう。この演奏会に「私」は、「思つたより満足」したともいう。「私」の悲観的な日本への視線が託されていた「葬送行進曲」が、苦学生の前で演奏されるという光景自体にも、いわば、一種の皮肉が込められているのではないか。満足の内実以前に、一二月二・三日の記述は、西洋音楽を媒介とした、日本の洋楽受容に対する痛烈な諷刺になっているのである。

また、作中で「私」が、「気をまぎらす為にピアノの前に坐つて、よく暗記してゐるオペラ Rigoretto の処々を何といふ事もなく弾き続ゞけた」という一二月一四日の記述も、これと同様の効果が見られる。「リゴレット」は、ヴェルディの中期三大傑作のひとつに挙げられるオペラだが、この作品は、背中の曲がった道化師・リゴレットの悲劇を主眼とし、「聴き手は、この救いのない悲劇の傍観者として、様々な心理状態の振幅を共有する」[*12]と評されもする。「よく暗記してゐるオペラ」とはいえ、学生時代の同窓生による香風会の会合に「出掛ける勇気がどうしても起こら」ず、自室で気を紛らすために、このような悲劇がピアノで弾かれているのである。「リゴレット」には、「葬送行進曲」と同じく、「私」自身の陰鬱な心の内が仮託されているのだろう。しかも、会合に関しては、「今日の一夜を箱根なぞで費すのが余りにも馬鹿々々しく思はれる。日本人の乱雑無礼な宴会のさまが堪へられぬ程不愉快に目に浮ぶ」と痛罵され、「美しい女、美しい宝石、明るい燈火、愉快な音楽、西洋の夜会は見事なものだ」と、「西洋崇拝」の姿勢が対置されていく。「私」の暗澹たる心理を表象した「リゴレット」は、「美しい」「明るい」「愉快な」と形容される「西洋の夜会」と並列され、それが「弾き終わると又直ぐ箱根の事が思返され」る。ピアノを弾く「私」自らの心理と響き合うようにして、〈音楽〉は、日記のなかに記述されていくのである。

3　歌劇「隅田川」の可能性と批評性

年が明けて一月一日になると、「隅田川」と題する歌劇脚本の創作が企てられる。歌劇「隅田川」は、「伊太利近代の歌劇作家 Mascagni の Cavalleria Rusticana にならい」い、かつ「梅若丸の事跡を仕組まうとする」という作品である。「私」の日本批判は、主に統一感に欠けた不調和や明治文化に向けられていたのであって、必ずしも日本文化のすべてが攻撃対象とされていたのではない。「西洋崇拝」を標榜しながらも、「私」は、日本の古典を題材にしたオペラの創作を企図しているのである。

香風会の会合場所であった箱根から帰った「私」は、「匂のい、甘い果物と珈琲とが味ひたくて堪らなく思はれ」た自らを振り返り、「日本在来の飲食物には満足する事が出来ぬ身体になつたかと思ふと、寧ろ淋しい悲愁を感ぜずには居られない」という。いわゆる日本人と「私」自身とは、「思想上のみではなく肉体の組織からしても異つて了つたのであらう」と結論付けさえした。日本的空間で一夜を過ごした「私」は、日本人としての自己を喪失するかのような感覚に囚われている。「西洋崇拝」が、日本人としてのアイデンティティーにまで浸食しつつあるのだ。にもかかわらず、創作中のオペラは「隅田川」なのである。日本の古典をオペラとして昇華させようというのであれば、「西洋崇拝」に背理するわけではなかろう。しかし、「水の流れ、落葉の響、蘆のそよぐ音なぞに秋の黄昏の寂寞悲哀を示す短い序曲を聞かせ」、「濁つた流れに終日糸を垂れて居て魚はつれないと云ふ貧しい漁夫の歌を独唱させる」などというように、意匠こそ西洋にならいながらも、「梅若丸の事跡を仕組」むというその根底には日本的抒情が流し込まれようとしている。「西洋崇拝」者であると同時に、日本に生活する日本人でもあるという自らの立場を、歌劇「隅田川」の創作は「私」自らが再認識しようとしているのかもしれない。

歌劇「隅田川」創作の背景には、一二月一四日の夜に、宇田流水と交わされた会話が、少なからず関連している。滅びつつある江戸文化への憧憬を抱く流水の態度は、「私」の「西洋崇拝」とは立場を違えども、根幹では合致する。「純粋の日本人から生れた純粋の日本文学は明治三十年頃までに全く滅びて了つた」という流水の悲嘆を聞いた「私」は、「形ばかり持つて来ても内容がなければ何になるものか」と西洋の表層ばかりをなぞった文明開化に対する批判を述べている。〈純粋の西洋人から生まれた純粋の西洋文化・芸術〉の理解と移入との不可能性を語っているのだろう。「私」は、西洋で「真の文明の内容を見」た数少ない人物のひとりにほかならない。だからこそ、歌劇「隅田川」として、〈純粋の西洋人から生まれた純粋の西洋文化・芸術〉の移入を思案したのであろう。流水との対話は、「隅田川」の創作を触発している。彼との再会により、「私」の西洋音楽への関わり方は、変化の兆しを見せ始めたのである。

一月二五日には、「まだ充分に彫琢せねばならないのであるが、兎に角腹案の楽劇「隅だ《ママ》川」の歌謡だけを書き終つた」とあるように、オペラの創作は順調であったと見受けられる。しかし、作中で歌劇「隅田川」は完成しない。「私」がそれに挫折したか否かは不明であるが、「隅田川」を完成させるためには、越えねばならない問題があった。一月三〇日に流水と会った「私」は、そこで彼の話を聞き、「一時欧化主義の盛な時代に花柳界がなかつたなら、江戸の音楽演劇は全く絶滅してしまつたであらう。此の点に於て吾々は永久に彼等に向つて感謝の意を表しなければならない」と記している。流水の語ったことを要約したものであろうが、「私」自身もこれを肯定しているのだろう。「三絃とピアノと其の何れが果たして日本人の情緒を最も適切に現し得べきかを疑つてゐる。今夜流水が招いて呉れる芸者とその音楽とを自分は熱心に聞かねばならぬと思つた」という「私」は、日本の古典を典拠に用いたオペラ「隅田川」を完成させるには、純粋に日本人の心に訴える音とは何かという問いに、対峙しなければならなかったのである。また、この一節の直前では、「日本の洋画家が島田や銀杏返の女の裸体画に成功しない限り洋画は日本の生活とは一致しない」といった、パリで出会った日本人洋画家の言葉を、「私」は思い返している。西洋音楽によっても「日本人の情緒」を表出できると「私」は考えているのであろう。「芸者とその音楽と」は、歌劇「隅田川」の完成を左右している。だが、一月三〇日の記述はこれで終わってしまい、「三絃とピアノと其の何れが果たして日本人の情緒を最も適切に現し得べきか」という疑問は答えられず、日記は二週間後の二月一五日にまで飛んでしまうのである。二週間のブランクに、洋楽と邦楽との相克、あるいは止揚の挫折があるのかはわからない。とはいえ、「私」は、西洋と日本との文化・芸術の融合的なオペラの創作を試み、その過程で花柳界や江戸文化から伝わってくる邦楽に注目したのである。日本の文化を、「私」は音楽を通して積極的に取り込もうとしていたのだ。

坪内逍遙は、明治三七年に『新楽劇論』（早稲田大学出版部）で、西洋歌劇を直訳模倣するだけの現状に警鐘を鳴らし、新しい楽劇の実践として『新曲浦島』（早稲田大学出版部、明治37・11）を発表した。明治四〇年前後の歌劇はまだ揺籃期であり、堀内敬三によれば「ほんとうの歌劇も軽歌劇もレビューも児童劇も区別なしに「歌劇」とよばれ同じものと考えられていた」*13。「梅若丸の事跡を仕組」みながら、「伊太利近代の歌劇作家Mascagni の Cavalleria Rusticana」にもならうという「隅田川」は、堀内の述べるような同時代状況からすれば、希有な歌劇となる可能性を秘めていたであろう。さらに、「私」は、ソフォクレスのギリシャ悲劇を題材とした、リヒャルト・シュトラウスの「エレクトラ」（初演は一九〇九年一月、ドレスデン王立歌劇場）の楽譜を丸善に注文するなど、最新の西洋歌劇の摂取にも余念がない。西洋音楽は、「私」の心理ををも表していたが、「隅田川」の創作には、個人の心境の表出ではなく、日本の文化・風土と西洋音楽との融合が目指されていよう。

帰朝者である「私」にとっての西洋音楽と、当時の日本における洋楽受容との間にある懸隔は、楽曲の意義を理解できないとされる聴衆と、西洋音楽を自己表現の方法としても駆使できる「私」という構図で示されていた。ただし、これは決して埋めることのできない隔りと捉えられていたのではない。明治文化批判や宇田流水との対話、歌劇「隅田川」の創作を通し、解消の可能性が模索されていたのである。「私」は、日本における西洋音楽のありようを問い、新たな文化・芸術の創出を試みていたのだ。つまり、「新帰朝者日記」では、西洋音楽が物語の主調低音を奏でると同時に、明治に入り滅ぼされていく、日本独自の文化や風土の再確認が促されていたのである。日記の記述へと反復／変形された〈音楽〉は、西洋文化と日本文化との融合の可能性を、批評的に模索していった痕跡でもあると読み取れよう。

洋行中の荷風も、逍遥の『新楽劇論』と『新曲浦島』とを読んでいた。生田葵山宛の書簡（明治38・4・13）には、「新楽劇論と浦島を読んだが先生の主意はさすがに専門的の処がある。然し僕には一ツの疑問があるのです」「浦島のやうな古代の人物を主人公とした劇ならば適当するが此処に新時代の人物兵士や学生を人物とすると此れまでの長唄に伴つた「所作」と歌曲とでは到底適当に性格をあらはす事は出来まいかと思ふ」と、したためられている。だが、このとき荷風は、「新楽劇については更に一段の新工夫が必要」ではあるが、「かう云ふもの、僕にはさてどうしたらば好いかと云はれても何とも答へる事は出来ない」と記した。書簡に見られる記述を直接「新帰朝者日記」の解釈に用いることは難しいが、歌劇「隅田川」には、『新曲浦島』が意識されていたのかもしれない。「隅田川」は、「新時代の人物兵士や学生を人物とする」歌劇として創作されようとしたのでもなければ、「長唄に伴つた「所作」と歌曲と」で構成されようとしたのでもない。「水の流れ、落葉の響、蘆のそよぐ音なぞに秋の黄昏の寂寞悲哀を示す短い序曲を聞かせた後は、伊太利近代の歌劇作家Mascagni の Cavalleria Rusticana に」ならうというのである。日本の古典を題材にしながら、音楽は西洋に求められた「隅田川」には、荷風の書簡に記されていた、「一ツの疑問」に対する解決が意図されていたとも考えられるだろう。

注

＊1　初出は「中央公論」明治四二年一〇月、表題は「帰朝者の日記」。明治四二年一〇月、易風社より刊行された『荷風集』収載時に、「新帰朝者日記」と改題された。その後も、「新帰朝者日記」は、単行本収録に際して数度の改訂が行われている。岩波書店版第一次『荷風全集』第四巻（昭和39・8）の所収本文は、中央公論社版『荷風全集』第五巻（昭和23・3）を底本とし、「新帰朝者日記」として改訂されている、春陽堂版『荷風全集』第三巻（大正8・12）

所収本文に基づく。また、岩波書店版第二次『荷風全集』第六巻（平成4・6）の所収本文は、「帰朝者の日記」として収録されており、底本が初出となっている。本章は、あくまで「新帰朝者日記」として論及することを目的とするため、引用は、すべて岩波書店版第一次『荷風全集』に拠った。なお、引用に際し、漢字は旧字体を新字体にあらため、ルビは省略した。

＊2　例えば、明治四〇年一二月一五日の東京音楽学校第一七回音楽演奏会のプログラムには「ベートーフエン作曲」とあり、以下同様に、明治四一年六月一一日の慰廃園慈善音楽会では「ヴィトーフエン」、明治四二年三月二五日の東京音楽学校第二〇回卒業演奏会では「ベートーヴエン作曲」といった記述が見られる。「シューベルト」「ハイドン」「ワグネル」の表記も、これらのプログラムで確認できる。

＊3　中村洪介『西洋の音、日本の耳――近代日本文学と西洋――』（春秋社、平成14・7）

＊4　大森盛太郎『日本の洋楽〔1〕』（新門出版社、昭和61・12）

＊5　日比谷公園音楽堂での演奏会は、「日比谷の演奏会」（「音楽界」明治41・6）中の「四月二十六日午後三時より陸軍々楽長永井健子氏の指揮下に演奏せられし陸軍楽隊の曲目は左の如し」、「日比谷の演奏」（「時事新聞」明治42・4・8）の「日比谷音楽堂に於て横須賀海兵団派遣軍楽隊海軍々楽長瀬戸口藤吉氏指揮の下に演奏あり」などの記事により軍楽隊の使用が多かったことがわかる。また、「明治音楽会も亦其第四十八回演奏会を三十一日午後六時半から神田青年会館に開いた」（「朝日新聞」明治41・2・2）といった記事や、「明治音楽会」の見出しで書かれた「四月三日午後六時半より神田美土代町青年会館にて開かるべく曲目左の如し」（「読売新聞」明治41・3・29）などからは、神田青年会館の使用状況が確認できる。

＊6　属啓成『ショパン　作品篇』（音楽之友社、平成1・12）

＊7　作中で「いざ最後に夜となつて秋の木の葉が墳墓に散りかゝる処」が挙げられていることについて、中村浩介は

「私見では荷風のケアレス・ミステイクと思われる」（前掲『西洋の音、日本の耳』）と指摘している。

＊8 『作曲家別解説ライブラリー4　ショパン』（音楽之友社、平成5・1）

＊9 ＊6に同じ。

＊10 堀内敬三『音楽明治百年史』（音楽之友社、昭和43・9）

＊11 秋山龍英編『日本の洋楽百年史』（第一法規出版株式会社、昭和41・1）所収の、明治四〇～四二年までの演奏会プログラムおよび洋楽関連の評論等を見る限りでは、ベートーベン・シューベルト・ワーグナーの楽曲がしばしば演目に取り上げられるのに対し、明治四一年三月二八日の「東京音楽学校第十九回卒業演奏会」（於東京音楽学校）における「ワルツ　ショパン作曲」以外に、ショパンの名は確認できない。

＊12 『作曲家別解説ライブラリー24　ヴェルディ／プッチーニ』（音楽之友社、平成7・8）

＊13 ＊10に同じ。堀内敬三は、明治三十六年に歌劇研究会によって上演された「オルフォイス」と、明治三八年に松本幸四郎を始めとする歌舞伎役者によって上演された楽劇「露営の夢」（北村季晴作詞作曲　共益商社、明治27・10）とが「その後の日本の歌劇の二つの方向を先駆する」とし、「一つは音楽に重点を置くもの、一つは音楽以外の構成分子に重点を置くもの」であったと指摘している。

第16章　〈内部〉と交響する主題――福永武彦「私の内なる音楽」の批評性――

1

福永武彦とシベリウス

福永武彦「私の内なる音楽」（「藝術新潮」昭和44・1～8）は、「音楽とはなんであろうか」という問いから始められている。これを掘り下げていくにあたり「私の内なる音楽」では、「人は音を聞くときに余分のものを附け加えてそれを聴いているということがあるのではなかろうか」との疑問が掲げられ、「例えば雨だれの音を耳にしながらショパンの前奏曲第十五番を感じたり、船に揺られている時にリムスキー＝コルサコフの「シェーラザード」とかドゥビュッシイの「海」とかの旋律が聞こえてくるといったこと」などの例が挙げられた。このような連想は表面的なものにすぎないが、しかし、自己の「内部」に根差す問題でもあるとして、第一章「1 ab intra」では次のようにも述べられている。

それは雨だれの音でショパンの前奏曲を思い出すのではなく、ショパンの前奏曲によって雨だれを、そして私の記憶のなかにある雨の音を、さらにそれと結びついた別の響きを、聞くともなしに聞いているのである。音楽は私にとって常に ab intra 内部から、来る。外に流れるものは、この内部にあるものを描き出すための一つの要素にすぎない。

〈内部〉は、「私の内なる音楽」を読み解くひとつの鍵となろう。「私はせめて内部の音楽を言葉に翻訳することで、文学を自分の仕事として選んだと言えるかもしれない」と続けられてもいる。自らの文学と音楽との関係性を探求しようとする「私の内なる音楽」は、第一章を受ける第二章「2　シベリウス「レミ《マ》ンカイネ《マ》ン組曲[*1]」」で、この楽曲の解釈および批評へと移る。「私の内なる音楽」は、大半がシベリウスについての言及で占められている。福永における〈内部〉の探求とは、シベリウスの音楽に対する批評自体と、不可分であるのではないだろうか。「私の内なる音楽」において、シベリウスがどのような人物として捉えられ、「レンミンカイネン組曲」がいかにして聴かれ、かつ読まれているかは、この〈内部〉への触知を試みる手がかりとなろう。

「2　シベリウス「レミンカイネン組曲」」では、シベリウスの活動時期が「一八九六年の作品二二「レミンカイネン組曲」に始まり、一九二五年の作品一一二「タピオラ」に終わったと思われる」と、まずはこの二作に挟まれた期間について語られる。そして、「「スオミ」と呼ばれる湖と沼の国、広漠とした平原に森がひろがり、何万という湖が清らかな水をたたえ、長い冬と白夜の夏を持つ酷寒の土地、そうした一種のエクゾチスムを離れてシベリウスは存在しないように思われる」として、この期間の諸作品に特徴付けられる「一種のエクゾチスム」の本質が、フィンランドの英雄叙事詩である「カレワラ」に求められた。「カレワラ」がシベリウスの作品のモチーフとなっているのは、楽曲の標題からも明らかであろう。ただし、ロシアの圧政下にあったフィンランドの独立宣言が一九一九年であるため、一八九九年の「フィンランディア」とともに、シベリウス自身に〝愛国〟のイメージが重ねられるのを、「私の内なる音楽」では、「戦前にストコフスキイの入れた「フィンランディア」のレコードが、我が国の「愛国行進曲」などと共に、やたら流行した。私なんかはそれですっかりシベリウスが厭にな」ったとされている。「私の内なる音楽」で見据えられているのは、あくまでも「一種のエクゾチスム」であり、これは、「自然や風土の直接の描写なのかといえば、決してそうではな」く、シベリウスが「カレワラ」という「現実のフィンランドではない神話の国を、描いた」ということなのである。

一八六五年に生まれ、一九五七年に没したシベリウスは、一般的には一八九二年の「クレルヴォ交響曲」や「エン・サガ」の成功によって国際的な名声を獲得したとされている。昭和三〇年代には、「タピオラ」以降、「現在に至るまで大きな曲はほとんど発表されていない」[*2]ともいわれているが、「私の内なる音楽」におけるシベリウスに対する認識も、それとほとんど径庭はない。しかし、「私の内なる音楽」では、作曲家としての成功とは異なるところに、シベリウスの活動の本質が見出だされようとするのである。

「私の内なる音楽」の第三章は「カレワラ」の内容の紹介、第四章は「4　シベリウスの初期作品」と題され、主に「クレルヴォ交響曲」と「エン・サガ」とについて評されている。「カレワラ」に触れた三章で、クレルヴォが神話内においていかなる人物であるかを語り、四章において「クレルヴォ交響曲」とその内容とが重ね合わされる。また、「エン・サガ」に関しては、一八九三年の序曲「カレリア」との対比から、シベリウスの本質が見えるのは「エン・サガ」の方であるとされ、この作品は、「一つの「サガ」であり、北欧の伝説のどのようなものを差していてもよかった」と評されている。さらに、「シベリウスが「エン・サガ」で描きたかったものは、神話的なもの、神秘的なもの、現代人の理解を越えたかなたにある一つの混沌とした世界である」と断言されるのである。

以上のように、「私の内なる音楽」が本質として感得しようとしていたものは、「カレワラ」に代表される神話的な世界と物語とが、シベリウスの音楽によってどのように表現されているかということだといえよう。音楽という抽象的な芸術表現の、言語による印象批評よりも、そこにあるイメージの源泉をいかに読み取るか、言葉を換えれば、シベリウスの音楽の物語的な解釈に力点が置かれている。特に、「レンミンカイネン組曲」への論及では、このような批評が、音楽の抽象性と搦められつつ、より直接的に試みられているのである。

2　「レンミンカイネン組曲」批評

シベリウスの作品二二「レンミンカイネン組曲」（「Lemminkainen Suite」）は、Ⅰ「レンミンカイネンとサーリの乙女たち」（「Lemminkainen and the Maidens of Saari」）、Ⅱ「トゥオネラの白鳥」（「The Swan of Tuonela」）、Ⅲ「トゥオネラのレンミンカイネン」（「Lemminkainen in Tuonela」）、Ⅳ「レンミンカイネンの帰郷」（「Lemminkainen's Return」）の四楽章からなる。たとえば、「レンミンカイネン組曲」の構成について、「四つの曲は（現行の順序において）明・暗・明・暗というふうに並んでいる。或いはアレグロ・アダジオ・モデラート・ヴィヴァーチェというふうに並んでいる」（「5　「レミンカイネン組曲」の成立」）と、「私の内なる音楽」では指摘されている。しかし、多くの聴衆が、「レンミンカイネン組曲」の構成を「明・暗・明・暗というふうに」判断するかは疑わしい。どちらかといえば、〈明・暗・暗・明〉といった印象を受ける聴き手の方が多いのではなかろうか。[*3] ヴィヴァーチェとされているように、第四楽章「レンミンカイネンの帰郷」は、テンポも速く、一種の明るさすら感じられる。これが誤記の類いかどうかは定かではない。が、このように書かれている以上、ここには、「トゥオネラのレンミンカイネン」を「明」と、「レンミンカイネンの帰郷」を「暗」と位置付けようとする意図があるとも考えられよう。

「5　「レミンカイネン組曲」の成立」では、「四つの曲を続けて聴くことによってのみ、その第二楽章「トゥオネラの白鳥」と第四楽章「レミンカイネンの帰郷」とがことに印象鮮明であることは間違いない」とされ、この二曲と「カレワラ」の内容とを照応させた批評が中心に行われている。[*4] 次の「6　地獄の河」では、「これが標題音楽であるために、われわれは弦の合奏がトゥオネラの流れをあらわし、イングリッシュ・ホルンの独奏が、その流れに浮ぶ白鳥をあらわすのだと知っているが、たとえ承知はしていても、ここに感じられるものは地獄的な気味の悪さとはまた違ったものであろう」と述べられる。「われわれは～知っている」という標題音楽の聴き方を限定するかのような言説は、「カレワラ」理解と楽曲との連結を、読者にも要求していよう。しかも、「トゥオネラの白鳥」の「statique な要素」「奇妙な静けさ」が強調され、「それはわれわれの魂がそこから生れてきた古里のような感じを持っていて、私の考えでは神話的ということに結びつくようである」というのである。そのうえ、「人間の姿はなく、ただ茫漠とひろがる薄明の空間」と、「トゥオネラの白鳥」から触発される空間の印象が語られながら、「人間の姿はどこにも見当らない」と、自らの解釈する「カレワラ」におけるトゥオネラのイメージが重ねられていく。音楽批評というよりは、むしろ「カレワラ」によって想起された映像・状景が、「トゥオネラの白鳥」と融合させられているかのようですらある。

「レンミンカイネンの帰郷」を「暗」と指摘した理由も、このような批評のあり方と関連する。「レンミンカイネンの帰郷」は、「トゥオネラの白鳥」と「一対にするのがふさわしい」とされ、二曲の対比から、「あの陰々とした不吉な調べはないし、息の長い悲しげなメロディもない」「早いヴィヴァーチェ、または情熱的なアレグロであり、「主題をさまざまに切り刻んだ短い断片が次から次へと展開し、ほとんど応接にいとまがない」「短く、力強い音楽である」と指摘されている。曲のみの印象を語ったこの解説は、「暗」という言葉とは結び付きにくい。しかし、あらためて標題の観点が浮上したとき、楽曲の印象は一変してしまう。「カレワラ」には、第一四章でトゥオニの息子に八つ裂きにされたレンミンカイネンを、第一五章で彼の母が、ばらばらになった屍体を掻き集め、呪文と魔法の軟膏とをもって蘇らせる場面がある。「私の内なる音楽」では、この復活から母子がともに故郷へ戻るまでを元にしているのが、シベリウスの「レンミンカイネンの帰郷」だと解釈され、楽曲の印象が次のように説き直される。

曲は遠くから吹いて来る風の音のような響きに始まる。その風が暗い霧を吹き払うと、かなたに見えるのはやはり暗いトゥオネラの流れである。この河の音は次第にすさまじい音量を加えて轟く。しかしこの胸騒がしい早さは、そこに心理的なものを加えるならば、息子のゆくえを尋ねている母の足取と、その不安な気持ちとを同時に表しているだろう。〔中略〕曲は一層早くなり、フレーズからフレーズへと変化するが、それは熊手をせわしなく動かす母の手と、水の流れにばらばらになって漂っている屍体の部分を示している。

「これが文学的な解釈であることを認める」とはされているものの、「「レミンカイネンの帰郷」がばらばらに斬り刻まれた英雄の屍体を主題にするならば、当然そこには小間切れにされた断片による dynamique な構成が必要とされるだろう」、「シベリウスの交響詩のうちで、これほど「カレワラ」の文学的主題と密着した表現は、他には見られない」と主張されている。そのため、純粋な楽曲の印象はどうあれ、「レンミンカイネンの帰郷」は、「カレワラ」に描かれている母の不安や、おどろおどろしいトゥオネラの河の流れから屍体が掻き集められるシーンと直結され、「暗」と位置付けられたのである。

多くの聴き手が、「カレワラ」の物語内容を下敷きにして、「レンミンカイネン組曲」を聴き取る保証はどこにもない。「私の内なる音楽」でも、この解釈は「ただの思いつきにすぎない」「実はこれは少々不遜な試みなので、シベリウス自身が施した解釈は違ったものである」とも語られている。*5 にもかかわらず、「しかし何よりも内容において、私は私の解釈に固執したいのである」との意志が露わにされ、「ばらばらの破片がつながってもとの身体になり、喪われた生命を蘇らせると見た方が、どれほどふさわしいだろうか。そう考えてこそ、神話的主題と音楽的表現とがぴたりと一致する」と結論付けられるのである。「カレワラ」の物語は、シベリウスの音楽を聴くという行為よりも明らかに先立っている。「私の内なる音楽」では、「神話的主題」に引き寄せられるようにして、シベリウスの音楽が聴かれているといっても過言ではない。
「レンミンカイネンの帰郷」は「暗」ではなく、冒頭から歓喜と祝祭的なイメージとに彩られた、明るさをともなう楽曲といえるだろう。ここでは牽強付会に等しいような読みが展開されている。逆説的にいえば、「レンミンカイネン組曲」の批評においては、「カレワラ」に描き出された「神話的主題」を、いかに音楽から読み取り、語るかが緊要であったのだろう。

3　交響する主題

あらためて「6　地獄の河」を見ると、「トゥオネラの白鳥」のイメージについて語られた箇所に、次のような一節がある。

もし人がそこへ行けば、孤独は自然の中に溶け込み、自然そのものと化して、永劫にトゥオネラの河の中を流転するだろう。生の孤独とはまた違った死の孤独が、一つの休息としていつまでも続くだろう。それは死の国であると共に、人間が生れる前の自然そのものであるかもしれない。そしてこの寂しい自然の上に、古代人は彼らの幻想を赴くままにさまざまの神話を思い描いたのである。いわばそれは自然の原型のようなものであり、魂の古里のようなものである。

ここで、「トゥオネラの白鳥」は、古代人の幻想／神話といった言葉に接続され、さらに「自然の原型」「魂の古里」へと換言される。非常に抽象的な術語ではあるが、「カレワラ」の物語を背景にもち、かつ標題とする音楽によって想起される「statique な要素」「奇妙な静けさ」は、「死の孤独」「死の国」と理解され、普く神話が有するであろうイメージへとつなげられている。「カレワラ」、標題、シベリウスの音楽により、神話のイメージはより鮮明になっていくようだ。

「私の内なる音楽」では、「神話」とは「祖先の経験した英雄的行動が、語り継がれて行く間に少しずつ想像力によってふくらまされて行ったもの」「想像力というよりは幻想と言った方がよい」ものだとされている。その伝承者については、古代人たる祖先と「同じ自然の中」でそれを歌い継ぐ限り、「神話は魂の中に生き続け、生きている故に少しずつ変えられ、富まされ、やがて定着する」とも説かれる。「神話は過去の産物ではなく、永劫回帰であ」り、「少なくともある種の人間にとって、神話は彼のうちに生きている、あるいは彼は神話のうちに生きている」、「シベリウスもまたそのような人間だった。彼の内部にトゥオネラの河は常に流れていた」と論じられているのである。

このような神話の理解が、一般的であるかどうかはともかく、「変えられ、富まされ」てはいくが、「永劫回帰」という言葉が特徴的であるように、そこには普遍性が求められていよう。それは、民族や人間という大きな枠組みにおいて、世代や歴史を横断する、記憶と経験とに醸成されていった物語、あるいは、その土地、その自然のなかで生きた人々の精神に共生する〝幻想の風景〟とでもいうべきであろうか。「自然の原型」に関して「私の内なる音楽」では、「それは人間の立ち入ることを拒否している自然、しかし人間が本能的な共感を抱いて憧憬している自然である」と説明されている。民族・地域を越え、神話に共有される、人間にとって不可侵の領域・空間が、「自然の原型」「魂の古里」ということになるのだろう。楽曲の印象からいえば、それが、「statique な要素」「奇妙な静けさ」につながっているのである。

これをより具体化した一例が、「6　地獄の河」末部にある。「私は「カレワラ」の中で、次の二行を好む」とされ、「トゥオネラの暗き河の底に、マナラの深き淵の下に。」が引用されている。同時に、「『古事記』の中で私が次の二行を好むことと関係があるかもしれない」と、「ミケノノ命は波の穂をふみて常世の国に渡りまし、イナヒノ命は妣の国として海原に入りましき。」が続けて挙げられる。この一節を好むという理由は、「神話の精髄のようなものが隠されているように感じられるから」だとされ、また、「共に私に前世という観念を呼び起こすが、古代人は死後の国と前世との間に一種の共通したものを感じていたようである」とも語られている。「トゥオネラの暗き河の底」と「マナラの深き淵の下」とに、「常世の国」と「妣の国」とが対応し、そこに「前世という観念」と併置される「死後の国」のイメージが読み取られる。さらに、「前世という観念」「死後の国」の間に共通する古代人の幻想が、「変えられ、富まされ、やがて定着」し、「永劫回帰」の物語である神話になりえるという理解があるのだろう。

福永武彦は、「古代人の詩的幻想」(『日本古典文学大系第一巻　古事記　祝詞』「月報」岩波書店、昭和33・6)という評論において、「僕が最も詩的な感動を覚えるところ」として、「私の内なる音楽」と同じく「ミケノノ命は波の穂をふみて常世の国に渡りまし、イナヒノ命は妣の国として海原に入りましき。」を引いている。「古代人の詩的幻想」では、「常世国」と「妣の国」とはどちらも「海の彼方にある」「死者の国」であり、「その国に行くことは、死を悲しむことではなく、自然の生成の一つとして、死を受け入れることであり、単純な死への畏怖とは性質の違ったものになっている」と語られているのである。「古代人の詩的幻想」で説かれる「常世国」「妣の国」のイメージは、「私の内なる音楽」の「前世という観念」に併置される「死後の国」のイメージを連想させはしないだろうか。「死後の国」＝「トゥオネラの暗き河の底」「マナラの深き淵の下」も、「自然の生成の一つとして、死を受け入れること」「単純な死への畏怖とは性質の違ったもの」を含意する世界と捉えられよう。「私の内なる音楽」では、「カレワラ」を介して「レンミンカイネンの帰郷」のイメージに定着されようとしていたのは、ばらばらになったレンミンカイネンの屍体を母親が掻き集め、復活させるという物語内容であった。「死後の国」が「前世という観念」と結ばれていたのも、あるいは「常世国」「妣の国」へ行くことが「単純な死への畏怖とは性質の違ったもの」とされていたのも、ここに起因しよう。つまり、死と再生のモチーフと、それを成立させる幻想の空間とが、「私の内なる音楽」では、「神話的主題」として感得されようとしているといえよう。シベリウスの音楽から看取されようとしていた「神話的主題」「神話の精髄のようなもの」とは、死と再生のモチーフに集約されるといっても過言ではあるまい。

4　音楽と〈内部〉

昭和三一年一〇月、福永武彦は、「古事記」の現代語訳（『日本国民文学全集第一巻　古事記』河出書房）を上梓した。同書「訳者の言葉」では、「古事記」が、「古代日本人の生活と感情とを伝える、一つの快い詩的リズムを持った作品である」とされ、「僕がこの作品に聞くのは『イリアス』や『カレワラ』や、『ユーカラ』に聞くのと同じリズムであ」ると述べられている。また、「古事記」の原文は、「簡潔な、歯切れのよい、しかも内面的リズムの持続した古代日本語であ」り、「原文のこのリズムを、最小限度の説明を加えるだけで、現代人の理解と共感とに適するように移植する」ために、「敬語的語法を無視した」と現代語訳の方法が明かされもする。「聞く」や「リズム」といった言葉が示すように、現代語訳を行うにあたっては、文体の音楽的要素が重視され、「現代人の理解と共感とに適する」ことが目的とされた。「古事記」の物語内容と状景との想像を促すように配慮されたこの施策は、シベリウスの音楽に対する「私の内なる音楽」の批評性とも無関係ではないだろう。すなわち、古代人の死生観を象徴するかのような、原初的な自然を想像させるという表現において、シベリウスの音楽は、「私の内なる音楽」でいう〈内部〉と交響していたのである。

薬師寺東塔の水煙に透かし彫りされた二四人の飛天と呼ばれる天人について語られている、福永武彦の「飛天」（『日本文化史』第一巻「月報」筑摩書房、昭和41・4）では、「最も詩的幻想にいざなわれる」ものとして「一心に笛を吹いている」楽人が挙げられ、「雲間に奏されていた笛の音は何処へ消えたかということ」が思索されている。そして、「私はその複製写真を見ながら、古代日本人がどのような音楽を聞いていたろうかと空想し、また虚空に消えた文化というようなことについても、さまざまのことを考えるのである」という一文で閉じられる。「飛天」も、音楽を媒介とした思考の片鱗を垣間見せていよう。笛をもち、音楽を奏する楽人の姿形から、そこで奏でられているであろう音楽を聴こうとする。たとえ決して聴けなかろうと、背後に流れているであろう音楽が、鑑賞する者の空想を刺激するのである。「飛天」に見られるこのような思考は、シベリウスの音楽から、幻想の状景や「カレワラ」の物語が連想されていく過程と方向性は異なるものの、発想の根幹は一致していよう。福永の批評において音楽は、〈内部〉に作用する、想像／創造の源泉となりえている。

「私の内なる音楽」の「レンミンカイネン組曲」批評は、抽象芸術である音楽に、神話的なイメージを加算する行為と、「カレワラ」のストーリーを注釈的に与える行為とで構成されていた。いわば、音楽の物語化でもある。そのような読みの源泉には、シベリウス個人に関する情報や、「レンミンカイネン組曲」等の標題による影響もあろう。しかし、本文中の「固執する」や「好む」といった言葉が示すように、個人の感情から立ち上がってきた、極めて主観的な態度が強く意識された言説でもあった。芸術によって喚起される詩的幻想こそが、「ab intra 内部から、来る」ものなのである。「私の内なる音楽」において、〈内部〉と交響したシベリウスの音楽は、古代人の死生観や原初的な自然を有する神話的なイメージ（詩的幻想）を語る言葉へと、反復／変形されていよう。

注

＊1　現在流通している楽曲名の表記にしたがい、「私の内なる音楽」引用本文を除き、本章では「レンミンカイネン」と記す。

＊2　堀内敬三・野村良雄編『音楽辞典』人名編（音楽之友社、昭和30・2）

＊3　たとえば、菅野浩和『シベリウス生涯と作品』（音楽之友社、昭和42・2）では、「第四曲《レミンカイネンの帰郷》は、とかく暗鬱なこの組曲で、はじめて喜悦感に溢れ、明快な感情が横溢する終曲にふさわしい華やかさのある音楽である」と指摘されている。

＊4　「カレワラ」のレンミンカイネンの物語について、「私の内なる音楽」では次のように要約されている。

これ［引用者註：レンミンカイネン］は力はあるけれど少しおっちょこちょい気味の、女好きの道楽息子で、なんとなく須佐之男命に似ているところがあり、前の二人よりも遥かに人間くさい。彼はサーリ（島の意味、特に現在のクロンシタット島を指す）に嫁さがしに行く。そして美しいキリッキを略奪して故郷に帰るが、彼女が約束を破ったというので、今度はポホヨラに嫁探しに出掛ける。ポホヨラの女主人は三つの難題を出す。第一はヒイシ（悪の力）のつくったとなかいを取ること、第二は火を吐く馬を生けどりにすること。そこまでは成功するが、第三のトゥオネラの河（トゥオニ、すなわち冥府の神、の住むところ。ラという接尾語はすべて「の国」の意）に白鳥を射る仕事を果たそうとして、トゥオニの息子に殺される。それを知ったレミンカイネンの母親は、トゥオネラの河にはいって、ばらばらにされた屍体を掻き集め、呪文と軟膏とによって彼を蘇生させる。レミンカイネンは母と共に故郷に帰る。

＊5　「私の内なる音楽」中、第四楽章「レンミンカイネンの帰響」に対するシベリウスの解釈は「シベリウスは楽譜の前に註を附けて、戦いに疲れたレミンカイネンはさまざまの冒険のあとで故郷に帰り、そこで子供の頃の思い出にみ

ちた光景を発見する」（「11　「レミンカイネンの帰郷」」）とある。

※本章における福永武彦作品の引用は、すべて『福永武彦全集』全二〇巻（新潮社、昭和62・9〜63・8）に拠る。なお、引用に際し、漢字は旧字体を新字体にあらため、ルビは省略した。

第17章　吉田秀和と永井荷風との交差――「音楽的文明論」を手がかりとして――

1　永井荷風と音楽

永井荷風研究としてはほとんど顧みられないが、吉田秀和に「音楽的文明論――荷風を読んで――」（『日本文化研究』第9巻、新潮社、昭和36・5　以下、「音楽的文明論」）という評論がある。「この小論は《荷風論》ではない」と断りの入っている本作は、その後、単行本『ソロモンの歌』（河出書房新社、昭和45・11）収載時に表題であった「音楽的文明論」が削除され、「荷風を読んで」と改題された。この改変は、荷風論への接近であるかにも見えるが、初出時と単行本収録時とで本文内容に大きな異同はない。

さらに三四年の歳月を経て、「音楽的文明論」は、吉田秀和『千年の文化　百年の文明』（海竜社、平成16・8）に、「第二章　日本の文明はどこまで西洋の模倣に成功したか」として収録される。ここでは、若干の異同が見られるものの、基本的には初出と一致している。特に、小見出しの設けられた各章の構成が初出時とは異なるのだが、吉田秀和は、「著者後記」において「ずいぶん昔に書いたものもあるので、編集に当たっては、読者に身近でわかりやすいようにと考えて、小見出しを書き込んだりしてくれました。恐縮です」と記している。新たな章立て[*1]に関しては、作家自身よりも編集者の意向が反映されているようだ。ともあれ、改題されようとも、「音楽的文明論」としての基本姿勢に変わりはない。荷風の存在を介して、音楽を観点とした批評がいかに展開されているのかが、やはり問題となろう。

荷風と音楽とは、たびたび取り上げられてきたテーマである。特に、日本における西洋の音楽受容に対する苛立ちを隠さなかった荷風の批判は、明治の文明開化以降、急速に西欧化していく日本社会全体への不満、なかでも従来の風景が駆逐されていくような表層のみの変化への憤りと重なっていた。そのため、荷風の音楽批評は、明治以降の文明／文化批判の一端として読まれがちでもある。ただし、殊に西洋音楽に関しては、フランス・アメリカへの遊学により、単なる知識や教養としてではなく、荷風の内部に深く根付いていたといえる。「上田敏の『うづまき』が語るワグナー音楽の感触がディレッタンティズム（享楽主義）でとらえられていたのに対して、荷風の感覚的受容はもっと底層の、いわば肉体の原質部でなされていた」[*2]という野口武彦の指摘は、荷風と西洋音楽との距離を、上田敏との対比から鋭く突いていよう。荷風は、「肉体の原質部」に響かない、日本における西洋音楽に対し、苛烈な批判を加えていたのである。

荷風の文化・文明批評は、西洋と日本との対立的な図式で論じられてもきた。たとえば、中村洪介は、荷風と西洋音楽とについて次のように述べている。

> 帰国後の荷風には西洋音楽が一層身近になり、生活の中に浸透している点を見過ごしてはならない。プレリュードにせよサンフォニーせよ、音響の直接的比喩に洋楽の言葉を用いるようになったことは彼の新しい特徴である。つまり、日本的音現象と結合または対比させる洋楽意識は、広く日本文化対西洋文化を考える際の彼の方法論に包含される、極めて当り前な発想となったのであった。[*3]

ここで中村は、音楽、ないしは「音現象」を契機に、文化へと議論を拡大していく。音楽のみに終始しない荷風の視野を明らかにするものとして、中村の見解は肯えよう。ほかにも、西洋の音楽対日本の音楽という構図に注視した真銅正宏は、荷風の「夏の町」（「三田文学」明治43・9）の記述から、「荷風においては、西洋音楽と日本音楽の間に、総合的自立的という意味での「純然・純粋」対、個別的という意味での「単純・単調」という組合せが成立するようである」[*4]と指摘している。中村論・真銅論ともに、非常に示唆的ではあるものの、二項対立的な図式化は免れないようだ。

一方、吉田秀和の「音楽的文明論」は、荷風における西洋と日本とを、二項対立的に位置付けているわけではない。そもそも荷風は、「オペラ雑感」（「音楽界」明治41・3）に「屢々伊太利若しくは仏蘭西のオペラ中で極く情的な艶麗なものを聴いてゐると丁度日本で義太夫の心中物でも聴いて居ると同様の感を抱くことがある」と記し、その姿勢は常に対立的な構図を表すばかりではなかった。むしろ、西洋と日本との間に、荷風が、いかなる命脈を作ろうとしていたのかが重要であろう。「音楽的文明論」は、「模倣」および「個性」という観点を軸に、それに迫ろうとしている。「音楽的文明論」のキーワードとなる「模倣」「個性」は、吉田秀和による永井荷風評価とも関連する。そこでまずは、「音楽的文明論」が、荷風のどのような点に着目しているのかを整理しておきたい。

2　永井荷風評価

「音楽的文明論」では、「アメリカの四カ年は、彼〔引用者註：永井荷風〕に西洋人の生活の何たるかを教えたといってもいいのではあるまいか。つまり個人主義の精神、自由独立の精神である」と指摘されている。この「個人主義の精神、自由独立の精神」は、次のように敷衍されていく。

彼が、「私の西洋崇拝は眼に見える市街の繁栄とか工場の壮大とか凡て物質的文明の状態からではない。個人の胸底に流れて居る根本の思想に対してである」（新帰朝者日記）という時、その根本の思想とは、こういう個人主義の精神の社会に生きる姿を目に浮かべていたに相違ない。荷風は、私には、個人とその周囲との調和というか、この両者の深い結びつきに対する極度に敏感な感覚の持主だったという風に見える。

個人主義の精神と社会との結びつきに対する荷風の感覚が評価されているようだ。「音楽的文明論」の出発点自体は、取り立てて目新しい、突出した見解ではない。特に、福田恆存の批評は、おそらくその主張の根幹に関わる。

自我の覚醒とか個人の自由とか申すのも、つまりはヨーロッパにおけるそれらがいかなる伝統と生活とを背景にいかなる意味をもつものなるかを知らぬもののたはごととしかおもはれなかつた。〔中略〕明治の作家のうち荷風ほどヨーロッパと日本との間隙を直視し、意識的にそこに喰ひいつていつたものは他になかつたといつてよろしい。その意味で彼ほどヨーロッパの本質を見ぬいてゐたものはなかつたし、また彼ほど日本人の限界を知つてゐたものはなかつたといへます。*5

西洋対日本という図式を立てようと、それが何に基づいているのかを、福田恆存は重視している。「自我の覚醒とか個人の自由とか申す」ものを、福田と同じく吉田も、荷風における「西洋崇拝」の原点と捉えたのだろう。ヨーロッパにおける個人主義の精神が、「いかなる伝統と生活とを背景にいかなる意味をもつものなるか」という点を、吉田は、荷風評価の始点にしたと考えられるのである。

音楽からこの問題を顧みた際、「音楽的文明論」では、そこに「歴史」との結び付きが看取されようとしている。たとえば日本の音楽状況について、「大正の半ばに、すでにドビュッシーの管弦楽曲の演奏をみているのだが、それはベートーヴェンの第九交響曲の初演と同時に行われている」という事実が挙げられた後、「十九世紀を大きくきりひらく音楽と十九世紀をとざし、新しい世紀の窓をあけた音楽とは、同時に、日本にもちこまれた」と説かれる。日本では、西洋の音楽における一世紀近い時間の厚みはすべて無化されているのだ。これは、音楽だけでなく、文明開化以降の状況一般にも当て嵌まるだろう。しかし、「荷風の場合、音楽は歴史とつながる」。それは、「作品のなかで、ある音楽に例をとったり、あるいは短い注を加えたりする時に示す一種の具体性というか、主観的な正しさというか、ある音楽で彼が何かを感じ、それを使いこなしてゆく見事さ」として現れると、「音楽的文明論」では指摘されている。つまり、異文化を経験し、そこに歴史や生活、社会といった背景を想像できるか否か、そしてその表現にまでいたるか否かが、音楽を語るという行為に問われているのである。同時にこれは、〈音楽〉の言語化に関する荷風の能力を高く価値付けた言説でもあろう。

さらに、荷風の姿勢は、「我が思想の遍歴」(「新潮」明治42・10)での「クラシックの土台に立った文芸でなくては、何うしても正確なる人生の見方を為し得るものでない」という言葉を受け、次のように解されていく。

芸術の歴史の上でよくみられるように、新しい主張は、その直前の時代を否定して、もっと古い時代にさかのぼって結びつこうとする。要するに、それがクラシックの土台にたつことであり、この振子運動が芸術の伝統を作ってゆくのだ。荷風のクラシシズムについては、これだけで割りきることは、もちろんできないが、しかし、以上のことは、従来の評家に案外指摘されてないように思えるのでかいておく。

音楽と歴史とのつながりへの言及は、江戸期の文化や芸術へと傾斜していった荷風の姿をも彷彿させる。「音楽的文明論」では、「思想の根底にある西洋＝古き日本の文物への愛を一生持して譲らなかった荷風」とも述べられており、荷風にとっての古典受容のあり方は、西洋の〈個人主義〉と不可分のものとして把捉されているといえよう。荷風は、西洋崇拝のみならず、日本の古典美への憧憬も絶えず抱き、とりわけ明治末期の小説では、変わりゆく東京の街並みへの慨嘆をしばしば漏らしつつ、表面的に西洋を真似ていく、新しい建築群への痛罵を繰り返した。西洋対日本という二項対立的な構図だけでは回収できない、荷風における二者の連関を、吉田は、「クラシックの土台」という観点から整理しているのである。

「歴史」、すなわち「クラシックの土台」と、現代の文化、文明の表出とがどのようにつながっていくのか、また、それを意識できるかが、吉田の主張の根底には流れていよう。荷風が語った〈音楽〉が、「歴史」に裏打ちされた言説であると評価する「音楽的文明論」では、音楽を中心とした文化／文明においての「模倣」と「個性」とが、次に論じられていくのである。

3　「模倣」／「個性」

「個性主義がどういうことかは、ここではとても論じきれないまでも、私は少なくとも、個性の自由な発揮と独創性の尊重とが、近代芸術にとってどんな意味があるかを、考えてみなければなるまい」と「音楽的文明論」で述べられている。「個性主義」は、「個人主義の精神」と同等の意味で使用され、「個性の自由な発揮と独創性の尊重と」が語られるにあたり、まずは日本文化の「模倣」について言及される。

外国文化の影響が生産的で創造的でありうるのは、何をどう模倣するかにかかる。荷風もいったように、近代の諸外国の文化は、すべてたがいに影響し、影響され合っている。〔中略〕荷風の当代日本文明批判に非常に共感するのは、その荷風の視点に、正しいものが含まれていると考えるからだ。それは単に当時において正しいだけでなく、現在もなお正しいものを含んでいるからだ。

「模倣」のあり方に重きを置く見解は、荷風の文明批判への「共感」から成り立ち、かつ明治期だけでなく、「音楽的文明論」が執筆されている「現在」へと写し返されていく。文化・芸術における「個性」について、「模倣」をキーワードにしながら語ろうとする「音楽的文明論」の言説自体が、析出される荷風の問題意識と重なり出してもいよう。

日本文化において「模倣」のあり方がいかに重要であるかが論じ続けられる「音楽的文明論」では、「一つの具体的な例」として京都と東京とが比較されている。京都は、「アジア大陸の先進大国の文明を直訳的に模倣し」、「自然の条件のよい土地を選んで、そこに根本的には外国の思想による都市計画を行った」のに対し、東京は、「自然発生的に群生して、自ら都会をつくるという日本的性格に依存して発展し」たという。荷風を読み、語ってきた文章は、「私は、最近何年間か、しばしば京都に出かけてみる。そうして、京都に行くたびに、痛切に思う」と、自らの感懐から、現代の東京への批判にいたるのである。

あたかも、荷風の批判が昭和三〇年代まで継続しているかのような書き方は、「模倣」をキーワードとした記述だけに留まらない。西洋の「文明の根本に個人主義の確立をみた」荷風は、「それが日本の「当局者」にも民衆にも、理解されてないことを痛切に知った」と解されている。「冷笑」(「朝日新聞」明治42・12・13〜43・2・28)や「問はずがたり」(「展望」昭和21・7)等に示された、没個性的な日本人および日本社会に対する批判的な言説を、ここでは、「今日、これがそのまま正しいとは、私もいわないが、しかし、日本人のある面を抉りだしていることは事実ではないか。少なくとも、私は自分自身に照らしてみて、これを否定することはできない」とされているのである。荷風の言葉を媒介にしながら、「個人主義」が、いまだ日本において本質的に「模倣」されない実状が認められているのだ。日本文化における「模倣」と「個性」とが、荷風に寄りつつ説かれると同時に、「現在」の「私」自身が抱いている問題意識にもなっていよう。

荷風と音楽といった枠組みで始められた評論は、「個性」および「模倣」という観点から、書き手の「現在」における、日本の洋楽受容に対する批判へと移行していく。日本の声楽家について「音楽的文明論」では、「自他の発声がどうであり、誰が正しく歌っているかの詮議」に関心が集まり、「技術さえあれば、自分のやりたい通りにやれる。では何をやりたいか。それは当人が示してくれない以上、聴衆にはわからないわけだが、その日がいつくるかは、当人にもわからないように思われる」と非難される。このような技術偏重傾向への批判は、ピアニスト、ヴァイオリニスト、指揮者と続き、「モーツァルトとシェーンベルクは、チャイコフスキーとストラヴィンスキーはどうちがうかの研究は、もっぱら指揮者の経験と直観にたよっているだけ」「その国の文化や作曲家の作風の精密な分析、その楽曲の演奏の伝統の研究は、ほとんど行われていない」と、音楽が創作・演奏された背景の理解にまで及ぶ。「荷風の場合、音楽は歴史とつながる」と指摘した自らの言葉は、「現在」の日本の西洋音楽状況に対する批判として反響する。「根本は外国の模倣であるが、何を模倣するかについて選択に欠けているのが、日本の音楽界の全体であって、それも外国のそれの基本的性格にせまればせまるほどよいと考えられている」という言葉は、表層（技術）のみに偏った日本の音楽界への痛烈な批判となっているのである。

「音楽的文明論」では、「音楽の演奏には、技術的な面と精神的な面と二つある」と説かれている。そして、「ステレオ再生器やテレビできいた演奏を基準にして、自分たちの目前の演奏を判断するという態度は、絶対にまちがい」であり、音楽の「精神的な面」が削ぎ落とされた行為であるという。その理由は、「何が名手であり、名演奏であるかを判定する基準は、特定の国の特定の時代に音楽を体験した人びとが定めたものだからである」。再生技術の進歩により、誰もが、いかなる時代、いかなる国の音楽をも聴くことができるようになった。技術という文明は、輸入可能で定着しやすい性質である。そこから再生される音楽、ないしは芸術という文化も、文明同様に、輸入・定着が容易であるかに錯覚されてしまう。しかし、文化は、「すべての審美感は、本来、一定の個性をもった体験の蓄積の結果でなければならない」と断言されるところからしか摂取できない。すなわち、表層的な異文化の模倣への批判から展開された、日本の伝統、歴史、社会といった芸術の背景と結び付く個性の獲得が、「音楽的文明論」の射程とされているのである。

「公衆の未熟なところからは、よい演奏家は生まれえないし、未発達な国ほど批評家は、音楽以前のところで、冷たくきびしい」という「音楽的文明論」の一節からは、本書第15章で論究した、「新帰朝者日記」(『中央公論』明治42・10)における、演奏会の聴衆批判が想起されよう。吉田秀和と永井荷風とは、演者にも聴衆にも、音楽の「精神的な面」の蓄積をともに求めている。「音楽的文明論」では、これが「非個性的な非選択的な模倣をたちきって、本質的模倣に転換する」ことだとされた。吉田にとって、荷風の文明批判、日本の西洋音楽批判は、「音楽的文明論」を発表した昭和三〇年代の音楽状況にもつながると感じられたのだろう。荷風を介した批評の矛先は、音楽や文学、芸術における「本質的模倣」の実現を訴えることにあるといえよう。

4　永井荷風から吉田秀和へ

荷風は「音楽雑談」(『早稲田文学』明治42・6)で、「日本の憂鬱なメロデーも今日の侭では、純粋の音楽としては余りに単調故、それ等を西洋の楽器に托するか、或は其他の方法を取つて純粋の音楽に仕上げれば、現代のロシア音楽の如く、無類の価値を生ずるだらうと思ふ」と語っていた。生前の荷風がこの願いを実現できたかといえば、おそらく不可能であったというべきであろう。自らオペラの創作に着手するも挫折し、晩年は音楽についてほとんど語らなくなってしまった荷風にとって、日本における西洋音楽は、批判の対象の域を出なかった。一方、「音楽的文明論」では、荷風に同調しながらも、「日本の雅楽、謡その他の伝統的音楽が、前衛とむすびついて、目ざましい成果をおさめることも充分に考えられるようにもなった」という実感が漏らされてもいる。昭和三〇年代における日本の音楽状況を悲観しつつも、「本質的模倣」の実現例を、当時の吉田秀和は鋭敏に感じ取っていたのである。

「音楽的文明論」発表の同年末、吉田は、「読売新聞」(昭和36・12・30)に「武満徹『フリュート、ギター、リュートのための環』」という批評を掲載した。ここでは、武満徹の「環(リング)」(初演は昭和36・8「第4回現代音楽祭」於御堂会館)が、「そこには能みたいに静的な緊迫感がみなぎっている。私は、この作品にふれてはじめて、いわば《静謐の美学》とでもいうべき、一つの芸術の世界に開眼させられた思いがした」と激賞されている。さらに、後年においても、「ドビュッシーにこんなに近くて、しかも、和歌の息遣いをそのまま継承しながら、生まれてきたような音楽。これは私が若いころからなじみ、追いかけてきたのとは違う。まるで新しい音楽だった」[*6]と述懐したほどである。楽譜に速度記号がなく、強弱記号も発想標語もほとんどないという「環(リング)」は、演奏者の自由が求められ、「ある奏者がそれに先だつ部分からうけたものに反応をおこす形ではじまり、それにほかの奏者が呼応したり反作用したりするという形ですすめられる」(「武満徹『フリュート、ギター、リュートのための環』」)作品だと、吉田は指摘している。西洋の楽器を使用しながら、能の世界や、日本的な空間を連想させ、なおかつドビュッシーと「和歌の息遣い」までもが聴き取られた武満徹の「環(リング)」は、吉田秀和が耳にした限りにおける、西洋の音楽性と日本の音楽性とが融合した、ひとつの成功例であった。それが、「《静謐の美学》」と称されたのだ。吉田の批評には、技術のみでは再現不可能な、「音楽の精神的な面」の結晶が聴き取られ、そして、〈音楽〉が言語化されているといっても大過はあるまい。

「音楽的文明論」には、音楽を介し、荷風の抱いた憂いと願いとが共有、ないしは変奏されている。自身と荷風との交差を、吉田は自覚していたのだろう。確かに、「この小論は《荷風論》ではない」。吉田秀和は、日本の西洋音楽に諦観しか表せなかった荷風に対し、彼とは異なる答えを提示した。「《静謐の美学》」は、「本質的模倣」の実現を宣言し、「音楽的文明論」の射程をみごとに体現した言説であろう。

注

＊1　「日本の文明はどこまで西洋の模倣に成功したか」には、「荷風を読んで」「個人の自由と責任、そして国家との調和」「個人の自由と権利は戦いとるべきものである」「外来の文化をどこまで昇華できたか」「日本独自の没理想的な写実性」といった小見出しが各章に付けられている。初出時に比べ、挑発的な内容が喚起されるものになっているといえるだろう。

＊2　野口武彦「明治文学とワグナー——永井荷風の音楽と官能——」（「國文學」平成2・2）

＊3　中村洪介『西洋の音、日本の耳』（春秋社、昭和62・4）

＊4　真銅正宏「洋楽と邦楽のはざまで——洋楽・邦楽全般——」（『永井荷風・音楽の流れる空間』世界思想社、平成9・3）

＊5　福田恆存「永井荷風」（中村真一郎編『永井荷風研究』新潮社、昭和31・11）

＊6　吉田秀和「武満徹と小倉朗」（「朝日新聞」平成2・9・18）

終　章　結論と課題

反復／変形は、小説内における典拠運用の痕跡を表す言葉として用いてきた。澁澤龍彥の小説「犬狼都市」がそうであったように、内容面に関する典拠との同一性からは、ときに剽窃や盗作との誹りを受ける場合もある。だが、典拠の反復／変形は、概念的な、あるいは文面的な差異を現出させていることを、本書では繰り返し論じてきた。個々の作品においては、そこに独自の創造的な価値が見出だされる。なかでも、さまざまな典拠を、あたかもコラージュするかのように組み合わせ、創作を行った澁澤龍彥は、まさに反復／変形の独創性を体現した作家だといえよう。

本書は、近代小説がいかに典拠を利用してきたかを方法的に追究するものであったが、同時に、第一部は澁澤龍彥論を企図してもいた。それは、澁澤作品の多角的な検討によって、本書全体の基調を提示しようと試みていたからである。澁澤作品においては、古今東西を問わず、自らを取り巻くアクチュアルな事象までもが典拠の対象となっていた。「撲滅の賦」における埴谷雄高の「意識」や、「犬狼都市」におけるA・P・ド・マンディアルグの「ダイヤモンド」のように、作家活動の初期であっても典拠が有していた文脈や意味、価値の解体は顕著である。さらに、「エロティック革命」では、サド裁判時に、メディアによって語られる澁澤の自己像が戯画化され、批評の俎上に載せられた。『唐草物語』では、過去に発表した自らのエッセイにおける語り手〈私〉までもが反復／変形され、〈読者〉との空間が対象化されている。「ねむり姫」では、歴史的なテクストの引用・翻案が、史実によるリアリティを構築するはずであったにもかかわらず、次第に虚構の物語世界を形成していた。特に、言表行為主体となる〈私〉の機能は、アントワーヌ・コンパニョンのいう「S_2におけるt」の意味を規定していたと考えられる。

第一部で論及した、澁澤の諸作品は、このような〈私〉を擁する語りの構造を読むことまでもが要請されていた。それは、「撲滅の賦」「犬狼都市」「エロティック革命」といった初期作品よりも、引用が典拠への接触を読者に暗示していた『唐草物語』や「ねむり姫」の方がはるかに鮮明となっていよう。いわば、読み換え、書き換えを求める始原的な欲望やその独創性が、読者に対して訴えかけられていたのではないだろうか。

その意味においても、第4章および第5章は、第一部全体の結論となろう。第4章では『唐草物語』各編に共通する語り手「私」の言説を分析し、イメージとしての〈作家・澁澤龍彥〉の抽出を試みた。これを踏まえつつ、「ねむり姫」の典拠運用および語りの機構を考察した第5章は、澁澤作品における反復／変形の総体を提示する論究となっている。また、小説だけではなく、裁判も視野に入れた第2章・第3章も合わせ見れば、パロディ化の様相も輪廓をはっきりさせてこよう。すなわち、先行する対象（典拠）が有してきた意味や価値の無化と、言表行為主体（〈私〉）の文脈に即した虚構化との実践である。文学的なテクスト、歴史叙述、自己を取り巻くメディアの言説などを元の文脈から逸脱させてきた、反復／変形の操作は、〈作家・澁澤龍彥〉のイメージを纏う主体を通して批評的な差異を立ち上げていたといえるだろう。つまり、批評性を帯びた差異自体をも読み取らせようという志向性が、第一部で析出された「〈内的促し〉の刻印」である。物語るという行為のみに終始せず、それゆえに作家像をイメージさせもする主体の生成が、澁澤龍彥の方法としては緊要となろう。

第一部は、澁澤龍彥研究の基盤を固めるための思索でもあった。とはいえ本書では、澁澤作品の半分にも言及できていない。とりわけ、澁澤の最後の小説となった『高丘親王航海記』（文藝春秋、昭和62・10）は、いくつもの典拠や参考資料を用いて創作されたことが、『澁澤龍彥全集』第二二巻（河出書房新社、平成7・3）の松山俊太郎による「解題」で指摘されている。本作の大枠を担っているのは、真如親王の伝記なのだろうが、歴史に名を残す人物の虚構化は、パロディの観点からも見逃せない。澁澤龍彥の集大成ともいうべき『高丘親王航海記』は、彼の文学を探究するうえで残されている課題でもある。

第二部は、より多角的な視点の提示を意図するとともに、方法としてのパロディが示す批評性を中心に論じた。特に、芥川龍之介・太宰治・石川淳に関する論及は批評性の炙り出しに主眼があったといってもよいだろう。芥川の「六の宮の姫君」は、典拠となる『今昔物語集』の仏教的価値観、男性中心的社会観を、一女性の個の問題に書き換えている。太宰治の「女の決闘」は、オイレンベルグ作／鷗外訳「女の決闘」を全文引用し、典拠と同時代の文学状況とを射程に収めた、パロディの批評性を読者に想起させる。さらには引用が、読み換えと書き換えとを一体化させた行為であることをも表す。石川淳の作品では、典拠をいかに語るかが問題化されていた。「普賢」は、〈現実〉を語る意味や価値を言明していく語り手を特徴としており、この方法論を、歴史叙述の方法に向けているのが、「修羅」や「諸國畸人傳」になる。政治や権力によって固定化・文書化された歴史を排撃していく言説は、典拠となる歴史叙述に対しての痛烈な批評・批判である。第5章で論じた「ねむり姫」でも、史的資料という信憑性を担保する典拠が反復／変形され、虚構の文脈に取り込まれていき、歴史の虚構性を浮上させていた。これは、石川淳の歴史文学批判や「修羅」にも通じていよう。

芥川龍之介「六の宮の姫君」、太宰治「女の決闘」、石川淳の諸作品については、澁澤論の方法を集約したアプローチでもあったが、日記を参照した中村真一郎論、エピグラフに注目した三島由紀夫論、自作の書き換えについて検討した川上弘美論も、第一部の応用的な展開に相違ない。いずれも、元となったテクストのもつ意味や文脈を解体ないしは逸脱し、独自の創作へと反復／変形していく過程の論証となっている。むしろ、今後の研究と大きく関わる第三部と総合すれば、典拠と連接するパラテクストの可能性を、反復／変形のプロセスから検証したとも捉えられよう。日記、エピグラフ、作品と併置された「あとがき」などはもちろん、記述内容と関わる表徴と化した楽曲も含め、それらは、典拠の存在や書き換えの内実を暗示する標識でもある。よって、分析の対象から簡単には切り離せない。なかでも音楽について語る言説の特殊性は、永井荷風による抽象的なイメージへの置換、福永武彦による自らの文学観との応答、音楽批評というジャンルを突き詰め、日本における西洋音楽の定着を武満徹に委ねた吉田秀和の言葉から実感されてこよう。また、言葉へと反復／変形されていく〈音楽〉を読み直していく行為は、隣接領域と文学との隘路を開く。第二部でも文学史や歴史叙述を題材に取り上げたが、音楽や絵画などの芸術、社会状況等、あらゆる事象が典拠となりえる。社会的なコンテクストや美術などは、すでに文学との関わりが重要視されている領域であるが、多彩な典拠がどのように文学テクストに織り込まれているかは、あらためて検討していかなくてはなるまい。

本書において、反復／変形のプロセスにより生じた、典拠との差異から産出される批評性が最も見えやすい形で表れていたのは、自己戯画の文脈を生成していた、澁澤龍彥「エロティック革命」と、近代文学史および同時代の文学状況の批評でもあった、太宰治「女の決闘」とであろう。ただし、いかなる効果であろうと、読者の参与がなくては、批評性の発露も見られはしない。テクスト間を往還し、パロディの構造を読み取ろうとする読者の存在は不可欠だ。だからこそ、本書の目的は、反復／変形のプロセスに対する読者の介入を慫慂するところにもあったのである。

そして、問題は、何をどのように読むかでもあった。先にも述べたように、第一部が全体の根幹を形成する役割を担っている。したがって、本書は、論攷を積み重ねていった果てに、何を、どのように読み換え、書き換えようとするのかという創作（者）の方法を汲み取ろうとしていたともいえるだろう。それは、虚像に過ぎず、イメージの域を出ないのかもしれない。だが、実体的な作家への安易な直結を避けつつ、典拠が反復／変形される仕組みの精査から導き出された結果は、〈方法〉への架橋となりえるのではないか。その道筋は、やはり読者の積極的な対応によって切り開かれていくはずであろう。

初出一覧（各論の表題は初出時のもの）

序　章　書き下ろし

第一部　澁澤龍彥の方法

第1章　澁澤龍彥「撲滅の賦」論――見る／見られるという自意識――　「国文鶴見」第三九号　平成一七年三月

第2章　〈猥褻〉をめぐる闘争――澁澤龍彥と野坂昭如との照応から――　「昭和文学研究」第六八集　平成二六年三月

第3章　澁澤龍彥の見たサド裁判――パロディとしての「エロティック革命」――　「國學院雜誌」第一〇八巻一二号　平成一九年一二月

第4章　澁澤龍彥『唐草物語』の方法――幻想空間を創出するスタイル――「國學院雜誌」第一〇五巻五号　平成一六年五月

第5章　澁澤龍彥「ねむり姫」論――引用／翻案の作用――　「國學院雜誌」第一一三巻一〇号　平成二四年一〇月

第二部　典拠の利用とその諸相

第6章　芥川龍之介「六の宮の姫君」論――話形の解体と翻案の方法――　「國學院大學紀要」第四八巻　平成二二年二月

第7章　習作期の中村真一郎――「向陵時報」掲載作品と創作意識――
「中村真一郎手帖」第七号　平成二四年四月

第8章　太宰治「女の決闘」のなかの近代文学史――起点としての「十九世紀的リアリズム」・森鷗外――
「日本近代文学」第八九集　平成二五年一一月

第9章　文学史叙述の可能性――太宰治「女の決闘」評価の諸相から――
「研究ノート・日本文学の地平へ向けて」平成二五年二月

第10章　方法としての「饒舌」と「説話」――〈私〉をめぐる言説の一側面――
「日本文學論究」第七三冊　平成二六年三月

石川淳「普賢」論――言葉の限界の模索――
「日本文學論究」第六四冊　平成一七年三月

第11章　歴史文学批判と評伝の方法論――石川淳「諸國畸人傳」への視角――
「國學院雑誌」第一一五巻九号　平成二六年九月

第12章　「修羅」を統べる〈ヒメ〉の力――〈史〉の破棄と胡摩の造形――
ウィリアム・J・タイラー／鈴木貞美編著『石川淳と戦後日本』ミネルヴァ書房　平成二二年三月

第13章　三島由紀夫「橋づくし」論——エピグラフが意味するもの——
「國學院大學大学院紀要——文学研究科——」第三七輯　平成一八年三月

第14章　「わたし」をめぐる物語の変容——川上弘美「神様」と「神様２０１１」——
「國學院大學教育学研究紀要」第四九号　平成二七年二月

第三部　変奏される〈音楽〉

第15章　明治四十年代の洋楽受容——永井荷風「新帰朝者日記」の中の音楽——
「永井荷風研究ノート」平成一八年三月

第16章　〈内部〉と交響する主題——福永武彦「私の内なる音楽」のシベリウス批評——
「研究ノート・文学と音楽」平成二三年三月

第17章　吉田秀和「音楽的文明論」の射程——永井荷風との交差——
「研究ノート・文学と音楽」平成二四年三月

終　章　書き下ろし

＊本書に収録するにあたりすべての論攷で加筆訂正を行った。ただし、第1章および第10章については初出時より大幅に改変している。

あとがき

本書は、平成二六年度に國學院大學に提出した課程博士学位申請論文「反復と変形の文学――近代小説における準拠の方法――」に加筆訂正を施し、新たに一本の論文を加えたものである。平成一三年に大学院修士課程に進学し、課程博士学位申請論文の提出までには一三年という時間を要した。これだけの時間が掛かったのはおそらく必然であったのだろう。しかし、やはり長かった。もっと早く学位申請論文を書くべきであった、書かなければならなかったという思いは強い。せめてあと三年早ければなどと後悔するも、遅々とした歩みはこの結果を覆すにはいたらず、過去を振り返れば反省の弁ばかりがあふれ出る。ただ、ひとつの形にまとめられたことは前向きに受けとめたい。

文学研究の世界に足を踏み入れた当時、澁澤龍彦の研究はほとんど見られなかった。その点に関してはいまでも大差はないが、近代文学研究の間隙を縫うような対象であるのは確かであろう。それが、研究の進みを遅くした原因でもある。だが、そうであるがゆえに、他の作家や文学史との接点を求め、その結果が、典拠を用いた近代小説の研究という本書の動機となり、論文集として実を結んだ。澁澤龍彦の研究を選びながらも、他作家へと手を伸ばした経験は大切な蓄積となっている。自らの研究方法は形をなし始めたばかりである。ますます精力的に、そして一歩一歩堅実に、今後も研究を進めていきたい。また、ここまでに費やした時間は長かったと感じてはいるが、諸先輩方や多くの仲間に支えられ、苦しく困難な道のりであっただけでなく、非常に充実した日々でもあった。勉強はひとりでするものだが、ひとりきりで継続していくのは難しい。学友に恵まれたのは幸運であると実感している。

本書をもってようやく文学研究のスタートラインに辿り着くことができた。ひとりでは到達できなかったのはいうまでもない。多くの方に支えられた。まず、なによりも恩師である傳馬義澄先生に感謝の気持ちを申し上げたい。そもそも学部生の頃に傳馬義澄先生の授業を取らなければ、文学研究の道を志すことすらなかったと思われる。以来、大学院生の頃はもちろんだが、今日にいたるまで、傳馬先生にはご指導を賜るとともに、ご迷惑をおかけし続けている。文学に向き合う姿勢、研究の進め方、さらには教員としてのあり方なども教えていただいた。傳馬先生から学んだことは、これからも研究の指針である。あらためて本書へのご批判を乞い、いっそうのご指導をお願い申し上げたい。

田村圭司先生、池内輝雄先生の学恩にも深く感謝の意を表したい。博士後期課程在籍時からご指導くださり、研究に関するさまざまなご指摘や激励の言葉を頂戴した。今後もさらなるご教示を賜りたい。

学位申請論文の主査を務めてくださった石川則夫先生には数々の助言をいただいた。学位申請論文をはじめ、石川先生のご指導がなければ、本書の作成にいたらなかっただろう。同じく、副査を務めてくださった井上明芳先生、杉浦晋先生にも貴重なご教示をいただいた。心から感謝を申し上げたい。

ここで、これまでお世話になったすべての方への感謝を記すことができないのは悔やまれるが、最後に本書の刊行にあたりご配慮を賜った、翰林書房の今井静江氏にあらためて感謝の意を表したい。なお本書は、平成二七年度國學院大學出版助成を受けている。関係各位に感謝申し上げる。

平成二七年　八月

安西晋二

ら わ

【A-Z】

ま

や

索引

【著者略歴】
安西晋二（あんざい　しんじ）

昭和51（1976）年	千葉県館山市に生まれる。
平成7（1995）年	千葉県立安房高等学校卒業
平成12（2000）年	國學院大學文学部第二文学科卒業
平成27（2015）年	國學院大學大学院文学研究科日本文学専攻博士課程修了（文学博士） これまでに橘学苑中学・高等学校、浦和明の星女子中学校・高等学校などの非常勤講師を勤める。
平成28（2016）年	國學院大學、信州豊南短期大学、明星大学兼任講師 現在に至る。

反復／変形の諸相
——澁澤龍彦と近現代小説——

発行日	2016年2月24日　初版第一刷
著　者	安西晋二
発行人	今井　肇
発行所	翰林書房
	〒101-0051 東京都千代田区神田神保町2-2
	電話　(03)6380-9601
	FAX　(03)6380-9602
	http://www.kanrin.co.jp/
	Eメール●Kanrin@nifty.com
装　釘	島津デザイン事務所
印刷・製本	メデューム

落丁・乱丁本はお取替えいたします

ISBN978-4-87737-392-4